Stefanie Heindorf & Kathrin Lange
BRUDERLIEBE

BRUDER LIEBE

Historischer Roman
von
Stefanie Heindorf &
Kathrin Lange

DRYAS

Das für dieses Buch eingesetzte Papier ist ein Produkt aus nachhaltiger Forstwirtschaft.

Die Märchenzitate zu Anfang jeden Kapitels wurden entnommen aus: Brüder Grimm, Kinder- und Hausmärchen. Große Ausgabe. Band 1. 1850. Kleinere sprachliche Ergänzungen, die dem besseren Verständnis dienen, wurden von den Autorinnen vorgenommen.
Seite 118: „Könnt ich dein Gunst erwerben ..." aus: Mit Lieb bin ich umfangen, Joh. Steuerlein, um 1600.
Seite 313: Übersetzungen der französischen Ausdrücke finden sich im Anhang.

1. Auflage 2013

Das vorliegende Buch ist Teil der Reihe „Die Grüne Fee"
des Dryas Verlags.
Herausgeberinnen der Reihe sind Marlene Klaus
und Kathrin Lange.

Herausgeber: Dryas Verlag, Frankfurt am Main,
gegr. in Mannheim.

Lektorat: Dr. Anja Roß, Kiel
Umschlaggestaltung: Guter Punkt | Agentur für Gestaltung, München
Coverbild: *Motiv Burg:* © Hotel Burg Trendelburg /
Motiv Frau: © naumalex / shutterstock / *Motiv Spiegel:* © Bruno Passigatti / shutterstock
Graphiken „Ranken": © Thomas Leonhardy - Fotolia.com
Satz: Dryas Verlag, Frankfurt am Main,
Gesetzt aus der Palatino Linotype
Druck: AALEXX Buchproduktion GmbH, Großburgwedel

ISBN 978-3-940855-37-4
www.dryas.de

Für
unsere Familien.
Et fin!

S.H.
K.L

Dieser Roman spielt in einer Zeit
zwischen den Zeiten.
Eine Zeit zu Beginn des 19. Jahrhunderts,
die es so nie gegeben hat:
irgendwann zwischen den Veröffentlichungen
der Märchen der Gebrüder Grimm
und dem Tod Napoleons.

Prolog

Die Totenglocke läutete an diesem Tag zweimal und erfüllte die Herzen der Burgbewohner mit ihrem dumpfen, klagenden Ton. Allen voran das des trauernden Burgherrn.

Seit dem Morgengrauen saß er am Fenster seines herrschaftlichen Gemaches, ein Mann, der über Nacht ergraut war durch den Kummer, den das Schicksal ihm auferlegt hatte. Schweigend starrte er in den Frühnebel hinaus, der im Tal zwischen der Burg und dem gegenüberliegenden, bewaldeten Hügel lag und sich nur langsam heben wollte.

Der Friedhof lag auf der anderen Seite der wuchtigen Mauern, sodass der junge Baron ihn nicht sehen konnte. Und doch war er sich seiner Existenz mit jedem Atemzug, den er tat, bewusst. Als sich unten im Tal die Umrisse der ersten Häuser aus dem Dunst schälten und die Menschen sichtbar wurden, die sich auf den Weg den Hügel hinauf zu der Beerdigung machten, raufte der Baron sich die Haare und stieß einen langen, klagenden Laut aus. Aus dem Geäst der kahlen Bäume flatterten Krähen in die Luft. Mit düsterem Krächzen kreisten sie einige Male über der Burg und ließen sich dann wieder an der alten Stelle nieder.

„Fort mit euch, Galgenvögel!“, flüsterte er zwischen zwei Schlägen der Totenglocke. Doch die Tiere ließen sich von ihm nun nicht mehr beeindrucken. Aus blanken Augen starrten sie zu seinem Fenster herüber, trippelten von einem Fuß auf den anderen, schlugen mit den Flügeln. Fast schien es, als wollten sie den jungen Witwer in seiner Trauer verhöhnen.

Die Tür zu den Gemächern öffnete sich lautlos, und ein Mann kam herein, der einen schlichten, schwarzen

Gehrock trug. Schweigend trat er neben den Baron, und gemeinsam blickten die beiden eine Weile lang auf die sich nähernde Prozession von Menschen hinaus. Die Totenglocke verstummte und fing dann mit schnellerem Rhythmus zum zweiten Mal an zu läuten, zum Zeichen, dass heute nicht nur ein Mensch zu Grabe getragen wurde.

„Die Kinderglocke", flüsterte der Baron heiser und schloss die Augen. Mit beiden Händen fuhr er sich in die Haare, strich sie zurück und verschränkte die Finger im Nacken.

„Kommen Sie", sagte der Mann im Gehrock. Er machte Anstalten, dem Baron die Hand auf den Rücken zu legen, besann sich dann jedoch eines Besseren. „Wir sollten die anderen nicht warten lassen."

Der Baron öffnete die Augen wieder, aber er rührte sich nicht. Langsam ließ er die Arme sinken, und seine Hände hingen kraftlos an seiner Seite, als er nun den Kopf wandte und den Mann im Gehrock aus brennenden Augen anstarrte. „Warum nur?", fragte er mit brüchiger Stimme. „Warum beide, Häusler?"

Der Mann im Gehrock blinzelte verlegen, denn natürlich wusste er keine Antwort auf diese Frage. Es wurde auch keine verlangt.

„Warum ist Gott so grausam zu mir?", sprach der Baron weiter. „Musste er mir nicht nur *sie* nehmen, sondern den Jungen noch dazu? Wie kann er von mir verlangen, beide gleichzeitig zu Grabe zu tragen?"

Der Mann im Gehrock schluckte, und sein Kehlkopf, der von dem steifen Kragen und der eng gebundenen Krawatte eingezwängt wurde, ruckte auf und ab. „Ich weiß es nicht", murmelte er. Einen Augenblick lang stand er unbeweglich, den Rücken durchgedrückt, das Kinn erhoben, als habe er eine Militärparade abzunehmen. Dann jedoch sackten seine Schultern nach vorn. „Kommen Sie", wiederholte er mit leiser Stimme. „Es wird Zeit."

Kapitel I

Rapunzel hatte lange prächtige Haare,
fein wie gesponnen Gold.
Wenn sie nun die Stimme der Zauberin vernahm,
so band sie ihre Zöpfe los ...

„Ich danke dir, Marie. Das ist wirklich eine Wohltat!"

Theresia saß auf dem gepolsterten Schemel vor ihrer Frisierkommode und hielt die Augen geschlossen. Die Zofe hatte ihr beim Auskleiden geholfen, dann hatte sie ihr das seidene Nachtgewand übergestreift, und nun löste sie gerade die kompliziert aufgedrehte Frisur, die sie ihr am Morgen mit geübten Fingern gesteckt hatte. Jede Perle und jede Klammer klirrte zart, sobald sie in das kleine Schälchen auf dem Schminktisch fiel. Als Theresia die Haare endlich in schweren Wellen über den Rücken fielen, legte sie den Kopf in den Nacken. Ihre Kopfhaut entspannte sich, nachdem die vielen Klemmen, die nötig waren, ihr Haar zu bändigen, gelöst waren. Zufrieden seufzte sie auf. „Eine Wohltat", wiederholte sie. Wärme breitete sich auf Theresias eben erst vom Puder befreiten Wangen aus. Mit dem Zeigefinger strich sie sanft über ihre hohen Wangenknochen und berührte wie beiläufig ihre langen, weichen Wimpern. Es kitzelte an ihrer Fingerspitze und sie kicherte. Im selben Moment jedoch schalt sie sich schon dafür, denn dies war eine Angewohnheit, die ihr noch aus Kindertagen geblieben war und die ihre Maman nicht duldete. Marie hielt den Blick gesenkt und tat, als hätte sie es nicht bemerkt. Dann griff sie nach der kostbaren, perlmuttbesetzten Bürste. Doch schon nach dem ersten Bürstenstrich erklang ein vertrautes Klopfzeichen an der schweren Eichentür, und Henriette von Rotenburg rauschte herein, ohne eine Antwort auf ihr Klopfen abzuwarten.

„Maman, wie schön Sie zu sehen!" Theresia drehte sich auf ihrem Schemel um und lächelte ihre Stiefmutter an.

Mit einem Rucken des Kopfes bedeutete Henriette der Zofe, ihr die Bürste zu überlassen. Verschüchtert gehorchte Marie und verzog sich dann in den hintersten Winkel des Gemachs.

Theresia indes rann eine Gänsehaut den Rücken hinunter, als Henriette begann, ihr sanft über das hüftlange blonde Haar zu bürsten. Immer wieder strich Henriette zärtlich mit den Händen nach und löste vorsichtig einzelne Verknotungen. „Ach, Kind!", seufzte sie. „Wie habe ich dies in den letzten Tagen vermisst!"

„Ich auch, Maman!" Im Spiegel suchte Theresia Henriettes Blick. Waren eben noch harte Falten in deren Gesicht zu sehen gewesen, so wurden Henriettes Züge jetzt zunehmend weich und freundlich. Liebevoll sah sie ihre Stieftochter an.

„Was war es, das Sie von unseren gemeinsamen Mußestunden abhielt?", fragte Theresia. Sie und Henriette hatten es sich zur Gewohnheit gemacht, möglichst viele Abende miteinander zu verbringen, mit Gesprächen von Mutter zu Tochter und mit dem Bürsten von Theresias langer, blonder Haarpracht, die ihresgleichen suchte. So hielten sie es seit mehr als sechs Jahren, und so würde es in Theresias Augen hoffentlich auf ewig bleiben.

Nun seufzte Henriette. „Ach! Es war so viel zu tun und zu bedenken vor dem großen Ball gestern bei den Hasselsteins." Sie fasste Theresias Haare mit einer Hand zusammen und fuhr ihr mit der Bürste vom Nacken aus in die Höhe.

Theresia erschauerte. „Der Ball ..." Sie sagte es vorsichtig, ihr Blick suchte im Spiegel nach dem der Stiefmutter, doch Henriette hatte ihre gesamte Aufmerksamkeit nun auf ihre Hände und die Bürste gerichtet. Geraume Zeit schwiegen die beiden Frauen, und nur das leise Knistern von Theresias Haaren war zu hören.

„Stell dir vor", sagte Henriette irgendwann. „Dein Vater hat eigens für dieses Fest ein neues Gewand für mich anfertigen lassen. Wenn du möchtest, kannst du es dir später anschauen. Es hängt noch zum Lüften in meiner Kammer." Über Theresias Kopf hinweg richtete sie den Blick in die Ferne und begann von dem Ball zu erzählen.

Theresia war so sehr in die Berührungen ihrer Stiefmutter versunken, dass sie die Worte nur noch am Rande wahrnahm. Sie träumte sich in den fremden Ballsaal, sah Frauen in schillernden Kleidern und mit Juwelen, glaubte die Musik zu hören, zu der sich die Paare im Schein von Tausenden Kerzen drehten. Sie sah die Farben der Roben vor sich. Sah, wie sich die Damen der Gesellschaft, Schmetterlingen gleich, im Tanze durch den Raum bewegten. Hörte das Rascheln und Rauschen von schweren Stoffen, wenn die langen Gewänder hin- und herschwangen. Fast meinte sie sogar, den Geruch frisch gebratener Rebhühner wahrzunehmen. Das Wasser lief ihr im Munde zusammen dabei. „Wie gern wäre ich dabei gewesen!" Sie öffnete die Augen und suchte im Spiegel den Blick ihrer Stiefmutter. Hatte sie etwa laut gesprochen?

Offenbar.

Henriette kniff die Augen zusammen, wie sie es immer tat, wenn etwas nicht ihre Zustimmung fand. Ihre Missgunst zu erlangen, war nicht besonders schwer, das wusste Theresia aus leidlicher Erfahrung. Als junges Mädchen hatte sie es mit ihrer Stiefmutter nicht leicht gehabt, denn sie war ungestüm und oft tollpatschig gewesen. Meist waren es nur Kleinigkeiten gewesen, die ihre Stiefmutter dazu veranlasst hatten, sie zur Strafe in ihre Kammer einzusperren. Ein zerbrochenes Tiegelchen, gefüllt mit einer kostbaren, wohlriechenden Essenz oder eine zerrissene Spitze an einem Kleid reichten, dass Henriette Theresia für Tage in ihr Zimmer verbannte. Wie oft hatte Theresia sich bei ihrem Vater damals darüber beschwert! Einmal dann hatte der Baron sie beiseitegenommen. „Mein liebes Kind", hatte er gesagt. „Ich denke, du bist nun in einem Alter, in dem du erfahren solltest, was es mit deiner Maman auf sich hat." Eiskalt war es Theresia bei diesen Worten geworden. Besorgt hatte Konrad von Rotenburg seiner Tochter in die Augen geblickt und versucht, sie zu beruhigen. „Ängstige dich nicht mein Kind!" Seine Stimme wurde ungewohnt sanft. „Deine Maman liebt dich, aber eben auf ihre Weise. Sie gibt ihr Bestes und du solltest ihr ihre Strenge nachsehen, denn sie trägt nicht das mütterliche Blut in sich, das sie gegenüber kindlicher Unachtsamkeit und Unruhe nachsichtig sein lässt." Konrad legte seine Hand leicht auf Theresias Unterarm.

Theresia verstand nicht so recht, was er damit sagen wollte. Verwirrt schaute sie ihren Vater an.

„Deine Maman – Henriette", verbesserte er sich, „ist nicht deine leibliche Mutter." Konrad senkte den Blick und sprach hastig weiter, bevor Theresia ihn unterbrechen konnte. „Sie kam erst in unser Haus, nachdem du schon geboren warst. Deine Mutter, Gott hab' sie selig, starb kurz nach deiner Geburt." Er seufzte schwer. „Henriette sorgte sich sehr um dich. Sie war eine gute Freundin deiner leiblichen Mutter und nahm als deine Marraine ihr Amt sehr ernst. Sie kam jeden Tag und versuchte, dir, so gut es ging, die Mutter zu ersetzen." Sein Ton wurde brüchig. Konrad senkte den Blick und räusperte sich, bevor er weitersprach. „Und so ergab es sich, da sie selbst verwitwet und ja sowieso fast jeden Tag hier im Hause war, dass sie meine Gemahlin wurde.“ Er fand nun zu seinem sachlichen Ton zurück, den Theresia so gut kannte. „Ja, so war das damals, mein Kind. Du siehst also, wir sollten dankbar sein, dass wir sie haben, deine Maman. Ihr liegt viel an deiner Erziehung und Ausbildung. Sei nun also brav und ziehe ihren Unmut nicht weiter auf dich.“

Nach diesem Gespräch hatte Henriette die Mußestunde ersonnen. Und tatsächlich hatte dieses Ritual die beiden einander nähergebracht. Und auch wenn Maman jetzt, da die Tochter das achtzehnte Lebensjahr bereits überschritten hatte, nicht mehr täglich kam, so freute Theresia sich doch stets, wenn es sich hin und wieder einrichten ließ. So wie heute.

Aus diesem Grund ärgerte sie sich, dass sie die angenehme Atmosphäre, die zwischen ihnen herrschte, durch ihre unbedachte Äußerung zerstört hatte. Als Henriettes Blick nun dem ihren im Spiegel begegnete, sah sie den Anflug von Härte in den Augen der Stiefmutter. Doch zu Theresias Erleichterung schien Henriette heute guter Stimmung zu sein, denn gleich darauf verschwand das missgelaunte Funkeln wieder aus ihren Augen, und ein schwaches Lächeln umspielte ihre Lippen.

Es machte Theresia Mut.

Vielleicht konnte sie es ja dieses Mal wagen, ihre Maman mit der Bitte um ein bisschen mehr Freiraum zu behelligen? Sie beschloss, es zu versuchen.

„Maman?“

„Ja, mein Kind?“

Sie holte Luft. „Sagen Sie, ist es nicht vielleicht möglich, dass ich Sie zum nächsten Tanze oder Feste einmal begleiten könnte? Ich möchte so gern mit eigenen Augen sehen, was Sie mir stets in den buntesten Farben schildern und so eindrücklich zu beschreiben verstehen.“

Henriette stand einen Augenblick lang regungslos. Dann zog sie die Hand zurück, mit der sie eben noch über Theresias Haar gestrichen hatte und wandte sich ab. Im Spiegel konnte Theresia ihr Gesicht dennoch erkennen. Es schien ihr, als wäre Henriette noch um eine Spur blasser geworden. Zwischen ihren Augen war die senkrechte Unmutsfalte entstanden, die Theresia nur zu gut kannte, und auch die Lippen hatte Henriette gespitzt. Doch der Ausbruch, der gewöhnlich diesem Gesichtsausdruck folgte, blieb aus, denn in diesem Moment goss Marie Wasser aus dem schweren Krug von Theresias Nachttisch in ein Glas. Mit einem lauten Stöhnen stellte sie ihn danach wieder darauf ab. Gewöhnlich rügte Henriette die Zofe für solch ungebührliches Verhalten. Doch heute wandte sie sich in leichtem Ton an sie. „Hat sie das gehört, Marie?"

Die Zofe zuckte zusammen. Verwirrt ob der freundlichen Ansprache blickte sie Henriette an, doch am liebsten, so schien es Theresia, wäre sie im Erdboden versunken.

„Unser Täubchen will das Nest verlassen", sagte Henriette sanft. „Meint wohl, es sei flügge. Zu einem Ball soll ich sie mitnehmen! Dabei hat sie keine Ahnung davon, wie es sich draußen verhält. Die Welt ist voll von Raubvögeln, die nur darauf warten, sich ein zartes Täubchen zu reißen, nicht wahr?"

Marie sah verlegen zu Boden und wagte nicht zu sprechen. Noch nie, solange Theresia sich erinnern konnte, hatte Henriette ihre Zofe mit Namen angesprochen, und eine derartige Unterhaltung hatte sie mit ihr schon gar nicht geführt.

„Nicht wahr?", wiederholte Henriette scharf.

Unsicher knickste Marie. „Ich weiß nicht, Madame." Ihre Antwort war kaum zu hören. „Immerhin ist Mademoiselle in diesem gewissen Alter. Da wird es vielleicht Zeit, dass sie ..."

Mit wenigen raumgreifenden Schritten war Henriette bei der Zofe, und eine schallende Ohrfeige beendete Maries Satz, bevor sie ihn zu Ende gesprochen hatte. „Ach, was weiß sie denn?“, fauchte Henriette. „Was frage ich sie auch, dumme Gans! Sie ist ja selbst noch ganz grün hinter den Ohren.“

Tränen traten Marie in die Augen. Theresia wollte ihr beispringen, wollte die Stiefmutter für die Ohrfeige tadeln, aber sie wagte nicht noch einmal, den Mund aufzumachen. Sorgenvoll betrachtete sie die roten Streifen, die sich auf Maries Wange abzeichneten. Dann jedoch fasste sie sich ein Herz. „Kann Marie gehen, Maman? Ich brauche sie heute nicht mehr.“ Sie wagte es kaum, ihrer Mutter in die Augen zu schauen.

Zu ihrer Erleichterung nickte Henriette. „Sie soll noch einmal nach dem Feuer schauen“, sagte sie. „Dann kann sie sich zurückziehen!“ Sie blickte vorwurfsvoll und streng auf die beiden etwa gleichaltrigen und dennoch so ungleichen Mädchen, drehte sich dann mit rauschendem Kleid um und verließ erhobenen Hauptes das Zimmer.

Im Spiegel sah Theresia die Zofe aufatmen. Kaum waren Henriettes Schritte im Flur verklungen, drehte sie sich zu Marie um. „Wie hast du das gemeint mit dem gewissen Alter?“

Die junge Zofe antwortete nicht. Stattdessen kniete sie sich vor dem Kamin nieder, schniefte einmal und machte sich dann am Feuer zu schaffen. Sie schürte die Glut und legte für die Nacht noch etwas Holz nach.

„Marie?“, hakte Theresia nach.

Marie errötete. „Bitte seid so gut und dringt nicht weiter in mich, Mademoiselle! Ich habe schon zu viel gesagt.“

„Es tut mir leid, dass Maman ihren Unmut an dir ausgelassen hat, Marie. Aber bitte, du musst es mir erklären! Sonst redet doch niemand mit mir über solche Dinge.“

„Dann ist es wohl erst recht nicht an mir, mit Euch darüber zu sprechen.“ Heftig stocherte Marie zwischen den Holzscheiten herum. „Außerdem hatte Madame ganz recht. Was weiß ich schon davon?“

„Mehr als ich.“ Theresias Worte waren kaum noch ein Flüstern. Sie setzte sich auf den Rand ihres Bettes und vertiefte sich in die Betrachtung ihrer Schuhe, die sie so sehr mochte, dass sie sie meist erst auszog, wenn sie sich hinlegte. Der rote Stoff glänzte leicht, wenn sie die Zehen bewegte. Die Schleifchen, mit denen die Stiefelette verziert war, setzten sich mit ihrem Blau farblich vom Stoff der Schuhe ab und entsprachen der neuesten Mode.

Marie hielt in ihrem Tun inne und suchte Theresias Blick. Dann erhob sie sich umständlich. Machte schließlich einen Schritt auf Theresia zu. Sachte berührte sie deren seidenweißes, mit Spitze besetztes Nachtgewand.

Theresia sah an sich hinab. Ihr Nachtgewand war vermutlich kostbarer als das einzige Festgewand, das die Zofe besaß.

Theresia hob den Blick und schaute Marie direkt in die Augen. So standen beide eine Weile in die Betrachtung der jeweils anderen versunken, bis die Zofe schließlich den Kopf senkte, seufzte und sich neben Theresia auf das Bett setzte.

„Ich würd's Euch ja gern erklären.“ Sie zog die Schultern leicht nach oben. „Aber ich komm in Teufels Küche, wenn ich's mach. Und ich weiß wirklich nicht viel mehr über diese Dinge als Ihr selber, Mademoiselle. Das müsst Ihr mir glauben! Ich kann Euch nur so viel sagen, dass viele Damen Eures Standes in Eurem Alter schon verheiratet sind, und Ihr, Mademoiselle, habt noch nicht einmal debütiert. Ihr Vater ist darüber auch nicht glücklich.“ Rasch schlug Marie die Hand vor den Mund.

„Mein Vater? Was sagst du da, Marie? Ich verstehe das nicht!“ Theresia wollte nach Maries Hand greifen, aber die

Zofe machte sich los, stand auf und begann umständlich, die Utensilien auf der Frisierkommode zu ordnen.

„Erkläre es mir", verlangte Theresia.

Doch Marie schüttelte den Kopf. „Bitte, Mademoiselle! Ich kann nicht! Vielleicht wird Euch Euer Vater Antwort geben." Sie wandte sich um und ging zur Tür. „Er konnte Euch ja noch nie eine Bitte abschlagen." Über die Schulter schaute Marie sich noch einmal um. Ein kleines Lächeln umspielte jetzt ihre Lippen. Theresia konnte nicht anders, als es zu erwidern. Wie gut Marie Bescheid wusste über alle Beziehungen und Gepflogenheiten hier im Haus!

„Wenn Ihr mich dann nicht mehr braucht, Mademoiselle?"

Mit einem nachdenklichen Nicken entließ Theresia ihre Zofe. „Schlaf gut, Marie", sagte sie leise.

„Bitte, Papa! Bitte, bitte, bitte!" Von unten herauf schaute Theresia tief in Konrad von Rotenburgs graue Augen. Sie hatte ihn im ganzen Haus gesucht und endlich hier in der Bibliothek gefunden.

Er stand vor einem der Regale und hielt ein aufgeschlagenes Buch in den Händen. Es sah aus, als könne er sich nicht entscheiden, ob er es lesen wollte oder nicht.

Konrad wich dem Blick seiner Tochter aus, schaute stattdessen in die Ecke des Raumes, wo im Erker der Bibliothek ein schmächtiger junger Mann saß, ganz in einem der beiden hohen Ohrensessel versunken, ebenfalls mit einem Buch in der Hand. Verschämt blickte der Jüngling zwischen Theresia und ihrem Vater hin und her, erhob sich schließlich und schlich zur Türe hinaus, ohne auch nur einmal aufzuschauen. Obwohl er sich seit Monaten schon auf der Burg befand, hatte Theresia bisher kaum ein Wort mit ihm gewechselt. Alles, was sie über ihn wusste, war, dass er Friedrich Gerke hieß und irgendein entfernter Verwandter von ihr war, ein verarmter Cousin, vermutete sie, der für einige Zeit bei ihnen lebte, um die Bibliothek ihres Vaters zum Zwecke des Studiums zu benutzen. Ein einziges Mal nur hatte sie ihn gleich nach seiner Ankunft kurz in der Bibliothek getroffen, damals war er ihr aus dem Weg gegangen, und auch jedes weitere Mal, das sie sich seither getroffen hatten. Sie vermutete, dass ihm die fast noch kindlich anmutende Art, wie er bei ihrem ersten Treffen die Fülle an Büchern bestaunt hatte, peinlich sein musste. Immerhin war er schon mindestens vierzehn oder fünfzehn Jahre alt. Für einen Mann fast erwachsen also. Da ziemte es sich nicht besonders, mit offenem Mund dazustehen und voller Begeisterung zu gaffen. Theresia hätte ihm zu gern gesagt, dass sie sein Staunen teilte. Auch sie faszinierten die Bücher, die sich in langen Reihen auf den Regalen aus schwerem Mahagoniholz erstreckten, immer wieder aufs Neue. In der Bibliothek konnte sie sich in andere Welten flüchten, in die Haut wagemutiger Ritter mit ihren funkelnden Rüstungen schlüpfen oder Entdeckungsreisen zu fernen Kontinenten unternehmen. Der Geruch von altem und neuem Papier, der einem sofort beim Betreten der Bibliothek in die Nase stieg, hatte etwas Geheimnisvolles. Der Duft nach würzigem Leder und dem wohlriechenden Pfeifentabak, den ihr Vater zu benutzen pflegte und der in den schweren grünen Vorhängen festzuhängen schien, versprach Abenteuer. Jetzt blickte sie mit leichtem Bedauern auf die Tür, durch die der junge Mann verschwunden war. Dann jedoch besann sie sich und wandte sich wieder an ihren Vater.

„Bitte!“, wiederholte sie, fast ein wenig trotzig. Winzige Staubkörnchen, die sie eben mit ihrem ungestümen Erscheinen aufgewirbelt hatte, tanzten durch den lichtdurchfluteten Raum.

Konrad von Rotenburg klappte sein Buch zu und räusperte sich. „Wie geht es mit deinen Studien der französischen Sprache voran, mein Kind? Machst du Fortschritte?"

Theresia verzog das Gesicht. „Wie Sie sehr wohl wissen, Papa, will in diesen Zeiten niemand mehr die französische Sprache hören, geschweige denn sprechen, seit dieser Napoleon ..." Sie unterbrach sich. „Außerdem wechseln Sie das Thema! Ich hatte Sie gefragt, ob ich am Karfreitag mit zum Gottesdienst in die Kirche gehen darf."

„Ach, Tochter!" Konrad stöhnte wie unter einer großen Last. Kurz streckte er seinen stets etwas gebeugt wirkenden Körper, drehte Theresia den Rücken zu und stellte sein Buch zurück in das Regal. Wie so oft fragte Theresia sich bei seinem Anblick, warum er so frühzeitig gealtert schien. Doch das war eines der Geheimnisse, die er mit sich herumtrug und auf die er nicht angesprochen werden mochte.

Mit ernstem Gesichtsausdruck wandte er sich wieder zu ihr um. „Deine Maman wünscht nicht, dass du den Feiertag in der Öffentlichkeit der Kirche feierst. Sie ist der Meinung, die vielen Menschen dort würden dich nur verwirren. Und wer weiß? Wahrscheinlich hat sie damit recht!" Er zögerte einen Augenblick, bevor er weitersprach. „Sicherlich ist es besser für dich, wenn du wie immer hier in der Hauskapelle zu Ruhe und Einkehr findest. Kaplan Häusler hat sich ja auch schon darauf eingestellt."

Theresia zog einen Schmollmund, doch ihr Vater ließ sich davon nicht beeindrucken.

„Bisher hast du es doch immer genossen, hier in der Burg die Osterfeierlichkeiten zu verbringen!", sagte er.

„Mit den Hausangestellten!", murrte Theresia. Doch im Grunde hatte ihr Vater recht – sie mochte die heimelige Atmosphäre in der Burg, sobald die Herrschaft fort war. Und sie schätzte die Fröhlichkeit von Marie und den anderen Bediensteten, die so ganz anders war als das steife Gebaren ihrer eigenen Familie.

Wohlig dachte Theresia an ihre Kindheit zurück. An die vielen Stunden, die sie in den Kammern der Mägde oder in der Küche verbracht hatte. Sie liebte den Platz vor dem großen Herd – besonders, wenn es draußen kalt und ungemütlich war. Nur zu gern hörte sie den Unterhaltungen des Gesindes zu, obwohl sie das meiste von dem, was geredet wurde, nicht verstand. Oft war es sogar vorgekommen, dass Theresia auf der breiten, gemütlichen Ofenbank eingeschlafen war und sich beim Erwachen in eine der kratzigen, grauen Decken eingewickelt fand, die die Hausangestellten nutzten und die so wunderbar nach Seife und Bratenduft rochen.

Und dennoch ...

„Dieses Jahr möchte ich aber mit Ihnen und Maman in die Kirche gehen", sagte sie leise.

Konrad strich sich über das Kinn. „Weißt du noch, wie du dich immer in den Armen der alten Köchin verkrochen hast, wenn du wieder einmal etwas angestellt hattest? Die Rundliche, die dich gehütet hat wie eine Amme. Wie war noch ihr Name?" Offenbar war er fest entschlossen, ihr heute wieder und wieder auszuweichen.

Theresia seufzte. „Marta."

„Ach ja, Marta. Ja, ja. Traurig, dass sie nun nicht mehr unter uns weilt." Konrad wandte sich zum Gehen, doch Theresia ergriff seine Hand.

„Papa, Sie weichen mir schon wieder aus! Soll ich denn vor Ihnen niederknien und mich erniedrigen, damit Sie ein Einsehen haben?"

„Du bist theatralisch, mein Kind. Das warst du schon immer." Auf Konrads linker Wange wurde ein Grübchen sichtbar und zeigte an, dass er ein Schmunzeln zu unterdrücken versuchte.

Theresia jubilierte innerlich. Sie wusste, sie hatte fast gewonnen. „Aber ich verspreche Ihnen, mich ganz und gar zurückzuhalten. Ich werde die ganze Zeit nicht von Mamans Seite weichen. Und die vielen Menschen werden mich bestimmt nicht verwirren. Im Gegenteil! Meinen Sie nicht auch, dass es an der Zeit ist, mich daran zu gewöhnen, unter Menschen zu sein? Wie soll ich denn sonst meinen ersten Ball überstehen? Sie wissen, dass es schon lange an der Zeit ist, mich in die Gesellschaft einzuführen!" Sie hielt den Atem an, blickte hoffnungsvoll in sein Gesicht. Gleich musste er ihr die Erlaubnis geben!

Konrad zog die Stirn in Falten. Für einen kurzen Augenblick schien er abwesend. „Derartige Dinge besprichst du besser mit deiner Maman!", murmelte er.

„Das werde ich, Papa. Aber musste ich Sie als Haushaltsvorstand nicht als Ersten um Erlaubnis bitten?" Theresia bedachte ihren Vater mit einem Augenaufschlag. „Wenn Sie also, werter Papa, nichts dagegen einzuwenden haben, wird mir Maman sicherlich auch ihr Einverständnis geben."

Konrad erwiderte nichts. Langsam bildeten sich kleine Fältchen um seine Augen. Um die Mundwinkel herum zuckte es. Und dann konnte er sein Lächeln nicht länger zurückhalten. Sie hatte es geschafft, ihn zu überzeugen! Theresia juchzte auf und wirbelte zur Tür herum.

„Ist es dir also wieder einmal gelungen!", lachte Konrad, während sie zur Tür hinauseilte.

Voller Vorfreude lief Theresia den langen Flur entlang Richtung Küche, wo sie ihre Mutter vermutete. Als sie um eine Ecke kam, rannte sie geradewegs in den jungen Mann hinein, der eben noch bei ihrem Vater in der Bibliothek gewesen war.

„Oh, tut mir sehr leid, ich hatte dich gar nicht gesehen", kam er ihrer Entschuldigung zuvor und machte Anstalten, um sie herumzugehen.

Theresia ärgerte sich zunächst ein wenig darüber, dass der Jüngling sie einfach duzte, doch dann beschloss sie, die günstige Gelegenheit zu nutzen – obwohl sie es eigentlich eilig hatte, war sie doch neugierig, endlich einmal mehr über ihn zu erfahren. „Du bist Friedrich Gerke, nicht wahr?", fragte sie neugierig. Er war sehr mager, aber von hoch aufgeschossenem Wuchs, und obwohl sie wusste, wie alt er war, kam er ihr doch jünger vor.

„Mein Name ist Friedrich Clemens Gerke", antwortete er förmlich, und er betonte den zweiten Namen dabei. „Alle meine Freunde nennen mich Clemens!" Er sagte das, als habe er Dutzende von Freunden, was Theresia sich kaum vorstellen konnte, so eigenbrötlerisch, wie er sich in den letzten Monaten stets verhalten hatte. Und auch jetzt wirkte er unsicher, etwas hastig, als wolle er nichts lieber, als seinen Weg fortsetzen und nicht gestört werden. Er musterte sie eindringlich, und es schien, als müsse er sich ein Herz fassen. „Dein Name ist Theresia, nicht wahr? Du bist die Tochter des Barons." Auch jetzt schien er nicht vorzuhaben, sie mit einer ehrfürchtigeren Anrede zu versehen.

Theresia nickte knapp. Ihre Gedanken wanderten zu ihrer Stiefmutter, doch Clemens schien allein durch die Tatsache, dass sie ein paar Worte mit ihm gewechselt hatte, ermutigt worden zu sein. Plötzlich begann es, aus ihm herauszusprudeln.

„Deine Mutter hat mir sehr deutlich zu verstehen gegeben, dass du es nicht magst, mit Fremden zu reden und dass ich mich von dir fernhalten soll. Aber du scheinst mir doch ganz umgänglich zu sein. Dein Vater und meiner sind Cousins, wusstest du das? Darum hat dein Vater mir erlaubt, bei euch zu studieren."

„Studieren", wiederholte Theresia, von seinem plötzlichen Redeschwall mehr als überrascht.

Clemens lächelte schwach. „Nun ja, es ist natürlich kein richtiges Studium, aber ich darf alle eure Bücher lesen. Und dein Vater, der Baron, hat Kaplan Häusler gebeten, mich eine Zeit lang zu unterrichten. Wusstest du, dass deinem Vater sogar ein paar Originalausgaben von Newtons Schriften gehören? Sie sind ..."

Theresia hörte nur mit halbem Ohr zu, während Clemens ihr die Vorzüge der väterlichen Bibliothek und besonders die eines bestimmten Buches mit einem langen und unaussprechlichen Namen pries. Ein wenig ärgerte sie sich über sich selbst, dass sie dieses Gespräch mit dem jungen Mann angefangen hatte. Natürlich interessierte sie sich schon für seine Geschichte, aber ausgerechnet jetzt, da er sich entschlossen hatte, mit ihr zu reden, hatte sie es eilig zu ihrer Maman zu kommen. Als Clemens kurz Luft holte, wollte sie sich verabschieden, aber er setzte seinen Redeschwall unbeirrt fort. „Und jetzt versuche ich mich selbst daran, so einen Spiegel zu bauen", schnatterte er fröhlich.

Da sie das Gespräch begonnen hatte, wäre es überaus unhöflich gewesen, ihn jetzt einfach stehen zu lassen. Und so seufzte Theresia nur, trat ungeduldig von einem Bein auf das andere und ergab sich in ihr Schicksal.

„Es ist gar nicht so einfach, die richtige Brechung hinzubekommen, aber ich glaube, ich schaffe es trotzdem." Endlich hatte Clemens seine Erklärung beendet. Tief holte er Luft. „Ich bin ganz dicht davor!"

Unwillkürlich musste Theresia lächeln, als sie den begeisterten Unterton in Clemens' Stimme vernahm. Wenn sie doch auch nur etwas gehabt hätte, für das sie sich derartig hätte entflammen können! Mit einem Male fühlte sie sich diesem schlaksigen jungen Mann auf seltsam schwesterliche Art verbunden. Trotzdem brannte ihr das geplante Gespräch mit ihrer Stiefmutter auf der Seele.

„Nun, denn!“ Sie räusperte sich. „Ich bin leider ein wenig in Eile“, sagte sie. „Ich habe etwas mit der Baronin zu besprechen. Wenn du mich bitte entschuldigen würdest?“ Eilends verabschiedete sich von dem jungen Mann. „Wir sehen uns bestimmt bald wieder. Ich besuche die Bibliothek nämlich auch sehr oft!“, rief sie ihm schon im Gehen begriffen zu. Sie sah, wie Clemens ihr zunickte, dann drehte sie sich um und rannte den Flur entlang, Richtung Küche. „Maman!“, schallte ihre aufgeregte Stimme durch das Haus.

Schon von Weitem sah sie, dass Henriette sich mitten in einer Unterhaltung mit der jungen Köchin Ilse befand. Bestimmt ging es um die Speisenfolge der nächsten Tage. Im Flur vor der Küche war es dunkel, kalt und zugig, und Theresia verstand nicht, warum ihre Mutter derlei Besprechungen nicht in der Wärme und Bequemlichkeit der Küche abhielt. Doch solange sie sich erinnern konnte, hatte sich Henriette noch nie länger als einige Minuten bei den Hausangestellten aufgehalten. Und auch dann nur, um dem Personal kurze und knappe Anweisungen zu erteilen.

„Maman!“, rief Theresia noch einmal.

Als Henriette ihre Stieftochter auf sich zueilen sah, hob sie missmutig das Kinn in die Höhe. „Du sollst nicht schreiend die Flure entlangrennen wie ein Bauerntrampel!“, rügte sie.

Atemlos blieb Theresia vor ihr stehen.

„Steh gerade!“ Streng musterte Henriette ihre Ziehtochter. „Was ist so wichtig, dass du meinst, mich unbedingt unterbrechen zu müssen? – Du kannst gehen, Ilse. Wir machen später weiter.“ Auf einen Wink ihrer Herrin hin verschwand die Köchin. Anders als die gutmütige, rundliche Marta war Ilse dürr wie ein Gerippe.

„Stellen Sie sich vor, Maman!“, stieß Theresia – immer noch atemlos – hervor. „Papa hat Anweisung gegeben, dass ich am Karfreitag mit zum Gottesdienst in die Kirche gehen soll!"

Henriette rang hörbar um Luft, und Theresia fühlte ihre eisigen Blicke wie Gewichte auf sich niedersinken. „Er meint, es sei gut, wenn ich mich langsam ..."

Sie kam nicht dazu, zu Ende zu sprechen, denn mit einem Ruck wandte Henriette sich von ihr ab. Sie verließ den Gang vor der Küche, ohne noch einmal zurückzuschauen.

„Wie konnten Sie Ihrer Tochter das erlauben?" Henriette war außer sich vor Wut. Nachdem sie Theresia in dem Gang vor der Küche einfach hatte stehen lassen, war sie schnurstracks zu ihrem Gatten geeilt und hatte ihn auf dem Gang vor der Bibliothek gestellt, um ihm die heftigsten Vorwürfe zu machen.

„Sie vergreifen sich im Ton, Madame. Mäßigen Sie sich!"

Noch nie hatte Theresia ihren Vater in dieser Weise mit der Mutter reden hören. Sie war ihrer Stiefmutter heimlich gefolgt, in der Hoffnung, einige Fetzen des nun folgenden Wortwechsels zu belauschen, und als sie jetzt die beiden zornigen Stimmen hörte, wich sie hinter eine Gangecke zurück. Doch gleich darauf reckte sie sich wieder etwas vor, um einen Blick auf ihre Eltern zu erhaschen.

Mit einer Mischung aus Unwillen und Resignation sah Konrad Henriette an und sagte nichts weiter.

„Sie müssen das Mädchen wieder zur Vernunft bringen, Konrad!" Henriettes Tonfall war jetzt beinahe flehend.

Theresias Herz klopfte, als wolle es zerspringen. Würde Maman es schaffen, ihrem Vater seine Zustimmung zu dem Kirchenbesuch wieder auszureden? Von ihrem Versteck aus konnte Theresia sehen, wie Konrad und Henriette sich in dem Gang gegenüberstanden wie zwei Duellanten kurz vor der endgültigen Konfrontation. Das Gesicht ihrer Stiefmutter war kaum wiederzuerkennen. Die vornehme Blässe war einem fleckigen Rot gewichen.

Konrad seufzte hörbar. „Ich kann nichts Schlimmes daran finden", sagte er und hob die Hand, weil Henriette ihren Unmut durch ein knappes Schnauben kundtat. „Was soll ihr während eines Gottesdienstes schon passieren, liebe Henriette?"

„Sie wird die Blicke aller Männer auf sich ziehen, das wissen Sie genau, Konrad. Und was dann?"

„Nun, Madame, es sind nur Blicke!" Konrad lächelte ein wenig, wurde jedoch sofort wieder ernst. „Nicht alle Männer sind wie der verstorbene Graf von Vellmar!"

Bei der Erwähnung dieses Namens zuckte Henriette zusammen und, wenn es überhaupt möglich war, so wurde sie noch bleicher. Theresia biss sich auf die Lippe. Graf von Vellmar. Wer verbarg sich hinter diesem Namen? Sie hatte ihn nie zuvor gehört.

Anscheinend hatte nicht nur Theresia Henriettes heftige Reaktion wahrgenommen. Konrads Tonfall verlor plötzlich beträchtlich an Schärfe und fast versöhnlich fuhr er fort. „Bisher habe ich all Ihren Bitten, das Kind betreffend, immer nachgegeben. Doch wir können sie nicht auf ewig ihrer gesellschaftlichen Verpflichtungen entbinden."

„Was wissen Sie über den Grafen von Vellmar?" Henriettes Stimme war nunmehr ein heiseres Krächzen. Für den Moment schien sie die ursprüngliche Unterhaltung mit ihrem Gatten ganz und gar vergessen zu haben.

Konrad schaute sie mitleidig an. „Oh, Madame, haben Sie denn wirklich eine so niedere Meinung von mir, als dass Sie denken, ich wüsste, oder vielmehr ahnte nicht, was dieser furchtbare Mensch Ihnen ...?"

Henriette unterbrach ihren Gatten unwirsch. „Wir wollen darüber jetzt nicht mehr reden!" Sie straffte sich und spitzte den Mund. „Kommen wir lieber wieder auf Theresia zu sprechen!"

„Nun, wie Sie wünschen, Henriette!" Sofort nahm Konrad seinen sachlichen Ton wieder auf. „Aber meine Meinung diesbezüglich steht fest!"

„Aber sie ist noch so jung!", insistierte Henriette erneut.

Der Baron jedoch schüttelte sanft den Kopf. „Sie ist achtzehn! Und es will mir scheinen, sie habe mittlerweile die nötige Reife." Er seufzte erneut. „Sie wird immer in Ihrer Nähe sein, Henriette! Und wenn Sie es wünschen, so nehmen Sie auch noch Marie zu ihrem Schutze mit." Er griff nach der Hand seiner Gattin, doch sie entzog sie ihm.

„Aber ...", setzte sie zu einem weiteren Widerspruch an, doch ihr Gatte schnitt ihr mit einer rüden Bewegung der Hand das Wort ab.

„Es ist entschieden! Theresia kommt dieses Jahr mit zum Gottesdienst! *Et fin!*" Für Konrad war das Gespräch damit beendet. Eiligen Schrittes ging er durch den langen Flur davon und verschwand aus Theresias Blickfeld.

Henriette blieb zurück. Sie wirkte, als habe der Donnerschlag sie getroffen.

Das geschieht ihr recht!, dachte Theresia. Doch dann sah sie, wie ihre Maman beide Hände vor das Gesicht schlug. War das wirklich ein Schluchzen, das hinter diesen Händen hervordrang? Theresia traute ihren Ohren kaum. Lautlos zog sie sich zurück. Ihre sonst so stolze Stiefmutter in diesem Moment der Schwäche zu beobachten, schien ihr nicht schicklich. Ein schlechtes Gewissen beschlich sie. War es falsch gewesen, sich den Kirchenbesuch bei ihrem Vater zu erschleichen und die Mutter so zu hintergehen? Sollte sie ihrer Maman vielleicht besser gegenübertreten und sich bei ihr entschuldigen? Aber entschuldigen wofür? Hatte sie nicht ein Recht darauf, unter Menschen zu sein? Das Gefühl beschlich sie, dass nicht sie allein der Grund war, warum Maman so aufgelöst wirkte. Was, um Himmels willen, hatte es wohl mit diesem Grafen von Vellmar auf sich?

Henriette beschloss, sich in ihre Gemächer zu begeben, um sich erst einmal wieder zu beruhigen. Die Erinnerungen an ihren verstorbenen Mann, den Grafen von Vellmar, hatten sie mehr aufgewühlt, als sie sich selbst eingestehen mochte. Ein kalter Schauer lief ihr über den Rücken, wenn sie nur an ihn dachte. *Sei nicht albern!*, schalt sie sich selbst, *schließlich ist er schon seit langer Zeit tot!* Doch es nützte nichts. Das beklemmende Gefühl ließ sich nicht verscheuchen.

Bei der Erwähnung seines Namens hatte Henriette sich gefühlt, als hätte Konrad sie geschlagen. Sie hatte immer angenommen, dass ihr Gatte nichts über ihre düstere Vergangenheit wusste, und jetzt musste sie begreifen, dass sie sich getäuscht hatte. Es war ihr schwergefallen, sich zusammenzureißen und sich nichts weiter anmerken zu lassen, aber schließlich war es ihr gelungen. Ein wenig Stolz über ihre eiserne Selbstbeherrschung schlich sich in ihr Herz.

Doch jetzt, auf dem Weg zu ihrer Kammer, musste Henriette plötzlich stehen bleiben, um sich festzuhalten. Ihr schwindelte. Mit einer Hand stützte sie sich an der Wand neben einem Fenster ab. Ihr wurde schlecht, und Tränen traten in ihre Augen. Am liebsten hätte sie laut aufgeschrien und sich diesem Moment der Schwäche ganz hingegeben. Doch noch war sie nicht in ihrer Kammer. Jeden Moment konnte jemand um die Ecke kommen und sie so sehen! Mit großer Mühe richtete sie sich wieder auf. Dabei fiel ihr Blick aus dem Fenster und erschrocken bemerkte sie, dass einer der Knechte draußen auf dem Hof stand. Hatte er sie so gesehen? Offenbar. Denn mit einer Mischung aus Besorgnis und Angst starrte er sie an. Im Nu straffte Henriette sich und blinzelte die Tränen weg. Ihre Augen brannten. Mit strenger Miene erwiderte sie den Blick des Knechtes. Der Mann senkte sofort die Lider. Neben ihm stand eine Magd, doch wenigstens die schien zum Glück nichts von Henriettes Entgleisung bemerkt zu haben.

Henriette reckte das Kinn vor. Mit einem Ruck riss sie das Fenster auf.

„Hat er nichts Besseres zu tun, als hier faul herumzustehen?", fuhr sie den Knecht grob an.

Der schüttelte den Kopf, dann besann er sich und nickte eilig.

„Dann sieh er zu, dass er sich an die Arbeit macht!" Mit einer ruckartigen Bewegung wandte sie sich der Magd zu. „Und sie ...!", fauchte sie das Mädchen an, „... sie hört auf, mit dem Mannsvolk zu poussieren!"

Die Magd knickste eilig. „Natürlich, Madame!", murmelte sie und schlich davon.

Ein wenig taten die beiden jungen Menschen Henriette leid. Sie bekamen ihren gesamten Unmut zu spüren, der eigentlich gar nicht ihnen, sondern einem ganz anderen galt. Die Strenge, mit der Henriette die beiden Dienstleute behandelte, half ihr, sich selbst gegenüber jene Unnachgiebigkeit zurückzuerlangen, die sie brauchte.

Mit einer heftigen Bewegung schmetterte sie das Fenster zu.

Himmel, was sehnte sie sich nach der Abgeschiedenheit ihrer Kammer!

Theresia hob den Kopf aus den Kissen und lauschte.

Da war es wieder – ein zaghaftes Klopfen. Erst nach genauerem Hinhören erkannte sie, dass es sich um das geheime Zeichen handelte, mit dem Henriette üblicherweise ihre gemeinsame Mußestunde einläutete. Aber dies war nicht die Tageszeit, zu der sie gewöhnlich ihrem Ritual nachgingen. Die Sonne war noch nicht einmal aufgegangen. Theresia setzte sich hin, streckte sich kurz und stand dann auf. Schlaftrunken ging sie zur Tür. Sie drehte den Schlüssel im Schloss zweimal um, öffnete und setzte sich gähnend wieder zurück auf die Kante ihres Bettes, während Henriette das Zimmer betrat.

„Wie ich sehe, befolgst du meinen Befehl noch immer", sagte sie statt eines Morgengrußes und mit einem Blick auf das Schloss der Tür. Sie wirkte zufrieden ob dieser Tatsache.

„Ja, Maman!" Theresia nickte. Vor längerer Zeit schon hatte Henriette von ihr verlangt, sich des Nachts sicherheitshalber einzuschließen. Sie hatte damals gehorcht, auch wenn ihr nicht so recht ersichtlich war, wozu das dienen mochte. Und sie tat es auch heute noch, obwohl sie sich zunehmend fragte, wovor Henriette sie so verzweifelt zu schützen suchte. Je länger sie darüber nachdachte, umso mehr quälte sie diese Frage. Schließlich wurden andere junge Frauen auch nicht so im Verborgenen gehalten wie sie. Jedenfalls entnahm sie das den Erzählungen Henriettes, wenn diese über die vergangenen Bälle und Soireen berichtete.

Henriette nickte bedächtig. „Das ist gut."

Unsicher sah Theresia ihre Stiefmutter an und wartete auf eine Erklärung, warum sie sie so früh an diesem Gründonnerstagmorgen aufsuchte. Dann fiel ihr Blick auf ihre nackten Füße. Rasch zog sie den Saum ihres Nachtgewandes darüber.

Henriette machte eine langsame Runde durch den Raum, wobei sie hier und da über eine von Theresias Habseligkeiten strich. Ein schmales Büchlein, das auf der Kommode lag, nahm sie in die Hand, las den Titel, legte es wieder weg. Einen kleinen Handspiegel berührte sie mit den Fingerspitzen wie ein unendlich zerbrechliches Ding.

Schließlich nahm sie neben ihrer Ziehtochter auf dem Bett Platz und räusperte sich. „Du solltest dir die Sache mit dem Gottesdienst noch einmal überlegen, mein Kind." Mit der rechten Hand strich sie Theresia zärtlich über die Wange, die Linke knetete unablässig den Stoff ihres Gewandes. Trotz der frühen Stunde war Henriette bereits vollständig angekleidet. Ihr Kleid bestand aus schwarzer Seide und war mit einer Reihe winziger Knöpfe bis unter das Kinn hochgeschlossen.

Theresia schmiegte sich in die Handfläche ihrer Mutter. Sie hatte die Momente trauter Zweisamkeit zwischen ihnen vermisst, denn seit ihrem Besuch in Vaters Bibliothek vor ein paar Tagen hatte Henriette sich nicht mehr bei ihr blicken lassen. Was sollte sie jetzt nur sagen, ohne sich sofort wieder den Unmut ihrer Stiefmutter zuzuziehen? „Maman", begann sie zögerlich, doch dann fasste sie Mut. Sie freute sich auf diesen Besuch in der Kirche, und sie würde ihn sich von Henriette auf keinen Fall ausreden lassen! „Wie stellen Sie sich das vor? Der Gottesdienst ist bereits morgen. Ich könnte jetzt gar nicht mehr zurück."

Henriette wollte etwas einwerfen, aber Theresia sprach so rasch weiter, dass sie keine Gelegenheit dazu bekam.

„Es ist doch schon alles vorbereitet! Außerdem hat Papa es längst so entschieden. Er hat das neue Kleid nur für diesen Tag von Meister Gepphart anfertigen lassen. Es würde ihn sicherlich beleidigen, wenn ich nun zu Hause bliebe!"

Henriette berührte Theresias offenes, noch vom Schlaf zerzaustes Haar. „Deinen Vater kannst du getrost mir überlassen." Ihre linke Hand ließ endlich vom Kleid ab und strich den zerknitterten Stoff glatt. „Vielleicht hast du ja etwas Falsches gegessen, das dir den Besuch in der Kirche unmöglich macht, was meinst du?" Sie zwinkerte Theresia zu. Und tatsächlich hatte Theresia mit einem Male ein ganz flaues Gefühl im Magen. Sie wandte den Kopf ab. Henriette ließ die rechte Hand zu der anderen in ihren Schoß sinken und verschränkte die Finger wie zu einem Gebet.

Theresia stand auf und drehte ihr den Rücken zu. „Maman, muss ich mich denn nicht den Wünschen meines Vaters fügen? Er hat angeordnet, dass ich mit Ihnen komme. Und er hält es obendrein für richtig, dass ich mich in meinem Alter nun endlich in gesellschaftlichen Kreisen bewege. Habe ich nicht als Tochter aus dem Hause Rotenburg sogar eine gewisse Verpflichtung dazu?"

„Angeordnet?", fragte Henriette heiser.

„Ich habe zufällig genau gehört, wie Vater zu Ihnen gesagt hat, es sei entschieden, Maman!" Trotzig drehte sich Theresia wieder um und blickte ihrer Stiefmutter fest in die Augen. „Und ich habe auch gehört, wie Papa einen Grafen namens Vellmar erwähnte. Wollen Sie mir nicht sagen, was es damit auf sich hat?"

Wie schon beim Gespräch mit Konrad zuckte Henriette bei der Erwähnung dieses Namens wie unter einem Peitschenhieb zusammen. Sofort tat es Theresia leid, den Mann erwähnt zu haben, aber schließlich hatte sie genau das erreicht, was sie erreichen wollte. Sie hatte ihre Mutter von dem Besuch des Karfreitagsgottesdienstes abgelenkt.

Henriette kniff die Lider zusammen und spitzte die Lippen. „Du hast uns also belauscht?" Abneigung lag in ihrer Stimme. Streng schaute sie ihrer Tochter in die Augen.

Was sollte Theresia darauf antworten? Sie zog die Unterlippe zwischen die Zähne und nickte schließlich.

Lange Zeit sprachen sie beide kein Wort. Zwar senkte Theresia schließlich den Blick, doch blieb sie standhaft. Sie wusste, dass Henriette auf ihr Einlenken wartete, aber sie biss die Zähne zusammen. Niemals würde sie auf den Besuch des Gottesdienstes verzichten!

Da holte Henriette tief Luft. „Es ist deine Entscheidung!" Ihre Stimme zerschnitt die drückende Stille im Raum. „Es ist nur so, mein liebes Kind, dass du keine Ahnung davon hast, was in der Welt draußen vor sich geht." Sie erhob sich und schritt zum Schminktischchen. Dort griff sie sich die Haarbürste und drehte sie in ihren Händen.

Dann erklären Sie es mir!, hätte Theresia beinahe ausgerufen. Aber sie tat es nicht. Sie trat indes ans Fenster und schaute in den Morgen hinaus, der am östlichen Horizont heraufdämmerte. Der Himmel war bedeckt, und ein leichter Nieselregen ging auf die Burg nieder. Theresia nahm ihn kaum wahr. So vieles ging ihr durch den Kopf, doch was auch immer sie beschäftigte, ein einziger Gedanke ließ Theresia plötzlich nicht mehr los: *Was mochte es nur mit diesem Grafen von Vellmar auf sich haben?*

Schließlich drehte sie sich um und fand sich zu ihrer Verblüffung allein im Zimmer. Henriette war völlig lautlos gegangen.

Theresia presste die Lippen zusammen. „Woher sollte ich denn auch Bescheid wissen?", flüsterte sie bei sich. „Mit mir redet ja niemand!"

„Ich bin ja so aufgeregt, Marie!" Theresia tanzte auf Zehenspitzen im Zimmer umher. Das Schwarz ihrer Festtagsrobe vermochte ihrer Stimmung dabei keinen Abbruch zu tun. Aus den Augenwinkeln beobachtete Theresia ihre Zofe, die nun schon seit geraumer Zeit vor dem großen Spiegel stand. Marie trug Theresias Kleid vom letzten Jahr und konnte sich nicht sattsehen an ihrem eigenen Bild. Im Licht der Kerzen, die sie entzündet hatte, weil es draußen noch stockfinster war, drehte und wendete sie sich, zupfte hier an einer Bordüre, dort an einem Stück schwarzer Spitze.

„Noch nie hab ich ein solches Kleid getragen, Mademoiselle!" Zärtlich strich Marie über den weichen, schwarzen

Stoff. Eigentlich war das Kleid etwas zu lang geraten und über ihrem Busen spannte es, doch Marie schien das nicht zu stören. „Was sagtet Ihr doch gleich, ist das für ein Stoff?"

„Musselin", antwortete Theresia geduldig. Sie hatte aufgehört zu zählen, zum wievielten Male sie ihrer Zofe auf diese Frage geantwortet hatte. Angesichts von Maries Begeisterung schämte sie sich ein wenig dafür, dass ihr selbst dieses Kleid vor einem Jahr viel zu schlicht und unscheinbar vorgekommen war.

Ihre Stiefmutter hatte es am Vorabend eigenhändig zu Theresia ins Zimmer gebracht. „Gib das deiner Zofe, damit sie es morgen zum Gottesdienst anzieht!", hatte sie befohlen und dann das Kleid achtlos auf Theresias Bett geworfen. „Wir können uns sonst nicht mit ihr in der Kirche sehen lassen, wenn sie ihren eigenen schäbigen Stofffetzen trägt!" Dass Marie sich bei diesen Worten ebenfalls im Zimmer befunden hatte, hatte Henriette nicht weiter gekümmert. Stattdessen hatte sie Theresia mit einem kühlen Blick bedacht. „Ich soll dir von deinem Vater ausrichten, dass wir morgen früh pünktlich abfahren. Verspäte dich nicht!"

„Mademoiselle, wir müssen gehen!" Maries Mahnung riss Theresia aus ihren Erinnerungen. „Eure Frau Mutter wird sonst noch nach uns schicken lassen. Wir sollten ihre Geduld nicht strapazieren!"

Theresia seufzte. Plötzlich war ihr schlecht vor Aufregung. „Du hast recht, Marie! Gehen wir!"

Draußen war es noch dunkel, als die kleine Gesellschaft die Kutsche bestieg. Nur von Osten her war ein silberner Streifen auszumachen, der den neuen Tag ankündigte. Die Luft war eisig, doch das Frösteln, das Theresia nun erfasste, rührte nicht von der Kälte her. Vielmehr war es die Aufregung, die ihr das Blut in den Adern kribbeln ließ. Und als der Kutscher die Peitsche knallen ließ und die Pferde sich in Bewegung setzten, erschauderte sie.

Vor Vorfreude schien ihr ganzer Körper zu zittern.

Heute würde sie den Gottesdienst zum ersten Mal außerhalb der väterlichen Burgmauern in einer richtigen Kirche erleben! Zum ersten Mal in ihrem Leben! „Ich kann es kaum erwarten!“, flüsterte sie Marie ins Ohr, die neben ihr saß und ganz blass aussah.

Das brachte ihr einen bösen Blick von Maman ein, dem sie auswich. Mit einer knappen Bewegung ihres Kopfes gab Henriette ihrem Gatten ein Zeichen.

Der unterdrückte ein Seufzen. „Nun, mein Kind“, begann er mit strenger Stimme, „du kennst hoffentlich den Anlass, zu dem wir heute in die Kirche gehen?“

„Ja, Papa!“, antwortete Theresia. „Heute ist Karfreitag. Der Tag, an dem unser Herr ans Kreuz geschlagen wurde.“ Unter der dicken Schicht Puder, die Marie ihr aufgelegt hatte, spürte sie, wie sie errötete. Unruhig rutschte sie auf ihrem Sitz hin und her.

„Da du es also weißt, frage ich dich nun, ob du der Meinung bist, dass sich zu einem solchen Tage ein Betragen, wie du es an den Tag legst, schickt?“ Konrad von Rotenburg erwartete auf diese Frage ganz offensichtlich keine Antwort. Er sah seine Tochter nur aufmerksam an. Theresia blickte beschämt zu Boden. Für den Rest der kurzen Fahrt saß sie steif neben Marie und spielte mit ihrem Fingerring.

Ein einziges Mal nur wagte sie es, einen schüchternen Blick auf ihre Stiefmutter zu werfen.

Henriette war erschreckend blass und wirkte angespannt.

„Sieh nach unten auf deine Füße und reck deinen Hals nicht wie ein neugieriges Kind auf dem Jahrmarkt!“ Henriette nahm Theresia am Ellenbogen und zog sie mit sich. Auf der anderen Seite schob Marie eine leicht verschwitzte Hand in Theresias – wie ein kleines Kind, das nach Schutz suchte.

Henriette bemerkte es. „Es genügt, wenn sie sich dicht hinter uns hält." Ihre gespitzten Lippen und ihre hochgezogenen Brauen veranlassten die Zofe dazu, ihre junge Herrin sofort wieder loszulassen und einen Schritt zurückzutreten.

Trotz der Ermahnung ihrer Stiefmutter versuchte Theresia einen Blick über den Kirchplatz zu erhaschen und stellte sich dazu leicht auf die Zehenspitzen. Der Druck, mit dem Henriette ihren Arm umschlossen hielt, erhöhte sich.

„Au, Maman! Sie tun mir weh!" Theresia entzog sich der groben Umklammerung ihrer Mutter. Sie trat einen Schritt vor, um einen Blick auf vier junge Damen zu werfen, die dicht vor ihr standen. Alle vier waren sie in schwarze, hochgeschlossene Mäntel gehüllt, die ihre Leiber wie große Glocken wirken ließen, und eben noch hatte eine von ihnen auf Theresia gezeigt. Nun steckten sie die Köpfe zusammen und tuschelten. Theresia schob sich noch etwas weiter vor und zuckte dann zurück. Henriettes Finger hatten sich schmerzhaft in ihren Oberarm gekrallt.

„Untersteh dich, auch nur einen Gedanken daran zu verlieren, dich allein hier unter die Menschen zu begeben!"

„Aber Maman, ich wollte doch nur ..." Theresia kam nicht dazu, den Satz zu vollenden. Henriette warf ihr einen so finsteren Blick zu, dass sie augenblicklich verstummte.

Die Menschen auf dem Vorplatz standen in kleinen Gruppen und unterhielten sich gedämpft. Nur gelegentlich erhob jemand die Stimme und wurde augenblicklich von den Umstehenden mit strafenden Blicken bedacht. Wie schwarze Inseln in einem Meer aus Grau sahen die Grüppchen an diesem frühen Morgen aus. Während ihrer Fahrt hierher, die einmal rund um den Burghügel geführt hatte, war es langsam hell geworden, und sehr zu Theresias Bedauern hatte der Himmel dicke Regenwolken enthüllt. Es schien ein ähnlich trüber und regnerischer Tag zu werden wie der gestrige.

Henriette hakte sich bei ihrer Ziehtochter unter und manövrierte sie auf diese Weise direkt auf den Haupteingang der Kirche zu. Marie folgte ihnen auf dem Fuße. Schon traten sie durch die weit geöffneten, hohen und schweren Eichenholztüren in das Innere des Gotteshauses, und die Feuchtigkeit des ehrwürdigen Gemäuers kroch Theresia in die Glieder. Sie richtete ihre Augen hinauf zu den bunten Glasfenstern. Wie eindrucksvoll mochte das alles erst wirken, wenn die Sonne durch die hohen Fenster schien und das Kirchenschiff mit ihrem strahlend hellen Licht durchflutete!

„Schließ den Mund und senk den Blick!", zischte ihr Maman ins Ohr. „Du wirst noch stolpern, wenn du deine Augen nicht endlich nach vorn richtest!"

Theresia nickte artig, doch bevor sie den Blick auf ihre Schuhspitzen gerichtet hatte, bemerkte sie einen jungen Mann, der sofort ihre gesamte Aufmerksamkeit auf sich zog. Beinahe wäre sie tatsächlich gestürzt. Nur Henriettes energische Hand hielt sie davon ab, wie eine ungeschickte Dienstmagd auf dem steinernen Fußboden zu landen.

„Reiß dich endlich zusammen!", warnte ihre Stiefmutter und ließ sie los.

Theresia versuchte zu gehorchen, doch während sie durch den Mittelgang der Kirche zu ihrem Platz ging, konnte sie es nicht verhindern, dass ihre Blicke wie magisch von dem jungen Mann angezogen wurden.

Er stand nur wenige Schritte von ihr entfernt. Zu seinen hellen Hosen trug er hohe schwarze Stiefel und einen dunkelgrünen Frack. In der Hand drehte er seinen Zylinder geistesabwesend hin und her und schaute sich, genau wie

Theresia zuvor, über die Menge hinweg um. Er war groß gewachsen, jedoch eher von zarter Statur. Dennoch hatte seine Haltung etwas Ausdrucksvolles, Herrschaftliches an sich. Das Außergewöhnlichste an ihm aber waren seine Augen: Sie hatten die Farbe eines Waldsees, der das Grün der Blätter an einem sonnigen Sommertag spiegelte. Mit einem Male auf sie aufmerksam geworden, schaute er nun zu ihr herüber. Theresia hatte das Gefühl, sich in diesen Augen zu verlieren. Sie konnte den Blick einfach nicht abwenden und wäre fast in einen kleinen Jungen hineingerannt, der in der Mitte des Ganges stehen geblieben war und sie nun mit erschrockener Miene ansah.

„Wohin starrst du denn so?“ Henriette versuchte, die Richtung zu ergründen, in die ihre Stieftochter geschaut hatte. Mit einer Hand griff sie unter Theresias Ellenbogen und schob sie weiter vorwärts, mit der anderen scheuchte sie den anscheinend verloren gegangenen Jungen aus dem Mittelgang. Mittlerweile waren sie ziemlich weit vorn im Kirchenschiff angelangt – bei den Plätzen, die der Familie Rotenburg von alters her zugewiesen waren. Violette Samtkissen lagen hier auf den harten Kirchenbänken. Theresia ließ sich neben ihrer Mutter auf einem davon nieder. Zu gern hätte sie sich nach dem jungen Mann umgewandt, der einige Reihen hinter ihr stand, aber sie wagte es jetzt nicht mehr.

„Gehe sie und suche sie sich einen Platz in den hinteren Reihen. Wir brauchen sie hier vorerst nicht mehr“, befahl Henriette schroff der Zofe. „Und warte sie nachher am Ausgang auf uns! Nicht, dass wir sie noch suchen müssen!“

Marie knickste, drehte sich um und huschte den Gang entlang zurück nach hinten. Das gab Theresia einen Grund, sich umzuwenden. Während sie so tat, als schaue sie zu, wie sich Marie einen freien Platz nahe der Tür suchte, ließ sie ihre Blicke so unauffällig wie möglich über die Menschenreihen schweifen. Sie vermochte jedoch das grüne Augenpaar, das sie so sehr fasziniert hatte, nicht mehr zu entdecken. Offenbar hatte der junge Mann sich hingesetzt.

„Was gedenkst du zu finden?" Henriette hatte sich weit zu ihrer Ziehtochter hinübergebeugt und zischte ihr ins Ohr. „Verrenkst dir hier den Hals und ziehst die Blicke der ganzen Herrschaften auf dich. Es ist eine Schande!"

„Was ist eine Schande?" Konrad von Rotenburg, der vor der Kirche noch auf mehrere Bekannte getroffen war und mit ihnen ein paar Worte gewechselt hatte, trat zu ihnen und blieb vor der Kirchenbank stehen. Er und Henriette wechselten einen langen Blick, dessen Bedeutung Theresia nicht verstand. Als seine Frau nicht antwortete, nahm Konrad zwischen ihr und seiner Tochter Platz. Theresia fing seinen Blick auf und glaubte einen gewissen väterlichen Stolz in seinen Augen zu erkennen. Sie strahlte ihn an und legte ihre Hand auf seinen angewinkelten Unterarm. Er schenkte ihr ein warmes Lächeln. Immer noch lächelnd wandte er sich nun auch wieder seiner Gattin zu. Doch Henriette zog es noch immer vor, zu schweigen. Gestreng starrte sie nach vorn, spitzte ihre Lippen und senkte den Blick auf ihre im Schoß gefalteten Hände.

Während des Gottesdienstes lauschte Theresia andächtig den Worten des Pastors und den Klängen der Orgel. Mit geschlossenen Augen saß sie da, ließ sich von der Musik forttragen. Fort aus der Kirche, hinaus in die Natur. Sie träumte von einem tiefen, grünen See. Von einem sonnendurchfluteten Wald. Doch dann wurden die Töne der Orgel dunkel, düster und interpretierten die Kreuzigung des Herrn in Moll. Und auch in Theresias Traum wurde es plötzlich dunkel. Der Himmel verfinsterte sich. Das freundliche Grün verschwand, und der See lag mit einem

Male schwarz und bedrohlich vor ihr. Schnell öffnete sie die Augen wieder und griff nach der Hand ihrer Mutter. Henriette schaute ihre Tochter an, entzog ihr die Hand jedoch nicht.

Nachdem sie sich aus dem Bann der Musik befreit hatte, ließ Theresia ihren Blick in der Kirche umherwandern. Als der Gottesdienst zu Ende war und die Gemeinde dem Ausgang zustrebte, meinte sie kurz, den jungen Mann mit den grünen Augen zu sehen, der ihr Interesse so sehr auf sich gezogen hatte. Aber als sie genauer hinschaute, war er schon wieder verschwunden. Stattdessen begegnete sie dem Blick eines Herrn in schwarzem Frack, mit samtverbrämten Aufsätzen an Ärmeln und Kragen. Auch er war von großem Wuchs, mindestens so groß wie der Mann, den Theresia beim Betreten Kirche vorhin so interessant gefunden hatte. Doch war seine Statur muskulöser, seine Haltung weniger aristokratisch, eher geduckt. Seine Bewegungen hatten etwas Katzenhaftes, aber auf eine beinahe angsteinflößende Art. Alles an ihm erinnerte Theresia an ein Raubtier, das sich zum Sprung bereit machte. Unverhohlen musterte er sie, und als er bemerkte, dass sie ihn ansah, da verzogen sich seine Lippen zu einem spöttischen, unangenehmen und gekünstelten Lächeln. Theresia fröstelte und trat einen Schritt zurück. Dicht hielt sie sich jetzt an Henriette und war froh, als der Ausgang in erreichbare Nähe rückte. Plötzlich kam ihr das Gedränge der vielen in dunkle Stoffe gekleideten Menschen bedrückend vor.

„Baronin!" Kurz bevor sie das Kirchenportal erreicht hatten, kam eine ältliche, in staubiges Schwarz gekleidete Frau auf sie und ihre Stiefmutter zu. „Ist das Ihre Tochter?" Neugierig starrte die Alte Theresia an, sodass ihr recht unbehaglich zumute wurde.

Ihr Vater erlöste sie aus ihrer unangenehmen Lage.

„Komm, Kind!", sagte er und hakte ihren Arm bei sich unter. „Madame Kestner ist eine langjährige Bekannte deiner Maman. Lassen wir die beiden einen Moment allein, damit sie sich unterhalten können."

Henriette schien mit diesem Gedanken nicht besonders glücklich zu sein. Erschrocken schaute sie erst auf Theresia, dann mit einem missmutigen Ausdruck auf die Alte, die sich nun unter begeistertem Schwatzen bei ihr einhakte. Henriette war anzusehen, dass sie es vorgezogen hätte, bei Theresia zu bleiben und über sie zu wachen, aber die Höflichkeit gebot es, dass sie sich mit ihrer Bekannten befasste.

Als ihr Vater Theresia aus der Kirche nach draußen führte, kam es ihr vor, als hätte sich die Tür zur Freiheit einen winzigen Spalt aufgetan.

Nach dem Dunkel im Innern der Kirche wirkte der Platz davor nun umso heller auf Theresia. Erleichtert atmete sie auf. Auch wenn sie den Gottesdienst, vor allem der Musik wegen, genossen hatte, so hatte der Kirchenraum doch auch etwas Beklemmendes für sie gehabt. Dinge fielen ihr ein, die ihr die dicke Marta früher erzählt hatte ...

„Was denkst du?" Die Frage ihres Vaters riss Theresia aus der Grübelei, in der sie zu versinken drohte. Ernst blickte er sie an.

Sie zwang sich zu einem Lächeln. „Ich musste an Marta denken."

Kurz schaute er ratlos, doch dann schien ihm einzufallen, dass Marta die verstorbene Köchin war, über die sie erst unlängst schon einmal gesprochen hatten. „Marta", sagte er nur.

Theresia nickte. „Die Kirche ist so groß und schön, hat sie einmal gesagt, dass Gott selbst darin wohnen muss. Und jedem, der ihn dort besucht, blickt er geradewegs ins Herz hinein." Sie unterdrückte ein Schaudern, weil sie meinte, den Blick Gottes noch immer auf sich spüren zu können. Doch als sie sich nun umwandte, um nach der schützenden Gegenwart ihrer Stiefmutter Ausschau zu halten, da entdeckte sie, dass es nicht der Blick Gottes war, den sie spürte.

Es war der des Mannes im schwarzen samtbesetzten Frack, der ihr schon eben am Ende des Gottesdienstes so unangenehm aufgefallen war.

Mit lässiger Haltung lehnte er an einer Mauer am Rande des Kirchvorplatzes, und er schaute so unverwandt in Theresias Richtung, dass es nun auch Konrad bemerkte. In einer deutlichen, besitzergreifenden Geste hakte der Baron den Arm seiner Tochter unter den seinen und führte sie in eine andere Richtung, in der der unverschämte Blick des Mannes sie nicht mehr treffen konnte.

Bevor Theresia ihn fragen konnte, ob er den finsteren Kerl kannte, stieß Marie wieder zu ihnen, und gleich darauf auch Theresias Stiefmutter. Gehorsam hakte Theresia sich bei Henriette ein, und zu viert schritten sie zu den Kutschen hin, die nun am Rande des Kirchplatzes vorfuhren.

In Theresia kribbelte die Ungeduld.

Sie konnte es kaum noch erwarten, ihrer Zofe zu Hause in der Abgeschiedenheit ihrer Kammer von dem sonderbaren Mann zu berichten, der sie so durchdringend angeschaut hatte. Von dem jungen Burschen aber, dem mit den wunderbar grünen Augen, würde sie Marie vorerst nichts verraten.

Die kleine Gruppe war gerade im Begriff, die Kutsche zu besteigen, als Theresias Vater angesprochen wurde. „Baron von Rotenburg! Könnten Sie wohl eine Minute Ihrer kostbaren Zeit erübrigen?" Ein kräftig gebauter Herr in dunkelblauen Hosen mit farblich dazu passendem zweireihigem Gehrock näherte sich ihnen mit ausladenden Schritten.

„Herr Langenthal! Welche Freude, Sie zu sehen!“, sagte Konrad.

Heinrich Langenthal entstammte einer im Dorf schon lange ansässigen Familie, die durch viel Fleiß und Verstand nach und nach zu Besitz und Reichtum gekommen war. Herr Langenthal selbst war der Begründer eines aufstrebenden Sägewerkes, ein sehr gefragter Mann auf seinem Gebiet. Und einer der Ersten, der neue Maschinen in seinem Werk eingeführt hatte, die die Arbeit erleichterten, das wusste Theresia von Erzählungen ihres Vaters. Es hieß, sein Vermögen überstieg das der meisten alteingesessenen Adelsfamilien in diesem Teil der deutschen Lande um ein Vielfaches. Theresia beschäftigte sich nicht viel mit solchen Fragen, aber die Tatsache, dass ein Bürgerlicher reicher sein sollte als ihr Vater, der Baron, erschien ihr doch unglaubwürdig.

Langenthal schüttelte ihrem Vater die Hand, dann wandte er sich zunächst Henriette zu. „Wie nett, auch Ihnen wieder einmal zu begegnen, Baronin!“ Galant verbeugte er sich vor Theresias Stiefmutter.

„Sehr erfreut“, sagte Henriette steif und in einem Tonfall, der erkennen ließ, dass sie es nicht so meinte. Sie hielt Langenthal für einen Emporkömmling, das hatte Theresia sie einmal bei einem Abendessen sagen hören. „Viel Geld mag er ja haben, aber keine Umgangsformen!“ Das waren Henriettes Worte gewesen. Theresia musterte den Besitzer des Sägewerkes jetzt unauffällig. Er war in ebenso teure Kleidung gehüllt wie ihr Vater, und die Art, wie er redete und sich benahm, ließ nicht im Geringsten auf mangelnde Umgangsformen schließen. Ob Henriette sich mit ihrem Urteil über ihn irrte?

„Herr Langenthal, das ist meine Tochter, Theresia“, stellte Konrad dann seine Tochter vor. Ein düsterer Schatten huschte über Henriettes Antlitz, sie schwieg jedoch verbissen. „Theresia, das ist Heinrich Langenthal.“

Langenthal verneigte sich auch vor Theresia. „Wie schön, Sie endlich kennen zu lernen, Baronesse! Ihr Herr Vater erwähnte sie stets mit vor Stolz geschwellter Brust, wenn wir das Vergnügen hatten, miteinander Geschäfte zu machen." Beim letzten Teil seiner Worte verdunkelten sich kurz Konrads Gesichtszüge. Langenthal schien es nicht bemerkt zu haben. Er lächelte. „Meine Söhne haben mich ebenfalls zum Gottesdienst begleitet. Einer von ihnen steht dort hinten bei unserer Kutsche. Sebastian!" Er winkte zu einem jungen Mann herüber, und Theresias Herz setzte einen Schlag lang aus. Nur undeutlich hörte sie, wie Langenthal fragte: „Sie kennen meine Söhne doch, Baron, nicht wahr?"

Die Antwort ihres Vaters hingegen entging ihr völlig, denn jetzt schaute der Angesprochene zu ihnen herüber. Theresia hatte ihn längst an seiner Kleidung und seiner Gestalt erkannt, doch als sich nun der Blick seiner grünen Augen auf sie richtete, da begann ihr Herz in ihrer Brust zu flattern wie ein kleiner Vogel in seinem Käfig. Der junge Mann kam direkt auf sie zu!

„Darf ich bekannt machen", sagte Langenthal. „Mein Sohn Sebastian. Sebastian, das ist Baronesse Theresia von Rotenburg. Ihre Eltern, den Baron und die Baronin, kennst du ja."

„Baronesse!" In Sebastians Augen erschien ein Funkeln, als er sich elegant vor Theresia verneigte. Es hat etwas Spöttisches an sich, dachte sie und fühlte gleich darauf, wie ihr die Röte in die Wangen stieg. Insgeheim segnete sie Marie dafür, dass sie sie am Morgen so sorgsam geschminkt hatte.

Sebastians grüne Augen waren umkränzt von dichten braunen Wimpern.

In Theresias Kopf kreisten die Gedanken. Was sollte sie nun tun? Sie hatte keine Ahnung, was sich im Umgang mit einem jungen Mann wie Sebastian schickte. Sie neigte den Kopf. „Mein Herr", murmelte sie mit belegter Stimme und kam sich dabei unendlich linkisch vor.

Was musste er nur von ihr denken?

Sein Blick lag schwer auf ihr.

Rasch senkte sie die Lider, während Sebastian sich ihrer Stiefmutter zuwandte und erst sie und dann Konrad höflich begrüßte. Der Klang seiner Stimme löste eine Gänsehaut bei Theresia aus.

Als Sebastian der Höflichkeit Genüge getan hatte, wanderte sein Blick zu Theresia zurück.

Sie spürte Henriettes harte Hand an ihrem Oberarm, den Druck ihrer Finger, der ihr eine Warnung sein sollte, und plötzlich war sie dankbar dafür. Es kam ihr vor wie ein dringend notwendiger Halt, den Henriette ihr bot. Ihre Knie zitterten ein wenig. Sie senkte den Blick auf das Pflaster vor ihren Füßen.

Sebastians hohe Stiefel glänzten.

„Ah!", hörte sie seinen Vater sagen. „Da ist ja auch mein anderer Sohn. Ludwig! Kommst du bitte kurz? Ich möchte dir jemanden vorstellen."

Ein weiterer Mann trat vor Theresia hin, diesmal wagte sie es nicht, sofort aufzuschauen, sondern hielt den Blick streng gen Boden gerichtet. Erst, als Langenthal den Neuankömmling als seinen Sohn Ludwig vorstellte, war sie gezwungen, den Kopf zu heben.

Vor Schreck zuckte sie zusammen.

Vor ihr stand der Kerl im schwarzen Frack, der sie in der Kirche und auf dem Platz vorhin so unverschämt gemustert hatte. Seine kristallblauen Augen verengten sich für einen Wimpernschlag, bevor er sie erneut abschätzend von oben bis unten musterte. Seine blassroten Lippen verzogen sich zu einem schmalen Lächeln, als sein Blick an der Stelle hängenblieb, wo unter Theresias Mantel ihr

Dekolleté begann. Süffisant verzog er einen Mundwinkel nach oben und zwinkerte Theresia unverhohlen zu.

Henriette räusperte sich vernehmlich, und zu Theresias Erleichterung verstand Ludwig den Wink. Er nickte allen seine Begrüßung zu, die allerdings wesentlich weniger herzlich ausfiel als die von Sebastian.

„Haben Sie die Einladung schon ausgesprochen, werter Herr Vater?", fragte Sebastian.

Langenthal schüttelte den Kopf. „Ich wollte gerade dazu kommen." Er wandte sich Theresias Vater zu. „Wie in jedem Jahr am Karfreitag haben wir auch heute Nachmittag einen kleinen Ausritt vorbereitet, zu dem ich Sie und Ihre Familie herzlich einladen möchte. Sie müssen verzeihen, dass die Einladung nicht schon eher ausgesprochen wurde, aber da Sie die letzten Jahre immer abgelehnt hatten, dachte ich ... Aber, so ich Sie nun persönlich treffe, wird vielleicht in diesem Jahr etwas daraus?" Fragend schaute Langenthal Theresias Vater an.

Konrad schien unschlüssig. Er begegnete Henriettes verkniffenem Blick und antwortete dann: „Leider nein. Ich muss dankend ablehnen. Vielleicht zu einer anderen Gelegenheit?"

Henriette räusperte sich erneut, zog Theresia am Ärmel und wandte sich bereits zum Gehen.

Konrads Blick huschte zwischen ihr und den Langenthals hin und her. „Verzeihen Sie, aber wie Sie sehen, sind wir sehr in Eile", entschuldigte er sich. Theresia ahnte, dass er gern noch geblieben wäre, dass er die Einladung gern angenommen hätte.

Der Druck, den Henriettes Arm auf sie ausübte, wurde jetzt unnachgiebig, und so blieb Theresia nichts anderes übrig, als ihrer Stiefmutter zu den Kutschen zu folgen.

Ihr Vater schloss sich ihnen an.

Kurz bevor sie einstieg, schaute Theresia sich noch

einmal um und entdeckte, dass Sebastian ihr nachsah. Ein letztes Mal trafen sich ihre Blicke.

Sebastian wusste nicht, wie ihm geschehen war. Dieses Mädchen hatte ihn verzaubert. Diese Augen, so hell und klar wie ein frischer Frühlingsmorgen. Die langen Wimpern, die sie umkränzten, einem Fächer gleich. Und erst der Mund! Lieblich geschwungen, die Lippen voll und von dem zarten Rot einer gerade erblühten Pfingstrose. Das leichte Rosa, das ihr auf die Wangen gemalt war, wie auf kostbares Porzellan. Alles an ihr wirkte filigran, zerbrechlich. Im Gegensatz dazu das Funkeln ihrer blaugrauen Augen. Abenteuerlust und pure Lebensfreude meinte er darin erkannt zu haben. Dieses Mädchen löste den Wunsch in ihm aus, sie zu beschützen. Und gleichzeitig den, sie an die Hand zu nehmen und ihr die Welt zu zeigen. Er stellte sich vor, wie er ihr das lange blonde Haar löste und mit den Fingern hindurchfuhr. Wie mochte es sich anfühlen? Wie duften?

„He!" Ein ruppiger Stoß traf ihn im Rücken, und er begriff, dass er verträumt dagestanden hatte, einen Fuß bereits in der Kutsche, den anderen noch auf dem Pflaster des Kirchplatzes. Als er den Kopf wandte, sah er Ludwig, der ihn angrinste. „Unzüchtige Gedanken, Bruderherz?", fragte er spöttisch.

Energisch verneinte Sebastian, aber er fürchtete, Ludwig könne ihn durchschaut haben. Waren seine Gedanken an Theresia wirklich unzüchtig?

Wieder sah er sich durch ihre goldenen Haare streichen, ihren Nacken küssen ... Er blinzelte, und das Bild verschwand abrupt.

Einerlei!

Für ihn zählte nur eines: Er musste Theresia wiedersehen, koste es, was es wolle!

Kapitel II

Nach ein paar Jahren trug es sich zu,
dass der Sohn des Königs durch den Wald ritt ...

Der Karfreitagsausritt dauerte bereits über eine Stunde, als Ludwig seinen schwarzen Wallach zu Sebastians brauner Fuchsstute aufschließen ließ und ihn zügelte. Sebastian war gezwungen, seine Geschwindigkeit ebenfalls zu mäßigen.

„Du solltest deine Kräfte für nützlichere Taten verwenden, lieber Bruder!“ Ein obszönes Lachen verdeutlichte nur allzu genau, was Ludwig als nützlichere Taten anzusehen pflegte. „Unser Herr Vater lässt dir ausrichten, dass du eigentlich besser wissen müsstest, was sich an einem Karfreitag schickt.“

Sebastian ahnte, was er meinte. Sein Bruder war ihm nachgesandt worden, um ihn daran zu erinnern, dass dieser Ausritt wegen des besonderen Tages, an dem er stattfand, in gemessenem Tempo absolviert zu werden hatte, und nicht in dem wilden Galopp, in den er sein Pferd aus purem Übermut hatte fallen lassen. Ein Blick über die Schulter verriet Sebastian, dass er sich nicht getäuscht hatte. Heinrich Langenthal schaute ihn mit strenger Miene an, der überdeutlich anzusehen war, dass er die Ausgelassenheit seines jüngeren Sohnes nicht guthieß.

Sebastian neigte entschuldigend den Kopf und zügelte seine Stute noch ein wenig mehr. Unwillig schüttelte Helena die helle Mähne.

„Dir ist die kleine von Rotenburg auch aufgefallen – vorhin, nach dem Gottesdienst, nicht wahr *Bruder*?“, fragte Ludwig.

Sebastian horchte auf. Seine Stute war in einen ruhigen Trab verfallen, und Ludwig ritt jetzt dicht neben ihm.

„Ich wusste gar nicht", sprach sein Bruder weiter, „dass der alte Konrad und seine reizende Gattin eine Tochter in unserem Alter haben. Haben sie wohl bis jetzt gut versteckt." Er wartete, ob Sebastian etwas zu dem Gespräch beisteuern wollte, und als das nicht der Fall war, fuhr er fort: „Dabei ist das Gänschen doch gar nicht so hässlich! Im Gegenteil, sie ist sogar recht appetitlich, wenn ich's recht bedenke!" Er schnalzte mit der Zunge, und in seine Augen trat dieses besondere Glitzern, das er beim Anblick von Röcken oft und gern an den Tag legte. Was hinter seiner Stirn vorging, konnte Sebastian nur allzu leicht erraten. Und es gefiel ihm ganz und gar nicht. Kein Wunder, dass ihre Mutter Ludwig nicht selten mit einem gewissen Grafen von Vellmar verglich, wenn sie wütend auf ihn war. Ein rechter Schwerenöter musste der wohl zu seiner Zeit gewesen sein, wenn man dem Gerede der Frauen, die ihn gekannt hatten, Glauben schenken wollte – und Schlimmeres ... Sebastian biss die Zähne zusammen. Es gab überaus finstere Gerüchte über den vor langer Zeit verstorbenen Grafen von Vellmar, und er würde einen Teufel tun, sich mit diesen eingehender zu befassen. Wer wusste schon, was vor mehr als zwanzig Jahren geschehen war, und wie sehr die Bosheit menschlicher Zungen die Wahrheit seitdem verdreht hatte?

„Sie scheint es nicht gewohnt zu sein, sich in einer größeren Ansammlung von Menschen zu bewegen", sagte er und biss sich auf die Lippe dabei. Besser, er ließ nicht zu deutlich durchblicken, dass er tatsächlich ein Auge auf Theresia geworfen hatte, denn wie er Ludwig kannte, würde das seinen Bruder nur dazu anspornen, Theresia umso heftiger den Hof zu machen.

Ludwig nickte. Der gierige Ausdruck in seinem Blick

war Sebastian unangenehm. „Du hast sie ziemlich verunsichert“, fuhr er darum fort. „Das Mädchen wird ein völlig falsches Bild von uns Männern bekommen.“

Nun zog Ludwig die Stirn kraus und Sebastian war sich nicht sicher, wie er seine Worte aufgefasst hatte. Nur einen Augenaufschlag später jedoch fiel der begehrliche Ausdruck von Ludwig ab, und er begann, schallend zu lachen.

„Das ist recht!“, japste er. „Spielst den edelmütigen Ritter und hast doch selbst schon einen Blick auf dieses Vögelchen geworfen. Sie schien dir verunsichert, was? So genau hast du sie dir also schon angesehen? Denkst du, ich habe deine Blicke nicht bemerkt? Und wie sie dich angehimmelt hat! Hast wohl gar dein Herz schon an sie verloren?“

„Du redest Unsinn, Bruder!“ Sebastian reagierte weitaus heftiger, als er es vorgehabt hatte. „Allein, meine Beobachtungsgabe ist ein wenig feiner als die deine“, fuhr er in leichterem Ton fort. „Dir müsste ein Weibsbild ja schon eine Keule über den Kopf ziehen, bevor du begreifst, dass sie nichts von dir hält.“

Es war eine Gewohnheit von ihnen, sich gegenseitig mit derartigen Frotzeleien aufzuziehen. Doch zu Sebastians Überraschung schien Ludwig seine Seitenhiebe heute nicht für einen spielerischen Waffengang zu halten. Waren sie am Ende auch nicht so gemeint? Sebastian horchte in sich hinein. Er spürte, wie Verwirrung sich in ihm breitmachte.

Einen Augenblick lang starrte Ludwig vor sich hin. Die Pferde erklommen einen Hügel, der zur rechten wie zur linken Seite von wilden Himbeerbüschen übersät war.

Da endlich lachte Ludwig erneut los.

Sebastian fiel erleichtert ein.

„Du musst noch einiges lernen, Brüderchen“, sagte Ludwig. „Ein *Nein* bedeutet nicht immer nein und nicht selten meint es *ja*. Doch von diesem besonderen Spiel verstehst du, scheint es, noch nicht allzu viel! Gerade mit denen, die sich zieren, hat man am Ende den meisten Spaß. Wirst es schon selbst noch erleben!"

Ein eigenartiges Gefühl von Widerwillen ergriff Sebastian bei diesen Worten, und wieder sah er Theresias Gesicht vor sich. Ihre lebendigen, klaren Auge. Nur undeutlich hörte er, wie Ludwig weiter vor sich hinschwadronierte. „Halt dich nur immer an mich, dann kannst du dir noch einiges abschauen." Ludwig brachte seinen schwarzen Wallach zum Stehen. Sein Blick ruhte schwer auf Sebastian. „Aber ich warne dich!", setzte er kühl hinzu. „Du magst dir die Zuneigung meines Vaters erschlichen haben, aber bei der kleinen Rotenburg komm mir bloß nicht in die Quere! Die habe ich für mich reserviert!" Mit einem Ruck wendete er sein Pferd und preschte zum Rest ihrer Gesellschaft zurück. Sebastian starrte ihm nach. Ihm war nicht entgangen, dass Ludwig „meines Vaters" gesagt hatte und nicht „unseres Vaters". War sein Interesse an Theresia von Rotenburg etwa so groß, dass er gewillt war, die alten, längst überwunden geglaubten Gräben zwischen ihnen wieder aufzureißen? Während er das überlegte, sah Sebastian zu, wie Ludwig sich der jungen Komtesse Ingrid von Wilhelmsburg andiente und sich im Sattel zu ihr hinüberbeugte. Den Scherz, den er ihr ins Ohr raunte, konnte Sebastian nicht verstehen, aber dem Blick, den die Komtesse ihm zuwarf, entnahm er, dass es um ihn gegangen war.

Er entschied, dass es das Beste sein würde, die beiden zu ignorieren. Sebastian wendete nun ebenfalls. Energisch gab er seiner Stute die Sporen. Das alberne Kichern und die gurrenden Laute seines Bruders blieben hinter ihm zurück, als er sein Tier wieder in Galopp fallen ließ.

Er kehrte zu seinem Vater zurück, der ihn mit ausdruckslosem Gesicht von der Seite her musterte. Eine Weile ritt er im Schritt neben ihm her, doch es dauerte nicht lange, bis er die Stille zwischen ihnen kaum noch aushielt.

„Warum so nachdenklich?“, fragte sein Vater und erlöste ihn damit aus dem brütenden Schweigen.

Sebastian blickte in Ludwigs Richtung. „Kann es sein, Vater, dass er mir immer noch Vorwürfe macht?“

Der alte Langenthal runzelte verständnislos die Stirn.

„Ich meine“, erklärte Sebastian sich, „ich dachte, wir hätten die Streitigkeiten beigelegt, die wir in den letzten Jahren wegen meiner ... nun, Herkunft ausgefochten haben.“ Er zögerte, bevor er das Wort „Herkunft“ aussprach. Nach all den Jahren bereitete es ihm noch immer Unbehagen, über dieses Thema zu reden. Unwillkürlich tastete er nach dem Medaillon, das unter seinem Hemd auf seiner Brust baumelte.

Er war nicht Heinrichs leiblicher Sohn. Als Säugling hatte man ihn auf den Stufen der Dorfkirche gefunden, eingewickelt in eine alte Decke und mit dem Medaillon in der kleinen Faust. Heinrich Langenthal und seine Gattin hatten sich seiner angenommen und ihn wie einen Sohn aufgezogen, und vor einigen Jahren hatte das zu großen Spannungen sowohl zwischen den *Brüdern* als auch zwischen Ludwig und seinem Vater geführt. Ludwig hatte seinem Ziehbruder vorgeworfen, ihm das Erbe streitig zu machen, auf das Sebastian, nach Ludwigs Ansicht, nicht den geringsten Anspruch anmelden konnte. Erst nachdem Heinrich ihm überaus deutlich gemacht hatte, dass er unabhängig von seiner Herkunft in Sebastian einen leiblichen Sohn sah und ihn ebenso liebte wie Ludwig, hatte der schließlich irgendwann Ruhe gegeben. Bis heute hatte Sebastian geglaubt, dass Ludwig sich mit der Vorstellung, dereinst sein Erbe mit ihm teilen zu müssen, arrangiert hatte.

Doch die giftigen Worte, die sein Bruder ihm soeben an den Kopf geworfen hatte, ließen Zweifel an dieser Erkenntnis aufkommen.

Du magst dir die Zuneigung meines Vaters erschlichen haben ...

Die Worte schmerzten Sebastian mehr, als er sich eingestehen wollte.

Heinrich wählte seine Worte mit Bedacht. „Er ist einfach ein Hitzkopf. Du darfst die Dinge, die er sagt, nicht so ernst nehmen. Ich bin sicher, er liebt dich wie einen Bruder."

Sebastian sah zu, wie Ludwig mit der Komtesse von Wilhelmsburg turtelte. „Wenn Sie meinen", murmelte er. Doch überzeugt war er plötzlich nicht mehr.

Wenn er doch nur gewusst hätte, wer er wirklich war!

Er schob die trübseligen Gedanken fort und schaute seinen Vater von der Seite her an. Heinrich Langenthal wirkte plötzlich besorgt. Besser, sie wechselten rasch das Thema.

Sebastian zwang sich zu einem Grinsen. „Wissen Sie noch, Vater, wie wir auf diesem Wege in früheren Tagen stets Wettrennen veranstalteten nach einem langen Winter? Ach, ich wünschte, die Jugend käme noch einmal zurück." Er seufzte theatralisch. Aus den Augenwinkeln beobachtete er seinen Vater dabei.

Heinrich Langenthal blinzelte, dann schmunzelte er. Er schien froh, den Schatten des Gestern zu entkommen. „Du sprichst von vergangener Jugend, lieber Sohn, und bist mit deinen nicht einmal zwanzig Lenzen doch selbst gerade erst den Kinderschuhen entwachsen. Wenn jemand Grund zur Wehmut nach den alten Zeiten hätte, wäre das dann nicht dein alter Herr?"

„Sie sind nicht alt, Vater. Sie sind weise." Sebastian grinste. Sein Herz wollte jetzt wieder leichter schlagen, und er vermied es, noch einmal in Ludwigs Richtung zu schauen. Er ahnte, dass sein Bruder beobachtete, wie er mit ihrem Vater sprach, und er schob das Gefühl, Ludwig plötzlich zum Feind zu haben, in den hintersten Winkel seines Verstandes. „Wer weiß", sagte er leichthin, „vielleicht sind Sie auch einfach zu bequem geworden, oder haben Sie etwa gar Angst, ich könnte Sie bei einem Wettrennen besiegen?" Er hatte diesen letzten Satz kaum zu Ende gebracht, da trieb Heinrich seinem Schimmel auch schon die Fersen in die Seiten, und beide flogen sie in ausgestrecktem Galopp über den holprigen Feldweg dahin.

Atemlos kamen Vater und Sohn als Erste auf dem Landsitz der Familie Langenthal an. „Davon erzählen wir deiner Frau Mutter besser nichts." Heinrich zwinkerte seinem Ziehsohn zu. Sebastian nickte und sah sich um. In einiger Entfernung folgten die Gäste, angeführt von Ludwig, der noch immer an der Seite von Komtesse Ingrid ritt und sie umgarnte.

Sebastian schielte zu seinem älteren Bruder hinüber und beobachtete genau, wie er sich der jungen Dame immer vertraulicher zuwandte. Galant half Ludwig der Komtesse vom Pferd, und in Sebastian keimte die Hoffnung, dass er darüber die Tochter der von Rotenburgs vergessen würde.

Er sah zu, wie Ludwig schließlich mit dem Mädchen hinter den Stallungen verschwand. Während die Gäste mit seinem Vater das Haus betraten, blieb Sebastian noch einen Moment bei den Pferdeknechten stehen.

„Schau dir bitte einmal Ludwigs Wallach an", beauftragte er einen von ihnen, einen jungen Mann mit Namen Felix, mit dem ihn seit Jahren eine heimliche Freundschaft verband. „Ich habe das Gefühl, dass er ganz leicht lahmt. Vorne links."

Felix nickte. Er war der Sohn eines einfachen Schusters, aber seine Leidenschaft und vor allem sein Talent für Pferde hatten ihn früh in den Dienst der Langenthals gebracht, wo er als junger Bursche im Alter von kaum zwölf Jahren Sebastian zum ersten Mal begegnet war. Unterschiedlicher Meinung waren sie damals darüber gewesen, wie ein junges Pferd einzureiten sei, und über dieser Meinungsverschiedenheit hatten sie sich so in die Haare bekommen, dass sie am Ende wie zwei Kampfhähne aufeinander losgegangen waren. Sebastians Vater persönlich hatte sie voneinander getrennt, und er hatte Sebastian eine Woche Hausarrest verordnet. Die Strafe war für Sebastian eine Qual gewesen, denn sein Vater hatte sich geweigert, ihm zu verraten, wie er Felix für die Rauferei bestraft hatte. Sieben Tage lang hatte Sebastian sich ausgemalt, dass Felix in Unehren entlassen und wie ein Hund vom Hof gejagt worden war. Umso erleichterter war er gewesen, als seine Haft schließlich endete und er feststellte, dass Felix, während Sebastian eingesperrt gewesen war, völlig selbstverständlich und gänzlich unbehelligt seinen Dienst im Pferdestall getan hatte. Als Sebastian seinen Vater wegen dieser Ungerechtigkeit zur Rede gestellt hatte, da hatte Heinrich ihn für eine weitere Woche in seine Zimmer verbannt.

Nach dieser Zeit endlich hatte Sebastian eines begriffen: Als Heinrichs Sohn hatte er viel mehr als ein Stallbursche die Pflicht, sich anständig und gemessen zu verhalten. Noch immer behandelte man die Familie Langenthal in Adelskreisen nicht wie ihresgleichen und hinter vorgehaltener Hand sprach man auch weiterhin von ihnen als Emporkömmlinge, ohne rechte Etikette. Heinrich tat sein Bestes, dieses Vorurteil auszuräumen. Das Gleiche verlangte er von seinen Söhnen. Es war eine Lektion, an der Sebastian heute noch manchmal kaute.

Mit Felix jedoch verband ihn seit dieser Zeit eine herzliche, wenn auch recht ruppige Freundschaft.

Nachdem der junge Stallbursche ihm versichert hatte, dass er sich gleich um Ludwigs Wallach kümmern würde, wollte Sebastian zu den anderen Gästen ins Herrenhaus gehen. Als er jedoch die Ecke des Pferdestalls umrundete, hörte er das gekünstelte Lachen seines Bruders, gefolgt von dem mädchenhaften Kichern der jungen Komtesse. Was soll's, dachte er leichthin, sollen die beiden doch ihren Spaß haben! Diskret wollte er sich abwenden.

Doch dann stieß Ingrid plötzlich einen kleinen Schrei aus, der alles andere als kokett klang. Mit einem Ruck blieb Sebastian stehen.

„Ludwig!“ Die Stimme der jungen Frau zitterte. „Ich bitte Sie!“

Ludwigs gemurmelte Erwiderung war kaum zu verstehen.

Vorsichtig schob Sebastian sich vor. Ludwig und die Komtesse standen in einer Ecke, die von zwei Seitenwänden der Stallungen gebildet wurde. Die junge Frau hatte sich mit dem Rücken gegen die Wand gedrängt, Ludwig verdeckte ihren Körper halb vor Sebastians Blicken, und dennoch konnte Sebastian erkennen, dass die Bluse der jungen Frau halb aufgeknöpft war und ihre Brüste nur noch spärlich bedeckte. Einzelne Haarsträhnen hatten sich aus ihrer Frisur gelöst. Der Rock war ihr bis über die Knie nach oben geschoben. Mit einer Hand hielt Ludwig den Stoff, mit der anderen nestelte er am Untergewand des Mädchens.

„Nein, Monsieur!“, stieß Ingrid hervor. „Das dürfen Sie nicht!“ Entsetzen stand ihr ins Gesicht geschrieben. „Lassen Sie ab von mir! So lassen Sie mich doch, ich bitte Sie!“

Doch statt auf ihr Flehen zu hören, öffnete Ludwig das Band seiner halblangen Hose und ließ sie herunter. Das Mädchen schrie, aber er legte ihr seine schwere Hand auf den Mund und erstickte so den Schrei. Er keuchte und drückte sie gegen die Bretterwand. „Ja, so ist es recht! Wehr dich nur. So mag ich es am liebsten!“

Sebastian fasste sich ein Herz und trat vor, sodass sein Bruder ihn nun sehen konnte. Ludwigs Augen weiteten sich für einen kurzen Moment. Die Komtesse versuchte, die Gunst der Stunde zu nutzen, um sich loszureißen, doch mit einer beiläufigen Bewegung seines Armes hielt Ludwig sie zurück und drückte sie wieder gegen die Wand des Pferdestalles.

„Mach ja kein Aufheben, Bruder!“, sagte er in Sebastians Richtung. „Wenn du schön still bleibst, darfst du hier bleiben und bekommst eine Lehrstunde.“ Während er das sagte, schob er den Rock des Mädchens noch etwas höher. Sein Atem ging stoßweise. Tränen rannen über Ingrids Gesicht, und sie zitterte am ganzen Körper.

„Bist du von Sinnen?“ Sebastian stürzte vorwärts. Mit einer zornigen Bewegung packte er seinen Bruder an der Schulter und riss ihn von der Komtesse los. Ludwig fuhr herum, doch seine heruntergelassene Hose hinderte ihn daran, auf Sebastian loszugehen.

Sebastian biss die Zähne zusammen. „Du bist widerlich, Bruder, weißt du das?“ Plötzlich ekelte ihn Ludwig an, und er fühlte sich verunsichert, denn noch nie hatte er derartig für seinen Bruder empfunden. Seine Gedanken wanderten zu den Gerüchten, die man sich über den alten Grafen von Vellmar zuraunte. Auch er soll die Angewohnheit gehabt haben, sich zu nehmen, was er wollte.

Sebastian schauderte.

Hatte Ludwig tatsächlich mehr Ähnlichkeit mit dem berüchtigten Grafen, als er sich eingestehen wollte?

„Widerlich?“ Ohne sie eines Blickes zu würdigen, entließ Ludwig die Komtesse aus seinem Griff. Sie bedeckte schamhaft ihre Blöße und rannte schluchzend über die

Wiese davon. Ludwig zog sich die Hose hoch. „Du nennst mich widerlich – und bist doch selbst nicht mehr als ein Bas..." Gerade noch rechtzeitig unterbrach er sich. Sein Atem ging schwer. Er musterte Sebastian von Kopf bis Fuß und stürzte sich dann ohne Vorwarnung plötzlich auf ihn. Sie prallten gegeneinander. Sebastian stieß mit der Hüfte gegen eines der Gestelle, auf denen die Pferdeknechte die Sättel zum Trocknen lagerten. Ein dumpfer Schmerz fuhr ihm durch das Bein, bis hinunter zum Fuß. Im nächsten Moment landete er mit dem Rücken auf dem Boden. Er versuchte, Ludwig abzuwehren, aber der kam auf seiner Brust zu sitzen. Er packte Sebastians Arme und nagelte sie mit seiner ganzen Kraft in die bereits nachtfeuchte Erde.

Sebastian unterdrückte den Impuls, sich zu wehren. Von unten her sah er seinen Bruder einfach nur an.

„Was glaubst du, wer du bist?", schnaubte Ludwig. Zum ersten Mal in seinem Leben entdeckte Sebastian etwas in seinen Augen, das ihm völlig fremd war. Es war etwas Animalisches, etwas Gefährliches.

„Antworte!" Ludwig ließ Sebastians linken Arm los und holte zu einem Schlag aus, doch Sebastian nutzte die Gelegenheit und entwand sich ihm. Mit einem kurzen Ruck schleuderte er seinen Bruder von sich und sprang auf die Füße. Kurz zögerte er, doch dann beschloss er, die Konfrontation an diesem hohen kirchlichen Feiertag nicht zum Äußersten zu treiben. Er reichte seinem verdutzten Bruder die Hand, um ihm aufzuhelfen.

Ludwig wirkte verblüfft. Er atmete schwer, hatte sich jetzt aber unter Kontrolle. Er ergriff die Hand des Jüngeren und rappelte sich mit dessen Hilfe auf.

Als er stand, fragte Sebastian ihn: „Was war das eben mit der Komtesse?"

Da glitt ein Grinsen über Ludwigs Gesicht. „Das, Bruderherz, passiert alle Tage!" Er stemmte die Arme in die Seiten und holte tief Luft. „Die kleine Wilhelmsburg wusste genau, auf was sie sich eingelassen hat, als sie mit mir hinter dem Pferdestall verschwand. Sie ist mir, genau genommen, sogar nur allzu gern gefolgt." Sein Grinsen verwandelte sich in ein süffisantes Lächeln, das Sebastian einen eiskalten Schauer über den Rücken sandte. „Dass sie sich zum Schluss etwas geziert hat, gehört eben zum Spiel dazu."

„Spiel!" Sebastian rang um Worte. War es wirklich sein Bruder, der hier vor ihm stand? Da war plötzlich eine Seite an ihm, die ihm gänzlich fremd war.

Ludwig verzog den Mund und spie auf die Erde. „Glaubst du wirklich, alle Mädchen gehen jungfräulich in die Ehe?"

Diese Frage wusste Sebastian nicht zu beantworten, und Ludwigs spöttischer, überheblicher Blick schaffte es tatsächlich, dass er sich auf einmal dumm und unerfahren vorkam. „Ich dachte, du, als der Ältere von uns beiden, müsstest mit gutem Beispiel vorangehen!", meinte er lahm.

„Jetzt komm mir bloß nicht so!" Ludwigs Gesicht wurde ernst, und Sebastian hätte sich ohrfeigen können dafür, dass er Ludwig an das Thema, das ihn so sehr reizte, erinnert hatte.

Doch zu seiner Erleichterung schien sein Bruder jetzt nicht vorzuhaben, diesen Streit auf die Spitze zu treiben.

Stattdessen lachte er bitter. „Wir sollten hineingehen. Sie werden uns schon vermissen." Dann glitt ein Grinsen über seine Miene. „Und wer weiß, vielleicht mache ich ja heute noch einen Fang, bei dem mich mein gestrenger Herr Bruder nicht stört!"

Nachdem sie sich frisch gemacht hatten, betraten die beiden Brüder nebeneinander den Speisesaal, in dem die Karfreitagsgesellschaft bereits auf sie wartete. Verwundert stellte Sebastian fest, dass auch Komtesse von Wilhelmsburg auf dem Stuhl neben ihren Eltern saß. Von den Vorgängen hinter dem Pferdestall war ihr nichts mehr anzusehen. Die Haare waren wieder zu einer strengen Frisur zurückgesteckt. Die Bluse hochgeschlossen, der große Spitzenkragen bedeckte züchtig ihre Schultern, der Rock war wieder geglättet.

„Wo bleibt ihr nur?“, rief Heinrich. „Wir wollen endlich mit dem Essen beginnen! Wenn der Fisch noch länger im Topf bleibt, schwimmt er uns sicher davon!“ Er erhob sich von der langen, in schlichtem Weiß eingedeckten und ungeschmückten Tafel und betrachtete seine Söhne nachdenklich. Ihre Mutter hingegen, eine sonst stets gutmütig dreinblickende, rundliche Frau, blieb sitzen. Fragend und streng schaute sie ihren Söhnen ins Gesicht, und es schien, als spüre sie die Spannung, die immer noch zwischen ihnen herrschte, nur allzu genau. Tadelnd schüttelte sie den Kopf.

Sebastian nickte ihr entschuldigend zu und setzte sich dann zu ihrer Rechten, während Ludwig zur Linken ihres Vaters Platz nahm.

Das Essen verlief ohne weitere Zwischenfälle bei gedämpften Gesprächen und leisem Besteck- und Geschirrklappern.

Sebastian vermied es, den Blicken seines Bruders zu begegnen, der ihn immer wieder einmal herausfordernd musterte. Stattdessen blickte er, während die verschiedenen Gänge aufgetragen wurden, in Richtung der Komtesse. Ingrid aß und unterhielt sich gerade so, als wäre nichts passiert. Allenfalls war sie etwas stiller als gewöhnlich. Sie lächelte nicht ein einziges Mal. Ludwig schenkte ihr keine weitere Beachtung. Dafür beobachtete Sebastian, wie sein Bruder der Magd, die die Speisen reichte, vertraulich zuzwinkerte. Das Mädchen blickte beschämt zu Boden.

Sebastian presste die Lippen aufeinander. Mehr als einmal hatte er die beiden in Ludwigs Kammer in eindeutiger Pose erwischt. Die Magd hatte sich nie gewehrt und Sebastian hatte angenommen, dass sie sich in gegenseitigem Einverständnis vergnügten. Mit einem Male kamen ihm daran Zweifel.

Das Mahl zog sich für ihn kaum erträglich in die Länge, doch endlich löste Heinrich die Tafel auf und bat die Herren auf einen Cognac in die Bibliothek. Die Damen zogen sich in den kleinen Salon zurück. In der Eingangshalle passte Sebastian Ingrid von Wilhelmsburg ab und sprach sie leise an. „Es tut mir schrecklich leid, Komtesse, ich möchte mich im Namen meines Bruders entschuldigen. Sein Temperament ..." Er verstummte, denn plötzlich wusste er nicht mehr, was er sagen sollte. Wie ein Schuljunge stand er da.

Doch Ingrid rettete ihn aus der peinlichen Situation. „Ich weiß nicht, wovon Sie reden." Sie warf den Kopf in den Nacken und gab sich sichtliche Mühe, ruhig und gefasst zu wirken. An ihrem Kiefer jedoch verkrampften sich die Muskeln.

Einem Impuls folgend sah er sich um, ob sie jemand beobachtete, dann legte er behutsam seine Hand unter ihren rechten Ellenbogen. Kurz fürchtete er, sie könne vor seiner Berührung zurückweichen, nach dem, was soeben bei den Ställen geschehen war. Doch sie tat es nicht. Stattdessen sah sie ihn einfach nur schweigend und mit großen Augen an.

„Wenn ich irgendwas ..." Wieder verstummte er. Er war so ein Trottel! Was gab es in so einer Situation schon groß zu sagen? Dennoch hatte er das dringende Bedürfnis, Ingrid klar zu machen, dass nicht alle Männer sie so behandeln würden, wie Ludwig es getan hatte.

„Es ist nichts geschehen", sagte die Komtesse leise. Sie sah Sebastian in die Augen, dann senkte sie den Blick. „Verstehen Sie?"

Als er betreten nickte, fügte sie hinzu: „Sie müssen mir versprechen, Herr Langenthal, dass Sie keiner Menschenseele je davon erzählen! Werden Sie das?“

Zögernd nickte er erneut.

„Es ist einfach nicht passiert! Schwören Sie es?“

„Wenn Sie es wünschen!“

„Schwören Sie es!“

Und er schwor es. Sie blieb noch einen kurzen Moment stehen, dann legte sie ihm die Hand an die Wange. Die Berührung war zart und flüchtig wie die eines Schmetterlingsflügels. „Danke“, murmelte sie, wandte sich um und ging zu den anderen Frauen in den kleinen Salon.

Sebastian schaute ihr nachdenklich hinterher.

Ein paar Tage nach Ostern lief Konrad von Rotenburg erregt in der Eingangshalle der Burg hin und her. Das Feuer, das in dem offenen Kamin brannte, warf Schatten auf seine Züge, jedes Mal, wenn er sich mit einem Ruck umdrehte. „Bis jetzt habe ich Ihnen in allem zugestimmt, was die Erziehung unserer Tochter anbelangt, werte Henriette!“, rief er. „Ich habe mich sogar selbst zurückgenommen, was meine gesellschaftlichen Verpflichtungen betraf, denn ich weiß ja, dass Sie sich sehr um Theresias Wohlergehen sorgen. Aber der Maiball in unserem Haus wird ihr Debüt sein, das ist mein letztes Wort!“ Er verschränkte die Hände auf dem Rücken und klammerte sich an sich selbst fest, in der Hoffnung, seine Gattin würde nicht bemerken, wie sehr er um seine Beherrschung kämpfen musste. Seit mehr als einer halben Stunde versuchte Henriette nun schon, ihn davon zu überzeugen, dass er den geplanten Maiball absagen musste, und er war ein paar Mal dicht davor gewesen, ihr nachzugeben, nur, um seine Ruhe zu haben. Doch etwas hatte ihn davon abgehalten. War nicht er der Herr im Hause? Wie kam es dann, dass Henriette es wieder und wieder schaffte, ihn in die Defensive zu drängen? Hatte er nicht schon allzu lange Rücksicht auf sie genommen?

Er löste die Finger voneinander und lehnte sich gegen den Kaminsims, über dem früher das Gemälde seiner ersten Frau Gundelinde gehangen hatte. Die Treppe, die ins Obergeschoss führte, verschwand in den abendlichen Schatten, und er hätte schwören können, dass Theresia dort oben stand und jedes ihrer Worte belauschte.

Es war ihm egal.

„Es ist an der Zeit, dass Theresia sich einer größeren Gesellschaft vorstellt!", sagte er, und eigentlich hatte er es als letztes Wort verstanden haben wollen.

Doch Henriette war noch nicht bereit, klein beizugeben. „*Mais non*, Konrad!", rief sie zum wohl hundertsten Mal. „Bedenken Sie doch die Gefahren! Haben Sie etwa nicht bemerkt, welch lüsterne Blicke die beiden Söhne der Langenthals neulich unserer Theresia zugeworfen haben? Habe ich es nicht prophezeit, dass sie wie auf einem Jahrmarkt begutachtet werden würde, wenn sie erst unter Leute geht? Von überall richteten sich die Blicke auf das Kind!"

Konrad unterdrückte ein Seufzen. „Nun, Madame, sie ist ja auch eine Augenweide, das müssen Sie gestehen! Von Tag zu Tag wird sie ihrer verstorbenen Mutter ähnlicher. Auch kann ich nicht finden, dass der Blick des jungen Sebastian lüstern war. Eher schien es mir, er habe ein freundliches Interesse an unserer Tochter."

„Ein freundliches Interesse?" Henriettes Stimme klang schrill. „Wie wenig Sie sich doch verstehen auf derlei Dinge, Konrad!"

Er dachte an den Grafen von Vellmar, aber er verschloss den Gedanken im hintersten Winkel seines Geistes. Wenn er allzu sehr über diesen grässlichen Menschen nachdachte, würde ihn das womöglich doch noch dazu bringen, seiner Gattin nachzugeben. Er hasste es, wie dieser unselige Mensch auch aus dem Grab heraus noch immer in ihr Leben eingriff. Und sei es nur als dunkler Schatten der Vergangenheit!

Zu seiner Erleichterung schien Henriette endlich einzusehen, dass er nicht ganz unrecht hatte. Kurz besann sie sich, dann setzte sie nach: „Zumindest die anzüglichen Blicke des älteren Langenthal werden Sie doch wohl bemerkt haben, oder etwa nicht?“

Konrad kam nicht umhin zu nicken. „Sie meinen Ludwig? Nun ja. Man sagt, er sei ein rechter Heißsporn.“

Triumphierend stemmte Henriette die Hände in die Hüften. Die alte Ritterrüstung in der Ecke stand ebenso aufrecht wie sie. „Sehen Sie! Wir sollten weitere Vorkehrungen treffen, die verhindern, dass sich Ähnliches noch einmal abspielt!“

Nun verlor Konrad doch langsam die Geduld. Energisch stieß er sich vom Kaminsims ab und baute sich vor seiner Gattin auf. Es kam ihm vor, als würde der Ritter ihn insgeheim auslachen. „Aber Henriette, Sie übertreiben! Es hat sich doch gar nichts abgespielt! Seit den Ostertagen gewähren Sie Theresia kaum noch Freiheiten. Sie sperren sie regelrecht ein.“ Er blieb stehen, holte tief Luft, dann setzte er seine Wanderung vom Beginn des Gesprächs fort. „Bislang habe ich mich, wie gesagt, in die Erziehung meiner Tochter nie eingemischt. Und ich habe gut daran getan, es ganz in Ihre Hände zu legen, für die Ausbildung und Erziehung zu sorgen, Madame. Theresia ist, dank Ihnen, zu einem wunderbaren Menschen herangereift. Doch allmählich frage ich mich, wie sie auf ihre künftigen Aufgaben vorbereitet werden soll, wenn Sie sie so sehr von der Welt abschirmen? Und wird es nicht Zeit, dass wir uns nach einem geeigneten Gatten für unsere Tochter umschauen? Der Ball wird dazu die rechte Gelegenheit bieten. Sie wollen doch nicht, dass sie als alte Jungfer endet?" Es war eine lange Rede gewesen, und beinahe erschöpft hielt er inne, um seiner Gattin in die Augen zu sehen.

Er hatte noch nicht gewonnen, das konnte er deutlich erkennen.

Anders als Konrad vermutete hatte, hatte Theresia nicht am oberen Treppenabsatz gestanden und gelauscht. Sie war in der Abenddämmerung im Burghof gewesen. In dem kleinen Pavillon nahe der Mauer hatte sie gesessen und zugesehen, wie sich langsam die Schatten der Nacht über das Land senkten. Dabei hatte sie an Sebastian gedacht. Irgendwo dort drüben, auf der anderen Seite des Tales, befand sich das stattliche Herrenhaus, das seinem Vater gehörte. Als sie kurze Zeit später die Eingangshalle durch die große, schwere Eichentür betrat, rannte sie beinahe in ihre Eltern hinein. „Maman, Papa, ich hatte Sie gar nicht bemerkt." Rasch schaute sie von ihrem Vater zu Henriette und wieder zurück. Es war ganz deutlich, dass die beiden sich gestritten hatten und dass in diesem Moment ihr Vater die Oberhand hatte. Mit unerschrockenem Blick stand er vor seiner Frau und wirkte auf Theresia ein bisschen wie David vor dem Riesen Goliath, während Henriette die gewohnte Unmutsfalte zeigte.

Spontan beschloss Theresia, dies für ihre Zwecke auszunutzen. Fröhlich strahlte sie ihren Vater an. „Wie gut, dass ich Sie gemeinsam antreffe! Ich wollte Sie um Erlaubnis ersuchen, morgen einmal allein im Park spazieren zu gehen."

Der Park – das war jener Teil der Burganlage, der sich seitlich an den Burgberg schmiegte. Vor fünfzig Jahren, als die Burg im Krieg von braunschweigischen Truppen in

Brand geschossen worden war, um sie von den Franzosen zurückzuerobern, hatte es hier keinerlei Bewuchs gegeben. Aber ungeachtet der Bedrohung durch die napoleonische Armee hatten Theresias Großvater und auch ihr Vater darauf bestanden, an dieser Stelle einige Wäldchen und Pfade zum Lustwandeln anzulegen. „Die Bürgerlichen haben solche Gärten“, hatte Konrad einmal gesagt, als Henriette es gewagt hatte, ihn auf die Kosten anzusprechen, die so eine Anlage verursachte. Und er hatte hinzugefügt: „Wir werden uns nicht auf unserem Familiensitz verschanzen, wie es die Raubritter vor Hunderten von Jahren getan haben!“

Aus dem Augenwinkel sah Theresia nun, wie sich die Miene ihrer Stiefmutter verfinsterte, aber sie konzentrierte sich auf ihren Vater. Der wirkte unschlüssig, und so schob sie rasch nach: „Ich las heute Nachmittag in den Märchen der Gebrüder Grimm, die Sie mir zu Weihnachten schenkten, Papa, und wollte noch ein wenig über diese Worte nachsinnen. Die Gedanken fließen einfach freier, wenn man allein lustwandelt. Stimmen Sie mir nicht zu?“ Sie warf ihrem Vater einen flehenden Blick zu.

Henriette an seiner Seite räusperte sich kaum vernehmlich, und Theresia, die dieses Zeichen kannte, verlor alle Hoffnung auf Zustimmung.

Ihr Vater schien Zeit schinden zu wollen, denn er reagierte ausweichend. „Es freut mich, dass du Gefallen an dem Buch findest“, sagte er. „Diese Märchen sind aber auch wirklich erbaulich, nicht wahr, Henriette?“ Und in seiner Miene las Theresia eine stumme Bitte.

Erlauben Sie es ihr, um Himmelswillen!

Theresias Stiefmutter antwortete nicht, sondern spitzte die Lippen. „Wie auch immer!“

Konrad seufzte resigniert. Dann zuckte er mit den Schultern und straffte sich. Er sah aus, als mache er sich bereit für ein weiteres Gefecht. „Wenn es dir ein Bedürfnis ist, Kind, darfst du morgen nach dem Mittag eine Weile spazieren gehen." Konrad schaute Henriette an, und kurz maßen die beiden sich mit ihren Blicken. So recht vermochte Theresia nicht zu ergründen, wer die Oberhand behielt. „Marie wird aber in deiner Nähe bleiben", fügte ihr Vater hinzu.

Henriette verzog keine Miene.

Theresia lächelte kurz, dann wandte sie sich an ihre Stiefmutter. Vielleicht konnte sie sie ja doch noch milde stimmen? „Maman, was halten Sie davon, sich morgen ausnahmsweise schon nachmittags mit mir zu unserer Mußestunde zu treffen? Gleich nach meinem Spaziergang." Sie wusste, dass ihre Mutter die gemeinsamen Stunden, die in letzter Zeit ziemlich rar gewesen waren, genauso vermisste wie sie selbst. Sie überlegte kurz, bevor sie weitersprach. „Vielleicht könnten wir uns einmal nicht in meinem Gemach, sondern in unserem Gartenhäuschen treffen. Wäre das nicht eine wunderbare Idee?"

Damals, als ihre Mutter die Mußestunde ersonnen hatte, war es Theresias Idee gewesen, das Klopfzeichen einzuführen. Henriette war belustigt darauf eingegangen, und beide kamen sich während des abendlichen Rituals stets wie bei einem geheimen Treffen vor. Um wie viel aufregender würde dieses Ritual sein, wenn es an einem gänzlich anderen Ort abgehalten werden würde!

„Wir hätten dann eine richtige *Conspiration*, Maman", fügte Theresia hinzu. „Marie könnte uns etwas von dem kostbaren Tee bringen, den Sie so gerne trinken und wir könnten uns anschließend über das Werk der Brüder Grimm austauschen. Sie wissen, wie sehr ich Ihre Meinung schätze!"

Henriette schloss die Augen, zögerte lange und nickte schließlich fast unmerklich. Theresia jubilierte innerlich.

Vorsichtig umarmte sie ihre Stiefmutter, doch diese blieb steif wie ein Stock.

Am nächsten Tag bekam Theresia beim Mittagessen vor Freude und Aufregung keinen Bissen herunter. Sie konnte es kaum abwarten, das Essen zu beenden und in den Park hinauszugehen. Ungeduldig trat sie nach dem Dessert von einem Bein auf das andere, während ihre Mutter Marie ausführliche Anweisungen gab. Dann, endlich, entließ Henriette Theresia und Marie zu ihrem Spaziergang im Park.

Theresia hätte Luftsprünge machen können. Sie fühlte sich frei. Endlich frei! Sie musste sich sehr beherrschen, um nicht vor Freude noch unter den Augen Henriettes unziemlich davonzustürmen.

Etwas mehr als eine Woche war seit ihrem Besuch des Karfreitagsgottesdienstes vergangen. Acht Tage, in denen sie ihr Abgeschottetsein so bedrückend empfunden hatte wie niemals zuvor.

Sobald sie außer Sichtweite der Eltern war, gab sie ihrem Übermut nach und lief der verdutzten Marie lachend davon.

„Mademoiselle!", rief die Zofe ihr ängstlich nach, aber Theresia achtete nicht auf sie. Sollte sie doch versuchen, ihr zu folgen! Sie fühlte sich wie ein Vogel, den man nach jahrelanger Käfighaltung endlich in die Weite des Himmels entlassen hatte.

Mit langen Schritten lief sie auf den kleinen Baumbestand am Fuße des Burgberges zu, den sie im Hause Rotenburg „das Wäldchen" nannten. Sie durchstreifte das lichte Unterholz und kam sich dabei vor wie auf einer Entdeckungsreise durch den tiefsten Urwald. In ihrer Vorstellung malte sie sich aus, sie wäre auf einer Expedition in Südamerika, wie der berühmte Alexander von Humboldt, von dem sie schon so oft gelesen hatte. Sie streichelte die Blätter der Büsche, befühlte die unreifen Früchte des einzeln stehenden Haselnussbaumes, der sich seinen Platz unter den noch jungen Linden erkämpft hatte, und blieb staunend vor den Knospen der Pfingstrosen stehen, die in diesem Jahr ausgesprochen früh ausgetrieben hatten. Sie streckte sich und bog den Hals nach hinten, um einen Vogel auszumachen, der seinen Gesang hoch oben in den Wipfeln ertönen ließ. Plötzlich stolperte sie beinahe über den jungen Friedrich Clemens Gerke, der auf dem Hosenboden direkt vor ihr auf dem Weg saß. Erschrocken schrie sie auf. „Clemens!"

Er schien genauso überrascht wie sie. Eilig stand er auf und verbarg etwas hinter seinem Rücken.

„Was tust du hier?" Theresia hatte sich als Erste wieder gefangen und versuchte einen Blick auf das zu erlangen, was er vor ihr zu verbergen suchte. Clemens antwortete nicht, sondern schaute nur betreten zu Boden.

„Nun?"

„Ich habe ... Ich versuche etwas", stammelte er verlegen und zeigte schließlich, was er in Händen hielt. Es war eine kleine Laterne, an der die Öffnungsklappe abgebaut war.

„Aber ... du hast sie ja kaputtgemacht!", rief Theresia verwundert aus.

„Nein! Das habe ich nicht!" Clemens schien beleidigt. „Es ist eben noch nicht ganz fertig, weil der Spiegel noch fehlt." Gekränkt schob er die Unterlippe vor. Mit einem Male wirkte er auf Theresia wieder sehr jung und naiv. „Weißt du, wo ich Matthias finde?", fragte er. Matthias war einer der Pferdeknechte von Theresias Vater. „Er muss mir etwas besorgen."

Theresia schüttelte den Kopf.

Clemens schien bereits wieder versöhnt. „Dann gehe ich jetzt besser und suche ihn", grinste er. „Wenn ich mit allem fertig bin, zeige ich dir das Ergebnis, ja?" Er verbeugte sich leicht vor Theresia, dann trollte er sich.

Theresia blieb zurück. Verwundert schüttelte sie den

Kopf. Dieser Clemens! Manchmal wurde sie einfach nicht schlau aus ihm. Eine Weile schaute sie ihm noch hinterher, bis er zwischen den Bäumen verschwunden war, dann setzte sie ihren Streifzug fort.

Natürlich war dies nicht der erste Spaziergang, den sie in diesem Frühjahr durch den Park unternahm. Doch war sie zuvor niemals allein hier gewesen. Stets hatte sie ihre Stiefmutter an ihrer Seite gehabt. Nur einmal, als Henriette mit einer schweren Erkältung darniedergelegen hatte, hatte sie Theresia Johann zur Bewachung mitgegeben, den Gärtner, der vermutlich mindestens hundert Jahre alt war. Der Mann hatte ihr lange, gähnend langweilige Vorträge über die verschiedenen Pflanzenarten gehalten, hatte geredet und geredet, bis Theresia sich gefragt hatte, ob er überhaupt jemals Luft holen musste.

Heute hingegen ließ sie die Stille des Parks auf sich wirken, das sanfte Rauschen der Blätter in den alten, hohen Bäumen und die ersten wärmenden Sonnenstrahlen an diesem Frühlingstage.

Mit einem Mal vernahm sie ein Rascheln hinter sich in den Büschen.

Erschrocken drehte sie sich um.

Und wurde blass.

Ein Mann stand in einem Gebüsch, das Gesicht verdeckt von den frisch begrünten Zweigen, als wolle er sich vor ihr verbergen. Ihr erster Impuls war, davonzurennen und sich in Henriettes schützende Obhut zu begeben. Doch dann besann sie sich. Zu lange hatte sie sich nach Freiheit gesehnt, als dass sie sie jetzt sogleich wieder aufgeben würde. Was sollte ihr schon passieren? Der Mann machte nicht den Eindruck, als sei er ein gemeiner Strauchdieb. Seine Kleidung war die eines vornehmen Herrn der besten Gesellschaft. Wer mochte er wohl sein?

Sie hatte diesen Gedanken gerade zu Ende gedacht,

als der Mann die Zweige zur Seite bog, die sein Gesicht verdeckten. „Einen schönen guten Tag wünsche ich Ihnen, werte Baronesse."

Ein Schreck durchfuhr sie. Es war Ludwig Langenthal! Unwillkürlich wich sie einen Schritt zurück. Der Blick seiner spöttischen Augen brannte auf ihrem Gesicht.

Mühsam riss sie sich zusammen, schalt ihr dummes Herz, das wie ein Vögelchen in ihrer Brust flatterte. „Auch Ihnen einen guten Tag, mein Herr." Sie ärgerte sich über das Zittern in ihrer Stimme. „Haben Sie sich im Park verlaufen?" Dies schien Theresia die einzig mögliche Erklärung für seine Anwesenheit hier in diesem Wäldchen zu sein. „Soll ich Ihnen den Weg zurück zur Burg zeigen?"

Ludwig lachte. „Ich habe mich ganz bestimmt nicht verlaufen, meine Liebe! Und warum so förmlich, Mademoiselle? Sind wir uns nicht bereits vorgestellt worden? Theresia, nicht wahr?" Er nahm ihre Hand und hauchte einen Kuss darauf. „Ludwig Langenthal", stellte er sich noch einmal vor und fügte dann mit einem Lächeln hinzu: „Es genügt, wenn Sie mich Ludwig nennen."

Voller Unbehagen trat Theresia von einem Bein auf das andere. Ludwig hielt noch immer ihre Hand, während sein Blick an ihrem Körper auf und ab glitt. Sie ahnte, dass sein Verhalten unschicklich war, aber sie war sich dessen nicht sicher. Woher auch sollte sie wissen, wie sich ein Mann in Gegenwart einer ihm fremden Frau verhielt, wenn niemand anderes dabei war? Sie hatte sich noch nie zuvor in einer solchen Situation befunden.

Unsicher entzog sie ihm ihre Hand und wich einige Schritte zurück. Ludwig runzelte die Stirn und machte im Gegenzug einen Schritt nach vorn.

„Sind Sie als Gast meines Vaters hier?", fragte sie, ängstlich bemüht, ein unverfängliches Gespräch in Gang zu bringen.

Lächelnd schüttelte er den Kopf. Seine Zähne waren sehr weiß, und Theresia musste an das Gebiss eines Raubtieres denken. Rasch verdrängte sie diesen beängstigenden Gedanken.

„Nein“, antwortete er. Dann machte er eine bedeutungsvolle Pause. „Allein Ihnen, beste Theresia, gilt mein Besuch!“

„Mir?“

„Natürlich! Schon im Karfreitagsgottesdienst sind Sie mir aufgefallen. Seit damals musste ich unentwegt an Sie denken.“ Während er redete, trat Ludwig einen weiteren Schritt auf Theresia zu. „Ich war schon einige Male hier in diesem Park, in der Hoffnung, Sie anzutreffen. Aber Sie waren stets in Begleitung. Nun ist es mir endlich gelungen, Sie einmal allein vorzufinden. Mir scheint, Sie werden besser bewacht als des Königs Wehrpflichtige.“ Ludwig lachte über seinen Scherz. „Ich dachte mir, wir könnten gemeinsam ein wenig durch Ihren wunderbaren Park flanieren.“ Er trat an Theresias Seite und bot ihr seinen Arm zum Geleit an. Theresia zögerte. Konnte sie ihn vor den Kopf stoßen und sein Angebot ablehnen? Es wäre ziemlich unhöflich gewesen. Zögernd legte sie ihre Hand auf den ihr angebotenen Arm. Ludwig schaute sie aufmunternd an. „Nun, Mademoiselle, vielleicht können Sie mir eine Frage beantworten, die mich schon seit unserem ersten Zusammentreffen brennend interessiert?“ Er geleitete Theresia aus dem Wäldchen hinaus, auf eine kleine Wiese, die an ihrem Ende von einer hohen Hecke begrenzt wurde. Dahinter, das wusste Theresia, befand sich die Mauer, die den gesamten Burghügel hinablief.

„Vor jenem besagten Karfreitag habe ich sie nie zuvor zu Gesicht bekommen“, fuhr Ludwig fort. „Wo haben Ihre Eltern Sie nur die ganze Zeit versteckt?“ Vertraulich neigte er sich dicht an ihr Ohr. „Es ist eine Schande, Ihre Schönheit der Welt so lange vorzuenthalten!“

Theresia errötete. Obwohl ihr Ludwigs Kompliment schmeichelte, war ihr seine Zutraulichkeit unangenehm. Schnell wechselte sie das Thema. „Oh, sehen Sie nur, Ludwig!“ Sie nahm ihre Hand von seinem Arm und sank vor einem Maiglöckchen in die Knie. „Wie zauberhaft diese zarten Blüten aussehen!“

„Wie recht Sie haben, Mademoiselle! Man würde ihre Reinheit zerstören, pflückte man sie einfach ab. Und dennoch verlangt es einen danach, sie zu besitzen und sich an ihnen zu ergötzen!“ Ludwigs Stimme hatte mit einem Male etwas Bedrohliches an sich, und als Theresia zu ihm aufschaute, bemerkte sie ein sonderbares Leuchten in seinen Augen.

Verunsichert erhob sie sich und wollte sich zum Gehen wenden. Doch Ludwig fasste sie am Oberarm und hielt sie so zurück. „Wohin denn so eilig, werte Theresia?“

Sie erstarrte zu völliger Bewegungslosigkeit. Erschrocken blickte sie ihm ins Gesicht.

Ludwig ließ sie los und lächelte. „Wir waren uns doch gerade noch so einig. Und jetzt wollen Sie mich so einfach ohne ein Wort verlassen, Mademoiselle? Wie unhöflich!“

Theresia blickte beschämt zu Boden. „Ich wollte Sie gewiss nicht beleidigen, Ludwig. Es ist nur so, dass meine Zofe mich zurückerwartet. Sie hatte den Auftrag, mich zu begleiten, doch bin ich ihr entwischt. Wenn ich nicht schnell zurückgehe, wird sie meinetwegen noch Ärger bekommen!“

„Was schert Sie das, meine Liebe? Wenn Sie ihr weggelaufen sind, bekommt sie die Strafe doch zu Recht, nicht wahr? Sie hätte eben besser auf Sie aufpassen müssen.“

„Nun, es verhält sich ein wenig anders, Monsieur. Marie tat mir einen Gefallen und ...“

„Ich möchte nicht weiter über Ihre Zofe sprechen, Mademoiselle.“ Unwirsch schnitt Ludwig ihr das Wort ab. „Die Zeit, die uns bleibt, sollten wir nicht vergeuden, indem wir uns Gedanken über das Gesinde machen, meinen Sie nicht auch?“ Mit beiden Armen umfing er Theresias Taille. Sein Gesicht kam dem ihren dabei so nahe, dass sie seinen Atem über ihre Wangen streichen spürte.

„Was soll das, Herr Langenthal? Lassen Sie mich bitte los!“ Theresia spürte, wie ihr alle Farbe aus dem Gesicht wich.

„Warum so spröde, junges Fräulein?“ Ludwig lachte, entließ Theresia jedoch aus seiner Umarmung. Sie atmete auf. Doch schon war er hinter sie getreten und legte ihr seine Hände auf die Schultern. Heiser raunte er ihr ins Ohr: „Ich habe zu lange gewartet, als dass ich Sie nun ohne ein Zugeständnis gehen lassen könnte.“ Er näherte seine Lippen ihrem Hals. Diesmal strich ihr sein Atem über das Genick.

Sie bekam eine Gänsehaut.

„Das gefällt Ihnen, nicht wahr?“, raunte er. Er ließ seine Hände an ihren Schultern hinabgleiten und auf ihren Oberarmen ruhen. Dann drehte er sie zu sich um. Er schloss die Augen, und noch ehe Theresia begriff, was gerade geschah, küsste Ludwig sie auf den Mund. Bewegungslos ließ sie es geschehen.

„Theresia“, hauchte Ludwig, „Ich glaube, ich habe mich in Sie ver...“. Mitten im Wort öffnete er die Augen wieder und blickte in ihre schreckgeweiteten Züge. Seine Miene wurde hart. „Für wen sparen Sie sich auf, Mademoiselle? Bin ich etwa nicht der richtige *Prinz* für Sie?“

Als sie nicht antwortete, schüttelte er sie leicht. Jetzt erst erwachte Theresia aus ihrer Erstarrung. „Ich weiß nicht, was Sie meinen, Ludwig. Bitte, ich wollte Sie nicht vor den Kopf stoßen.“ Vorsichtig machte sie sich von ihm los.

„Doch bin ich in diesen Dingen gänzlich unerfahren. Ich glaube, es wäre besser, wenn Sie mich jetzt gehen lassen. Bitte!"

„Nun, wenn Sie also wirklich fortwollen ..." Ludwig wies in Richtung Burg. Als Theresia sich tatsächlich zum Gehen wandte, sagte er jedoch: „Nur, wie ich schon sagte, kann ich Sie nicht so ohne Weiteres ziehen lassen."

Theresia schaute ihn fragend an.

„Da ich mir nun schon so große Mühe gemacht habe, Sie hier in Ihrem Park aufzusuchen, verlange ich ein kleines Entgegenkommen von Ihnen." Er machte einen Schritt auf sie zu. Sofort erstarrte sie erneut. Er zögerte, bevor er sanfter weitersprach. „Sie müssen sich nicht ängstigen, Theresia. Ich verlange nichts von Ihnen." Er straffte sich und verschränkte die Hände hinter dem Rücken. „Vielmehr biete ich Ihnen etwas an." Auf einmal sah er aus wie Theresias ehemaliger Hauslehrer, nur das Funkeln in seinen Augen blieb und machte den schulmeisterlichen Eindruck zunichte. „Wie Sie schon betonten und wie ich selber gesehen habe, haben Sie in Dingen der Liebe keinerlei Erfahrung."

Theresia wurde es abwechselnd heiß und kalt.

„Darum biete ich Ihnen an, Ihr Lehrmeister zu sein." Von oben herab schaute Ludwig sie an. „Sie wollen doch nicht, dass Ihr späterer Gatte einmal von Ihnen denkt, Sie seien frigide?"

Theresia verstand nicht, was er damit meinte. Jedoch sprach Ludwig dieses Wort mit einer solchen Verachtung aus, dass es nichts Gutes zu bedeuten schien.

„Nun?" Ludwig näherte sich Theresia. „Wollen Sie mein Angebot annehmen?"

„Was muss ich denn tun, um eine gute Ehefrau zu sein und meinem Gatten zu gefallen?", fragte sie ängstlich.

Ludwig lachte auf. „Zunächst einmal sollten Sie lernen, wie man anständig küsst, Mademoiselle. Und Sie haben

Glück, dass Sie mit mir einen Könner auf diesem Gebiet gefunden haben!" Ohne Theresias Antwort abzuwarten, nahm Ludwig ihren Kopf zwischen seine Hände. „Entspannen Sie sich!", befahl er und senkte seine Lippen auf ihren Mund. Theresia stemmte sich gegen seine Brust, doch als Ludwig sie mit einem strafenden Blick bedachte, ließ sie ihn gewähren. Seine Lippen waren weich und bewegten sich sanft auf den ihren. Theresias Verkrampfung lockerte sich etwas. Doch schon nach kurzer Zeit wurde sein Kuss drängender. Gewaltsam öffnete er mit der Zunge ihre Lippen und stieß sie grob in ihren Mund. Theresia versuchte, sich von ihm zu lösen, Ludwig aber hielt ihren Kopf so fest, dass es ihr unmöglich war, sich seinem Griff zu entwinden.

In ihrer Not biss sie zu.

„Du kleines Miststück!", brüllte er und stieß sie von sich. Theresia wollte weglaufen, doch ehe sie es sich versah, bekam er sie wieder zu fassen. „Du willst es also auf diese Weise?" Er griff ihr mit einer Hand unters Kinn, zog ihr Gesicht zu seinem heran und küsste sie erneut, so hart diesmal, dass es wehtat. Mit der anderen Hand fasste er nach ihren Brüsten.

Theresia schrie auf. „Nein, nicht!" Aus Leibeskräften wand sie sich in seinem Griff. „Marie, zu Hilfe!", schrie sie. Doch noch immer ließ Ludwig nicht von ihr ab. Er drängte sie immer weiter bis zum Ende der Wiese, durch eine Lücke in der Hecke und hin zu der dahinterliegenden Mauer.

„Mademoiselle!" Marie flog beinahe auf sie zu. Atemlos und mit einem erschrockenen Gesichtsausdruck kam sie vor ihnen zu stehen.

„Verschwinde!", zischte Ludwig sie an, doch Marie machte keine Anstalten zu gehen.

„Lasst sie in Ruhe!" Ihre Stimme klang schrill, und

Theresia bewunderte sie für den Mut, mit dem sie Ludwig entgegentrat.

Doch er schien von ihrer Entschlossenheit gänzlich unbeeindruckt. Er ballte eine Faust, schlug nach Marie und traf sie mit voller Wucht im Gesicht. Marie stöhnte auf. Theresia nutzte diesen Moment und machte sich los. Sie warf sich herum. Rannte. Doch schon nach ein paar Schritten holte Ludwig sie wieder ein. Grob packte er sie an den Armen. Fast riss er sie zu Boden. Maries Stimme gellte in ihren Ohren: „Clemens! Zu Hilfe!"

Unsicher schaute Ludwig sich um. Tatsächlich kam der junge Clemens über die Wiese gehastet. In der rechten Hand trug er die Laterne, die beim Laufen hin und her schlug und dabei immer wieder seinen Oberschenkel traf. Ludwig ließ Theresia los, straffte sich und strich sich mit den Händen die Weste glatt, die er unter seinem eng anliegenden Gehrock trug. „Ich muss mich nun wohl leider verabschieden, Mademoiselle", wandte er sich an Theresia. „Ihr Park ist mir ein wenig zu belebt. Ich bevorzuge ruhigere Orte, falls Sie verstehen, was ich meine!" Er lächelte.

Theresia flüchtete zu Clemens, der die Gruppe mittlerweile erreicht hatte.

„Ich denke, wir werden bald Gelegenheit zu einer weiteren Lehrstunde haben, Mademoiselle. Die Einladung zum Maiball, den Ihre Eltern geben, ist vor Kurzem bei uns eingegangen." Übertrieben galant verbeugte er sich vor Theresia, doch der Bann, in den er sie geschlagen hatte, war endgültig zerrissen.

Sie zitterte am ganzen Körper.

„Es ist alles gut, Theresia!", sagte Clemens leise. Er sah aus, als wolle er den Arm um sie legen, doch dann besann er sich eines Besseren. Stattdessen wies er zur Burg hinauf. „Komm!"

Theresia gehorchte und folgte ihm, fort von der unglückseligen Wiese. Nie wieder würde sie allein auch nur einen Fuß hierhersetzen, das schwor sie sich!

Wie durch einen Schleier der Betäubung hörte sie, dass Ludwig ihr etwas hinterher rief.

„Und vergessen Sie nicht zu üben, Baronesschen!“

Ludwig kochte vor Zorn, und alle Selbstbeherrschung, die er soeben noch eisern aufrechterhalten hatte, fiel von ihm ab. Wie konnte dieses kleine Miststück es wagen, seine Avancen zurückzuweisen? Er spürte das Blut durch seine Adern rauschen, und seine Leibesmitte pochte, als habe Theresia ihm einen Tritt verpasst.

Wütend starrte er hinter dem verklemmten Schäfchen und dem jungen Burschen her, die mit raschen Schritten über die Wiese davoneilten. In seiner Wut hätte er einen der Bäume ausreißen mögen. Irgendjemand würde heute noch dafür herhalten müssen, dass er bei der kleinen Rotenburg nicht zum Zuge gekommen war! Sein Blick fiel auf die Zofe. Sie folgte den beiden, doch sie war ein gutes Stück hinter ihnen. Ludwig grinste.

Rasch setzte er sich in Bewegung. Er schlug einen Bogen um das kleine Wäldchen, und als die Zofe – *Marie,* erinnerte er sich, so hatte Theresia sie gerufen – auf der anderen Seite aus dem Unterholz hervorkam, da trat er vor sie hin.

„Wohin so eilig?“, fragte er. „Sie soll mir den Weg zum Ausgang des Parks zeigen!“

Marie erstarrte wie ein Kaninchen vor der Schlange, und schlagartig erhöhte sich die Enge in Ludwigs Hose noch. Das kleine Gänschen hier war zwar kaum ein Ersatz für Theresia, aber im Moment konnte er es sich nicht leisten, wählerisch zu sein. Er brauchte einen warmen Körper, an dem er sich abreagieren konnte, und da kam ihm Marie gerade recht.

„Ihr ...?“ Marie stockte. Sie war sehr bleich und zitterte. Demütig senkte sie den Blick.

Ludwig verspürte Bedauern. Offenbar konnte er hier nicht auf den Widerstand hoffen, den er jetzt so dringend gebraucht hätte. Aber was machte es? Es gab Zeiten, da musste man nehmen, was man bekam.

„Der Ausgang ist dort hinten, mein Herr!", flüsterte Marie und wies irgendwo über ihre rechte Schulter.

Ludwig legte ein freundliches Lächeln auf seine Züge und schaute verblüfft zu, wie Marie sich tatsächlich ein wenig entspannte. Sein gewinnendes Lächeln hatte ihm schon so manchen Vorteil eingebracht! Dumme Gans, ließ sich davon täuschen! Das hier war tatsächlich viel zu leicht, seine Erregung ließ schon ein wenig nach. Aber dann erinnerte er sich wieder an Theresias Biss in seine Lippe, und das Pochen in seinem Unterleib verlangte danach, diese Gelegenheit jetzt beim Schopfe zu packen. Er trat noch ein Stück näher auf Marie zu.

Plötzlich schien sie zu begreifen, in welcher Gefahr sie sich befand. Sie riss die Augen auf, dann warf sie sich herum und rannte los.

In Ludwig explodierten Zorn und Lust in einer einzigen Kaskade, die sich als roter Schleier über seinen Blick legte. Die Jagd begann! Er warf sich vorwärts, bekam Marie am Arm zu packen.

Sie schrie auf. Endlich! Das genau war es gewesen, auf das er gehofft hatte. Mit einem harten Ruck zerrte er Marie in das Unterholz und stieß sie dort zu Boden.

„Nein, Monsieur!", kreischte sie. Sie wand sich, trat nach ihm, versuchte, mit ihren Fingernägeln nach seinem Gesicht zu krallen. Gerade noch gelang es ihm, einer verräterischen Kratzspur im Gesicht zu entgehen. Schweratmend vor Wut und Lust warf er sich auf Marie, nagelte sie auf dem weichen Waldboden fest.

„Ja, wehr dich nur!", zischte er ihr ins Ohr.

Doch stattdessen erstarrte sie, zu Ludwigs größtem

Bedauern, in völliger Bewegungslosigkeit. Mit weit aufgerissenen Augen sah sie zu ihm auf, und auch, als er seine Hosenbänder löste, rührte sie sich nicht mehr. Stocksteif lag sie da, bis er mit ihr fertig war.

„Du bist ja so still, mein Kind." Henriette strich mit der Bürste über Theresias goldglänzendes Haar. „Ich hätte gedacht, du würdest mich heute mit Erzählungen über deinen Ausflug in den Park unterhalten."

Zusammen mit ihrer Stiefmutter hielt Theresia die heutige Mußestunde zum ersten Mal in ihrer Kammer im Gartenhäuschen ab. Nachdem Clemens Theresia hierhergebracht hatte, hatte sie sich sorgsam eingeschlossen und erst auf das geheime Klopfzeichen Henriettes hin die Tür geöffnet. Es war ihr in der Zwischenzeit gelungen, sich einigermaßen zu beruhigen, aber offenbar spürte Henriette dennoch, dass etwas nicht stimmte.

Nachdenklich nippte Theresia an ihrem Tee. Was sollte sie ihrer Mutter nur sagen?

„Schmeckt er dir nicht?" Henriette ließ die Bürste sinken und führte ihre eigene Tasse an den Mund. „Du hast recht, er ist ein wenig bitter. Sicher liegt es daran, dass Ilse ihn gemacht hat und nicht Marie, wie gewöhnlich." Ihr Mund verzog sich. „Wo das dumme Ding nur wieder steckt!"

„Maman, bitte seien Sie mir nicht böse!" Theresia hatte gar nicht richtig zugehört. Geistesabwesend schaute sie aus dem Fenster und drehte an ihrem Ring. Wie sollte sie nur die richtigen Worte für das finden, was sie auf dem Herzen hatte?

Henriettes Züge wurden weicher. „Ich habe dir schon verziehen, mein Kind. Ich bin in mich gegangen und zu dem Schluss gekommen, dass ein Ausflug in den Park wirklich nicht schaden kann. Ich habe schon mit deinem Papa gesprochen. Wenn du möchtest, darfst du in Zukunft jeden Tag für eine halbe Stunde allein im Park flanieren."

„Nein!" Erschrocken sprang Theresia auf und ließ dabei beinahe ihre Tasse fallen.

„Aber Kind, was ist dir?" Henriette ließ die Bürste in ihren Schoß sinken. „Ich dachte, du würdest dich freuen!"

Doch Theresia schüttelte heftig den Kopf. „Nein, Maman! Ich will nicht mehr allein in den Park. Nie mehr! Bitte!" Sie stellte ihre Tasse ab und nahm Henriettes Hand. „Sie dürfen nicht böse auf mich sein, Maman", schluchzte sie. „Es ist alles meine Schuld! Ich hätte auf Sie hören müssen! Wenn ich nur nicht gegangen wäre!"

Henriette schaute ihre Tochter verständnislos an. „Ich verstehe nicht. Was ...?"

„Es war bestimmt nicht meine Absicht, Maman." Mit Tränen in den Augen blickte Theresia ihre Mutter an. „Er stand plötzlich vor mir. Und ich wollte doch nicht unhöflich sein. Doch als er mich küsste, da ..."

Die Haarbürste fiel zu Boden, und das kostbare Elfenbein, aus dem sie gefertigt war, bekam einen Sprung.

„Was sagst du da?" Henriette konnte nur mehr flüstern. Alle Farbe war aus ihrem Gesicht gewichen.

Theresia sank vor ihrer Mutter auf die Knie und legte den Kopf in ihren Schoß. Sie schämte sich so sehr!

„Was sagst du da?" Henriette schrie jetzt, packte ihre Tochter bei den Schultern und schüttelte sie. Doch Theresia konnte keine Antwort geben. Ein Weinkrampf erschütterte ihren Körper. Schließlich umfasste Henriette sie an den Oberarmen, schaute ihr fest ins Gesicht, und als sie noch immer nicht aufhören konnte zu weinen, gab sie ihr rechts und links eine schallende Ohrfeige. „Von wem redest du?"

Theresias Gesicht brannte, doch der Schmerz war nichts im Vergleich zu dem, mit dem die Scham in ihr loderte. „Ludwig Langenthal", flüsterte sie.

Henriette erbleichte. „Seid ihr euch unsittlich nahegekommen? Sprich gefälligst!"

Theresia legte beide Hände gegen die Wangen. „Nein! Nein", stammelte sie und wusste, es war eine Lüge.

Henriette sagte es ihr auf den Kopf zu. „Du lügst!" Sie lehnte sich zurück. Falten zeichneten ihren Mund. „Sprich die Wahrheit!" Sie beugte sich vor, zog ihre Tochter wieder zurück auf den Stuhl, auf dem sie zuvor gesessen hatte, und wartete.

Theresia atmete tief durch. „Maman, das müssen Sie mir glauben! Ludwig stand plötzlich einfach vor mir. Ich dachte, er wäre Papas Gast und hätte sich im Park verlaufen. Ich wollte ihm den Weg zurück zur Burg zeigen. Doch mit einem Male wurde er ganz zutraulich. Erst sprach er von meiner Schönheit, dann unterhielten wir uns über Blumen, und ehe ich mich versah, küsste er mich ..." Theresia schloss die Augen und zögerte, bevor sie weitersprach. „Auf den Mund", brachte sie schließlich hervor. „Ich habe mich gewehrt, aber er war so ... stark!"

Henriette nahm Theresias Hände in die ihren. „Kind ...", setzte sie an und musste sich unterbrechen. Ihr Atem ging so schwer, als habe sie die Begegnung mit Ludwig am eigenen Leibe erlebt. Dann jedoch fasste sie sich. Sie zog sich einen Stuhl heran und setzte sich neben ihre Tochter. Streng blickte sie Theresia an. „Warst du es etwa, die sich ihm an den Hals geworfen hat?"

Theresia schüttelte den Kopf, dass die Locken, die sich aus ihrer Frisur gelöst hatten, ihr ins Gesicht flogen.

Henriette wirkte erleichtert. „Du weißt, ich würde dir einen solchen Verrat niemals durchgehen lassen!" Sie legte den Zeigefinger ihrer Linken unter Theresias Kinn und hob ihren Kopf an. „Das weißt du, oder?"

„Natürlich, Maman. Es war genau so, wie ich es Ihnen

geschildert habe." Theresia blickte ihrer Mutter geradewegs in die Augen. „Ich belüge Sie nicht!"

„So ist es gut, mein Kind!" Henriette strich ihrer Tochter sanft übers Haar. „Schwöre mir, dich niemals – hörst du, niemals! – hinter meinem Rücken mit einem Manne zu treffen!"

„Niemals, Maman, ich schwöre es!" Theresia ließ sich wieder zu Boden gleiten und barg ihren Kopf erneut in Henriettes Rock. „Es war so schrecklich, Maman! Es war so entwürdigend." Von unten herauf schaute sie ihrer Mutter ins Gesicht. „Der Kuss und die Zudringlichkeiten."

Henriette wurde bleich. „Ludwig ist zudringlich geworden? Was hat er dir angetan? Ist er dir unter den Rock gegangen? Hat er dich unsittlich berührt?"

Theresia erschrak über die eigenartigen Fragen ihrer Mutter. Was konnte ein Mann nur unter ihrem Rock wollen?

„Nein, Maman. Nicht unter den Rock." Sie spürte, wie sie errötete. „Er hat an meinen Busen gegriffen und mir gesagt, ich müsse noch viel lernen über die Liebe. Oh Maman, wie konnte er es nur wagen?"

Henriette wirkte erleichtert. „Ach, mein Kind! Wenn du wüsstest, was die Männer alles wagen, wenn sie sich erst ermuntert fühlen." Sie senkte die Stimme. „Du darfst den Männern nie den kleinsten Anlass geben. Schon ein zu tiefes Dekolleté kann ihre Triebe entfachen."

Theresia erschauderte. Noch nie hatte ihre Mutter mit ihr über derart delikate Themen gesprochen, und Theresia spürte, wie ihr unter ihrem Mieder ungewöhnlich warm wurde. Verwirrt rieb sie sich den Hals. „Aber Maman, wie kann ich denn wissen, was einen Mann zu sehr reizt? Wie kann ich es vermeiden?"

Henriette lachte auf. „Das kannst du nicht, liebes Kind. Du müsstest dich schon in einen Sack kleiden, und selbst dann ... Nein, was du tun kannst, ist, dich von den Männern ganz und gar fernzuhalten. Du musst mir versprechen, dich niemals hinter meinem Rücken mit einem Mann zu treffen." Henriettes Züge wurden noch eine Spur härter. „Denn, was dir heute widerfahren ist, meine Liebe, ist wahrlich nicht das Schlimmste, was einer Frau passieren kann!" Mit einem Male schien sie in Gedanken weit weg zu sein.

Theresia zögerte, nahm allen Mut zusammen und fragte schließlich: „Maman? Muss es denn immer so sein? Ich meine, wenn man verheiratet ist, ist es dann nicht irgendwie ..." Sie wusste keine Worte, um zu beschreiben, was sie fragen wollte.

„Du bist jung, mein Kind, und hast noch die schwärmerische Vorstellung von der Liebe. Aber lass es dir gesagt sein, diese Art der Liebe ist ein Trugbild, das die Männer ersonnen haben, um zu bekommen, wonach sie gelüstet. Und wenn sie es erst haben ... Nein, Theresia! Die körperliche Liebe ist schmutzig und erniedrigend, lass dir das gesagt sein. Und jetzt wollen wir dieses unziemliche Thema ganz schnell vergessen und uns erfreulicheren Dingen zuwenden." Henriette nahm Theresia bei den Händen. „Komm, setz dich wieder zu mir. Wir wollen unseren Tee trinken, und dann liest du mir aus dem Buch vor, das dir dein Vater zu Weihnachten schenkte."

Theresia gehorchte. Umständlich rappelte sie sich auf und nahm auf dem Schemel ihrer Stiefmutter gegenüber Platz. Bedächtig nahm sie einen Schluck aus ihrer Tasse und verzog das Gesicht. Das Getränk war mittlerweile kalt geworden.

„Wo ist eigentlich deine Zofe, wenn man sie braucht?", fragte Henriette. „Dieses unzuverlässige Ding ist eine Zumutung!"

„Maman, so sollten Sie nicht von Marie reden. Sie war es, die mich vor weiteren Zudringlichkeiten Ludwigs bewahrt hat. Als ich um Hilfe rief, war sie sofort zur Stelle.

Ich glaube, sie hat Ludwig auch wieder zum Ausgang des Parks geleitet. Jedenfalls habe ich sie seit dem Vorfall noch nicht wieder gesehen."

„Nun denn." Henriette räusperte sich. Plötzlich wirkte sie beunruhigt. „Dennoch vernachlässigt sie im Moment ihre Pflichten."

In diesem Moment öffnete sich die Tür und Marie betrat den Raum. Mit gesenktem Kopf wisperte sie: „Entschuldigen Sie, Mademoiselle."

Theresia erschrak. Dieses Krächzen konnte unmöglich zu ihrer Zofe gehören. „Was ist dir, Marie?", rief sie aus.

Da hob Marie den Blick und Theresia entwich ein Stöhnen. Auch Henriette schnappte hörbar nach Luft. Maries rechte Gesichtshälfte war geschwollen, ihre Augen gerötet. In ihrer Lippe klaffte ein hässlicher, schmerzhaft aussehender Riss, den offenbar Ludwigs Faust ihr beigebracht hatte. Diensteifrig trat sie näher, doch dabei ging sie langsam, überaus vorsichtig. Genau vor Henriette blieb sie stehen und schaute ihr direkt ins Gesicht. Theresia war vor Schreck ganz starr. Ihr Blick ging zwischen Marie und ihrer Mutter hin und her. Henriette rührte sich nicht sofort, dann jedoch stand sie auf und wandte sich von der Zofe ab, geradeso, als könne sie ihr nicht in die Augen sehen. „Sie darf sich zurückziehen, Kind, danke. Wir wollten eigentlich eine neue Kanne Tee haben, aber ich denke, wir brauchen sie nicht mehr." Henriette sprach leise. Ihr Körper schien mit einem Male von einem Zittern ergriffen worden zu sein. Theresia verstand gar nichts mehr. Noch nie hatte ihre Mutter Marie „Kind" genannt. Was ging hier nur vor? Was war mit Marie geschehen?

Maries Knicks war weitaus weniger tief als gewöhnlich. Theresia sah, wie die Lippen der Zofe weiß wurden vor Schmerzen. Marie warf ihr einen kurzen Blick zu, dann verließ sie den Raum. Leise fiel die Tür hinter ihr ins Schloss.

„Maman?“

„Trink deinen Tee!“, befahl Henriette streng und drehte sich wieder zu ihr um.

„Aber, Maman, was ist denn mit Marie?“ Unwillig nahm Theresia das Buch entgegen, das ihre Mutter ihr reichte.

„Lies mir das Märchen mit der Nummer vierzig vor. Der Räuberbräutigam.“ Henriette trat ans Fenster und schaute hinaus, ihr Blick ging ins Weite.

„Aber Maman, das ist ein schreckliches Märchen. Dort reißen sie einer armen Jungfer die Kleider vom Leib!“

„Ja, genau.“ Henriette wandte den Kopf und blickte Theresia tief in die Augen. „Lies es!“

Während Theresia anfing zu lesen, starrte Henriette zum Fenster hinaus. Von der Schönheit der eben erst erblühenden Natur nahm sie kaum etwas wahr. Wie aus weiter Ferne hörte sie Theresias Stimme, doch die Worte ihrer Tochter drangen nicht in ihr Bewusstsein. Eine lange verdrängte Erinnerung verschaffte sich plötzlich einen Weg an die Oberfläche, und mit einem Mal war sie weit weg von hier. In einem anderen Haus, zu einer anderen Zeit.

Sie war jung gewesen damals, blutjung ...

... ein strahlend heller Tag. Der Tag ihrer Hochzeit mit dem um etliche Jahre älteren Grafen von Vellmar. In einer feierlichen Prozession war es zur Kirche gegangen. Später hatte sie stolz am Arm ihres frisch angetrauten Gatten den Abend mit den vielen, hochgestellten Hochzeitsgästen verbracht, hatte wohlwollend nach rechts und nach links gegrüßt und es genossen, im Mittelpunkt zu stehen. Jeder bewunderte ihr teures Brautkleid und den erlesenen Schmuck, den ihr Gatte ihr zur Hochzeit geschenkt hatte. Es war eine große, prächtige Feier. Ganz wie sie sich die junge, schwärmerische Henriette immer erträumt hatte.

Und auch wenn sie nicht wirklich verliebt in ihren Mann war, so erfüllte es sie doch mit einer gewissen Zufriedenheit, dass sich der gut situierte und weltgewandte Junggeselle Friedhelm von Vellmar ausgerechnet für sie, die hagere, eher unscheinbare Henriette, entschieden hatte. Es war ihr eine Genugtuung gegenüber ihrer ehemals besten Freundin Gundelinde, dass der Graf sie auserwählt hatte. Denn Gundelinde hatte ihr den schönen Konrad von Rotenburg, in den Henriette so verliebt gewesen war, vor der Nase weggeschnappt. Ihre Freundschaft war darüber zerbrochen.

Energisch schob sie diesen Gedanken von sich. Dies war ihr Hochzeitsabend, und sie würde sich durch nichts die gute Stimmung verderben lassen. Der Champagner floss in Strömen, und während Henriette sich vornehm zurückhielt, sprach ihr Gatte dem Alkohol umso reichlicher zu. Den ganzen Abend hindurch machte er anzügliche Bemerkungen über die bevorstehende Hochzeitsnacht. Henriette verstand das meiste gar nicht recht. Sie schämte sich ein wenig für ihren Gatten, aber mehr noch für ihre Unwissenheit. Weitaus unangenehmer waren ihr allerdings die sonderbaren Blicke der bereits verheirateten Damen. War es Mitleid, das sie in den Gesichtern der Frauen lesen konnte? Sie rätselte, woher das wohl rühren mochte.

Schließlich war es so weit. Der letzte Gast hatte sich verabschiedet und Henriette blieb mit ihrem Ehemann allein. Ein wenig ängstlich, doch zugleich auch neugierig, traf sie ihre Vorbereitungen für die bevorstehende erste gemeinsame Nacht mit ihrem Gemahl. Sie tat alles so, wie ihre Mutter es ihr noch am Hochzeitsmorgen geraten hatte. Sie ging in ihr Ankleidezimmer, wusch sich gründlich, parfümierte sich, löste ihre Frisur, kämmte sich sorgsam und zog dann das in ihren Augen etwas zu weit ausgeschnittene rosafarbene Nachtgewand an, das Mutter ihr geschenkt hatte. Dann trat sie ins Schlafzimmer.

Niemand hatte ihr erklärt, was genau sie nun erwarten würde, aber das, was sie hier zu sehen bekam, erschütterte sie zutiefst.

Graf von Vellmar war vollständig entkleidet, breitbeinig stand er vor dem Ehebett mit dem großen Baldachin und musterte seine junge Ehefrau von oben bis unten. Auf seinem rotwangigen Gesicht standen Schweißperlen, seine Augen waren hervorgetreten, und plötzlich funkelte er Henriette lüstern an. Was sie aber am meisten verstörte, war der unverhüllte Anblick seines hoch aufgerichteten, von dicken Adern durchzogenen Geschlechts.

Ein entsetzter Schrei entrang sich ihrer Kehle, sie schlug die Hände vor dem Mund zusammen. Graf von Vellmar machte keine Anstalten sich zu verhüllen. Im Gegenteil: Bei Henriettes erschrockenem Anblick grinste er nur breit. „Oh, mein Liebchen", lallte er und kam auf sie zu. „Warum so entsetzt? Hast du denn noch nie einen Kerl in seiner vollen Manneskraft gesehen?" Belustigt reckte er die Hüften in ihre Richtung vor. „Komm her zu mir!", säuselte er. „Ich zeige dir, was man alles damit anstellen kann!""

Henriette wich erschrocken und angeekelt zurück.

„Aber nicht doch, meine Beste!", sagte der Graf, dann war er mit einem Satz bei ihr und riss ihr das Nachtgewand vom Leib ...

Henriette kehrte in die Gegenwart zurück und schloss die Augen. An das, was dann geschehen war, wollte sie nicht zurückdenken. Nie mehr!

Theresias Stimme füllte den Raum mit ihrem beruhigenden, wohltuenden Klang.

Henriette öffnete die Augen wieder, schaute hinaus in die Ferne der hereinbrechenden Dämmerung. Der Anblick, den Marie ihr eben geboten hatte, brachte alle Erinnerungen an diese schreckliche erste Nacht mit dem Grafen und an die vielen, weitaus schlimmeren, die noch gefolgt waren, schmerzlich zurück. Allem Anschein nach hatte die Zofe mit Ludwig ähnlich schlimme Erfahrungen machen müssen, wie sie damals mit ihrem grausamen Ehemann. Henriette konnte sich nur allzu gut in sie hineinversetzen. In das Gefühl der Demütigung, der Hilflosigkeit und Ohnmacht. Wieder einmal hatte sich bewahrheitet, was sie schon lange wusste: Männer waren Tiere!

Und ihr verstorbener Ehemann war der Schlimmste von allen gewesen!

Henriette erfasste ein eiskalter Schauer. Mit beiden Händen stützte sie sich auf der Fensterbank ab. Sie musste die Erinnerung daran mit aller Macht abwehren, sonst würde sie ihre *Contenance* nicht länger aufrechterhalten können.

Wieder einmal schwor sie sich, ihre Tochter mit allen ihr zur Verfügung stehenden Mitteln von den Männern fernzuhalten! Ein Martyrium, wie sie eines hatte erleben müssen, würde sie Theresia in jedem Fall ersparen!

Kapitel III

Da hörte er einen Gesang, der war so lieblich, daß er stillhielt und horchte. Das war Rapunzel, die in ihrer Einsamkeit sich die Zeit damit vertrieb, ihre süße Stimme erschallen zu lassen.

Alles war in heller Aufregung. Der Maiball galt als das wichtigste gesellschaftliche Ereignis des Jahres, und er wurde reihum in allen bedeutenden Häusern Hessens abgehalten. Seit Theresia auf der Welt war, hatte er nicht mehr hier im Hause Rotenburg stattgefunden – zunächst, weil der Baron um seine verstorbene Frau trauerte, später jedoch, weil Henriette es nicht zuließ, dass Theresia mit Frivolitäten wie Tanz und koketten Vergnügungen in Berührung kam. Aus diesem Grund mussten die Bediensteten erst wieder neu angewiesen werden, wie dies oder jenes zu geschehen hatte und zu handhaben war.

Henriette hatte in den vergangenen Wochen ein strenges Regiment geführt, hatte weder sich, noch den Bediensteten und schon gar nicht der Köchin längere Pausen gegönnt. Das Menü musste ersonnen und besprochen, das alte Silber herausgesucht, poliert und teilweise ergänzt werden. Kerzen wurden zu Dutzenden auf dem Markt gekauft. Vorhänge und Wandteppiche erhielten eine Wäsche und erstrahlten in neuer Farbe.

In all dieser Hektik hatte sich Theresia mehr und mehr zurückgezogen. Zur großen Verwunderung fast aller im Haus, freute sie sich ganz und gar nicht auf das bevorstehende Fest. Im Gegenteil: Sie fürchtete sich regelrecht davor. Und Schuld daran war nur dieser furchtbare Ludwig

Langenthal. Mit seinem abscheulichen Verhalten hatte er ihr die Freude an ihrem ersten Ball so gänzlich verdorben. Sie hasste ihn! Und mit ihm hasste sie alle Männer dieser Welt! Ausgenommen natürlich ihren Vater.

Am Morgen des Maiballs rief Konrad von Rotenburg Theresia zu sich. „Lass uns einen Spaziergang machen, mein Kind", sagte er und führte sie hinaus in den Park. Theresia wollte sich erst weigern, ihm zu folgen. Seit dem Zusammentreffen mit Ludwig war sie nicht mehr draußen gewesen, und sie verspürte auch jetzt ein stilles Unbehagen angesichts der Wiese und der dahinterliegenden Hecke, hinter die Ludwig sie gezogen hatte. Mit Mühe nur bezwang sie ihr klopfendes Herz. Ihr Vater würde sie beschützen, wenn sich ein Mann näherte, warum also sorgte sie sich derart?

Nachdem sie eine Weile still neben ihm einhergegangen war und sich schon fragte, warum er sie hergeführt hatte, fing Konrad an zu erzählen. „Der letzte Ball dieser Art ist noch von deiner Mutter ausgerichtet worden. Ich meine, von deiner leiblichen Mutter, Theresia." Ohne stehen zu bleiben, schaute er seine Tochter an. Er trug seine schlichte Alltagskleidung, eine dunkle Hose, hohe Stiefel und einen einfachen Rock mit Samtaufschlag. Erst später am Tag würde er sich in seine Festtagsrobe kleiden, kurz bevor der Ball begann.

Der Ball ...

Theresia erschauderte. Ernst nickte sie.

Ihr Vater runzelte die Stirn. „Sie hätte sicher ihre Freude daran gehabt, dieses Fest mit dir gemeinsam vorzubereiten", sprach er weiter. „Sie liebte es, wenn überall im Haus geputzt und gewienert wurde, wenn sich die Burg mit Leben füllte." Er kam ins Schwärmen, sodass er darüber alles andere um sich herum zu vergessen schien. Seine sonst eher trüben Augen strahlten.

Theresia ließ ihre Hand durch eine der Ligusterhecken gleiten und konzentrierte sich auf das Gefühl der kleinen, fleischigen Blätter auf ihrer Haut.

„Deine Mutter war überall zugleich an solchen Tagen vor einem Ball. Sie wusste stets über alles bestens Bescheid. Wann es Zeit war, mit dem Kochen zu beginnen, damit das Essen rechtzeitig fertig wurde. Wer alles eingeladen werden musste, was zu besorgen wäre, einfach über alles, was zu tun war. Abends war ihre Frisur dann immer ganz aufgelöst und ihre Wangen glühten regelrecht." Konrad lächelte verträumt. Dann jedoch traten Sorgenfalten in sein Gesicht. „Du hingegen bist so still und in dich gekehrt. So kenne ich dich sonst gar nicht, Theresia. Freust du dich denn gar nicht auf deinen ersten Ball?"

Theresia zog die Hand zurück und rieb sich die Fingerspitzen. Sie wusste nicht, was sie ihrem Vater sagen sollte. Den wahren Grund für ihre Angst konnte sie ihm jedenfalls unmöglich nennen. „Erzählen Sie mir mehr über meine Mutter, Papa", bat sie deshalb. „Wie war sie? Wie hat sie ausgesehen? Bin ich ihr ein bisschen ähnlich?"

Sie hatten die Hecke erreicht und wanderten jetzt daran entlang bis zu einer Bank, die von der Morgensonne beschienen wurde. Hoch ragte die Burg über den Bäumen auf.

Konrad betrachtete seine Tochter nachdenklich, dann setzte er sich auf die Bank. „Oh, ja, mein Kind, du hast große Ähnlichkeit mit deiner Mutter. Wenn ich dich manchmal am Fenster stehen und in die Ferne blicken sehe, kommt es mir vor, als sähe ich sie." Er klopfte auf den Platz neben sich.

Theresia ließ sich auf die Kante der Bank sinken. „Vermissen Sie sie manchmal?"

„Nun, wie sagt man so schön? Die Zeit lehrt uns vergessen." Kurz presste Konrad die Lippen aufeinander, und

Theresia glaubte zu sehen, wie er um Fassung rang. „Gott hat mir deine Mutter genommen, aber dafür hat er mir dich geschenkt.“ Liebevoll betrachtete er seine Tochter. Die Traurigkeit, die stets in seinen Augen wohnte, kehrte zurück, und Theresia wusste nicht so recht wieso, aber plötzlich fühlte sie sich schuldig an seinem Elend.

„Es tut mir leid, Papa!“

„Was tut dir leid, Kind?“ Der Baron zog die Schultern nach oben.

Sie wusste es nicht zu sagen, also schwieg sie. Eine Weile sahen sie sich einfach nur an, und das Band zwischen ihnen war so stark, wie es zwischen einer Tochter und ihrem Vater nur sein konnte.

„Was tut dir leid, Kind?“, wiederholte er schließlich.

Sie senkte den Blick auf ihre Hände. Der Granat, den sie am Finger trug, war in Gold gefasst. Sie drehte daran herum. „Wenn ich Sie so reden höre, dann fühle ich mich schuldig, und ich weiß nicht, was das zu bedeuten hat.“

Er ließ den Kopf hängen. „Es gibt da etwas“, setzte er an, unterbrach sich jedoch sofort wieder.

Theresia sah ihn abwartend an.

Endlich hob er den Blick wieder und schaute ihr direkt ins Gesicht. Für einen kurzen Augenblick hatte sie das Gefühl, er würde sich ihr offenbaren. Doch er schwieg. Es war, als wäre die Stille zwischen sie getreten wie eine große, schwarze Gestalt in einem düsteren Mantel. Schon des Öfteren war es Theresia vorgekommen, als würde ein Geheimnis zwischen ihnen stehen. Sollte, durfte sie es wagen, Papa in seiner jetzigen Stimmung darauf anzusprechen?

„Was, Papa?“, fragte sie bang.

Doch schon während Theresia die Frage stellte, fiel der Schleier aus Trübseligkeit wieder über seine Augen, und er wich ihr aus. Seine Schultern sanken nach vorn. „Nichts“, murmelte er. Theresia griff nach seinen Händen und hinderte ihn daran, sich ihr zu entziehen. „Ich bitte Sie!“ Ihre Stimme bebte leicht.

„Du bist die Einzige, die mir von euch Dreien geblieben ist“, flüsterte er.

„Von uns Dreien?“ Theresia war es, als hätte die Erde unter ihr angefangen zu schwanken. So selten sprach ihr Vater über die Vergangenheit, dass sie sich sicher war, er hütete ein schlimmes Geheimnis. Sollte er heute bereit sein, mit ihr darüber zu sprechen?

Konrad biss sich auf die Lippe. Sein Blick wanderte über Theresias Schulter hinweg und blieb an den Burgmauern hängen. Seine Gesichtszüge wurden hart. „Ich will darüber jetzt nicht mehr reden, Kind!“

Theresia folgte seinem Blick und bemerkte Henriette. Sie stand oben auf der Mauer und blickte zu ihnen herab. Plötzlich überlief ein Schauer Theresia, und ein völlig unsinniger Gedanke schoss ihr durch den Kopf. Ihre Maman kam ihr auf einmal vor wie eine böse Hexe, die die Burg in ihren Krallen hatte und einen jeden in ihren Mauern in ihrer Gewalt ... Energisch verbot Theresia sich solche kruden Überlegungen. Wahrscheinlich hatte sie sich in letzter Zeit zu sehr mit den Grimmschen Märchen beschäftigt. Sie sah zu, wie Henriette noch einen Augenblick lang unbeweglich stand und sich dann mit einem Ruck abwandte.

Konrad seufzte und raufte sich die Haare. „Wir sollten wieder zurückgehen und sehen, wie wir deiner Maman zur Hand gehen können.“ Mühsam erhob er sich. „Sie hat so viel zu tun mit diesem Ball und es bleibt nicht mehr viel Zeit. Es ist nicht recht, wenn wir hier draußen sitzen und den lieben Gott einen guten Mann sein lassen, während sie nicht weiß, wo ihr der Kopf steht.“

Seite an Seite gingen sie den Burgberg hinauf und beim

Anblick der gedankenverloren in die Ferne gerichteten Augen ihres Vaters fragte Theresia sich, woran er wohl dachte.

Auf dem Burgberg waren die Vorbereitungen für den Ball in vollem Gange. Da die Burg keinen richtigen Pallas hatte, in dem es möglich war, größere Bälle stattfinden zu lassen, würde das Fest zum Teil im Freien stattfinden. Neben dem von Efeu berankten Pavillon an der Mauer, war eine Bühne aufgebaut worden. Hier würde am Abend das Orchester zum Tanz aufspielen. Das buckelige Pflaster des Hofes war von dicken Holzbohlen abgedeckt und mit Kräutern und duftenden Frühlingsblüten bestreut. Hier würde sich trefflich tanzen lassen. Tische, Stühle und allerlei Geschirr waren bereits nach draußen getragen worden. Hohe schmiedeeiserne Leuchter standen überall herum – bereit, das Funkeln ihrer Kerzen dem Licht der Sterne entgegenzusetzen. Jedes Geländer, jede Tür, jeder Stuhl – alles rings umher war mit Kränzen und Blumengebinden geschmückt worden, und fast wirkte es, als solle es heute Abend eine Hochzeit geben und nicht nur den alljährlichen Maiball.

Theresia war noch nicht in Reichweite des Haupthauses, da hörte sie schon das Keifen ihrer Stiefmutter, das aus der Eingangshalle drang. Dieses Mal war es Grete, die alternde Magd, die Henriettes Unmut zu spüren bekam. „Kann sie denn nicht besser aufpassen? Habe ich ihr nicht gesagt, sie solle von den Blumen nur die frischeste Ware kaufen? Diese hier verlieren ja schon die Blätter."

Als Theresia die Halle betrat, sah sie, dass Grete den Kopf zwischen die Schultern gezogen hatte und die Tirade schweigend über sich ergehen ließ.

„Gehe sie sofort und besorge neue. Aber nehme sie dieses Mal Marie mit. Ihre alten Augen sehen, scheint es, nicht mehr so genau! Und beeile sie sich. Die Gäste kommen in einigen Stunden!“ Henriette reckte den Hals. Dann rief sie nach Marie und trug ihr auf, mit Grete noch einmal auf dem Markt nach Blumen für die Tafel zu schauen.

Maries Anblick versetzte Theresia einen Stich. Seit den Geschehnissen im Park hatte sich die Zofe mehr und mehr von ihr zurückgezogen. Anfangs hatte Theresia noch geglaubt, es liege daran, dass ihre Mutter Marie immer häufiger kleine Aufträge erteilt hatte. Henriette gab an, dass man für die Vorbereitung des Festes jede Hand gebrauchen könne, doch irgendwann war es Theresia, als solle ihr Marie absichtlich vorenthalten werden. Bis heute hatte sie noch kein Wort aus ihrer Zofe über den Vorfall im Park herausbekommen, und der Wunsch, zu erfahren, was Marie geschehen war und ob Ludwig seinen Anteil daran hatte, brannte immer heftiger in ihr.

Ludwig ...

Wenn Theresia nur an ihn dachte, überkam sie ein Frösteln. Ginge es nach ihr, würde sie ihm nie wieder begegnen!

Doch heute Abend musste sie Ludwig gegenübertreten. Heinrich Langenthal, Ludwigs und Sebastians Vater, der mit seiner Familie eingeladen war, war der Ehrengast. Ludwig würde also in jedem Fall dort sein. Und zu allem Überfluss hatte Theresias Vater den Wunsch geäußert, mit seiner Tochter den Eröffnungstanz zu absolvieren. Natürlich konnte sie ihm dies nicht verwehren. Schließlich sollte es ihr Debüt sein und Konrad war so stolz, sich endlich einmal mit ihr beim Tanze zeigen zu können.

Diesen einen Tanz würde sie also überstehen müssen. Doch sofort danach, so hatte sie mit Henriette vereinbart, würde sich Theresia in das Gartenhäuschen zurückziehen und sich im oberen Stockwerk des Türmchens einsperren. Von dort aus hatte man nicht nur einen wunderbaren Blick über das Tal, sondern konnte auch geradewegs in den

Burghof blicken, in dem das Fest stattfinden würde. Auf diese Weise gelänge es ihr, zwei Fliegen mit einer Klappe zu schlagen. Sie könnte in der Sicherheit ihrer Kammer bleiben und dennoch ein wenig an dem gesellschaftlichen Ereignis teilhaben. Und sie würde das Feuerwerk genießen können, das Konrad ihr zu Ehren um Mitternacht geplant hatte. Das Beste aber war: Auf diese Weise musste sie Ludwigs Zudringlichkeit nicht fürchten.

Theresias Gedanken gingen zurück zu jenem Karfreitag, da sie ihm zum ersten Mal begegnet war, ihm und seinem Bruder Sebastian, und sie ertappte sich dabei, dass sie sich fragte, ob Sebastian wohl aus ebensolch einem Holz geschnitzt war, wie sein älterer Bruder. Sie mochte dies nicht glauben.

Sicher war er ganz anders ...

Der Gedanke schoss durch ihren Kopf wie ein Blitz. Verwirrt legte Theresia eine Hand an die Kehle. Hatte sie nicht gerade noch gedacht, sie hasse alle Männer? Warum dachte sie dann mit derartigem Wohlwollen an Sebastian? Und warum beschleunigte sich ihr Herzschlag dabei?

Theresia seufzte und begab sich die Treppe hinauf in ihre Kammer. Ihr neues Kleid hing bereits am Schrank. Es war ganz aus dunkelrotem Brokat. Bürste, Klemmen und passende Haarschleifen lagen auf der Kommode bereit.

An der Hand ihrer Mutter schritt Theresia die Treppe im Inneren der Burg hinunter. Andächtig setzte sie einen Fuß vor den anderen. Von draußen drang Stimmengewirr herein – und Musik, fröhliches Gelächter, Gläserklirren. Es verursachte Theresia eine Gänsehaut. An der untersten Stufe wartete ihr Vater auf sie und schaute zu ihr empor. Erstaunen und Stolz zeichneten sich auf seinem Gesicht ab.

„Wie wunderschön du bist", flüsterte er ihr zu, als er ihr den Arm zum Geleit reichte. Die Gänsehaut verwandelte sich in einen warmen Schauer, der Theresia den Rücken hinabrann. „Genauso schön wie deine ..." Theresia sah, wie Henriettes Blick sich verengte. Sie spitzte die Lippen, und sofort verstummte Konrad. „Sie sehen auch sehr hübsch aus, Madame!", beeilte er sich zu sagen.

„So?", bemerkte sie spitz und zog die Augenbrauen hoch. „Ich denke, wir sollten unsere Gäste nicht länger warten lassen!" Gemeinsam schritten sie feierlich auf das Portal zu.

Theresias Herz begann zu rasen, noch nie war sie bei solch einem großen Ereignis dabei gewesen. Sie war unsagbar aufgeregt. Endlich würden sich die vielen Tanzstunden bezahlt machen, die sie seit Jahren nahm.

Vor dem offen stehenden Portal blieben sie stehen. Goldener Schimmer fiel auf die steinernen Fliesen zu ihren Füßen – das Licht der ungezählten Kerzen und Fackeln, die im Nachtwind flackerten.

Theresias Herz klopfte wie wild.

Die Musiker beendeten das Stück, das sie soeben gespielt hatten. Es wurde ganz still auf dem Burghof, dann ertönte eine kurze, triumphierende Fanfare. Das Signal für ihren Auftritt. Theresia stockte der Atem.

Konrad musste es bemerkt haben, denn er drückte sanft ihren Arm. Erst jetzt, durch die Wärme der Finger ihres Vaters, bemerkte Theresia, wie kalt ihre eigene Haut war.

Konrad schaute seine Tochter fragend an. Nach kurzem Zögern nickte Theresia schließlich, und auf ein Zeichen Henriettes hin öffneten zwei Pagen das doppelflügelige Portal zur Gänze. Ein Raunen ging durch die Menge. Alle Blicke richteten sich auf Theresia. Zuerst wich sie kurz zurück, doch Konrad lächelte sie aufmunternd an und so schritt sie schließlich am Arm ihres Vaters hinaus in den hell erleuchteten Hof.

Sie ließ ihren Blick schweifen, vor Staunen blieb ihr der Mund offen stehen. Die vielen Eindrücke, die sie aufnahm, verschmolzen zu einem einzigen großen Gewirr aus Farben und Gerüchen. Der Schein der Kerzen und Fackeln lag wie Goldglanz über den Gästen in ihren kostbaren Roben. Junges Efeu rankte sich über die Mauern und Wände. Schleifen, die Schmetterlingen ähnelten, waren im Geäst der Bäume angebracht. Üppige Blumenbuketts verteilten sich im gesamten Hof und verströmten einen betörenden Duft. Ein kleines Ensemble aus Musikern stand auf dem Podest, und der Pavillon daneben war mit dunkelroter Seide verkleidet. Alle Farbenpracht des Festes, so schien es Theresia, war allein auf ihr rotes Gewand abgestimmt.

Theresia hätte noch stundenlang nur so dastehen und schauen mögen, aber ein schmerzlicher Stupser in den Rücken riss sie schließlich aus ihrer staunenden Erstarrung. Ihre Stiefmutter zischte etwas von hinten, das sie nicht verstand. Verwirrt verdrehte Theresia den Hals, um sich nach ihr umzusehen und blickte in die strengen Augen ihrer Stiefmutter. Die gewohnte Unmutsfalte stand ihr auf der Stirn, wie in Stein gemeißelt. Konrad löste die Situation auf, indem er Theresia unterhakte und sie mit sanftem Druck in die Mitte des Hofes zog. Auf ihrem Weg grüßte er feierlich nach rechts und links. Mitten auf der Tanzfläche blieb er mit Theresia stehen, nahm seine Tanzhaltung ein und wartete auf das Einsetzen der Musik. Liebevoll und voller Vaterstolz lächelte er seiner Tochter zu. Theresia strahlte zurück. Noch einmal ließ sie ihre Augen umherschweifen, ihr Blick traf auf bekannte und unbekannte Gesichter. Sie alle nickten ihr freundlich oder aufmunternd zu.

Plötzlich blieb Theresias Blick auf einem Gesicht haften, dass ihr nur allzu vertraut war. Ludwig Langenthal stand neben seinen Eltern und starrte mit funkelnden Augen zurück. Tief verbeugte er sich, grinste dann und zwinkerte ihr vertraulich zu. Theresia spürte, wie ihr Röte ins Gesicht stieg. Sie wollte schon den Blick niederschlagen, da entdeckte sie noch ein vertrautes Gesicht. Sebastian! Er stand eingerahmt von zwei jungen Damen unweit seines Bruders und schaute ebenfalls gebannt zu ihr herüber. Theresias Herz raste. Wie schon damals beim Gottesdienst in der Kirche schien es ihr, als versinke sie in seinen grünen Augen. Doch dann setzte die Musik ein, und der Bann zwischen ihnen war gebrochen. Konrad begann den ersten Tanz und Theresia verlor Sebastian aus den Augen.

Ihr Vater war ein hervorragender Tänzer. Lachend wirbelte er sie über die Tanzfläche. Stolz stand ihm ins Gesicht geschrieben. Der allererste Tanz mit seiner Tochter, er schien so glücklich! *Warum nur bin ich es nicht?*, fragte Theresia sich. Sie wollte diesen Ball genießen, solange er für sie währte, doch war sie mit ihren Gedanken schon wieder bei diesem unverschämten Ludwig. Sie würde auf jeden Fall verhindern, dass er ihr näher kam!

Sebastian hingegen ...

Zu ihrem großen Ärger jedoch musste sie beobachten, wie die beiden jungen Damen, die Sebastian schon vorhin flankiert hatten, ihn jetzt ganz und gar in Beschlag genommen hatten. Es versetzte Theresia einen Stich, ihn mit ihnen plaudern zu sehen. Immer wieder schaute sie zu ihm hinüber. Manchmal trafen sich ihre Blicke, dann breitete sich ein warmes Gefühl in Theresias Magengegend aus.

Kurz nachdem sie mit ihrem Vater den Tanz eröffnet hatte, gesellten sich weitere Paare auf die Tanzfläche. Erst nur vereinzelt, dann immer mehr, und schließlich war die Tanzfläche so überfüllt, dass es Theresia schwerfiel, Sebastian im Auge zu behalten. Warum nur störte es sie so sehr, dass die anderen Damen mit ihm sprachen?

Plötzlich tauchte Ludwig vor ihr auf. Theresia erschrak. Ihn hatte sie schon beinahe vergessen. Er tanzte mit einer dicklichen Dame, die er recht grob so über das Parkett schob, dass er möglichst dicht an Theresia vorbeikam. Verschwörerisch zwinkerte er ihr zu.

Fast hätte sie ihm die Zunge herausgestreckt. Er war der Grund dafür, dass sie nach diesem ersten Tanz in ihr Gartenhäuschen verschwinden würde und dass sie darum auch keine Gelegenheit mehr haben würde, eine Unterhaltung mit Sebastian zu führen. Sie wich seinen dreisten Blicken so gut es ging aus, doch er schaffte es immer wieder, in ihr Blickfeld zu gelangen. Schließlich legte sie ihre Wange an Konrads Schulter, um Ludwig nicht länger ansehen zu müssen.

„Ist dir nicht wohl, mein Kind?“, fragte ihr Vater besorgt, und bevor sie ihn beruhigen konnte, steuerte er schon den Rand der Tanzfläche an und winkte einem der Burschen, die man als Kellner engagiert hatte.

„Bringe er meiner Tochter etwas zu trinken!“, befahl er.

Der Bursche – erstaunt bemerkte Theresia, dass es Clemens war, der hier heute Abend offenbar Kellnerdienste verrichten musste – brachte ihr ein Glas Punsch. Als er es ihr reichte, lächelte er sie verschmitzt an. Theresia wollte nach dem Glas greifen, doch da wurde Clemens von hinten angestoßen. Der gesamte Punsch ergoss sich über Theresias Kleid.

„Du liebe Güte!“ Konrad war noch rechtzeitig zur Seite gesprungen, und nun besah er sich die Bescherung. „Ich gehe und hole deine Zofe“, sagte er. „Warte hier, Kind!“ Schon war er in der Menge verschwunden.

Mit hängenden Schultern stand Clemens vor ihr. „Es tut mir so leid, Theresia. Ich ...“ Weiter kam er nicht, denn Ludwig trat von hinten an ihn heran und versetzte ihm einen Hieb in den Nacken. „Trottel!“

Clemens stolperte ein paar Schritte zur Seite. Theresia konnte gleichzeitig Tränen und Wut in seinen Augen glitzern sehen. „Es war nicht meine Schuld", begehrte er auf. Um Bestätigung heischend blickte er zu Theresia herüber.

Die zögerte. Wenn sie jetzt für ihn Partei ergreifen würde, bedeutete das, Ludwig entgegenzutreten. Voller Unbehagen trat sie von einem Fuß auf den anderen, aber dann konnte sie einfach nicht den Mund halten. Ludwigs Vorwurf war so ungerecht! Schließlich war er es gewesen, der Clemens gestoßen hatte. Sie hatte es genau gesehen!

„Werter Herr Langenthal, es war wirklich nicht seine Schuld", sagte sie. „Jemand hat ihn gestoßen! Es ist ja auch gar nichts Schlimmes geschehen. Sehen Sie?" Sie zeigte auf den Fleck, der sich über ihr Kleid ausgebreitet hatte, und der auf dem dunkelroten Brokat kaum zu erkennen war. „Es trocknet schon wieder." Während sie das sagte, stellte Theresia sich vor Clemens und gab ihm hinter dem Rücken heimlich ein Zeichen, zu verschwinden. „Danke!", hörte sie ihn raunen, dann war er fort.

Und sie stand allein vor Ludwig.

Er ließ seine weißen Zähne aufblitzen. „Sie nehmen ja schon wieder einen Ihrer Dienstboten in Schutz, Mademoiselle. Es scheint mir, dass das bei Ihnen zur Gewohnheit wird. Erst die Zofe, die nicht richtig auf sie achtgegeben hat, jetzt der nichtsnutzige Kerl, der zu dämlich ist ..."

„Clemens ist nicht dämlich!", entrüstete sich Theresia. Sie hätte sich selbst ohrfeigen können für diesen Ausbruch, denn, wie es schien, hatte Ludwig genau darauf gewartet. Belustigt zog er die Brauen hoch. „Ich sag's ja: Theresia von Rotenburg, Verteidigerin der Armen und Schwachen. Eine rechte Jeanne d'Arc!"

Theresia suchte noch nach den passenden Worten für eine Erwiderung, da ergriff er schon erneut das Wort. „Ich hoffe doch sehr, dass Sie mir den nächsten Tanz schenken, liebste Theresia. Ich schulde Ihnen ja noch eine Lehrstunde, wenn Sie sich erinnern?"

In Theresias Leib bildete sich ein schmerzhafter Knoten. Und ob sie sich erinnerte! Hilfesuchend blickte sie sich nach allen Richtungen um, doch die Musik spielte noch immer, die Menschen drehten sich im Tanze, und niemand schien die unangenehme Lage zu bemerken, in der sie sich befand.

„Mademoiselle, Sie sind mir eine Antwort schuldig!" Ungeduldig wippte Ludwig mit dem Fuß. Seine Gesichtszüge hatten sich ein wenig verdunkelt. Seine eben noch belustigt dreinschauenden Augen bekamen mit einem Male ein gefährliches Funkeln.

Theresia trat von einem Fuß auf den anderen. Betreten schwieg sie, bis endlich Rettung nahte. Henriette rauschte über die Tanzfläche geradewegs auf sie zu. „*Quel malheur*!", rief sie aus. „Kind, du musst schnell mit mir kommen. Wir müssen den Fleck sofort gründlich auswaschen!" Schon zog sie Theresia mit sich, und sie ließen den verdutzen Ludwig einfach stehen.

Während sie auf das Gartenhäuschen zusteuerten, schaute Theresia mit gemischten Gefühlen zurück. Einerseits war sie froh, dem schrecklichen Ludwig Langenthal entkommen zu sein, andererseits jedoch wollte sie all die schönen Eindrücke des Festes in sich aufsaugen, um noch möglichst lange von ihnen zu zehren.

Ganz kurz nur streifte ihr Blick ein Gesicht mit grünen Augen.

Zusammen mit seinen Eltern, seinem Bruder Ludwig und zweien seiner Cousinen war Sebastian früher am Abend auf der Burg eingetroffen, und Konrad von Rotenburg hatte sie freundlich, fast ein wenig unterwürfig begrüßt. Sebastian wusste, dass der Baron in großen finanziellen

Schwierigkeiten war. Die unruhigen Zeiten waren nicht spurlos an der Burg vorbeigegangen, Reparaturen standen an, die bezahlt werden mussten, und die Einnahmen aus den Ländereien flossen nicht so üppig, wie es notwendig gewesen wäre. Aus diesem Grund hatten Sebastians Vater und der Baron schon mehrere vertrauliche Gespräche geführt, in denen es um finanzielle Unterstützung für die von Rotenburgs gegangen war. Sebastian wusste, dass die Verhandlungen kurz vor dem Abschluss standen: Der Baron würde sich von seinem Vater einen ganzen Batzen Geld leihen.

Diese Dinge jedoch kümmerten Sebastian nicht. Er war heute Abend hier, weil er hoffte, Theresia wiederzusehen – vielleicht sogar ein paar Worte mit ihr zu wechseln. Sein Herz trommelte, allein bei dem Gedanken daran, wie die Hufe seiner Stute in vollem Galopp. Da der Maiball Theresias Debüt sein würde, würde sie jedoch erst später erscheinen. Die Zeit bis dahin lag wie ein unendlicher, unüberwindlicher Berg vor Sebastian, und so beschloss er, sie zu nutzen.

Er griff unter sein Hemd und zog das Medaillon hervor, das er als Säugling in der Hand gehalten hatte, als man ihn auf den Stufen der Dorfkirche gefunden hatte. Einen Moment lang wog er es in der Hand und zögerte, es zu öffnen. Doch dann betätigte er den winzigen Hebel an der Seite, und das Schmuckstück klappte auf. Es enthielt nichts weiter als eine brüchige, blonde Locke, die mit einem dünnen Seidenband zusammengebunden war.

Das Einzige, was ihm von seiner Mutter geblieben war.

Sachte strich Sebastian über die Haare, dann klappte er das Medaillon wieder zu. Mit den Fingerspitzen fuhr er über die filigranen silbernen Verzierungen, dann gab er sich einen Ruck. Er streifte die Kette über den Kopf.

„Was haben Sie vor, lieber Cousin?" Lisbeth, eine der

beiden Cousinen, die mit seiner Familie auf den Ball gekommen war, blickte ihn fragend von der Seite her an.

Er hielt ihr das Medaillon hin. „Ich will die Gelegenheit nutzen", erklärte er ihr. „Hier sind heute Abend sämtliche wichtigen Leute aus halb Hessen versammelt. Vielleicht habe ich Glück, und irgendjemand erkennt das Medaillon wieder."

Lisbeth schaute ihn mit einer Mischung aus Zuneigung und Mitleid an. „Sie wollen versuchen, etwas über Ihre leibliche Mutter herauszufinden", sagte sie leise.

Er nickte.

„Dann haben Sie vor, heute Abend den Menschen von Ihrer dunklen Herkunft zu erzählen?" Ein schwaches Lächeln glitt über ihre schmalen, etwas zu blassen Züge, und es zeigte Sebastian, dass sie ihre Worte nicht so hart meinte, wie sie klangen. Sie war – abgesehen von seinen Zieheltern und Ludwig natürlich – eine der wenigen, denen er sich anvertraut hatte. Sie wusste, dass er ein Findelkind war, und er hatte ihr das Versprechen abgenommen, darüber zu schweigen.

Sie hatte sich eisern daran gehalten.

Nachdenklich schüttelte er den Kopf. Er hatte lange über die Frage nachgedacht, die sie ihm soeben gestellt hatte. Und er war zu dem Schluss gekommen, dass er nicht dazu bereit war, sein Geheimnis zu lüften. Er hatte sich dennoch dazu entschlossen, den Ball heute Abend für seine Nachforschungen zu benutzen, und er hatte vor, das Medaillon herumzuzeigen, ohne den Leuten zu erklären, woher er es hatte.

Er konnte nur hoffen, dass das funktionieren würde.

„Ich wünsche Ihnen viel Glück!" Ganz sachte legte Lisbeth ihm die Hand auf den Unterarm und drückte ihn leicht. Er wusste, dass sie in ihn verliebt war, und er bemühte sich, ihr keinen Anlass zur Hoffnung zu geben.

Seit dem Karfreitag trug die Frau, an die er dachte, wenn er die Augen schloss, die Züge Theresias von Rotenburg.

Er wartete gerade lange genug, um nicht unhöflich zu wirken, bevor er sich ihr entzog. „Ich danke Ihnen, liebe Cousine!"

Dann wandte er sich ab und begann damit, die Ballgäste zu befragen.

Mehr als eine Stunde später hatte er so ziemlich jedem auf dem Fest das Medaillon gezeigt. Einmal hatte es so ausgesehen, als würde sich ihm eine Spur bieten, doch dann hatte die ältere Dame, die das Schmuckstück lange nachdenklich betrachtet hatte, wie alle anderen den Kopf geschüttelt. „Es tut mir leid, junger Herr", hatte sie gesagt. „Ich glaube nicht, dass ich Ihnen helfen kann."

Und dann, als die Gesellschaft von Unruhe erfasst wurde, trat alles Andere in den Hintergrund. Sebastian bemerkte, wie sich die Blicke der Gäste auf das Eingangsportal der Burg richteten, das in diesem Moment von zwei Pagen geöffnet wurde. An der Seite ihres Vaters schwebte Theresia ins Freie.

Durch die Menge ging ein bewunderndes Raunen.

Sebastian hingegen wagte kaum zu atmen. Theresias Frisur war nicht hochgesteckt. Lediglich zwei Seitensträhnen waren auf ihrem Hinterkopf miteinander verflochten und bändigten so die Fülle ihrer Haare, die sich wie flüssiges Gold über ihren Rücken ergossen. Ihr Kleid glänzte dunkelrot wie Rubin und brachte die vornehme Blässe ihrer Haut überaus vorteilhaft zur Geltung.

„Gleich fängst du an zu sabbern!"

Ludwigs Stimme drang wie ein Messer in Sebastians Bewusstsein. Er blinzelte die Benommenheit fort.

„Erspar mir wenigstens heute Abend deine spitzen Bemerkungen", gab er kühl zurück, ohne jedoch den Blick von Theresias Gestalt zu nehmen.

Dicht an seinem Ohr lachte Ludwig leise. „Sie hat dich ja ganz schön verhext!“ Mit diesen Worten ließ er Sebastian einfach stehen.

Die Musik setzte ein, doch Sebastian nahm sie kaum wahr. Theresia begann den ersten Tanz mit ihrem Vater, und er war unfähig, die Augen von ihr abzuwenden. Leicht wie eine Feder glitt sie dahin. Mit großen, staunenden Augen, einem Kinde gleich, schien sie alles um sich herum aufzusaugen. Sebastian konnte es kaum erwarten, dass sich ihr Blick auch ihm zuwandte. Ihr Vater drehte sie in einer schwungvollen Bewegung im Kreis, und in diesem Moment trafen sich Theresias und Ludwigs Blicke.

Für einen Augenblick schien alles um Sebastian herum zu Eis zu erstarren.

Zwinkerte Ludwig der Baronesse etwa vertraulich zu?

Sebastian verspürte einen Stich im Herzen. Er wusste, dass Ludwig, wenn es darauf ankam, sehr charmant sein konnte. Offenbar hatte Theresia diese angenehme Seite von ihm kennengelernt, denn wie sonst war es zu erklären, dass sie bei Ludwigs Anblick kurz erstarrte und sich ihre Lippen ein wenig teilten?

In Sebastian wuchs das Bedürfnis, Theresia zu beschützen, sie vor seinem Bruder zu warnen. Verzweifelt suchte er ihren Blick, doch es dauerte noch eine geraume Weile, bis sich endlich ihre Augen trafen. Die Gefühle, die ihn dabei durchströmten, vermochte er nicht in Worte zu fassen. Sein gesamter Körper kribbelte, eine ihn ganz und gar verzehrende Wärme stieg in ihm auf. Das, was ihn aber am meisten irritierte, war das plötzliche Ziehen in seinem Unterleib.

Er wünschte sich, Theresia zu berühren, ihren zarten, weißen Hals mit seinen Lippen zu liebkosen, ihr ins Ohr zu wispern, wie sehr er sie begehrte.

„Sebastian, geht es Ihnen nicht gut?“ Lisbeth zupfte ihn am Ärmel, und die Stimme seiner Cousine klang dumpf in seinen Ohren. Es fühlte sich an, als befände er sich unter Wasser. Schwerfällig nur tauchte er aus seinen Tagträumen auf, und sofort schämte er sich für seine unziemlichen Gedanken.

„Doch, doch!“ Er wehrte Lisbeths Bemühungen ab, die sich um ihn kümmern wollte, und in diesem Moment scherte es ihn nicht im Geringsten, dass er auf sie schroff wirken musste. Er musste dringend hier weg!

Er verließ den Burghof durch eine Pforte, die so niedrig war, dass er sich durch sie hindurchbücken musste. Danach wanderte er eine Weile lang allein durch die Gassen des Dorfes, das zu Füßen der Burgmauern lag. Die Musik drang durch die Dunkelheit der Nacht, und auf ihn wirkte sie entrückt, wie verzaubert.

Schließlich riss er sich zusammen. Ganz kampflos würde er Ludwig das Feld nicht überlassen. Er sammelte sich, dann machte er auf dem Absatz kehrt. Er kam gerade rechtzeitig genug zurück auf den Ball, um zu sehen, wie Henriette von Rotenburg über die Tanzfläche auf ihre Tochter zustürzte. Die Baronin sagte etwas, das Sebastian in all dem Stimmengewirr nicht verstand, dann zerrte sie ihre Tochter mit sich fort, hin zu dem kleinen Türmchen, das sich an die Burgmauern schmiegte. Theresia schien davon nicht sehr begeistert. Ein letztes Mal schaute sie zurück auf die Ballgesellschaft.

Und diesmal blieben ihre Blicke für einige Herzschläge lang aneinander hängen.

Mit einer Mischung aus Verblüffung und Zorn starrte Ludwig Theresia und ihrer Stiefmutter hinterher, während diese durch die Gästeschar davonstrebten.

Sie ließen ihn doch tatsächlich stehen. Ihn – Ludwig

Langenthal, dessen Vater drauf und dran war, dem alten Baron mit einer ganzen Stange Geld aus der prekären Finanzlage zu helfen. Arrogantes, adliges Pack!

Ludwig war schon drauf und dran, Theresia zu folgen, doch die rundliche Baronesse von Ehrenfels zupfte an seinem Ärmel. Mit ihr hatte er getanzt, bevor er eher aus Versehen als wirklich mit Absicht diesen Trottel Clemens angestoßen hatte. Und natürlich gebot es jetzt die Höflichkeit, dass er die Baronesse zurück zu ihren Eltern begleitete. Zu seinem Ärger verwickelten die beiden ihn dann jedoch in ein Gespräch, indem sie ihm die Vorzüge ihrer Tochter anpriesen und alles, was er tun konnte, war zuzusehen, wie Theresia und Henriette auf ein Türmchen nahe der Burgmauer zusteuerten, das seltsamerweise alle hier nur „das Gartenhäuschen" nannten. Schnell entschuldigte er sich bei den von Ehrenfels und wollte Theresia nachfolgen. Doch weit kam er nicht!

„Herr Langenthal! Auf ein Wort!" Die schrille Stimme und das aufgesetzte Lächeln der nächsten Mutter auf Bräutigamsfang ließen ihn innerlich aufstöhnen.

Diese Bälle gleichen einer Viehauktion, dachte er verärgert. Warum nur wurden ihm immer die hässlichen Frauen zur Vermählung angeboten? War er denn nicht die beste Partie hier auf dem Ball – als Erbe eines Vermögens, das dasjenige der anwesenden Adelsfamilien vermutlich um das Mehrfache überstieg?

Einerlei! Er musste sehen, dass er Theresia nicht vollkommen aus den Augen verlor. In diesem Augenblick gerade verschwanden Mutter und Tochter in dem Türmchen. Die massive Holztür fiel hinter ihnen zu und machte damit alle Hoffnungen Ludwigs zunichte, Theresia heute noch einmal zu Gesicht zu bekommen. Wie er die alte Hexe von Baronin kannte, würde sie ihre Tochter an diesem Abend nicht mehr aus ihrem goldenen Käfig entlassen.

Mit zusammengebissenen Zähnen und einem angespannten Ziehen im Leib beschloss er, die Ballgesellschaft für eine Weile hinter sich zu lassen. Er durchquerte das schmiedeeiserne Burgtor, um draußen in der Dunkelheit ein wenig zu sich selbst zurückzufinden. Fackeln, die überall auf den Mauerkronen brannten, rissen Teile des Weges aus der Finsternis, die Strecken dazwischen jedoch versanken in fast undurchdringlichen Schatten. Die Musik und das Gelächter der Gäste wurden von den dicken Mauern gedämpft, sodass sie sich anhörten, als kämen sie von weit her.

Eine Weile wanderte Ludwig durch die Nacht dahin und versuchte, seinen in Aufruhr geratenen Körper unter Kontrolle zu bringen.

Auf dem Rückweg stolperte er fast über ein Paar Beine.

„Verflixt!“, fluchte er. „Wer ist da?“

In dem Flecken aus Dunkelheit, der sich direkt unter Theresias Türmchen befand, regte sich eine Gestalt. Die Beine wurden angezogen, und als Ludwig die Augen zusammenkniff, konnte er gerade so erkennen, wer da vor ihm saß.

„Sebastian!“, knurrte er. „Was machst du hier so allein im Finstern?“

Sebastian antwortete nicht. Er saß auf einer steinernen Bank, die von einem alten Baum beschirmt wurde. Von seinem Gesicht war nicht viel mehr zu erkennen als ein schwaches Leuchten seiner hellen Augäpfel und das gelegentliche Aufblitzen seiner Zähne, als er leise sagte: „Ich würde meinen, das geht dich nicht das Geringste an.“

Ludwigs Blick wanderte an der Fassade des Türmchens empor. Irgendwo dort hinter den Mauern befand sich Theresia ...

Er verdrängte den Gedanken, der ihm das Blut schon wieder zum Kochen brachte, und konzentrierte sich stattdessen auf Sebastian. „Bläst du etwa Trübsal wegen der kleinen Schnepfe?“, grinste er.

Da beugte Sebastian sich ein wenig vor. Das Licht der Fackeln fiel nun auf seine Züge, und fast hätte Ludwig bei dem Anblick aufgelacht. Es ärgerte ihn zwar, dass Sebastian ganz offensichtlich nicht vorhatte, seine Warnung zu beherzigen und sich von Theresia fernzuhalten. Aber gleichzeitig genoss er es auch, seinen Bruder zu betrachten. Der Trottel verzehrte sich in einer Leidenschaft, die Schmerz in seine Miene zeichnete.

Wahrscheinlich hielt er es für Liebe, was er empfand!

Der Idiot!

Er beschloss, Sebastian ein wenig zu piesacken. „Warum vergnügst du dich nicht ein bisschen mit den Vögelchen, die hier zuhauf herumflattern und nur darauf warten, beglückt zu werden?“

Sebastian lehnte sich wieder an, und sein Gesicht versank erneut in den Schatten. „Ich bin nicht wie du, Ludwig!“ Er spie die Worte förmlich aus, und danach schwieg er.

Ludwig zuckte mit den Schultern. Er hasste seinen Bruder, wenn er den ach so Tugendhaften spielte! „Du bist wahrlich nicht wie ich, Sebastian“, stellte er kalt fest. „Du kannst es auch gar nicht sein, nicht wahr? Das wissen wir beide!“ Er wusste, dass er seinen Bruder mit dieser Anspielung auf seine Abstammung verletzen würde.

Zu seinem Ärger jedoch war Sebastians Stimme beinahe ebenso kühl, als er erwiderte: „Du musst dich nicht darum sorgen, dass dir die Hälfte deines Erbes entgeht. Ich habe bereits mit Vater gesprochen. Ich werde auf meinen Teil verzichten.“

„Oh! Ganz der Edelmütige, Sebastian?“ Ludwig hörte selbst, dass seine Stimme belegt klang. Diese Eröffnung seines Bruders nun kam tatsächlich überraschend. Ludwig biss die Zähne zusammen, weil ihm klar wurde, dass

Sebastian ihn und seine Motive von Grund auf durchschaut zu haben schien.

„Ich will Vaters Geld nicht“, fügte Sebastian ruhig hinzu.

Es fiel Ludwig schwer, das zu glauben. Und überhaupt: War es nicht etwas ganz anderes, das Sebastian ihm neuerdings streitig machte? Wen scherte schon das Geld ihres Vaters? Hier ging es um Theresia!

Nein, Sebastian war von Anfang an nichts als ein Nebenbuhler gewesen. Er hatte die gesamte Aufmerksamkeit und Liebe ihrer Mutter erhalten, dieser Schönling, dieser Feingeist! Und er genoss den Respekt und die Zuneigung ihres Vaters, tugendhaft und strebsam, wie er sich zu geben vermochte. Alle Herzen schienen ihm zuzufliegen, während er, Ludwig, um jedes Lächeln, um jede freundliche Geste immer schon hatte kämpfen müssen.

Mit einem Anflug von Ingrimm stützte Ludwig sich an der Mauer hinter Sebastian ab und brachte sein Gesicht ganz dicht an das seines Bruders. „Weißt du was, Bruderherz?“, schnaubte er. „Du wirst mir weder Theresia noch einen einzigen Heller von Vaters Geld streitig machen.“ Er richtete sich wieder auf. „Dafür sorge ich, das schwöre ich dir. Du bist nichts als ein elendes Findelkind, ein Bastard wahrscheinlich noch dazu, den seine Mutter auf den Stufen der Dorfkirche ausgesetzt hat, weil nicht mal sie etwas für dich übrig hatte!“

Sebastian rührte sich nicht. Wenn ihn die harschen Worte verletzt hatten, so war es ihm nicht anzumerken. „Weißt du was, Ludwig?“, meinte er endlich. „Es wäre mir sehr recht, wenn du dein Gift anderswo versprühtest.“

Sebastian Langenthal ein Findelkind?

Überrascht starrte Henriette aus dem kleinen Fenster im Treppenhaus des Türmchens. Sie hatte Theresia geholfen, ihr schmutziges Kleid auszuziehen und es sogleich einer Zofe gegeben, damit diese sich um den Fleck darin kümmern konnte. Nachdem Theresia in ein einfacheres Kleid geschlüpft war, hatte Henriette ihr das Versprechen abgenommen, direkt hinter ihr die Turmkammer zu verschließen, und sie hatte darauf geachtet, dass Theresia dieses Versprechen auch einhielt.

Auf dem Weg durch das Treppenhaus nach unten war sie dann an dem Fenster vorbeigekommen. Zufällig hatte sie einen Teil des Gespräches aufgeschnappt, das dort unten geführt wurde, und als der Name Sebastian gefallen war, hatte sie mit einem Anflug von Neugier innegehalten.

Jetzt rann ein leises Kribbeln durch ihren Körper.

Sebastian Langenthal war ein Findelkind? Auf den Stufen der Dorfkirche hatte man ihn entdeckt! Das erklärte vermutlich, warum er früher am Abend dieses Medaillon herumgezeigt hatte. Offenbar war er auf der Suche nach seiner wahren Familie!

Ein leises Lachen entschlüpfte ihr. Mit welcher Hochnäsigkeit der alte Langenthal auf sie herabblickte, seit klar war, dass er Konrad von Rotenburg mit seinem Vermögen aus der finanziellen Klemme helfen würde! Und das, obwohl er vermutlich einen Bastard in seinem Haus beherbergte.

Sebastian war nicht Heinrich Langenthals Sohn.

Henriette spitzte die Lippen, dann jedoch lächelte sie. Ob Theresia diesen jungen Mann immer noch so anhimmeln würde, wenn sie von seinem dunklen Geheimnis wüsste?

Verträumt lächelte Theresia in sich hinein. Sie saß an einem der Fenster ihrer Turmkammer. Der Maiball unten im Burghof ging unverändert weiter, während sie hier oben vor sich hinsann. Leise wehte die Musik zu ihr herauf, und Theresia wusste, sie hätte sich nur an eines der Fenster auf der anderen Seite des Türmchens begeben müssen, um dem bunten und fröhlichen Treiben unter ihr zusehen zu können. Und dennoch saß sie hier, ganz allein, in sich versunken und starrte in die Nacht hinaus, die fast sternenlos über dem Tal hockte.

Wenn sie die Augen schloss, sah sie das Flackern der Kerzen vor sich und die bunten Roben der Damen, die sich im Tanze drehten. In ihrer Erinnerung atmete sie noch einmal den Duft der Blumen ein, mit denen der Innenhof so üppig geschmückt worden war. Sie dachte an das Orchester, das sich so virtuos auf die Instrumente verstanden hatte. Und doch verspürte sie nicht das geringste Bedürfnis, jetzt dort unten bei der Gesellschaft zu sein.

Ein leises Seufzen entrang sich ihren Lippen, und wenn sie nicht gewusst hätte, dass es Einbildung war, hätte sie glauben können, ein zweites Seufzen in der Dunkelheit tief unter sich zu hören. Sie schloss die Augen und stellte sich noch einmal vor, wie sie mit ihrem Vater über die Tanzfläche geschwebt war. Wie aufregend war es gewesen, von allen angeschaut und bestaunt zu werden. Vor allem von Sebastian!

Erschrocken riss Theresia die Augen wieder auf. Der Gedanke an Sebastian war so unvermittelt über sie gekommen, dass sie beinahe zusammenzuckte. Die kühle Stimme ihrer Stiefmutter hallte ihr in den Ohren wieder.

Die Mannsbilder sind alle gleich, Liebes. Sie ersinnen ein Trugbild von schwärmerischen Gefühlen, bis sie haben, wonach sie gelüstet.

Theresia biss sich auf die Unterlippe.

Sie fragte sich gerade, ob die mahnenden Worte tatsächlich für alle Mannsbilder galten – also für ihren Sebastian ebenso – als es zaghaft an ihrer Kammertüre klopfte.

Ein wenig erschrocken wandte sie den Kopf. „Wer ist da?"

„Theresia!" Clemens' Stimme erklang hinter der Tür. „Ich bin es! Darf ich reinkommen?"

Etwas zögerlich wandte Theresia sich vom Anblick der Nacht ab und durchmaß die Kammer. An der Tür blieb sie einen Augenblick lang stehen. „Bist du allein?"

„Natürlich!", gab er zurück.

Da drehte sie den Schlüssel im Schloss und öffnete ihm. Eilig langte sie durch den Türspalt und zerrte ihn zu sich in die Kammer. „Verrat Maman nichts davon!", sagte sie. „Ich habe ihr versprochen, kein Mannsbild hier oben hereinzulassen!"

Clemens, der noch immer die Livree trug, mit der er während des Balls aufgewartet hatte, starrte sie von unten her an, dann begann er zu lachen. „Sie hat erfahren, dass ich dich im Park vor diesem Langenthal gerettet habe", erklärte er. „Und ich glaube, sie wird wissen, dass ich keine Gefahr für dich darstelle. Immerhin bin ich mit dir verwandt!"

Eine entfernte Verwandtschaft, dachte sie. In ihren Kreisen war dies kein Grund, auf eine eheliche Verbindung zu verzichten. Sie überlegte, ob sie Clemens dies sagen sollte, doch dann sah sie ihn an und musste ein Grinsen unterdrücken. Tatsächlich hatte Henriette sich gerade neulich mit ihr über Clemens und seine Rettungstat im Park unterhalten. Gemeinsam hatten sie beide ein wenig darüber geschmunzelt, wie kindlich er oft noch war. Nein, in Clemens würde Henriette hoffentlich wirklich keine Gefahr für ihre Tochter sehen!

Theresia nickte. „Wahrscheinlich hast du recht. Was willst du hier?"

Er verzog das Gesicht, als leide er Schmerzen. „Meine Füße brennen wie Feuer. Den ganzen Abend lang heißt es Clemens hierhin, Clemens dorthin! Ich glaube, ich könnte eine ganze Woche lang schlafen." Er besann sich, dass das keine Antwort auf Theresias Frage war. Mit schräg gelegtem Kopf sah er sie an. „Deine Maman hat mir erlaubt, eine kurze Pause zu machen. Eigentlich wollte ich mich erkundigen, ob du böse mit mir bist. Immerhin habe ich dein schönes Kleid ruiniert."

Lächelnd schüttelte sie den Kopf. „Um das Kleid ist es schon schade", sagte sie. „Aber ich habe es gesehen. Du konntest nichts dafür. Ludwig Langenthal hat dich gestoßen und darum hast du den Punsch verschüttet." Sie rief sich die Szene noch einmal ins Gedächtnis, und je genauer sie jetzt darüber nachdachte, umso mehr kam ihr der Verdacht, dass Ludwig den armen Clemens mit voller Absicht angerempelt hatte.

Ein Strahlen glitt über das Gesicht des jungen Mannes. „Da bin ich froh!" Er wollte noch etwas hinzufügen, aber sein Blick fiel hinaus auf das dunkle Tal, und augenblicklich vergaß er alles, was er hatte sagen wollen. Mit zwei langen Schritten war er am Fenster, stieß es auf und lehnte sich weit hinaus.

„Clemens!", entfuhr es Theresia, doch bevor sie noch mehr sagen konnte, zog er sich schon zurück. Tief sog er die klare Nachtluft ein.

„Sieh mal", sagte er und wies auf die andere Seite des Tals hinüber.

Zögernd trat Theresia neben ihn. Das Kleid, das sie jetzt trug, war nicht besonders warm, und sie fröstelte in der Kühle der Nacht. „Was meinst du?", fragte sie.

Clemens antwortete nicht sofort. Seine Blicke schweiften über die Hänge der Hügel in der Ferne. Theresia tat es ihm gleich. Ab und an glaubte sie, ein schwaches Flackern zu sehen. Es wirkte, als seien einige Sterne aus dem Himmel gefallen und sandten ihr Licht jetzt von der Erde aus zu ihr.

„Siehst du es?", fragte Clemens leise.

„Die Lichter meinst du?" Theresia legte beide Hände auf die Fensterbank.

Der Jüngling nickte eifrig.

„Was ist das?", wollte Theresia wissen.

„Licht, das vom Haus der Langenthals zu uns herüberscheint." Eine Weile lang schwieg Clemens, und Theresia fragte sich schon, was an diesen schwachen Lichtern so besonders sein sollte. Er kam einer entsprechenden Frage von ihr zuvor. „Ist es nicht erstaunlich", sann er mit fast verträumter Stimme, „wie weit man das Licht von Kerzen bei Nacht sehen kann?"

Theresia stieß ein leises Lachen aus. „Für was du dich immer begeistern kannst!" Sie wollte noch etwas hinzufügen, aber in diesem Moment klopfte es an der Kammertür.

„Clemens!" Die Stimme eines der Pagen. „Die Baronin hat gesagt, du sollst zurück an deine Arbeit gehen!"

Clemens schreckte zusammen und Theresia mit ihm. Beruhigend lächelte er sie an. „Keine Angst, außer Richard weiß niemand, dass ich hier bei dir bin. Wir können ihm vertrauen."

„Hoffentlich hast du recht!" Theresia sah zu, wie Clemens die Tür vorsichtig aufzog und nach draußen auf den Treppenabsatz schlüpfte. Von dem Pagen Richard erhaschte sie nur einen Zipfel.

Schon im Gehen begriffen wandte Clemens sich noch einmal an sie. „Schließ hinter mir wieder ab, dann wird deine Maman nichts erfahren." Mit diesen Worten verschwand er.

Theresia stand einen Augenblick lang regungslos. Dann tat sie, was er gesagt hatte.

Das Fenster stand noch immer offen, und sie war kurz davor, es wieder zu schließen. Die Nachtluft strich kühl über ihre nackten Arme, und sie umschlang sich schaudernd. Dennoch ließ sie sich auf der Fensterbank niedersinken.

Ihr Blick wanderte zu den Lichtern in der Ferne.

Sebastians Zuhause. Doch er war nicht dort. Er befand sich irgendwo unten im Burghof auf dem Ball und amüsierte sich vermutlich prächtig mit den beiden jungen Damen, die ihn umschwärmten. Unwillkürlich seufzte sie wieder.

In den Büschen unter ihrem Fenster raschelte es. Sie zuckte zurück, doch dann schalt sie sich ein dummes Gänschen. Wer sollte schon dort unten in der Finsternis hocken? Wahrscheinlich war es nur ein Tier gewesen, das sie gehört hatte.

Ein altes Lied kam ihr in den Sinn, das die dicke Köchin Marta manchmal bei der Arbeit gesungen hatte, und ohne viel darüber nachzudenken, begann Theresia, die Melodie zu summen. Die Worte kamen schließlich ganz von selbst.

„Könnt ich dein Gunst erwerben,
käm ich aus großer Not.
Viel lieber wollt ich sterben
und wünscht mir selbst den Tod.“

Ein leises Räuspern ließ sie zusammenschrecken. Diesmal sprang sie von der Fensterbank und wich ein Stück zurück. Ängstlich beugte sie sich dann wieder vor. Es war so finster am Fuße des Turmes, dass sie nicht das Geringste erkennen konnte. Täuschte sie sich, oder hörte sie unter sich nun ein Atmen? Sie legte beide Hände auf ihr Dekolleté und rührte sich nicht. Ihr Herz pochte heftig. „Ist da jemand?“

Wieder raschelte es im Gebüsch, aber sie erhielt keine Antwort.

Doch dann, als sie sich gerade abwenden und das Fenster schließen wollte, hörte sie erneut dieses leise Räuspern. „Baronesse?“, drang eine Stimme zu ihr herauf. „Sind Sie das?“

Sie kannte diese Stimme nur zu genau.

Sebastian!

Sie wollte den Namen aussprechen, aber sie konnte jetzt keinen Ton mehr hervorbringen. Allein die Vorstellung, dass er dort unten stand, raubte ihr jeglichen Atem.

„... *und wünscht mir selbst den Tod,* Baronesse?", fragte er leise. „Was treibt Sie dazu, so traurige Lieder zu singen?"

Theresias Lippen teilten sich, aber sie wusste einfach nicht, was sie antworten sollte. Ihr Herzschlag war jetzt geradezu schmerzhaft hinter ihren Rippen. Sie fühlte sich hin- und hergerissen. Nur allzu gerne hätte sie Sebastian geantwortet, hätte mit ihm kokette Nettigkeiten ausgetauscht, so wie sie es bei den Damen auf dem Ball gesehen hatte. Aber dann wiederum stand ihr Ludwigs beschämendes Verhalten vor Augen, und alle Warnungen vor den Männern, mit denen Henriette sie seit Jahren bedachte, hallten in ihrem Kopf wider.

Verwirrt wich sie zurück. Sie zögerte kurz, doch dann schloss sie das Fenster. Mit einer Mischung aus Bedauern und Erleichterung ließ sie sich gegen die Wand daneben sinken.

Das Geräusch, mit dem das Fenster über ihm geschlossen wurde, klang endgültig in Sebastians Ohren. Bedauernd trat er einige Schritte zurück. Die Nacht war zu finster, als dass er mehr als die hoch aufragenden Umrisse des Turmes hätte erkennen können.

Er war sich sicher, dass es Theresia gewesen war, die er dort oben hatte singen hören. Schon beim Karfreitagsgottesdienst in der Kirche hatte er ihre helle, klare Stimme gehört, die über all den anderen schwebte, und eben, hier unter dem Turm, als er die traurige Weise vernommen hatte, hatte er Theresias Sopran sofort wiedererkannt. Die Worte des melancholischen Liedes, das sie intoniert hatte, gingen ihm nicht mehr aus dem Kopf. Allein beim Gedanken daran, dass sie dort oben saß und bekümmert war, zerriss es ihm beinahe das Herz. Wie gern hätte er sie in seine Arme gezogen, hätte sie getröstet, sie beschützt vor allem, was ihr Kummer bereiten mochte.

Er ertappte sich dabei, dass er die Hand nach ihr ausstreckte.

Doch sie war unerreichbar für ihn. Nicht nur, dass sie dort oben in ihrer Turmkammer saß und offenbar nichts mit ihm zu tun haben wollte. Nein, während sie einem altehrwürdigen Adelsgeschlecht angehörte, war er nur der Sohn eines Bürgerlichen. Der Ziehsohn, verbesserte er sich selbst sogleich.

Er kannte seine wahren Eltern nicht. Was, wenn er nichts weiter war als ein Bauernkind? Ein Bastard einer fahrenden Frau? Was auch immer für Blut in seinen Adern rann, eines wusste er sicher, jetzt, da Theresia ihm das Turmfenster vor der Nase zugeschlagen hatte:

Er war ihrer nicht im Mindesten würdig.

In den nächsten Tagen, so schien es Theresia, verlangsamte sich der Fortgang der Zeit. Ständig schaute sie zum Fenster hinaus, wusste nichts mit sich anzufangen und verrichtete alle ihr aufgetragenen Aufgaben mit Widerwillen. Ihre Stiefmutter meinte, diese schlechte Laune läge daran, dass sie den Ball versäumt habe und Theresia ließ sie in dem Glauben.

In Wahrheit jedoch konnte sie an nichts anderes denken als an Sebastian. Sebastian, Sebastian, Sebastian. Wenn sie morgens aufwachte, war es das Erste, was sie dachte, und vor dem Einschlafen flüsterte sie seinen Namen in die Dunkelheit.

Was war es nur, was er mit ihr gemacht hatte? Sie hatten kaum ein paar Sätze miteinander gesprochen, und doch sah sie sein Gesicht vor sich, wenn sie die Augen schloss, glaubte, seine ruhige Stimme zu hören, wenn sie allein war. Manchmal drehte sie sich dann um, weil sie meinte, ihn in einer Ecke stehen sehen zu müssen.

Sie verbrachte viel Zeit damit, an ihrem Turmfenster zu sitzen und über das Tal hin zu dem Herrenhaus der Langenthals zu schauen. Manchmal, wenn es eine klare Nacht war, betrachtete sie den Lichtschein, der von drüben herüberleuchtete, und dann stellte sie sich vor, sie sei anstelle dieser Kerzen in Sebastians Nähe.

Ihrer Mutter erzählte sie von all diesen Dingen nichts. Und da Marie ihr noch immer vorenthalten wurde, war Clemens Gerke der Einzige, dem Theresia sich anvertrauen konnte. Er hatte es inzwischen tatsächlich geschafft, von Henriette die offizielle Erlaubnis zu erhalten, Theresia in ihrer Turmkammer zu besuchen. Die beiden lasen zusammen Homer oder das eine oder andere Gedicht von Goethe, das Henriette guthieß. In ihrer Fantasie wanderten sie gemeinsam mit Alexander von Humboldt durch den Dschungel Südamerikas und sie fuhren mit James Cook auf seiner *Endeavour* durch die Südsee. Und sie diskutierten über die naturwissenschaftlichen Studien, die Clemens betrieb. Bei diesen Gesprächen blühte der junge Mann stets regelrecht auf. Mit glühenden Wangen erzählte er Theresia von den Schriften dieses gewissen Isaac Newton, die er las. Wie schon bei ihrem allerersten Gespräch darüber verstand Theresia oftmals nur die Hälfte von dem, was er sagte, doch sie erfreute sich an der Begeisterung, die Clemens versprühte. Ab und an fragte sie ihn nach seinem Experiment mit der Lampe, doch an dieser Stelle wich er ihr stets aus und sagte ihr, der Spiegel sei noch immer nicht fertig, er werde ihr schon Bescheid geben, wenn er mit seiner Arbeit so weit sei.

Sie ließ es dabei bewenden, auch wenn sie sich fragte, was er immer mit diesem sonderbaren Spiegel hatte.

Das Verhältnis zu ihrer Stiefmutter war seit dem Maiball

überaus herzlich und zugewandt. Sie verbrachten ihre Mußestunden jetzt regelmäßig in der Turmkammer, und dabei schwatzten und lästerten sie reihum über alle Damen der hessischen Gesellschaft.

„Das Gerücht geht, dass sich Ludwig Langenthal mit der dicklichen Baronesse von Ehrenfels verloben will", sagte Henriette eines Abends, während sie Theresia das Haar bürstete. „Man hat sie offenbar während des Feuerwerks auf dem Maiball ganz vertraut miteinander im Park gesehen."

„Ludwig ..." Theresia zog die Schultern in die Höhe.

Sanft streichelte Henriette ihr über den Kopf. „Wenn es wirklich stimmt, dann ist er bald keine Gefahr mehr für dich, Liebes. Dann wird er seine Gelüste im Ehebett ausleben können." Ein düsteres Lächeln glitt über ihr Gesicht, Theresia bemerkte es im Spiegel. „Die Baronesse gilt als resolute Person. Sie wird Ludwig schon zu bändigen wissen."

Diese Neuigkeit hätte Theresia freuen sollen, doch sie konnte sich nicht so recht darauf konzentrieren, denn allein die Erwähnung des Namens Langenthal ließ sie schon wieder an Sebastian denken. Eine wohlige Gänsehaut bildete sich auf ihren Armen, als sie sich an seine Stimme erinnerte, die aus dem Dunkel am Fuße ihres Turmes erklungen war.

Henriette bemerkte ihre körperliche Reaktion und missdeutete sie. „Er macht dir noch immer Angst, nicht wahr? Verständlich. Ach, diese furchtbaren Brüder Langenthal!" Sie sprach nun nicht mehr nur von Ludwig.

Das störte Theresia, mehr als ihr lieb war. „Aber nicht Seb...", entschlüpfte es ihr, bevor sie sich eines Besseren besann.

Henriette hielt im Bürsten inne. „Was meintest du soeben, Liebes?" Im Spiegel trafen sich ihre Blicke.

Zwischen Henriettes Brauen bildete sich die wohlvertraute Falte.

„Ich ... nichts." Theresia senkte den Blick als Erste. Sie griff nach einer der Haarnadeln auf dem Schminktischchen vor sich und begann, sie in den Fingern zu drehen.

„Kind!" Henriette legte die Bürste fort. Dann legte sie Theresia eine Hand unter das Kinn und zwang sie auf diese Weise, sie anzusehen. „Was wolltest du eben sagen? Sebastian, das war doch der Name, der dir beinahe entschlüpft wäre, oder?"

Theresia presste die Lippen zusammen. Es hatte keinen Zweck, es zu leugnen, darum nickte sie, so gut es Henriettes Finger unter ihrem Kinn zuließen.

Ihre Stiefmutter ließ die Hand sinken. „Was verbindet dich mit diesem Mann?"

Wieder eilten Theresias Gedanken zu den Augenblicken am Abend des Balls, als Sebastian unter ihrem Fenster gestanden hatte. Sie spürte, wie ihr Röte ins Gesicht schoss.

Die Falte zwischen Henriettes Brauen vertiefte sich. „Seid ihr euch ... nahegekommen?" Sie musste Luft holen, bevor sie das letzte Wort aussprechen konnte. Theresia meinte, hinter ihrer Stirn die Gedanken rasen zu sehen. Vermutlich suchte ihre Stiefmutter nach einer Gelegenheit, nach dem Moment, in dem Theresia möglicherweise mit Sebastian allein gewesen sein mochte. Sie konnte keinen finden – wie hätte sie auch?

„Natürlich nicht, Maman!" Es gelang Theresia, so viel Empörung wie möglich in ihre Stimme zu legen, dennoch schien Henriette nicht besänftigt.

„Er ist keine Partie für dich!", sagte sie streng.

Sebastian. Ihr Ehemann? Dieser Gedanke war so machtvoll, dass Theresia beinahe wohlig die Augen geschlossen hätte. Gerade noch rechtzeitig beherrschte sie sich. Sie ahnte, dass ihre Stiefmutter jede ihrer Regungen genauestens beobachtete. „Warum nicht?“, fragte sie. „Er wird die Hälfte des Vermögens seines Vaters erben. Das könnte sogar eine Möglichkeit sein, Papas angeschlagene Finanzen ...“

„Was weißt du von deines Vaters Finanzen?“, fuhr Henriette ihr grob in die Parade.

Theresia zuckte zusammen ob des plötzlichen Themenwechsels. „Nicht viel“, gestand sie ein. „Nur das, was ich dich und ihn manchmal beim Abendessen reden hören habe.“

Und das, was ich aus Clemens und Kaplan Häusler herausgequetscht habe, fügte sie in Gedanken hinzu, sprach es aber natürlich nicht aus. Sie wusste, dass ihr Vater gezwungen war, sich von Heinrich Langenthal Geld zu leihen. Ihre Mutter musste nicht wissen, dass sie sich mit solchen Dingen beschäftigte. Es geziemte sich nicht für eine Dame, das wusste sie.

„Das ist kein Thema für dich“, sagte Henriette denn auch wenig überraschend.

Gehorsam nickte Theresia, und sie hegte die Hoffnung, dass Henriette damit auch das Gespräch über Sebastian fallen lassen würde. Doch sie wurde enttäuscht.

„Dieser Sebastian“, kehrte ihre Stiefmutter zu ihm zurück. „Glaub mir: Er ist nicht das, was er zu sein scheint.“ Sie nahm die Bürste wieder zur Hand. Als sie jetzt damit fortfuhr, Theresias Haare zu bearbeiten, waren ihre Berührungen weitaus weniger zärtlich als noch zuvor.

Theresia überlegte, ob sie ihre letzte Bemerkung hinterfragen sollte, doch sie entschied sich dagegen. Der Gedanke jedoch, den das Gespräch mit Henriette in ihren Kopf gepflanzt hatte, begann in ihrem Geist zu wachsen und zu wachsen.

Sie. Und Sebastian.

Als Mann und Frau!

Ein verträumtes Lächeln glitt über ihre Miene.

Kapitel IV

Anfangs erschrak Rapunzel gewaltig,
als ein Mann zu ihr hereinkam,
wie ihre Augen noch nie einen erblickt hatten,
doch der Königssohn fing an,
ganz freundlich mit ihr zu reden ...

Eigentlich hätte Clemens lateinische Vokabeln notieren sollen. Der Kaplan der Rotenburgs hatte ihm aufgetragen, in Caesars „De bello gallico" zu lesen und jedes Wort aufzuschreiben, das er nicht kannte. Der Plan war, später dann die einzelnen Wörter nachzuschlagen und sich gleichzeitig mit den verschiedenen Deklinationen der Substantive zu beschäftigen. Clemens hasste diese Arbeit! Auch wenn er wusste, dass es nötig war, das Lateinische zu beherrschen, fand er nichts qualvoller, als einen Nachmittag mit dem Pauken dieser alten Sprache zu verbringen.

Ächzend legte er das dicke Buch auf den Tisch und stützte den Kopf in die Hände. Sein Hirn fühlte sich an wie mit Sand vollgestopft. A-Deklination, O-Deklination, E-Deklination. Himmel, wer sollte sich das nur alles merken!

Über den Tisch hinweg glitt sein Blick zu der ledernen Sitzgruppe auf der anderen Seite der Bibliothek. Auf dem niedrigen Tischchen dort stand eine seiner beiden Laternen. Der Docht war fast aufgebraucht, und Öl würde er demnächst auch nachfüllen müssen, wenn er sich weiter mit seinen Studien beschäftigen wollte. Seine Spiegel hingegen, die ein Knecht ihm unter Mühen besorgt hatte und an denen er nun schon seit Monaten arbeitete, und auch die zweite Laterne befanden sich unten in einer Kammer hinter den Pferdeställen. Die Arbeit an den Spiegeln war schmutzig, darum hatte er sich entschieden, sie dort herzustellen. Wie gern er genau jetzt daran weiterarbeiten würde, statt hier zu sitzen und zu pauken! Wie gern er die Kreide nehmen, sie zerreiben und auf der glatten Oberfläche des Glasrohlings verteilen würde. Er stellte sich vor, wie er den Schleifstein zur Hand nahm – den feinen natürlich, mit dessen Hilfe sich auch kleinste Unebenheiten der gewölbten Glasfläche wegpolieren ließen. Er glaubte beinahe, das sanfte Geräusch hören zu können, mit dem der Schleifstein über den Spiegel glitt.

Er versuchte, diese Gedanken aus seinem Hirn zu verbannen, aber es gelang nicht völlig, denn er musste an den gestrigen Abend zurückdenken, an dem er zusammen mit Theresia am Turmfenster gestanden hatte. Die Lichter, die vom Langenthalschen Anwesen herübergeleuchtet hatten, waren nur schwach sichtbar gewesen, obwohl dort drüben bestimmt ganze Kronleuchter angezündet gewesen waren. Aber er würde dieses Problem beheben!

Missmutig starrte er auf seinen *Caesar*. Die einzelnen Buchstaben verschwammen vor seinen Augen, und seufzend stemmte er sich in die Höhe. Vielleicht sollte er eine kleine Pause einlegen und sich mit interessanteren Dingen beschäftigen. Langsam ging er an dem Regal mit den naturwissenschaftlichen Werken entlang. Der Baron hatte ihm erlaubt, jedes Buch zur Hand zu nehmen, das ihm zusagte. Er durfte sie alle lesen und aus ihnen lernen, und wie jedes Mal, wenn er hier stand und sich des Glückes bewusst war, das ihm zuteil wurde, durchströmte ihn ein feines Kribbeln. Es rann seinen gesamten Rücken hinunter und auch wieder hinauf, sodass sich eine Gänsehaut in seinem Genick bildete.

Zielstrebig griff er nach einem dicken Wälzer in dunkelgrünem Leder. *Isaac Newton* stand in goldener Schrift in den Rücken geprägt. Ehrfürchtig zog er das gewichtige Werk heraus, trug es zu dem Stehpult neben der Sitzecke und legte es darauf ab. Er schlug die Titelseite auf und strich mit den Fingerspitzen über die schwarzen Buchstaben.

Opticks: Or a treatise of the reflections, refractions, inflections and colours of light.

Newtons Hauptwerk der Optik, in dem er sich mit der Reflexion und der Bündelung von Licht beschäftigte. Es war Clemens' Lieblingswerk.

Der Text war eng geschrieben und in ziemlich kleiner Schrift, sodass er zunächst Mühe gehabt hatte, ihn zu entziffern. Zwar beherrschte er das Englische etwas besser als das Lateinische, denn in der Straße, in der er zu Hause war, gab es einen alten englischen Kapitän, der ihm diese Sprache nur allzu gern beigebracht hatte. Trotzdem hatte Clemens sich zu Anfang schwer damit getan, die komplizierten Ausführungen Newtons zu begreifen. Alles, was er über den berühmten englischen Gelehrten gewusst hatte, war, dass dieser Spiegel dazu benutzt hatte, um das Licht von Sternen in seinem Teleskop zu bündeln und auf diese Weise besser sichtbar zu machen. Sterne, die weit entfernt waren ...

Entfernungen.

Und schwaches Licht, das sichtbar gemacht werden sollte.

Im Grunde, hatte Clemens das erste Mal gedacht, als er das Werk von Newton in den Händen gehalten hatte, hatte er ganz ähnliche Probleme wie der englische Wissenschaftler. Genau wie damals blätterte er jetzt eine Weile in dem Werk herum, bis er zu der Stelle kam, in der die Rede davon war, wie man die für ein Spiegelteleskop notwendigen Spiegel herstellte – keinen gewöhnlichen Spiegel mit flacher Oberfläche, wie ihn Theresia zum Frisieren benutzte, sondern einer mit einer gewölbten Oberfläche, der in der Lage war, das Licht zu bündeln und verstärkt abzustrahlen. Ein Hohlspiegel ...

Man musste eine runde Glasscheibe nehmen ...

„Junker Clemens!" Die ruhige, aber trotzdem leicht ärgerlich klingende Stimme von Kaplan Häusler jagte Clemens einen solchen Schrecken ein, dass er einen Satz machte. Plötzlich wurde ihm bewusst, dass er bereits mehrere leise Räusperer seines gestrengen Lehrers überhört haben musste.

„Ich ..." Er fuhr herum. „Es tut mir leid!", murmelte er.

„Was tut ihm leid?", fragte der Kaplan. Sein altes, faltiges Gesicht erinnerte Clemens immer ein bisschen an das eines traurigen Jagdhundes, aber in den wachen Augen des Alten funkelte es auch jetzt wieder ein wenig spöttisch. „Dass er seine Vokabeln nicht lernt, oder dass er einfach Bücher aus dem Regal zieht und seine neugierige Nase hineinsteckt?" Häusler blickte auf das aufgeschlagen daliegende Buch, und Clemens war froh darüber, dass der Kaplan nicht wusste, wie oft er schon in dem Newton gelesen hatte.

„Ich darf jedes Buch ..."

„Schon gut", unterbrach der Kaplan jeden Versuch, sich zu rechtfertigen. „Ich weiß ja. Was liest er so interessiert, dass er mich nicht hat hereinkommen hören?"

Erleichtert über das Interesse, das der Alte offenbar für seine Studien hatte, kehrte Clemens sich wieder dem Buch zu. „Newtons Optik", erklärte er.

Der Blick des Kaplans huschte zu der halb auseinandergebauten Laterne auf dem Beistelltischchen. „Er interessiert sich für den Bau von Hohlspiegeln?" Es klang streng.

Clemens schluckte. „Ich glaube, dass ich sie nützen könnte, um das Licht einer Laterne zu verstärken ... dann könnte man Botschaften über weite Strecken versenden!"

Ein leises Schmunzeln glitt über Häuslers Gesicht. „Botschaften. Soso!“

Clemens wusste nicht genau, ob der Alte sich über ihn lustig machte oder nicht. Jedenfalls war jetzt jeder Anflug von Strenge aus dem faltigen Gesicht verschwunden. „Wem will er denn Botschaften übermitteln? Er hat doch nicht etwa eine Liebschaft unten im Tal? Dafür ist er wohl noch ein bisschen zu jung.“

Clemens spürte, wie seine Ohren heiß wurden. „Nein! Nein!“, beeilte er sich zu sagen. „Keine Liebschaft! Ich würde nie ...“ Er verstummte und dachte an Theresia. Wenn er sich eine Ehefrau vorstellen sollte, dann kam stets sie ihm in den Sinn, was natürlich völlig unsinnig war. Sie war schließlich viel zu alt für ihn! Außerdem würde sie bestimmt bald diesen Langenthal heiraten, diesen hübschen Kerl mit den grünen Augen, von dem sie ihm so oft vorschwärmte, obwohl sie ihm erst zweimal kurz begegnet war. Wenn sie von ihm sprach, dann glühten ihre Wangen vor Begeisterung.

Er lächelte schwach.

Der Kaplan missdeutete es. „So wie er in sich hineingrinst ...“ Doch er beließ es dabei. „Stelle er jetzt den Newton fort!“, befahl er stattdessen. „Wir haben Vokabeln zu lernen!“

„Also wirklich, Mademoiselle, ich wüsste doch zu gern, was Sie immer in dieses *Gartenhäuschen* treibt!“

Die Stimme von Kaplan Häusler ließ Theresia mitten im Lauf innehalten. Sie war gerade im Begriff gewesen, den Burghof zu überqueren, um sich in ihr Türmchen zurückzuziehen. Seit jener traumgleichen schicksalhaften Nacht mit Sebastian unter ihrem Fenster zog es sie wieder und wieder in das eher schmucklose, mit Fachwerk versehene Gebäude über der Burgmauer. Natürlich war einer der

Gründe der, dass sie, anders als von ihrem Zimmer im Hauptturm aus, von hier das Anwesen der Langenthals sehen konnte. Im Laufe der vergangenen Wochen hatte sie darum gebeten, dass man ihr mehr und mehr Möbel aus ihrem Zimmer in die Turmkammer schaffte.

Gartenhäuschen hieß der Turm, weil in seinem Erdgeschoss allerlei Geräte für die Pflege des Parks aufbewahrt wurden. Die Räume in seinem Obergeschoss waren jahrelang nicht benutzt worden, aber da sie abgeschieden waren, sozusagen ein eigenes kleines Reich hoch über den anderen Bewohnern der Burg, war Henriette nicht böse darüber gewesen, dass Theresia es sich als Wohnung erkoren hatte.

Jetzt besaß sie dort eine hübsche kleine Zimmerflucht mit bequemen Sesseln, mit samtenen Vorhängen an den Fenstern und Teppichen auf dem Boden und an den verputzten Wänden. Sie hatte ihre Staffelei vor das Fenster gestellt, von dem aus das Anwesen von Sebastians Familie am besten zu erkennen war, und oftmals ertappte sie sich dabei, dass sie, den Pinsel in der Hand, regungslos dastand und einfach nur zu dem Gebäude in der Ferne hinüberstarrte.

„Das Licht zum Malen ist dort einfach am besten, werter Herr Kaplan", antwortete sie jetzt. Häusler saß auf einem der schmiedeeisernen Stühle in der weinberankten Laube und schien in irgendeinem schmalen Bändchen zu lesen. Theresia konnte den Titel nicht gleich erkennen, da der Kaplan beide Hände um das Büchlein geschlungen hatte.

„Nun." Häusler blinzelte. Theresia war sich nicht ganz sicher, ob er ihr glaubte oder nicht. Sie fühlte sich von seinem durchdringenden Blick wie durchleuchtet. „Sicher."

Er legte das Buch in den Schoß, und jetzt sah Theresia, dass es sich dabei um den „Werther" von Goethe handelte.

Sie deutete darauf. „Eine traurige Geschichte, die Sie da lesen, Kaplan." Ein wenig verwunderte es sie, denn sie wusste, dass die Hauptfigur in dem Buch aus unerfüllter

Liebe am Ende Selbstmord beging, und sie wusste auch, dass Häusler solch eine Tat keinesfalls billigte. Darüber hinaus war er kein Freund von tragischen Liebesgeschichten.

„Ein wenig zu theatralisch nach meinem Geschmack." Kopfschüttelnd sah Kaplan Häusler auf das Büchlein in seinen Händen. „Sich den Tod zu geben für eine unerwiderte Liebe, nicht wahr?"

Sie wusste, was er hören wollte. „Eine Todsünde", murmelte sie. Doch dann konnte sie nicht anders. „Ich glaube", fügte sie hinzu, „dass eine unglückliche Liebe, so sie denn eine wahre und große Liebe ist, nichts anderes als den Tod nach sich ziehen kann. Würde ich je so lieben ..." Sie hielt inne. *Ja, was dann?* fragte sie sich.

Kurz wirkte Häusler beunruhigt. „Solche Überlegungen ziemen sich nicht für eine junge Dame!" Er besann sich, schüttelte den Kopf. „Besser Sie wenden sich doch wieder ihrer Malerei zu, Theresia." Tief schaute er ihr in die Augen, als ergründe er, wie ernst es ihr mit ihrer eben geäußerten Meinung sei. Der Schatten über seinem Gesicht verflog jedoch rasch wieder. Häusler schaute zum Himmel. Endlich sagte er: „Aber dann sollten Sie sich eilen, damit Sie heute noch etwas schaffen." Dunkle Wolken zogen dort oben auf. „Es wird heute noch regnen, fürchte ich."

Theresia nickte ihm höflich zu. Dann lief sie weiter, die Stufen hinauf, die zum Gartenhäuschen führten.

Einer der Pferdeknechte kam gerade mit zwei großen schwarzen Gäulen durch das Burgtor, aber Theresia achtete kaum auf seinen höflichen Gruß, sondern schloss eilig die Tür zum Treppenaufgang auf und eilte die Stufen nach oben.

Sie war mitten in der Arbeit an ihrem Bild, als sie Schritte auf der Treppe hörte.

„Entschuldigt, Mademoiselle“, sagte Marie beim Eintreten. Einige Zeit nach dem Ball hatte Henriette Theresias Drängen nachgegeben und es erlaubt, dass Marie wieder ihren Dienst bei ihr aufnahm. Die Spuren der Geschehnisse im Park waren längst aus dem Gesicht der jungen Zofe verschwunden, nur eine schmale Narbe war geblieben, dort, wo Maries Lippe aufgeplatzt gewesen war. Über das, was sie im Park erlebt hatte, hatte Marie bis heute nicht mit Theresia gesprochen. Theresia vermutete, dass Henriette es ihr verboten hatte. Einmal nur hatte sie ihre Zofe gedrängt, es ihr zu erzählen, und Marie hatte gesagt, dass sie auf der Stelle entlassen werden würde, wenn sie das täte und wenn die Baronin es herausfände. Seitdem war die Begegnung mit Ludwig damals bei der Hecke im Park kein Thema mehr für sie beide gewesen.

„Eure Maman wünscht Eure Anwesenheit im Haupthaus“, erklärte sie jetzt.

Theresia wandte sich von ihrer Malerei ab. „Was will sie von mir?“

„Ich weiß es nicht, Mademoiselle. Sie hat nur gesagt, dass es vonnöten ist, dass Ihr Euch in einer Stunde in der Halle beim Kamin einfinden sollt.“ Sie sagte es in dem nasalen, stets etwas pikiert klingenden Tonfall von Henriette, und Theresia musste lachen.

„Du klingst genau wie sie!“, kicherte sie.

Marie fiel in ihr Gelächter ein.

Es tat gut, ein wenig albern sein zu können. Theresia war drauf und dran gewesen, in Schwermut und Melancholie zu versinken, wie sie es oft tat, seit sie Sebastian kennengelernt hatte. Was war es nur, das er mit ihr getan hatte, dass sie es seitdem vorzog, hier oben zu hocken, quer über das Tal zu starren und leise in sich hineinzuseufzen?

Sie warf einen missmutigen Blick auf ihr erst halbfertiges Bild. Sie hatte kaum drei vernünftige Pinselstriche gesetzt, stellte sie fest. Hatte sie etwa schon wieder die ganze Zeit grübelnd aus dem Fenster gestarrt? Es schien beinahe so.

Wenn sie Sebastian doch nur bald wiedersehen würde!

Der Gedanke schoss ihr so heftig und schmerzhaft durch den Kopf, dass sie unwillkürlich aufseufzte.

„Was ist Euch, Mademoiselle?", fragte Marie besorgt. „Geht es Euch nicht gut?" Die Zofe war selbst blass, dachte Theresia. Das war ihr zuvor noch gar nicht aufgefallen.

„Nein, nein!", wehrte sie ab. Kurz wurde das Bedürfnis, Marie von Sebastian zu erzählen, übermächtig, doch sie kämpfte es nieder. „Aber sag, was ist mit dir? Du wirkst in letzter Zeit häufig sehr erschöpft!"

Marie antwortete nicht sofort, sondern starrte einen Moment lang schweigend auf ihre Füße.

„Marie?", hakte darum Theresia nach. „Was ist los mit dir?"

„Nichts, Mademoiselle! Wirklich!"

„Marie! Lüg mich nicht an!" Theresia biss sich auf die Lippe, weil sie fürchtete, sich genau wie ihre Mutter anzuhören. „Mir kannst du es ruhig sagen!", fügte sie hinzu.

Da endlich hob Marie den Kopf. „Wirklich, Mademoiselle. Es ist nichts. Nur ab und an ein leichter Anflug von Übelkeit."

„Übelkeit? Du wirst doch nicht etwa krank werden?", rief Theresia aus.

Marie schüttelte den Kopf. „Keine Sorge, Mademoiselle! Ich ..." Plötzlich verstummte sie abrupt. Sie war mit einem Male so bleich, dass Theresia erschrak. Schon warf sie sich auf dem Absatz herum, rannte, so schnell es ihre Röcke zuließen, die Treppe hinunter. Theresia lief zum Fenster, das in den Burghof hinausging, und sah, wie Marie unten ins Freie stolperte, durch das Burgtor rannte, wobei sie dem Pferdeknecht und seinen Gäulen gefährlich nahekam, und sich ins nahe gelegene Gebüsch schlug.

Der Pferdeknecht starrte ihr verblüfft hinterher und kratzte sich verwundert am Kopf. Dann wandte er sich wieder seiner Arbeit zu.

Es dauerte eine Weile, bis Marie wieder zum Vorschein kam. Sie schwankte bedenklich. Theresia eilte ihr entgegen und begleitete sie zurück, hinauf in die kleine Kammer.

„Was ist nur mit dir, Marie?“, fragte sie, als sie beide oben angekommen waren. „Ich sollte Maman wirklich einmal bitten, dich von einem Arzt untersuchen zu lassen!“ Behutsam geleitete sie das junge Dienstmädchen zu einer kleinen gepolsterten Chaiselongue in der Ecke, drückte es sanft darauf nieder und setzte sich an dessen Seite.

Marie winkte ab. „Es ist nichts, Mademoiselle. Es wird bestimmt bald vorüber sein.“ Schon wollte die Zofe wieder aufstehen, doch Theresia hielt sie davon ab. Sie schenkte aus dem Krug, der neben dem Möbel auf einem kleinen Tischchen stand, ein Glas Wasser ein und reichte es Marie. Die seufzte und trank langsam in kleinen Schlucken. Dann blickte sie ihrer jungen Herrin geradeheraus in die Augen. „Es ist vielmehr Euer Verhalten, das mir Anlass zur Sorge gibt.“

Theresia wich ihrem Blick aus und fühlte sich hin- und hergerissen. Zu gern hätte sie sich dem Dienstmädchen anvertraut, aber noch immer wagte sie es nicht. Dennoch war es ihr unangenehm, wie Marie ihr stets bis direkt auf den Grund ihrer Seele zu schauen schien.

Plötzlich nahm Marie mitfühlend Theresias Hand. „Mademoiselle kranken an einer unerwiderten Liebe, nicht wahr?“, fragte sie leise. Theresia erschrak, jedoch nicht, weil sie durchschaut worden war, sondern weil Maries Hand eiskalt war. Auf der Stirn der Zofe hatten sich tiefe Sorgenfalten gebildet.

„Versprich mir, dass du es niemandem verrätst!" Theresia umklammerte die kalten Hände ihrer Zofe. „Ich muss mich einfach endlich jemandem anvertrauen, sonst platze ich noch!" Sie ließ Maries Hände los, stand auf und ging im Zimmer auf und ab. Was sie ihrer Zofe nun zu gestehen gedachte, konnte sie nicht im Sitzen tun. „Am Abend des Balls, du erinnerst dich gewiss daran, da traf ich zufällig auf den Sohn von Heinrich Langenthal."

Bei der Nennung des Namens zuckte Marie zusammen, ihre ganze Haltung versteifte sich und Theresia, die ihren Fehler bemerkte, fuhr schnell fort: „Nicht Ludwig, Marie! Ich meine Sebastian."

Die Zofe wirkte erleichtert. „Wart Ihr denn nicht im Turm verborgen, Mademoiselle?", wollte sie wissen.

„Doch, schon", antwortete Theresia. Aufgeregt fuhr sie fort: „Aber denk dir nur, Sebastian Langenthal hat mich dort singen hören." Marie machte ein entsetztes Gesicht und wollte etwas sagen, aber Theresia ließ sie nicht zu Wort kommen. Rasch erzählte sie weiter: „Er hörte mich und sprach mich an." Sehnsüchtig dachte sie an den Klang seiner Stimme. Wie gern sie mit ihm gemeinsam gesungen hätte!

Die Zofe verkniff sich einen Kommentar und presste nur die Lippen aufeinander.

Theresia setzte sich wieder neben sie, ergriff erneut ihre Hände. „Keine Sorge, es war gänzlich ungefährlich. Ich befand mich hier oben in der Kammer und er unten am Fuße des Turmes." Sie schilderte die sonderbare Begegnung mit Sebastian nun in allen Einzelheiten.

Als sie fertig war, waren Maries Finger ein wenig wärmer geworden unter ihrer fieberheißen Umklammerung.

„Wie es aussieht, Mademoiselle, habt Ihr Euch verliebt!", stellte Marie nüchtern fest.

Theresia errötete und nickte dann zaghaft.

Marie schüttelte leicht den Kopf. Sie schien nachdenklich, besorgt und beinahe ein wenig traurig. Theresia verstand nicht ganz, warum. Und sie wollte darauf jetzt auch keine Rücksicht nehmen. Sie konnte ihre Gefühle einfach nicht länger unterdrücken. Sie stand auf und tanzte durch das Zimmer. „Ja, Marie! Verliebt!" Sie dehnte das Wort, als schmecke sie es mit der Zunge. „Ist das nicht wunderbar?"

Marie antwortete nicht sofort.

Theresia hielt in ihrem Tanz inne. Mit gerunzelter Stirn betrachtete sie ihre Zofe.

„Was gedenkt Ihr nun zu tun, Mademoiselle? Eure Frau Mutter wird Euch sicherlich nicht erlauben, Euch noch einmal mit dem jungen Mann zu treffen." Mit diesem Einwand beendete Marie Theresias Höhenflug und brachte sie wieder auf den Boden der Tatsachen zurück. Jetzt, da ihre Zofe es ausgesprochen hatte, wurde es Theresia nur allzu schmerzlich bewusst, dass genau das der Grund für die Melancholie war, die sie seit dem Abend des Maiballs so häufig verspürte. Die Worte ihrer Mutter kamen ihr in den Sinn. *Sebastian ist keine Partie für dich.* Mit wenigen Schritten war Theresia wieder bei Marie und sank neben ihr nieder.

„Was können wir tun, Marie?"

„Oh, Mademoiselle, bitte!" Marie erhob sich. Sie war noch immer blass, aber nicht mehr gar so sehr. Hilflos streckte sie beide Hände zum Himmel. „Ich kann leider gar nichts für Euch tun. Eure Mutter würde mich auf der Stelle entlassen, wenn ich auch nur daran dächte, Euch in dieser Angelegenheit zu helfen." Schon wandte Marie sich zum Gehen.

Theresia sank in sich zusammen. Als das Dienstmädchen schon fast aus der Tür war, stand Theresia schnell auf und lief hinter ihr her. „Aber, es muss doch eine Lösung geben!“ Ihre Augen füllten sich mit Tränen. „Ich verzehre mich doch so sehr nach ihm, Marie!“

Mit einer Mischung aus Mitleid und Abwehr sah Marie sie an. Kurz schien es, als wolle sie einlenken, doch dann schüttelte sie nur den Kopf. „Es tut mir leid, Mademoiselle!“

Und damit ging sie.

Theresia blieb allein zurück und starrte auf die Kammertür, die die Zofe hinter sich zugezogen hatte.

„Was ist los, Marie?“, fragte Clemens. Er hatte in der Laube gesessen und sich eine Weile mit Häusler über Newton und sein Werk über die Optik unterhalten, bis der Kaplan zu irgendeiner Aufgabe fortgerufen worden war. Danach hatte Clemens noch eine Weile auf dem schattigen Plätzchen gehockt, einem Paar Schmetterlingen zugesehen, die sich über einer Blumenrabatte wie im Tanze umeinander drehten, und schließlich Marie aus dem Gartenhäuschen eilen sehen.

Marie zuckte zusammen. Offenbar war sie so tief in Gedanken versunken gewesen, dass sie Clemens gar nicht gesehen hatte. „Was? Ach! Nichts!“

Clemens schaute sie missbilligend an. „Lügen ist eine Sünde, sagt der Kaplan!“ Es war ein Spruch, den er selbst oft genug zu hören bekam, und den er eigentlich hasste.

Nun blieb Marie ganz in seiner Nähe stehen. Sie musterte ihn mit einem leicht abfälligen Blick, den alle Dienstboten ihm gegenüber an den Tag legten, weil sie ihn für einen Schmarotzer hielten, der für Kost und Logis, die er hier erhielt, nicht arbeiten musste. Doch dann wurde ihr Blick weicher. „Mademoiselle“, sagte sie. „Sie hat mich um etwas gebeten, was ich ihr nicht erfüllen darf.“

Clemens schaute sie verwundert an. „Warum nicht?“

„Weil Madame es nicht gutheißen würde!“ Marie war im Begriff, ihren Weg fortzusetzen, aber Clemens hielt sie am Arm fest. „Was wollte sie von dir?“, fragte er.

Maries Augenbrauen zogen sich zusammen. „Ich wüsste nicht, was dich das angeht!", rief sie aus. „Und jetzt lass mich bitte los! Im Gegensatz zu dir habe ich keine reiche Verwandtschaft, die mich aushält und muss für meinen Unterhalt arbeiten!" Und damit ließ sie ihn stehen.

Seufzend schaute er ihr nach.

„Theresia?"

Zaghaft klopfte er an die Tür zu ihrer Kammer.

„Theresia, darf ich reinkommen?"

Sie schien ihn nicht zu hören, also klopfte er stärker. Endlich öffnete sie.

„Clemens!" Sie schien nicht besonders begeistert, ihn zu sehen. Wie schon so oft seit jener Ballnacht wirkte sie traurig.

„Marie hat mir gesagt, dass du etwas brauchst und dass sie dir nicht helfen kann!" Er haspelte die Worte eilig herunter, um nicht unterbrochen zu werden.

Theresia kehrte zu der Staffelei zurück, auf der ihr halbfertiges Bild stand. Sie hatte ein paar Details hinzugefügt, aber es war nicht besonders kunstfertig geworden, fand Clemens. Sie wirkte irgendwie uninspiriert, mit den Gedanken ganz woanders.

Ihr Blick wanderte zum Fenster hinaus und über die Weite der Landschaft.

Vorsichtig trat Clemens neben sie. „Was hast du, Theresia? Du bist neuerdings so still und in dich gekehrt!" Er folgte ihrem Blick und fragte sich, worauf sie wohl starrte.

Ganz in der Ferne, auf der anderen Seite des Tales waren gerade noch die hellen Mauern des Herrenhauses der Langenthals zu sehen. Clemens kniff die Augen zusammen.

„Es hat was mit den Langenthals zu tun, oder?" Er war nicht gewillt, so schnell klein beizugeben, nur weil wieder einmal alle Menschen rings herum sich entschlossen hatten, unfreundlich zu ihm zu sein!

Theresias Lippen wurden schmal, als er den Namen aussprach.

„Was ist mit ihnen? Hat Ludwig dich wieder ..." Clemens unterbrach sich, weil er sah, wie sie sich verkrampfte.

„Es geht nicht um Ludwig", murmelte sie. Sie wirkte mit ihren Gedanken sehr weit weg.

„Sondern?"

Sie schwieg und Clemens fluchte innerlich. Er war schon drauf und dran, das Weite zu suchen, als Theresia sich ihm endlich zuwandte. In ihren Augen glitzerte es. Weinte sie etwa?

Erschrocken betrachtete er sie genauer und war erleichtert, als Theresia die Tränen fortblinzelte. „Es geht um Sebastian."

„Er hat sich dir auch ...?"

„Nein!" So heftig kam der Widerspruch, dass Clemens zusammenfuhr. „Entschuldige!", sagte sie. „Ich wollte dich nicht anfahren. Nein, Sebastian hat keinerlei Verhalten an den Tag gelegt, das dem seines Bruders auch nur im Entferntesten ähnelt!"

Clemens beobachtete, wie ein schwaches Lächeln über ihre Züge huschte. Plötzlich wirkte sie wehmütig, sehnsuchtsvoll.

„Du magst diesen Sebastian!", entschlüpfte es ihm.

Sie sah ihn strafend an. „Und wenn?"

Er zuckte die Achseln. „Was ist schon dabei?"

„Meine Mutter." Theresia hielt inne, überlegte. „Sie würde es niemals gutheißen, wenn Sebastian und ich ..." Sie sprach nicht zu Ende, aber Clemens nickte trotzdem.

„Du hast recht."

„Wie gern würde ich Sebastian wiedersehen!", seufzte Theresia. „Aber das wird wohl unmöglich sein."

„Du könntest ihm eine Einladung ..."

Sie sah ihn so strafend an, dass er sofort die Lippen zusammenpresste. „Nein", murmelte er. „Natürlich nicht!"

Eine Weile standen sie noch grübelnd nebeneinander und starrten ins Tal hinunter. Irgendwann wurden unten im Hof Rufe laut.

„Clemens! Himmel, wo steckst du denn schon wieder?" Es war der Kaplan.

Clemens stöhnte übertrieben auf. „Sieht so aus", sagte er mit einem schiefen Grinsen, „als hätte der alte Häusler die tägliche Lateinstunde auch heute nicht vergessen!"

Neben ihm lachte Theresia leise, und er war froh, dass es ihm gelungen war, sie wenigstens ein bisschen aufzumuntern.

„Geh!", sagte sie. „Ich werde gleichfalls zusehen, dass ich zu Maman komme."

Sebastian stand am Zaun der Pferdeweide und beobachtete seine Lieblingsstute beim Grasen. Aus der Küche hatte er zwei gelbe Rüben stibitzt, die er Helena jetzt hinhielt, um sie anzulocken, doch sie dachte überhaupt nicht daran, zu ihm zu kommen. Im Gegenteil: Sie drehte ihm das Hinterteil zu und graste seelenruhig weiter.

Sebastian bedachte sie mit einem freundschaftlich gemeinten Fluch. Er wollte sich gerade unter dem Koppelzaun hindurchducken, als er eine Gestalt sah, die sich auf dem Feldweg näherte. Ein hochgeschossener, schlaksiger Jüngling eilte mit langen Schritten direkt auf ihn zu.

„Sind Sie Sebastian Langenthal?", rief er schon von Weitem.

Sebastian richtete sich wieder auf und wartete, bis der Jüngling herangekommen war. Es war Clemens Gerke, den er schon auf dem Maiball gesehen hatte. Der ungeschickte Kerl, der Theresia den Wein über das Kleid gekippt hatte.

„Sind Sie Sebastian Langenthal?“, wiederholte Clemens, nachdem er herangekommen war.

Sebastian nickte knapp. „Ja. Wieso?“

„Ich komme mit einer Nachricht von Theresia von Rotenburg!“ Der Jüngling war außer Atem. Den Namen stieß er zwischen zwei tiefen Atemzügen hervor.

Sebastian erstarrte. „Theresia?“ Der Name war ihm entschlüpft, bevor er sich selbst daran hindern konnte.

Über das Gesicht des Jünglings glitt ein Grinsen. „Theresia. Ja. Ich soll Ihnen von ihr ausrichten, Sie mögen morgen Nachmittag zum sogenannten Gartenhäuschen kommen. Das ist das Türmchen, das sich links vom Haupttor befindet.“

„Das mit dem Fachwerkaufbau?“, fragte Sebastian. Ein freudiges Kribbeln erfasste ihn. Er konnte sein Glück kaum fassen! Wie oft hatte er seit dem Ball an Theresia gedacht? Wie oft sich gefragt, wie er es anstellen könnte, sie zu treffen? Wie oft von ihr geträumt, doch nie gewagt, sie erneut zu besuchen?

Morgen also!

Morgen würde er sie endlich wiedersehen!

Der junge Clemens nickte. „Genau das. Direkt unter der alten Linde befindet sich ein kleiner Platz. Theresia meint, Sie wüssten, wo das ist.“

Sebastian lächelte in sich hinein. Und ob er das wusste!

„Sie lässt Ihnen ausrichten, dass Sie dort hinkommen sollen“, fügte Clemens an.

„Gut“, sagte Sebastian so hoheitsvoll, wie er es eben vermochte. „Sage der Baronesse, dass ich ihre Einladung mit Freude vernommen habe und dass ich zur angegebenen Zeit dort erscheinen werde.“

Clemens wirkte seltsam erleichtert. „Das ist gut!“,

murmelte er hastig. „Ich werde es ihr ausrichten!" Und damit machte er auf dem Absatz kehrt und rannte auch schon wieder davon.

Sebastian starrte ihm nach.

Morgen würde er Theresia wiedersehen! Er warf einen Blick auf die beiden Rüben, die er nach wie vor in der Hand hielt. Helena hatte sich in der Zwischenzeit genähert und schielte jetzt gierig nach den Leckerbissen. „Eigentlich dürfte ich sie dir ja nicht geben, so ungehorsam, wie du eben warst", murmelte Sebastian und hielt der Stute die Rüben hin. Während das Tier sich eine der beiden nahm und genüsslich darauf herumkaute, gestattete Sebastian seinem Herzen einen kleinen Salto.

Morgen würde er Theresia wiedersehen! Die Zeit bis dahin würde ihm wie eine halbe Ewigkeit vorkommen!

„Das ist nichts mehr, Mademoiselle!" Mit schief gelegtem Kopf sah Marie Theresia an, die sich in einem Kleid vom Vorjahr vor dem Spiegel in ihrem Zimmer im Haupthaus drehte. „Es ist viel zu eng über dem Busen!"

Theresia und ihre Zofe waren dabei, sämtliche alten Kleider durchzusehen, um zu ergründen, welche davon sie noch tragen konnte und welche ersetzt werden mussten. Gerade hatte Marie den letzten von wohl drei Dutzend Knöpfen an Theresias Rücken geschlossen, und Theresia betrachtete den weit fallenden Rock aus hellrosa Atlasseide, der ihr noch vor Jahresfrist so überaus gut gefallen hatte. Jetzt kam ihr das Kleid kindisch und fast ein bisschen albern vor.

„Du hast recht, Marie!", sagte sie und drehte sich so, dass die Zofe es ihr wieder ausziehen konnte.

In diesem Moment trat Henriette ein, schaute sich im Zimmer um und sah all die Kleider unordentlich auf dem Bett liegen. Sie warf Theresia einen verwunderten Blick zu.

„Was soll das?“, fragte sie und deutete mit dem Kinn auf die Unordnung. Marie beeilte sich, die Kleider zusammenzuraffen.

„Ich probiere gerade, welche meiner Kleider noch passen, Maman“, erklärte Theresia ihr. „Wie es scheint, bin ich noch einmal gewachsen!“

„So ein Unsinn! In deinem Alter wächst man doch nicht mehr!“ Henriette blickte fragend zu Marie hinüber. Die nickte schüchtern. „Mademoiselle haben recht, Madame. Viele der Kleider spannen arg über der Brust.“

Henriette fegte ihren Einwand mit einer unwirschen Handbewegung beiseite. „Gib es zu, mein Kind!“, wandte sie sich wieder an Theresia. „Du erfreust dich nur an deinem Spiegelbild.“ Sie spitzte die Lippen. „Aber sieh dich vor! Eitelkeit ist eine Sünde. Vergiss das nur nicht!“ Schon drehte sich Henriette um, verließ kopfschüttelnd das Zimmer und zog die Tür mit gehörigem Schwung hinter sich zu.

Theresia und Marie schauten sich an, kaum dass die Türe geschlossen worden war. „Eitelkeit ist eine Sünde!“, ahmte Theresia ihre Mutter nach.

Sie musste ein Kichern unterdrücken. Erst als die Schritte der Baronin auf dem Gang draußen verklungen waren, prusteten Theresia und Marie los.

Gerade hatten sie sich wieder beruhigt und Marie machte sich erneut daran, Theresias Knöpfe zu öffnen, da steckte Henriette noch einmal ihren Kopf zur Tür herein. Entsetzt schaute Theresia erst zu Marie und drehte sich dann auf ihrem Schemel zu ihrer Mutter um.

Ob Maman sie gehört hatte? Wenn dem so wäre, würde sie Theresia jetzt gewiss strafen und sie heute nicht mehr in ihr Turmkämmerchen gehen lassen, wo sie den restlichen Nachmittag mit Malen zubringen wollte.

Doch Henriette kam herein und sprach ganz freundlich

mit ihrer Stieftochter. „Ich hatte ganz vergessen, dich zu fragen, Kind, ob du mich heute nach dem Mittag zu den Hasselsteins begleiten möchtest?“ Sie blieb vor Theresia stehen, fasste sie an den Schultern, drehte sie zum Spiegel um und steckte ihr eine Klemme, die sie auf dem Frisiertisch gefunden hatte, ins Haar. Ihre Blicke trafen sich im Spiegel und Henriette lächelte mild. Aus den Augenwinkeln heraus beobachtete Theresia, dass Marie sich in ihre Ecke zurückzog.

„Deine Großtante hat mich zum Tee eingeladen und ich dachte mir, ich mache dir eine Freude und nehme dich einmal mit dorthin!“ Henriette musste im Spiegel irgendeine Regung in Theresias Gesicht gesehen haben, denn schnell fügte sie hinzu: „Es werden keine Mannsbilder anwesend sein. Keine Angst, mein Kind! Nur wir drei Frauen.“

Theresia war drauf und dran, zuzustimmen. Im Spiegel fiel ihr Blick auf Marie, die mit erschrockenem Gesicht dastand und eilends den Kopf schüttelte.

Was hatte das zu bedeuten?

Theresia suchte Maries Blick. Erneut schüttelte die Zofe den Kopf, und auch wenn ihr nicht klar war, was genau Marie ihr sagen wollte, fasste Theresia rasch einen Entschluss.

„Ach, Maman“, seufzte sie mit einem leichten Bedauern in der Stimme. „Ich würde Sie nur zu gern begleiten und danke Ihnen herzlich dafür, dass Sie an mich gedacht haben. Doch leider habe ich mir für heute fest vorgenommen, endlich einmal das Gemälde, das ich schon vor Tagen zu malen begonnen habe, fertigzustellen. Es soll ein Geschenk zu Papas Geburtstag nächste Woche sein. Zu meinem großen Bedauern kann ich also nicht mitkommen. So gern ich es auch möchte!“ Erneut suchte sie Maries Blick im Spiegel. Die Zofe wirkte erleichtert.

„Hm. Nun." Henriette spitzte die Lippen. „Wie du meinst. Ich dachte, es müsste dir irgendwann einmal langweilig werden, so allein in deinem Turmzimmer. Aber wie es scheint ..." Sie schoss einen unergründlichen Blick auf Marie ab. „Dann werde ich wohl alleine fahren." Ohne sich zu verabschieden, zog sie sich zurück.

Marie atmete erleichtert aus.

„Was war das denn, Marie?", fragte Theresia.

Die Zofe kam wieder näher. Auf ihrem Gesicht lag jetzt ein wissendes Lächeln. „Ach, nichts, Mademoiselle!"

„Marie!", sagte Theresia streng. „Ich sehe doch, dass du etwas ausheckst!"

Die Zofe wand sich. „Ich ... ich ...", stammelte sie. Dann glitt ein Strahlen über ihr Gesicht. „Es ist nur: Clemens hat mir gesagt, dass er heute Nachmittag im Turmzimmerchen eine Überraschung für Euch hat. Ich freue mich einfach, dass er sich all die Mühe jetzt nicht umsonst gemacht hat."

„Eine Überraschung?" Theresia ließ das rosafarbene Kleid zu Boden gleiten. „Was für eine Überraschung? Sicher hat er wieder irgendetwas mit seiner seltsamen Laterne angestellt und will es mir nun voller Begeisterung zeigen!"

Doch Marie schüttelte mit einem geheimnisvollen Leuchten in den Augen den Kopf. „Keine Laterne, Mademoiselle!"

„Was dann?" Theresia spürte ein leises Kribbeln im Genick. Sie mochte Überraschungen, besonders, wenn es sich dabei, wie hier offenbar, um etwas überaus Angenehmes handelte.

„Wenn ich Euch das sage, Mademoiselle, dann ist es ja keine Überraschung mehr! Bitte setzt Euch wieder vor den Spiegel. Ich muss Euch noch die Haare machen. Die sind nach all dem Anprobieren Eurer Kleider völlig in Unordnung geraten!"

Kurze Zeit später saß Theresia an ihrer Staffelei in der Turmkammer, aber sie konnte sich nicht auf ihr Bild konzentrieren. Immer wieder huschten ihre Gedanken zu Clemens und der Überraschung, die er angeblich für sie hatte.

Da plötzlich hörte sie Schritte auf dem Weg, der um die Burgmauer herum und direkt zum Turm führte. Sie drehte an dem Ring, der an ihrem rechten Mittelfinger steckte, trat ans offene Fenster und schaute nach unten, aber der Besucher, wer immer es gewesen war, war bereits ihren Blicken entschwunden. Offenbar umrundete er den Turm, um die Burg durch das breite, schmiedeeiserne Tor zu betreten.

Theresia setzte sich seufzend wieder an ihre Malerei. Die Farben erschienen ihr heute blass und hässlich, und das Motiv – eine liebliche Landschaft – wirkte mit einem Mal banal. Missmutig ließ sie den Pinsel sinken.

„Baronesse?", flüsterte eine Stimme unter ihrem Fenster. Diesmal fuhr ihr kein Schreck in die Glieder, sondern ein wohliger Schauer rann ihr über den Rücken.

Sebastian?

Was machte er hier?

Sie war so rasch auf den Beinen, dass sie gegen die Staffelei stieß und diese beinahe umgerissen hätte. Der Pinsel fiel zu Boden bei dem Versuch, das Bild vor dem Sturz zu bewahren. Ein hässlicher, dunkelgrüner Klecks verunzierte die Dielen, aber Theresia kümmerte das nicht. Im Nu war sie am Fenster.

Anders als neulich, als er da gewesen war, war es heute hell, und so konnte sie ihn auf dem kleinen hofartigen Überbau stehen sehen, der früher einmal als Ausweichplatz für Fuhrwerke gedient hatte. Er trug denselben dunkelgrünen Frack wie damals in der Kirche, und er drehte einen befiederten Hut in den Händen.

„Ich habe Ihre Nachricht erhalten, Baronesse, und ich bin gekommen, so schnell ich konnte!"

Atemlos lauschte Theresia seinen Worten, aber sie konnte sich nicht mit ihrem Inhalt befassen, denn Sebastians Stimme zu hören, war so unerwartet und gleichzeitig so wunderbar. Fieberhaft überlegte sie, was sie sagen sollte.

Sebastian schien verunsichert, weil sie nicht antwortete. „Sind Sie da, Mademoiselle?", fragte er leise.

„Ja, ich bin hier", antwortete sie nun endlich. Täuschte sie sich, oder atmete er erleichtert auf? Sie erinnerte sich daran, dass sie ihm beim letzten Mal das Fenster zugeschlagen hatte. Und trotzdem war er jetzt hier!

Es entstand eine unangenehme Pause. So lange hatte sich Theresia ein Treffen mit Sebastian ausgemalt, doch nun, da er so unerwartet dort unten zu Füßen ihres Turmes stand, wusste sie kein Wort zu sagen. „Was tun Sie hier?", lag ihr auf der Zunge, doch sie verbiss es sich. Auf keinen Fall wollte sie ihm Anlass geben zu denken, sie freue sich nicht über sein Kommen. Fieberhaft suchte sie nach den passenden Worten.

„Ich freue mich, Sie zu sehen", sagte sie endlich und beugte sich ein wenig vor.

Das Lächeln, das Sebastian ihr nun schenkte, war so strahlend wie die Sonne. „Nun, Mademoiselle, Sie sehen, ich bin Ihrem Ruf gefolgt. Nun, da ich hier bin, sozusagen als Ihr Prinz zu Füßen Ihres Turmverlieses, bitte ich Sie, mir zu sagen, womit ich Ihnen dienen kann."

Theresia hatte noch immer keine Ahnung, was er mit dem Ruf meinte, den sie nach ihm ausgesandt haben sollte. Und dann endlich begriff sie. Hatte nicht Marie behauptet, Clemens habe eine Überraschung für sie? Hatten die beiden etwa in ihrem Namen nach Sebastian geschickt, weil sie wussten, wie sehr sie sich nach ihm verzehrte? Nur so konnte es sein!

Liebe, gute Marie! Lieber Clemens!

Theresia entschloss sich, das Spiel der beiden mitzumachen.

„Mein werter Prinz", sagte sie. Es fiel ihr schwer, ihrer Stimme einen kecken Tonfall zu geben. Hoffentlich gelang es ihr!

Unten lächelte Sebastian, und Theresia sah seine weißen, ebenmäßigen Zähne. Ihr wurde warm unter ihrem enggeschnürten Mieder. Ihr Herz hämmerte so sehr, dass sie fürchtete, Sebastian könne es hören.

„Sprecht frei heraus", bat er sie, als sie schon wieder einige Augenblicke lang geschwiegen hatte. „Was soll ich für Euch tun, Prinzessin?"

Er nannte sie Prinzessin!

„Nun." Theresia befeuchtete ihre Lippen mit der Zungenspitze. Für eine Sekunde lang schloss sie die Augen, dann sagte sie: „Da Sie mein Prinz sind, habe ich eine Aufgabe für Sie. Sie lautet: Suchen Sie mir die berühmte blaue Blume!"

„Die blaue Blume?" Sebastian hatte die Augenbrauen hochgezogen und schaute fragend zu Theresia hinauf.

War sie jetzt etwa zu weit gegangen? Theresia war unsicher. Sie beeilte sich, ihren vermeintlichen Fehler wieder gut zu machen. „Ich habe es nicht so gemeint, Herr Langenthal! Bitte verzeihen Sie mir! Manchmal ..."

„Es ist gut, Mademoiselle!", beruhigte er sie. „Ich habe Ihr Spiel schon verstanden." Er lächelte. „Sie müssen sich nicht entschuldigen. Eigentlich bin ich es, der Sie um Verzeihung bitten müsste. Und bitte, sagen Sie doch Sebastian zu mir, ja?"

„Sie müssen sich bei mir entschuldigen? Aber wieso denn, Herr ... Sebastian?" Theresia konnte sich an nichts erinnern, dass eine Entschuldigung seinerseits rechtfertigte.

Ein Strahlen glitt über sein Gesicht, als sie seinen Vornamen nannte. „Ich habe wohl meine gute Erziehung vergessen", erklärte er ihr, „denn natürlich hätte es sich gehört, einer Dame Ihres Standes ein angemessenes Geschenk mitzubringen." Er legte den Kopf in den Nacken und schaute ihr nun geradewegs in die Augen. „Sie sehen also, der Fehler liegt ganz bei mir! Bitte urteilen Sie nicht zu hart über mich!" Er sank auf ein Knie und senkte den Kopf, als erwarte er ihren Richterspruch.

Theresia erschrak im ersten Moment, dann jedoch begriff sie, dass er das Spiel, das sie begonnen hatte, weiterspann. „Nun ...", sagte sie gespielt nachdenklich.

Da lachte er auf. „Verwandeln Sie mich nun in einen Frosch?" Er hob den Kopf wieder, sah zu ihr hoch und zwinkerte ihr zu.

„Für heute will ich Ihnen noch einmal verzeihen", antwortete sie ihm denn auch gütig und fügte streng an: „Aber beim nächsten Mal ..."

„Es wird also ein nächstes Mal geben, Mademoiselle?", unterbrach Sebastian sie mit leuchtenden Augen.

Wenn es nach mir ginge, würde es noch viele Male geben!, dachte Theresia bei sich. Laut sagte sie: „Es kommt ganz darauf an, ob Sie die Ihnen gestellte Aufgabe erfüllen!"

„Sie wünschen sich von mir also tatsächlich eine ...? Nein", verbesserte er sich, „*die* blaue Blume?"

„Nicht mehr und nicht weniger", antwortete Theresia.

Sebastian erhob sich. „Nun, dann denke ich, dass dies hier unser letztes Treffen gewesen sein wird." Er drehte sich langsam um, blickte zu Boden und schüttelte den Kopf.

Theresia erschrak über diese Reaktion so sehr, dass sie laut aufstöhnte. Von unten herauf schielte Sebastian über die Schulter nach oben. Um seine Augen bildeten sich kleine Fältchen. „Denn wie jeder weiß", fuhr er neckisch fort und drehte sich wieder zu ihr um, „ist es unmöglich, an dem Drachen vorbeizukommen, der die berühmte blaue Blume bewacht. Sie werden wohl auf einen mutigeren Prinzen warten müssen, wertes Fräulein!"

„Aber, ich will keinen anderen Prin..." Theresia räusperte sich. „Ich meine, es muss nicht unbedingt eine blaue Blume sein. Ich gebe mich auch mit einer roten oder gelben Blume zufrieden."

„Oh nein, Baronesse!"

„Bitte: Nennen Sie mich doch gleichfalls beim Vornamen!"

„Theresia!"

Es verursachte ihr weiche Knie, ihn ihren Namen aussprechen zu hören. Sie legte sich eine Hand an den Busen.

„Sie sollten sich nie mit weniger als dem Besten zufriedengeben! Ich ..." Mitten im Satz verstummte er, duckte sich leicht und sah sich um. „Da kommt jemand!"

Theresia erstarrte. Auf keinen Fall durfte ihn jemand hier unter ihrem Turmfenster sehen!

„Rasch!", bat sie erschrocken. „Sie müssen gehen! Sie dürfen nicht ..."

Sein Blick lag auf der Auffahrt, und jetzt konnte auch Theresia in ihrem Turmzimmer die Stimmen und das Hufgeklapper hören, das sich von unten aus dem Dorf näherte.

Ein letztes Mal blickte Sebastian sehnsüchtig zum Fenster des Türmchens. Tonlos formte er mit den Lippen einen Abschiedsgruß. Theresia war sich nicht sicher, ob sie richtig von seinem Munde abgelesen hatte, doch sie wünschte es sich so sehr, dass es die Worte „Bis bald, Liebste!" gewesen waren.

Gleichzeitig von Glück und Traurigkeit erfüllt sah sie zu, wie Sebastian den schmalen Pfad einschlug, der linker Hand von der Auffahrt fortführte, hinunter zum Flüsschen

Diemel, der das Tal durchströmte. Sie starrte noch lange auf die Stelle, die ihn verschluckt hatte, während unter ihr zwei Männer ihres Vaters durch das Tor ritten.

Dann schloss sie leise das Fenster.

Bei ihrem zweiten Treffen brachte Sebastian Theresia einen Strauß Rosen mit. Sie bat ihn, ihn in ein Körbchen zu legen, das sie durch das Turmfenster zu ihm herabließ, und als sie es hochzog, stellte sie verwundert fest, dass es sich tatsächlich um blaue Rosen handelte.

„Also haben Sie offenbar den Drachen bezwungen", sagte sie. „Und Sie haben ihm sogar einen ganzen Strauß seiner kostbaren Blumen geraubt."

Sebastian lachte leise. „Wenn ich ehrlich bin", gestand er ihr, „dann habe ich niemand anderen bezwungen als die alte Köchin im Hause meines Vaters. Ihr habe ich von Ihrem schwierigen Auftrag erzählt, werte Theresia, und sie hat mir einen Trick gezeigt, wie man mittels Tinte weiße Rosen in blaue verwandeln kann. Ich vertraue Ihnen dies an und begebe mich damit vollends in Ihre Hände. Seien Sie mir nicht allzu böse für diese kleine Täuschung!"

Theresia war ihm alles andere als böse.

„Ich werde eine der Blüten in einem dicken Buch pressen, um sie mir für die Ewigkeit zu erhalten", sagte sie. Und das tat sie dann auch.

Während Theresia und Sebastian sich den ganzen Juni über heimlich trafen – er unter dem Turmfenster, sie oben in ihrer Kammer – ging das Leben auf der Burg seinen gewohnten Gang. Die Heuernte begann, und in den Zeiten, in denen Theresia an ihrem Fenster saß und auf Sebastians Kommen wartete, konnte sie die Menschen auf den Feldern dabei beobachten, wie sie das lange Gras schnitten und zu dicken Garben banden. Im Küchengarten der Burg wurde der erste Salat, wurden Karotten, Gurken und Kohlrabi geerntet, und das Vieh zog auf die Weiden um, auf denen es den Sommer verbringen sollte.

Mit der Zeit wurden sie immer vertrauter miteinander, auch wenn Theresia es Sebastian nach wie vor nicht gestattete, sie an einem anderen Ort zu sehen als von seinem Platz am Fuße des Turmes aus. Zu sehr fürchtete sie den Zorn ihrer Stiefmutter, die, nachdem sie sich damit abgefunden hatte, dass Theresia statt ihres Gemachs im Haupthaus nun das Gartenhäuschen als ihr bevorzugtes Domizil ansah, ihre Mußestunden ebenfalls hierher verlegt hatte.

Sebastian hingegen fragte sich, was Theresia davon abhielt, sich ganz öffentlich und von Angesicht zu Angesicht mit ihm zu treffen. Als er einmal einen entsprechenden Vorschlag machte, wehrte sie erschrocken ab und erzählte ihm, mit welchem grimmigen Zorn ihre Stiefmutter über ihre Tugend wachte. Das erklärte ihm nun auch den Grund dafür, dass Theresia vor dem Karfreitagsgottesdienst und auch hinterher niemals wieder in Erscheinung getreten war. Es waren nicht die blauen Blumen, die der Drache bewachte, sondern die Prinzessin selbst!

Er beschloss, in Bälde etwas zu unternehmen, um das sonderbare Gebot der alten Baronin zu umgehen.

Eine Gelegenheit dazu ergab sich, als sein Vater Anfang Juli die Burg besuchen musste, um mit Konrad von Rotenburg einige geschäftliche Dinge zu klären. Es stand nach wie vor nicht gut um die Finanzen des Barons. Konrad war im Rückstand mit den Zinszahlungen für ein Darlehen, das Sebastians Vater ihm gewährt hatte, und die beiden Männer wollten sich beraten, was nun zu tun sei.

Sebastian, der als Begleitung für seinen Vater erwählt worden war, hatte während der Beratungen Zeit, sich im Burghof ein wenig umzusehen. Es war ein wunderschöner

Sommertag, und Kaplan Häusler hatte eine Unterrichtsstunde, die er dem jungen Clemens gab, nach draußen in den Pavillon verlegt. Als Sebastian den Burghof betrat, diskutierten die beiden gerade über die Notwendigkeit, das Griechische zu lernen.

„Es gibt doch genügend Übersetzungen der alten Texte!", hörte Sebastian den Jüngling sagen. „Wozu ist es nötig, sie im Original zu lesen?"

„Wie er sicher weiß", antwortete der Kaplan mit ziemlich missmutiger Stimme, „konnten die antiken Schätze der Naturwissenschaft nur wiederentdeckt werden, weil es Männer gab, die des Griechischen mächtig waren! Glaube er bloß nicht, dass schon alle Schätze des Altertums gehoben sind. Es gibt noch genug Wissen zu entdecken, das in den finsteren Jahren der vergangenen Jahrhunderte verloren ging!"

„Das ist aber nicht mein Ziel", protestierte der Jüngling weiter. „Ich will Spiegel bauen und ..."

„Eben! Und darum muss er ..."

Sebastian hörte der Diskussion nicht weiter zu, sondern ging über das buckelige Pflaster in der Mitte des Burghofes hin zu dem fachwerkgekrönten Turm, der über dem Burgtor thronte und jeden Besucher durch seinen auf die Auffahrt fallenden Schatten daran erinnerte, dass dies hier einst eine Festung gewesen war. Von dieser Seite betrachtet wirkte der Turm gar nicht so ehrfurchtgebietend wie von außerhalb der Mauern. Ein Schauer rann durch seinen Körper, als ihm bewusst wurde, dass ihn jetzt nur noch eine einfache Tür von ihr trennte.

Theresia!

Während er noch überlegte, was er tun sollte, öffnete sich eine Seitentür im Hauptgebäude, und eine hagere Dame trat heraus, in der Sebastian die Baronin Henriette erkannte. Mit weit ausgreifenden Schritten überquerte sie den Burghof und eilte auf die Eingangstüre des Torturmes zu, ohne Sebastian zu bemerken, der im Schatten einer Mauer stand.

Sie blieb vor der Tür stehen, sah sich rasch um, ob auch niemand sie beobachtete. Sebastian wich tiefer in den Schatten der Mauer zurück, beugte sich jedoch neugierig ein wenig vor, sodass er sehen konnte, was nun geschah.

Henriette schlüpfte, sich noch einmal nach allen Seiten umsehend, zur Türe hinein. Sebastian hörte von draußen, wie ihre Absätze eine hölzerne Treppe erklommen. Vorsichtig schlich er sich bis zum Turm vor und drückte leise die nur nachlässig angelehnte Tür auf. Er steckte seinen Kopf hindurch. Hier drinnen war es angenehm kühl im Gegensatz zu draußen, doch Sebastian brach trotzdem der Schweiß aus. Hinter sich meinte er Schritte zu vernehmen. Was sollte er jetzt tun? Er beschloss, sich im Innern des Turmes in Sicherheit zu bringen. Hinter einem hohen Kiefernschrank, dessen Türen offen standen und in dem etliche Werkzeuge untergebracht waren, fand er Schutz. Sein Herz pochte wie wild in seiner Brust. Beinahe hätte er darüber das leise Klopfgeräusch, das von oben kam, überhört. Henriette klopfte in einem ganz bestimmten Rhythmus an die obere Kammertür, die zu Theresias Zimmer führen musste. Dreimal kurz und dreimal lang. Danach dauerte es eine Weile, dann wurde die Tür geöffnet, die anscheinend von innen verschlossen gewesen war, und er vernahm Theresias Stimme.

Sebastians Herz machte einen Satz.

Hielt die alte Hexe seine Liebste tatsächlich derartig verborgen, dass es niemandem außer ihr erlaubt war, den Turm zu betreten? Theresia hatte ihm bei ihren Treffen schon des Öfteren von der Herrschsucht ihrer Stiefmutter erzählt, aber ihm wäre niemals im Leben in den Sinn gekommen, wie schlimm es tatsächlich war. Er ballte die Fäuste, und als Henriette im Inneren der oberen Kammer verschwand und die Tür hinter ihr wieder ins Schloss fiel, trat er aus der Kühle des Turms zurück ins warme Sonnenlicht.

Er kannte jetzt das geheime Klopfzeichen, das die beiden vereinbart hatten.

Jetzt galt es, auf eine Gelegenheit zu warten, zu der sich dieses Wissen als nützlich erweisen konnte.

Die Gelegenheit ergab sich kaum eine Woche später. Es hatte sich gezeigt, dass Sebastians Vater und der Baron nicht einig geworden waren, was ein zweites Treffen auf der Burg nötig machte. Diesmal plante Konrad, seinen anderen Sohn, Ludwig, mitzunehmen, aber Sebastian schaffte es, seinen Bruder zuvor abzupassen.

„Du langweilst dich doch bei diesen Verhandlungen zu Tode“, sagte er zu ihm. „Lass mich dir einen brüderlichen Dienst erweisen und an deiner Stelle Vater begleiten.“

Ludwig runzelte misstrauisch die Augenbrauen, aber dann siegte seine Unlust. „Dein plötzlicher Anfall von Bruderliebe kommt mir ganz gelegen“, meinte er. „Auch wenn ich mich frage, was du mit deinem Angebot wohl bezwecken magst. Aber sei es: Wenn du darauf bestehst, Vater zu begleiten: Meinen Segen hast du!“

Und so war Sebastian an diesem etwas regnerischen Sonntag Mitte Juli zum zweiten Male innerhalb kurzer Zeit auf dem Weg zum Anwesen der Rotenburgs. Wieder zogen sich sein Vater und der Baron zu ihren Beratungen zurück, wieder wurde Sebastian seinem Schicksal überlassen. Diesmal jedoch zog es ihn ohne Umwege zur Eingangstüre des Torturmes.

Da an diesem Tage nicht nur ein leichter Nieselregen auf das Land niederging, sondern dazu auch ein recht scharfer Wind wehte, schien der Burghof fast wie ausgestorben. Nur eine ältliche Magd war damit beschäftigt, ein halbes

Dutzend Schüsseln auszuwaschen. Als sie damit fertig war, verschwand sie in der Küche, und Sebastian fand sich für den Moment ganz allein auf dem Hof wieder.

Er fasste sich ein Herz und nutzte die günstige Gelegenheit. Raschen Schrittes ging er auf den Turm zu, trat wie beiläufig ein und betrat dann vorsichtig die Treppe, die nach oben zu Theresias Kammer führte. Die Treppenstufen knarrten leicht und Sebastian blieb bei jedem Ächzen der alten Holzdielen fast das Herz stehen. Oben angekommen, hob er die Hand und klopfte genauso, wie er es eine Woche zuvor Henriette hatte tun hören.

Dreimal kurz, dreimal lang.

Geraume Zeit passierte gar nichts, und er fürchtete schon, Theresia sei womöglich gar nicht anwesend. Doch dann vernahm er leise Schritte im Innern der Kammer. Der Schlüssel wurde im Schloss umgedreht, und die Tür schwang einen Spalt breit auf.

So schnell er konnte, schlüpfte Sebastian hindurch.

Als Theresia sah, wer dort anstelle ihrer Stiefmutter vor ihr stand, hätte sie vor Schreck beinahe laut aufgeschrien. Sie stolperte zwei Schritte rückwärts und verlor das Gleichgewicht.

Sebastian musste vorwärts hechten und sie vor dem Sturz bewahren. Warm und schrecklich köstlich legten sich seine Hände um ihre Arme.

„Theresia!“, rief er aus.

Sie erstarrte in seinem Griff. Er spürte, dass sie sich versteifte, und eilends ließ er sie los. „Verzeihen Sie, ich wollte Ihnen nicht zu nahe ...“

„Sebastian!“ Mehr vermochte sie nicht zu sagen. Hitze ergriff Besitz von ihrem Körper, wich dann jedoch einer eisigen Kälte, als ihr die Ungeheuerlichkeit seiner Tat bewusst wurde.

Er hob ihr die Hände entgegen. „Bitte, Theresia, erschrecken Sie nicht! Ich musste Sie einfach sehen. Ich ..." Er unterbrach sich, als Theresia erneut vor ihm zurückwich.

Ein Zittern hatte sich ihrer bemächtigt, ihre Zähne stießen aufeinander und sie musste wohl einen ganz und gar jämmerlichen Anblick bieten. Sebastian jedenfalls schaute sie mit einer Mischung aus Schrecken und Verzweiflung an. „Verzeihen Sie!", wisperte er. „Ich wusste nicht, dass Sie ..." Wieder konnte er nicht zu Ende sprechen. Er zögerte, doch dann machte er auf dem Absatz kehrt und verschwand durch die Türe, die noch immer einen Spalt breit offen stand.

Leise zog er sie hinter sich ins Schloss.

Erst nach einer ganzen Weile beruhigte sich Theresias Puls wieder, ihr Atem ging regelmäßiger. Die Fähigkeit zu denken kehrte zurück.

Was habe ich nur getan?, war ihr erster Gedanke, nachdem die Starre, in die sie verfallen war, sich gelöst hatte. Sebastian würde nie wieder zu ihr kommen! So, wie sie sich verhalten hatte, hatte sie ihn für alle Zeiten verjagt!

Tränen stiegen ihr in die Augen. Heiß und salzig rannen sie ihr die Wangen hinunter.

Als Marie sie einige Zeit später fand, kauerte sie verzweifelt schluchzend auf dem Fußboden oben in ihrer Turmkammer. Die Zofe kniete sich zu ihr auf den Holzboden. „Du liebe Güte, Mademoiselle! Was habt Ihr?" Sanft streichelte sie Theresias Gesicht und wischte die Tränen mit ihrer Schürze ab.

Es dauerte eine Ewigkeit, bis Theresia ihr erzählen konnte, was geschehen war.

Marie sah bestürzt aus. Trotzdem sagte sie: „Mademoiselle, es wird sicher nicht so schlimm gewesen sein. Ihr standet unter Schock. Der junge Herr Langenthal wird Verständnis dafür haben. Bitte grämt Euch nicht länger!"

Theresia legte den Kopf in Maries Schoß, atmete den Duft der herben Seife ein, mit der die Zofe ihre Kleidung zu waschen pflegte, und schloss die Augen. „Meinst du, er kommt wieder?", schniefte sie mit tränenerstickter Stimme. „Ich habe mich einfach unmöglich aufgeführt!"

Marie zögerte. „Er kommt bestimmt!"

Theresia vermochte nicht, ihre Zuversicht zu teilen. Heftig schüttelte sie den Kopf.

„Clemens hat ihn schon einmal dazu gebracht, zu Euch zu kommen", fügte Marie an. „Es wird ihm sicher auch ein zweites Mal gelingen!"

„Was hat er gesagt, Clemens?" Mit einem bangen Gefühl im Herzen sah Theresia den jungen Schüler von Kaplan Häusler an. An diesem Vormittag hatte sie ihn gebeten, zum Anwesen der Langenthals zu laufen und Sebastian eine Botschaft von ihr zu überbringen. Danach hatte sie stundenlang am Fenster ihres Turmzimmers gehockt und zur anderen Seite des Tales hinübergestarrt, bis sie auf der Auffahrt endlich das Geräusch von Clemens' Schritten gehört hatte.

Wie der Wind war sie die steile Treppe hinuntergestürzt und hatte ihn abgefangen, kaum dass er das Tor durchschritten hatte.

Jetzt blickte er sich im Hof um. Etliche Bedienstete waren mit allerlei Arbeiten beschäftigt. Zwar war von Henriette kein Zipfel zu sehen, aber Theresia begriff, dass es klüger war, in der Turmkammer mit Clemens zu reden.

„So komm doch!", drängte sie ihn.

Er folgte Theresia nach oben.

„Rede!", überfiel sie ihn, kaum dass er eingetreten war. „Was hat Sebastian gesagt? Wird er kommen?" Fast hätte sie ihn gepackt und geschüttelt, doch sie beherrschte sich mühsam.

Clemens schmunzelte. „Ja."

Ja! – Das war das Zauberwort, das Theresia eigentlich von ihrer Anspannung hätte erlösen sollen. Doch konnte sie es kaum glauben. „Ist das wirklich wahr, Clemens?" Sie schaute in das Gesicht des jungen Mannes, als könne sie daraus mehr ablesen. „Wann kommt er? War er sehr böse auf mich? Wird er mir verzeihen?" Unruhig ging sie vor Clemens auf und ab.

Der lachte. „Langsam, Theresia!", rief er aus. „Alles der Reihe nach! Setz dich doch am besten hin, dann werde ich dir ja alles berichten." Er versuchte, sie am Ärmel zu fassen zu bekommen und sie so dazu zu bewegen, Platz zu nehmen, doch Theresia nahm keine Notiz davon. „Ich kann mich nicht setzten! Sag es mir geschwind!"

Clemens seufzte. „Er kommt, Theresia. Er kommt schon morgen." Er senkte die Stimme, bevor er weitersprach. „Wie du weißt, werden deine Eltern in die Kirche gehen. Auch die Langenthals werden dort sein. Dein Sebastian wird sich mit einer Ausrede entschuldigen und stattdessen hier zu dir kommen. Du siehst, er hat dir verziehen. Sogar mehr als das. Er bittet dich in aller Form um Verzeihung."

„Er bittet mich um was?" Mit großen Augen und offenem Mund starrte Theresia Clemens an.

Der nickte eifrig. „Ja, ja! Er macht sich die größten Vorwürfe, dich erschreckt zu haben und verspricht, sich dir nie wieder ungebührlich zu nähern!"

„Aber Clemens! Das ist ja schrecklich!" Schwerfällig ließ Theresia sich nun doch auf dem Schemel vor dem Frisiertisch nieder und sank in sich zusammen.

„Wie meinst du das?", fragte Clemens.

„Ich will doch aber, dass er sich mir wieder nähert!"

Theresia sah, wie ihr Spiegelbild errötete. Dann drehte sie sich um und schaute Clemens von unten herauf an. Er wirkte verlegen. Plötzlich richtete sie sich auf und straffte sich. „Ich kann mich nicht ewig in meinem Turm verstecken, Clemens. Und ich will es auch nicht länger!", fügte sie bestimmt hinzu.

Plötzlich wirkte Clemens bestürzt. „Das solltest du aber!", widersprach er.

Theresia schaute ihn verwundert an. Bisher hatte er sich stets darüber lustig gemacht, dass sie sich hier oben verbarrikadierte, hatte sie einmal sogar ein ängstliches Gänschen genannt! Warum hatte er plötzlich seine Meinung geändert?

Theresia erbleichte. Hatte er womöglich Dinge über Sebastian erfahren, die ...

Doch sie kam nicht dazu, den Gedanken zu Ende zu denken, denn jetzt glitt ein Lächeln über Clemens' Gesicht. „Was ich meinte war: Du solltest weiterhin hier oben sein, weil ich dir was schenken will! Warte!"

Er wandte sich um und rannte die Treppen nach unten. Es klapperte wie von Metall, dann kam Clemens zurück in die Turmkammer. In der Hand hielt er ein sonderbares Gerät, halb Lampe, halb Spiegel, dessen Bedeutung Theresia völlig schleierhaft war.

„Was ist das?", fragte sie verwundert.

Er stellte das Ding auf den Tisch. „Eine Signallampe." Freudestrahlend und sehr stolz sah er Theresia an. „Ich bin auf die Idee gekommen, sie dir zu schenken, als ich ein paarmal deine Mutter dabei beobachtet habe, wie sie dir das Klopfzeichen gab. Schau her!" Er beugte sich über die Laterne. Ein dünnes Blech war auf einer Art Schiene anstelle der Klappe daran befestigt und ließ sich nach oben und unten schieben. „Wenn in der Lampe eine Kerze brennt, kannst du sie mit diesem Blech verdecken und frei geben. Der Spiegel hinter der Kerze, den ich selbst angefertigt habe, ist speziell geschliffen, siehst du das?“

Theresia sah genauer hin. Tatsächlich hatte Clemens recht: Die Oberfläche des Spiegels war nicht gerade wie gewöhnlich, sondern sie besaß eine Wölbung, ganz ähnlich einer flachen Schüssel. „Er ist krumm!“, murmelte sie.

„Es ist ein Hohlspiegel. Ich habe Monate gebraucht, um ihn zu machen, denn es ist eine schwierige Arbeit. Aber ich glaube, es ist mir gelungen. Dieser Spiegel verstärkt das Licht, sodass es auch über größere Entfernungen zu sehen ist.“ Er demonstrierte, wie man das Blech auf- und abschob. „Damit kannst du Sebastian Signale über das ganze Tal hinweg senden!“, schloss er triumphierend.

Theresia brauchte einen Moment, bis sie die Bedeutung seiner Worte voll erfasste. „Du meinst, ich kann ihm Zeichen geben? Wie soll das gehen, es ist doch nur Licht!“

Ein breites, zufriedenes Grinsen glitt über Clemens' Gesicht. „Genau wie mit den Klopfzeichen deiner Mutter!“ Er hob und senkte das Blech in unterschiedlicher Geschwindigkeit, sodass Theresia die Kerze mal kurz, dann wieder länger sehen konnte. „Man könnte für jeden Buchstaben eine bestimmte Zeichenfolge erfinden, dann könntet ihr euch mit dem Licht verständigen, als würdet ihr Briefe schreiben. Fürs Erste habe ich ein paar einfache Signale erfunden.“ Er zog einen klein zusammengefalteten Zettel aus der Tasche und reichte ihn Theresia. Sie faltete ihn auseinander.

„Komm heute Abend!“, las sie. Dahinter stand: „Dreimal kurz, dreimal lang.“ Begeistert schaute sie von dem Zettel auf. „Das ist ja brillant, Clemens!“

Er wirkte geschmeichelt. „Es wird noch besser!“, behauptete er. „Sebastian hat auch so eine Lampe. Und ich habe ihm die Signale gleichfalls aufgeschrieben. Auf diese Weise könnt ihr euch richtig miteinander unterhalten!“

Fasziniert schüttelte Theresia den Kopf. „Du bist ein wahres Genie, Clemens!", murmelte sie.

Er wurde rot. „Weißt du jetzt, warum ich eben gesagt habe, du sollst weiterhin hier oben bleiben?"

Sie blickte aus dem Fenster, hinüber zu dem Langenthalschen Anwesen. „Weil man von hier einen guten Blick über das Tal hat!" Ein fröhliches Lächeln bahnte sich seinen Weg auf ihre Züge. Dann fiel ihr etwas ein. „Aber das Treffen am Sonntag!", rief sie aus. „O Gott, er wird wirklich kommen!" Plötzlich wurde ihr bewusst, dass bis dahin nur noch ein Tag Zeit war. Eine Mischung aus Angst und Aufregung kribbelte über ihren gesamten Körper.

Hinter ihr wurden Schritte laut. Marie kam die Treppe herauf. Theresia wirbelte zu ihr herum. „Er kommt!", rief sie ihr zu, noch bevor Marie die Kammer betreten hatte. „Er kommt am Sonntag!" Sie ergriff die Hände ihrer Zofe. „Wirst du bei mir sein, wenn er da ist?", fragte sie bange.

Marie sah Clemens an. Die beiden tauschten einen langen, verschwörerischen Blick, dann nickte Marie. „Das werde ich, Mademoiselle. Ihr könnt Euch auf mich verlassen!"

„Baronesse?" Sebastians leise Stimme erschallte vom Fuße des Turmes.

Theresia schnappte vor Aufregung nach Luft. „Er ist da, Marie!", flüsterte sie. „Beeile dich!"

Marie, die die ganze Zeit mit ihrer Herrin in der Turmkammer gewartet hatte, bis Sebastian sich von dem Gottesdienst fortschleichen und hierherkommen konnte, nickte eifrig und eilte dann nach unten und über den Burghof. In dem schmiedeeisernen Tor gab es eine kleine Fußgängerpforte, sodass man nicht jedes Mal die beiden schweren Flügel öffnen musste, wenn jemand die Burg betreten wollte. Marie hatte sich den Schlüssel von einem der Großknechte geben lassen. Sie hatte so getan, als wäre sie es, die ein Schäferstündchen plante, und obwohl der Knecht skeptisch gewesen war, hatte er ihr den Schlüssel schließlich gegeben.

Jetzt eilte Marie damit zum Tor und ließ Sebastian in den Burghof.

„Gott zum Gruße, Marie!", nickte er ihr zu. Er wirkte etwas atemlos, und Marie ahnte, dass er ebenso aufgeregt war, wie ihre junge Herrin. Sie unterdrückte ein Schmunzeln. „Sie wartet oben in der Turmkammer auf Euch!", sagte sie.

Sebastian bedankte sich bei ihr. Dann betrat er, gefolgt von Marie, den Turm.

„Theresia?" Zögernd blieb er auf der letzten Stufe der Treppe stehen.

Theresia wartete im Türrahmen und trat von einem Fuß auf den anderen. Ihr Puls raste, das Herz schlug ihr bis zum Hals, ihre Hände waren feucht. Sie ahnte, dass Marie ihm eingeschärft hatte, sich ihr nur bis auf einen gewissen Abstand hin zu nähern, denn nun verbeugte er sich galant und winkte Marie zu sich heran. Er übergab ihr ein kleines, in hübsches Papier gewickeltes Päckchen. Marie nahm es, reichte es an ihre Herrin weiter und zog sich sofort wieder zurück. Theresia blickte Sebastian fragend an. Auffordernd nickte er ihr zu. Seine Augen leuchteten.

Mit zittrigen Händen öffnete Theresia das kleine Paket. Zum Vorschein kam eine kostbare samtbezogene Schatulle.

„Wie hübsch!", sagte sie leise. „Ich danke Ihnen." Vor einiger Zeit hatte er ihr einen kleinen herzförmigen Kiesel zum Geschenk gemacht, den sie seitdem immer bei sich trug. Er würde wunderbar in diese zierliche Schatulle passen!

Sebastian runzelte die Stirn und begann plötzlich lauthals loszulachen. „Aber Theresia, Sie denken doch wohl hoffentlich nicht, dass dieses unscheinbare Kästchen mein Geschenk an Sie wäre!“

Theresia, die sich eben noch so an der kleinen Schatulle erfreut hatte, beschlich ein ungutes Gefühl. Sie spürte Schamesröte in ihr Gesicht steigen. Mit einem Male kam sie sich unglaublich naiv und kindlich vor. Eingeschüchtert wich sie einige Schritte zurück, senkte den Kopf und zog die Unterlippe zwischen die Zähne. Nur mit Mühe konnte sie die Tränen zurückhalten.

Augenblicklich verstummte Sebastian und trat einen Schritt näher auf Theresia zu. Marie stieß einen warnenden Laut aus, und er hielt inne. Beschwichtigend hob er die Hände und zog sich auf seine vormalige Position zurück. „Verzeihen Sie mir, Theresia!“, sagte er. „Ich habe Sie nicht ausgelacht, das müssen Sie mir glauben! Es ist nur ein so ungewohnter Anblick, einmal eine Dame von Ihrem Stand zu sehen, die sich an einer solchen Kleinigkeit aufs Höchste erfreuen kann.“ Er suchte ihren Blick. Seine grünen Augen sprachen mehr als tausend Worte. Sie flehten um Vergebung, sie besänftigten und schmeichelten, sie versprachen und liebkosten. Theresia verlor sich in ihrem Anblick.

Sebastians Stimme holte sie aus ihrer Versenkung. „Bitte, Theresia, würden Sie mir den Wunsch erfüllen und *in* das Kästchen hineinschauen?“

Sie nickte, trat wieder vor bis in den Türrahmen und hob den Deckel des Schmuckkästchens an. Neugierig kam auch Marie näher und reckte ihren Hals. Auf einem Bett aus schwarzem Samt lag ein filigran gearbeitetes Silberkettchen. Der Anhänger daran bildete eine fein gearbeitete Blüte, deren Blätter jeweils mit einem Saphir besetzt waren.

Die blaue Blume!

Vor Schreck, etwas so Kostbares geschenkt bekommen zu haben, ließ Theresia die Schatulle fallen. Doch Marie griff beherzt zu, fing das Kästchen und auch die Kette auf. Mit feierlich ernster Miene trat sie hinter Theresia und legte ihr die Kette behutsam an. Sodann ging sie um Theresia herum und besah sich das Geschmeide am Hals ihrer Herrin. Ihre Augen glänzten.

Theresia tastete nach dem Anhänger.

Ein leises Räuspern vom Treppenabsatz machte Theresia wieder bewusst, dass Sebastian noch immer dort stand und sie beobachtete. Eilends zog Marie sich wieder an ihren Platz in einer Nische zurück, während Theresia sich Sebastian zuwandte.

Er lächelte still, zog die Brauen empor und schaute Theresia erwartungsvoll an. „Es gefällt Ihnen also?"

„Sehr!", hauchte sie. „Danke, Sebastian!"

Er grinste erleichtert. In diesem Augenblick wirkte er unsagbar jungenhaft. „Haben Sie es erkannt, Mademoiselle? Es ist unsere blaue Blume!" Wieder wollte er einen Schritt auf Theresia zu machen, und als Marie ihn wieder abhalten wollte, gab Theresia ihr ein Zeichen, es zuzulassen.

„Unsere Blume." Wie wundervoll sich das anhörte!

„Du musst wissen, Marie", sagte Sebastian, „bei unserem allerersten Treffen hat deine Herrin mir aufgetragen, ihr die blaue Blume zu beschaffen." Er lachte leise und berichtete Marie von diesem Auftrag. Ohne sich dessen bewusst zu sein, trat er noch ein wenig näher und gleich darauf standen er und Theresia so nahe voreinander wie nie zuvor.

In dem Augenblick, als sie sich beide dessen bewusst wurden, versiegte Sebastians Redeschwall, und es entstand ein Moment des peinlichen Schweigens.

Theresias Herz raste. Sie konnte den Blick nicht von Sebastians Gesicht lassen. Völlig fasziniert war sie von den kleinen Grübchen in seinen Wangen, von der braunen Locke, die ihm immer wieder in die Stirn rutschte, sooft er sie auch beiseiteschob. Sie war ganz angetan von der geraden Kontur seines Gesichts und der gesunden Farbe seiner Haut. Nur allzu gern wollte sie die Hand ausstrecken und seine Wange berühren. Wie sehnte sie sich danach, ihre Finger durch sein Haar gleiten zu lassen!

Marie räusperte sich und Theresia riss sich aus ihrer Versenkung. Es fiel ihr schwer, ihren Blick von Sebastians Anblick zu lösen. „Mademoiselle, braucht Ihr mich noch?" Marie blickte Theresia direkt in die Augen. Der Zwiespalt, der sich im Inneren der Zofe abspielte, war deutlich erkennbar. Einerseits, so war sich Theresia sicher, wollte sie ihre Herrin nicht mit einem Mann allein lassen. Andererseits wusste Marie, dass sie hier als störend empfunden wurde.

„Es ist gut, Marie. Du kannst unten warten." So sehr sich Theresia auch wünschte, mit Sebastian allein zu sein – ganz ohne den Schutz einer dritten Person würde sie nicht bleiben können. Nicht sofort bei ihrer ersten Begegnung mit ihrem *Prinzen*!

Marie hatte verstanden, was von ihr erwartet wurde. Sie nickte gehorsam, dann zog sie sich in den unteren Teil des Gartenhäuschens zurück.

Ein ungewöhnlicher Laut aus der Turmkammer und sie würde zur Stelle sein, wie sie es damals gewesen war, als Ludwig Theresia aufgelauert hatte. Theresia liebte sie dafür.

Sebastian schaute der Zofe über die Schulter hinweg hinterher, bis sie aus seinem Blickfeld verschwunden war.

Endlich waren sie allein!

Kurz wollte die alte Angst zurückkehren, die Theresia schon damals überfallen hatte, als Sebastian sich durch das geheime Klopfzeichen Einlass in ihren Turm verschafft hatte. *Sei nicht albern!*, schalt sie sich. *Du hast dir nichts sehnlicher erträumt, als dich allein mit ihm zu treffen!*

Langsam drehte Sebastian ihr den Kopf wieder zu und

schaute ihr tief in die Augen. Es brauchte keine Worte zwischen ihnen. Behutsam fasste er nach ihrer Hand, streichelte sanft mit dem Daumen über ihren Handrücken. Ein Kribbeln durchfuhr Theresias gesamten Körper. Dort, wo er sie berührt hatte, brannte die Haut. Nicht unangenehm, sondern mit einer sie ganz und gar wohlig ausfüllenden Hitze. Sebastian hob ihre Hand an seinen Mund und drückte sacht seine Lippen darauf. Die Hitze stieg Theresia jetzt bis in den Kopf. Ungewollt entfuhr ihr ein wohliger Seufzer. Sebastian ließ seine Lippen an ihrer Hand hinauf bis zum Handgelenk gleiten, und als Theresia sie ihm nicht entzog, drehte er ihre Hand vorsichtig um und liebkoste mit dem Mund deren Innenfläche.

Theresias Knie wurden ganz weich, sie fühlte sich einer Ohnmacht nahe. Leicht schwankte sie und hätte Sebastian sie nicht in seine Arme genommen, wäre sie womöglich gestürzt.

In ihrem Kopf kreisten die Gedanken. Durfte sie diesem Manne so schnell vertrauen, sich ihm so an den Hals werfen? Würde er sie verurteilen, wenn sie sich nicht länger zurückhielt, wie es sich ziemte? Doch es fühlte sich so richtig, so gut, so vertraut an. In seinen Armen war sie so geborgen, wie noch nie in ihrem Leben.

Sebastian hielt sie nur kurz, half ihr dann zu ihrem Gleichgewicht zurück, führte sie schließlich behutsam bis in ihre Kammer und ließ sie auf dem Stuhl unter dem Fenster Platz nehmen. Galant verbeugte er sich vor ihr, ging wieder zurück bis an die Türschwelle und drehte sich dort noch einmal zu ihr um. „Wenn es Ihnen recht ist, Theresia, werde ich Sie morgen um diese Zeit wieder hier besuchen. Werden Sie auf mich warten?"

Verwirrt sah Theresia ihn an. Sie wollte etwas sagen, aber ihr war, als habe ihre Stimme sich verabschiedet.

„Wollen wir ein eigenes Klopfzeichen vereinbaren?",

fragte er weiter. Er wartete ihre Antwort nicht ab, sondern klopfte einen Rhythmus gegen das Holz der Tür. Zweimal kurz, zweimal lang, dann noch zweimal kurz.

Theresia konnte noch immer nicht antworten. Fragend schaute Sebastian sie an, und so nickte sie schließlich, um ihm zu bedeuten, dass sie mit allem einverstanden sei. Wie erlöst wirkte Sebastian nun und lächelte sein zauberhaftes Lächeln. Dann hauchte er einen Kuss in die Luft, drehte sich um und war verschwunden.

Theresia hörte seine Schritte auf der Treppe.

„Auf bald, Marie!", sagte er. Dann war es still.

Die Wochen vergingen wie im Fluge. Sebastian kam, sooft er es einrichten konnte, und sooft es möglich war, ohne dass es auffiel. Längst trafen sie sich nicht mehr ausschließlich im Gartenhäuschen. Es war Theresia gelungen, ihre Stiefmutter davon zu überzeugen, dass sie die Erlebnisse an Ostern überwunden hatte und es sie wieder danach gelüstete, im Park spazieren zu gehen. Nachdem Henriette darauf bestanden hatte, dass Marie sie stets begleitete, hatte sie eingewilligt, und Theresia und Sebastian konnten sich von nun an bei der Hecke im unteren Teil des Parks treffen.

Mit der Zeit wurden die Gespräche, die sie führten, immer vertrauter und inniger. Theresia erzählte ihm beinahe jede Einzelheit ihres bisherigen Lebens, und sie versuchte, über ihn so viel wie möglich zu erfahren. Doch stets, wenn das Gespräch auf seine Familie kam, wurde er eigenartig verschlossen. Einmal bat er Theresia sogar, nicht weiter in ihn zu dringen, was diese Angelegenheit anging. Sie akzeptierte seine Bitte eilig, fürchtete, ihn mit ihrer unziemlichen Neugier verstimmt zu haben, aber als sie gleich darauf das Thema wechselten, da sprach er wieder so unbeschwert und neckisch mit ihr wie eh und je.

An einem Sonntag gegen Ende des Monats rief Theresia

Marie zu sich. Sie wollte aus der schweren Sonntagskleidung, in der sie eben in der Hauskapelle den Gottesdienst besucht hatte, in etwas Leichteres schlüpfen, und Marie half ihr dabei.

„Heute werde ich dich nicht brauchen, Marie", sagte Theresia, als die Zofe gerade dabei war, das Sonntagskleid auf einen Bügel zu hängen. „Sebastian kommt am frühen Abend in die Turmkammer, und ich glaube, er hat wohl zur Genüge seine Tugendhaftigkeit bewiesen, als dass wir noch länger eine Anstandsdame bräuchten. Was meinst du?"

Marie nickte gehorsam. „Wie Ihr meint, Mademoiselle." Sie bürstete ein paarmal über den dunklen Stoff des Kleides. Ihr Tonfall war ausdruckslos, und doch konnte Theresia in ihren Worten etwas wahrnehmen, das ihr Kopfzerbrechen bereitete. Wie schon öfter in den vergangenen Tagen und Wochen kam es ihr vor, als erzürne sie ihre Zofe durch ihr Glück mit Sebastian. Schon einmal hatte sie Marie darauf anzusprechen versucht, aber die Zofe war ihr geschickt ausgewichen.

Dieses Mal jedoch wollte Theresia diese Reaktion nicht so ohne Weiteres hinnehmen und so fragte sie einfach geradeheraus: „Warum ist es dir denn nur so ein Ärgernis, mich glücklich zu wissen?"

Marie hielt in ihrer Bewegung inne. Langsam drehte sie sich zu Theresia um. Alle Farbe war ihr aus dem Gesicht gewichen. Die Bürste lag lose in ihrer Hand und drohte zu Boden zu fallen. „Aber, Mademoiselle, wie könnt Ihr so etwas nur glauben?" In ihren Augen glitzerten Tränen. „Niemand gönnt Euch Euer Glück mehr als ich, das müsst Ihr mir glauben! Es ist nur ..." Sie hielt sich am Türrahmen fest.

Erst jetzt bemerkte Theresia das Zittern, das durch ihren Körper lief. Schnell war sie bei ihr und stützte sie. „Marie?"

Nur mit Mühe gelang es ihr, das bleiche Dienstmädchen bis zu ihrem Bett zu bringen und sie darauf abzulegen.

Was war nur mit Marie? Der Zustand ihrer Zofe machte ihr mit einem Mal große Sorgen. Jemand musste ihr helfen! „Ist da jemand?“, rief sie. „Zu Hilfe! Bitte, kann mir jemand helfen?“

Schritte näherten sich auf den Steinfliesen des Flures in großer Eile. Die Tür wurde aufgestoßen. Theresia drehte sich um und erblickte ihre Stiefmutter. Kurz blieb Henriette im Türrahmen stehen, erfasste die Situation und kam dann mit besorgter Miene näher.

„Mach Platz, Kind!“, befahl sie Theresia.

Die gehorchte. Verunsichert zog sie sich von dem Bett zurück und sah zu, wie Henriette sich an ihrer statt auf dessen Kante setzte. Schweigend nahm Henriette Maries Hand und befühlte mit der anderen deren Stirn. Dann wandte sie sich an Theresia. „Geh hinunter in die Küche und trage der Köchin auf, sie solle eine kräftige Hühnerbrühe bereiten, außerdem etwas Milch. Schnell!“

Theresia tat wie geheißen.

Als sie mit einem Becher Milch in der Hand wieder heraufkam, saß Marie bereits aufrecht auf dem Rand des Bettes. Beim Eintreten sah Theresia, wie Henriette der Zofe über den Rücken strich und sich dann, als sie ihrer Tochter gewahr wurde, straffte, sich die Milch geben ließ und zurück in ihren gewohnt herablassenden Ton fiel. „Trinke sie das. Und dann, wenn sie wieder bei Kräften ist, gehe sie hinunter in die Küche, um die Suppe einzunehmen. Sie ist für heute von ihren Aufgaben entbunden.“

Marie trank gehorsam. Dann erhob sie sich noch etwas wackelig, und zu Theresias großer Verwunderung half ihre Stiefmutter der Zofe beim Aufstehen. Plötzlich schien es Henriette bewusst zu werden, dass Theresia sie beobachtete, denn sofort ließ sie Marie wieder los und polterte:

„Und du, Kind, denk nur ja nicht, dass du heute Ausgang hast, wenn Marie dich nicht begleiten kann. Du wirst schön zu Hause bleiben!"

Theresia vermied es, an das geplante Treffen mit Sebastian heute Abend zu denken. Wer sollte ihm die Pforte im Burgtor öffnen, wenn Marie nicht zugegen war? Aber rasch schob sie diesen Gedanken von sich, weil sie ihn gar zu eigennützig fand. Gehorsam sagte sie: „Natürlich, Maman. Ich wollte heute sowieso in meiner Kammer im Turm bleiben und mich im Singen üben, wenn es Ihnen recht ist."

Da sie noch immer in der Türe stand, musste sie Marie Platz machen, als diese das Gemach verlassen wollte. Den Blick hielt die Zofe sorgsam auf ihre Füße gerichtet.

„Du immer mit deiner Musik!" Henriette spitzte die Lippen. Dann fiel ihr Blick auf den kleinen Tisch neben Theresias Betthaupt. Ihre Augen weiteten sich leicht.

Theresia erschrak. Hatte sie etwa die Kette mit dem Saphiranhänger dort liegen lassen? Sie fuhr herum und sah gerade noch, wie Henriette etwas zur Hand nahm und nachdenklich betrachtete.

„Woher hast du den?" Sie drehte sich zu Theresia um. In der Hand hielt sie den kleinen herzförmigen Kieselstein, den Sebastian ihr lange vor der Kette geschenkt hatte. Theresia atmete innerlich auf. Die Saphirkette hatte sie in einer ihrer Truhen sorgsam unter ihrer Wäsche verborgen.

„Oh!", machte sie. „Den habe ich auf einem Spaziergang gefunden. Ich fand ihn so hübsch, darum habe ich ihn mitgenommen." Hitze stieg in ihre Wangen, und sie senkte rasch den Kopf, damit ihre Stiefmutter sie nicht bei dieser Lüge ertappte.

Henriette jedoch schien mit der Antwort zufrieden. „Eine kindische Anwandlung", sagte sie, „aber dennoch ganz hübsch, in der Tat." Sie legte den Kiesel wieder auf das Nachttischchen. „Denk daran, dass dein Vater und ich heute Abend eingeladen sind. Du wirst deine Abendmahlzeit darum alleine zu dir nehmen müssen. Ausnahmsweise sei es dir einmal erlaubt, in deinem Türmchen zu speisen!" Die Gesichtszüge ihrer Mutter glätteten sich wieder ein wenig. „Wenn du es möchtest, darf deine Zofe dir dort Gesellschaft leisten. Bis dahin wird es ihr wohl wieder etwas besser gehen."

„Danke, Maman!" Theresia überlegte, was sie noch sagen sollte.

Henriette hob die Brauen. „Ist noch etwas?"

Da fasste Theresia sich ein Herz. „Was ist mit Marie, Maman? Mir scheint, Sie wissen, was ihr fehlt. Können Sie es mir nicht sagen? Bitte! Marie verschließt sich mir in dieser Angelegenheit ganz und gar. Doch zu Ihnen, Maman, scheint sie ein gewisses Vertrauen gefasst zu haben."

Langsam schüttelte Henriette den Kopf. „Nun, das mag wohl sein, mein Kind. Doch wäre es wohl sehr unziemlich, dieses Vertrauen zu missbrauchen, nicht wahr?" Mit diesen Worten drehte sie sich um und verschwand ohne einen Blick zurück.

Die Sonne stand bereits am westlichen Horizont, als Theresia an diesem Abend aus dem offenen Fenster ihres Turmzimmers hinaus in den Park vor den Burgmauern blickte. Der Sommer hatte jetzt, Anfang August, seinen Höhepunkt erreicht. Draußen flirrte noch die Luft von der Hitze des Tages. Theresia betrachtete ihr Spiegelbild in der Fensterscheibe zu ihrer Rechten. Ich bin wie dieser Sommertag, dachte sie bei sich. Ihre innere Hitze spiegelte sich in der Rötung ihrer Wangen wider. Ihr Puls raste und fühlte sich unter der Haut an wie das Brodeln erhitzten Blutes, das durch ihre Adern schoss.

Plötzlich stellten sich die Härchen in ihrem Nacken

auf. Sie nahm Schritte von Pferdehufen draußen auf dem gepflasterten Innenhof wahr.

„Guten Abend, Marie!", hörte sie seine inzwischen so unendlich vertraute Stimme sagen.

„Guten Abend, Herr Langenthal! Die Baronesse erwartet Euch bereits." Ein leises Quietschen zeigte an, dass Marie ihm die Pforte im Tor geöffnet hatte. Gleich darauf erklangen Sebastians Schritte im Burghof und wenig später auf den Stufen der alten Holztreppe, und dann ertönte das vertraute Klopfzeichen an der Tür. Der neue Rhythmus, den Sebastian sich erdacht hatte und den nur sie beide kannten, verursachte ihr einen wohligen Schauder. Heute Abend würde ihr Treffen etwas ganz Besonderes werden. Theresia würde Sebastian heute zum ersten Mal allein gegenüberstehen, und sie würde die Tür abschließen, sodass sie beide ungestört wären.

Allein das zu denken war bereits so unendlich aufregend!

Rasch eilte Theresia zur Tür, schloss auf und öffnete.

Und da stand er!

Bei seinem Anblick zog sich ihr Unterleib spürbar zusammen. Ihr Herz pochte bis zum Hals. Sie ließ ihn ein, und nachdem sie Marie die Anordnung erteilt hatte, sich ins Haupthaus zurückzuziehen, die die Zofe mit ausdrucksloser Miene erwiderte, verschloss Theresia die Tür hinter Sebastian.

Überrascht wandte er sich zu ihr um. Bestimmt hatte er gedacht, dass Marie, wie gewöhnlich, ihren Posten am unteren Ende der Treppe beziehen würde.

Theresia lächelte ihn schüchtern an.

Er schluckte schwer. Dann trat er vor, nahm ihre Hand und küsste die Spitze jedes einzelnen ihrer Finger. Theresia überlief ein Schauer nach dem anderen.

Mehr als den einen oder anderen verstohlenen Kuss

hatte es bis jetzt nicht gegeben zwischen ihnen. Marie war zwar immer sehr diskret gewesen, doch war Sebastian in ihrer Gegenwart nie weiter gegangen, als Theresia einen zarten Kuss auf die Wange, selten einmal einen auf die Lippen, zu hauchen. Theresia spürte, dass ihr Körper heute mehr verlangte. In ihren Träumen hatte sie sich schon oft ausgemalt, wie es wohl sein müsste, Sebastians starke Arme um sich zu spüren. Wie er sie halten, sie mit seinen großen Händen zärtlich liebkosen würde. Wie würde es sich anfühlen, seine weichen Lippen drängender auf den ihren zu spüren?

Sie war so in ihren Gedanken versunken, dass sie gar nicht richtig wahrnahm, wie Sebastian sie weiter ins Innere ihrer Turmkammer hineinführte. Vor dem großen Spiegel der Frisierkommode, die Henriette nach Verlegung ihrer Mußestunden hierher hatte schaffen lassen, blieb er mit ihr stehen. Der Anblick ihres Spiegelbildes erweckte sie schließlich aus ihrem Traum. *Wir geben ein schönes Paar ab,* dachte sie bei sich.

Sebastian neigte den Kopf, sodass sich seine Lippen ganz dicht an ihrem Hals befanden. Sie konnte seinen warmen Atem auf ihrer Haut spüren. Ihre Knie wurden weich.

„Ich habe schon lange davon geträumt, einmal mit meinen Fingern durch Ihr Haar zu streifen, Theresia. Würden Sie mir erlauben, Ihnen Ihre Frisur zu lösen?"

Allein bei dem Gedanken daran breitete sich eine Gänsehaut über Theresias gesamten Körper aus. Wortlos ließ sie sich auf dem Schemel nieder und reichte Sebastian die Haarbürste. Mit ungewöhnlich geschickten Händen löste er die aufgesteckte Frisur, sammelte die Klemmen in seiner Hand und ließ sie schließlich mit leisem Klirren in ein Schälchen fallen, das Theresia ihm hinhielt. Mit beiden Händen strich er dann sanft über Theresias füllige Haarpracht. Vorsichtig barg er sein Gesicht darin und atmete ihren Duft ein. Erst danach begann er, die einzelnen Strähnen sanft zu bürsten.

Im Spiegel suchte Theresia seinen Blick. Ohne ihr auszuweichen, kämmte Sebastian weiter. Theresia musste sich sehr zusammenreißen, um nicht von ihrem Sitzplatz aufzuspringen und sich ihm in die Arme zu werfen. So anders fühlte es sich an, wenn er ihre Haare berührte! Wie viele hundert Male hatte Henriette genau dasselbe getan wie er jetzt, und Theresia hatte es immer sehr genossen. Doch, was sie in diesem Moment empfand, war in seiner schieren Intensität mit nichts anderem zu vergleichen.

Nach einer halben Ewigkeit legte Sebastian die Bürste schließlich auf dem Frisiertisch ab, reichte Theresia die Hand und zog sie auf die Füße. Kurz zögerte er, suchte in ihrem Blick nach ihrer Erlaubnis, dann zog er sie in seine Arme.

Küss mich, oh bitte, küss mich endlich!, wisperte eine Stimme in Theresias Innerem. Erwartungsvoll schloss sie die Augen.

Und dann, endlich, spürte sie den erlösenden Kuss.

Warm legten sich Sebastians Lippen auf die ihren. Kurz flackerte Angst in ihr auf, brachte die Erinnerung an den Kuss zurück, den Ludwig ihr vor einiger Zeit gewaltsam geraubt hatte. Doch Sebastians Sanftheit war damit nicht im Geringsten zu vergleichen. Zögernd öffnete Theresia ihre Lippen. Ein Seufzen entfuhr ihr. Sie spürte Sebastians Zungenspitze, die zärtlich die innere Linie ihrer Oberlippe entlangfuhr. Plötzlich hielt er inne. Er löste sich von Theresia und ihr Körper schien diesen Verlust fast schmerzhaft zu empfinden.

„Theresia, ich ..."

„Stimmt etwas nicht?" Ängstlich erinnerte sich Theresia an Ludwigs Worte. Hatte er ihr damals nicht prophezeit, sie werde einen Mann enttäuschen? Hatte er wirklich recht gehabt? Konnte es sein, dass sie tatsächlich Nachhilfe in Liebesdingen nötig hatte? Verunsichert schaute sie in Sebastians Augen, suchte darin Zweifel oder gar Abscheu. Doch was sie fand, war Schmerz.

„Theresia, es liegt gewiss nicht an Ihnen. Doch sollten wir uns jetzt besser voneinander verabschieden. Ich weiß nicht, wie lange ich mich noch ..." Er schaute verlegen zu Boden. „... noch zurückhalten kann."

Erleichterung darüber, dass sie nichts falsch gemacht hatte, aber auch eine gewisse Nervosität machte sich in Theresia breit. Hatte ihre Mutter ihr nicht immer wieder in den schillerndsten Farben ausgemalt, dass es einem Manne kaum möglich war, sich seinen Trieben zu widersetzen? Allein jetzt, hier mit Sebastian, mochte diese Warnung von damals keinerlei Wirkung entfalten. Nichts fühlte sich falsch oder gar abstoßend an.

„Bitte, Sebastian!" Mehr als diese zwei Worte und einen flehenden Blick brauchte es nicht, um Sebastian umzustimmen. Fest zog er sie wieder in seine Arme und küsste sie mit einer Intensität, die sie beinahe aller ihrer Sinne beraubte. Dann glitten seine Lippen unendlich zart an ihrem Hals hinab, um danach gleich wieder daran hinaufzuklettern und schließlich an ihrem Ohr zu verharren. „Ich liebe dich!", hauchte er zärtlich. „Von der ersten Sekunde an, da ich dich sah, habe ich mich unsterblich in dich verliebt!"

Theresia neigte ihren Kopf zurück, um Sebastian in die Augen sehen zu können. „Und ich liebe dich", brachte sie mit zittriger Stimme hervor.

„Komm!" Sebastian fasste sie bei der Hand und zog sie mit sich zu der Chaiselongue.

Behutsam und unbeholfen halfen sie einander aus ihrer Kleidung. Sie hatten keine Eile. Theresia spürte Verwunderung darüber, dass sie nicht die geringste Scheu davor empfand, sich vor Sebastian zu entblößen. Alles schien so natürlich. Das Dämmerlicht, das die herannahende Nacht ankündigte, tat sein Übriges. In diesem schummrigen Licht betrachteten sie sich gegenseitig.

Dann, mit einer Bewegung, die überaus rasch kam und fast ein wenig ungeduldig wirkte, zog Sebastian Theresia in seine Arme. Doch bevor sie Angst bekommen konnte, was nun folgen sollte, fuhr er mit den Fingerspitzen ihr Rückgrat hinunter. Er küsste sie und im Kuss drängte er sie behutsam nach hinten, bis sie der Länge nach ausgestreckt dalag. Er lag an ihrer Seite. Dann stütze er sich auf seinem Unterarm ab und betrachtete sie. „Wie schön du bist!“, flüsterte er. Seine Stimme war nicht mehr als ein Hauch. Zärtlich streifte er mit seiner Hand an ihrem Hals entlang, fuhr die Konturen ihres Schlüsselbeins nach und erkundete behutsam die Ansätze ihres Busens. Theresia hielt den Atem an. Mit den Fingerspitzen zeichnete er unglaublich vorsichtig erst die Linie ihres Warzenhofes nach und küsste schließlich ihre Brustwarze.

In Wellen erschauerte ihr Körper.

Nie hätte sie geglaubt, zu solchen Gefühlen fähig zu sein! Die Lust übermannte sie mit Macht, und so wurde auch sie mutiger. Sie erkundete Sebastians Körper mit den Händen, schmeckte das Salz seiner Haut und verlor schier den Verstand, als er zärtlich mit seinen Fingerspitzen an den Innenseiten ihrer Oberschenkel entlangstrich. Mit jeder Faser ihres Körpers wollte sie ihn, doch Sebastian zögerte.

„Liebster?“ Atemlos schaute Theresia ihm tief in die Augen, ängstlich vor dem, was sie dort finden würde. *Du wirst eine Enttäuschung für jeden Mann sein!*, hallte Ludwigs Stimme in ihr nach. Traurig fragte sie: „Willst du mich denn nicht?“

Sebastian schloss gequält die Augen, öffnete sie jedoch sofort wieder. „Oh, ich will dich, dessen sei gewiss!“ Auch ihm fiel es schwer zu sprechen. Sein Atem ging stoßweise. „Doch ich will nicht sein wie mein Bruder."

Ludwig! Der Schatten seiner Aura war hier bei ihnen! Doch Theresia wehrte sich gegen den Anflug von Panik, der ihr die Kehle zuschnüren wollte. Sie würde es nicht zulassen, dass er sich zwischen sie drängte! Niemals!

„Keine Sorge, du bist nicht wie er!" Sie lächelte und zog Sebastian wieder zu sich heran. „Du bist mein, Sebastian, mein *Prinz*!" Ihre Hände strichen über seinen Rücken, an der Hüfte entlang bis zu seinem Gesäß hinunter. „Sebastian", wiederholte sie noch einmal zärtlich seinen Namen und ließ sich nun von selbst nach hinten gleiten. Sebastian stöhnte leise und beugte sich über sie.

Und in der Stille der hereinbrechenden Nacht hörte man anschließend nur noch das Geräusch zweier gewisperter Namen.

Theresia.

Sebastian.

Bariton und Sopran.

Kapitel V

Sie sprach: „Ich will gerne mit dir gehen,
aber ich weiß nicht, wie ich herabkommen kann."

Der Sommer ging zu Ende, der Herbst stand vor der Tür, und es kam Theresia vor, als könne es auf Erden keinen Menschen geben, der glücklicher war als sie selbst. Zwar mehrten sich die Anzeichen, dass ihres Vaters Geldsorgen sich verschlimmerten, aber sie war so sehr mit sich selbst und ihrer Liebe zu Sebastian beschäftigt, dass sie den Kummer ihres Vaters kaum wahrnahm. Ohnehin, dachte sie, wenn sie erst Sebastians Frau wäre, dann würden doch alle Geldsorgen mit Sicherheit der Vergangenheit angehören, so reich, wie die Langenthals waren!

Die Treffen mit Sebastian wurden zum einzigen Inhalt ihres Daseins. War eines vergangen, so fieberte sie dem Kommenden entgegen, war unpässlich und missgelaunt, bis der Zeitpunkt seines nächsten Erscheinens wieder in greifbare Nähe rückte. Dann blühte sie auf, sang und tanzte durch den Burghof und trieb ihre Scherze mit den Knechten.

Marie und Clemens, ihre Verbündeten, mussten sie mehr als einmal ermahnen, sich nicht zu sehr gehen zu lassen, damit ihre Stiefmutter keinen Verdacht schöpfte. Theresia tat ihr Bestes. Und doch konnte es nicht ausbleiben, dass sich die Dinge schließlich zum Bösen wendeten.

Der September war zur Hälfte ins Land gegangen, als Henriette an einem späten Nachmittag die Turmkammer betrat und Theresia dort nicht vorfand. Seit Wochen schon machte sie sich Gedanken darüber, wie es angehen mochte, dass ihre Tochter neuerdings so schwankenden Gemüts war. Sie sorgte sich um Theresia, fürchtete, das junge Ding könne sich eine Nervenreizung eingefangen haben, die es so flatterhaft machte.

Aus diesem Grund beschloss sie, ein wenig nachzuforschen, und die Tatsache, dass sie sich allein in der Turmkammer wiederfand, kam ihr gerade recht. Der herzförmige Stein lag noch immer auf Theresias Nachttischchen, neben einem Buch, in dem sie offensichtlich gerade las. Henriette betrachtete es genauer. Es war der „Werther" von Goethe, völlig unangemessene Lektüre für eine junge Dame! Henriette würde mit Theresia darüber reden müssen, wie schnell ein solches Buch dem Leser unziemliche und noch dazu überaus gefährliche Gedanken in den Kopf pflanzen konnte. Hieß es nicht, dass sich gleich nach Erscheinen Dutzende junge Menschen selbst gerichtet hatten, nachdem sie den „Werther" gelesen hatten?

Henriette nahm das Buch zur Hand und schlug es auf. Ein Lesezeichen fiel ihr entgegen, und beinahe hätte sie es fallen lassen. Gerade noch gelang es ihr, es aufzufangen, und neugierig betrachtete sie es. Es war eine gepresste Rosenblüte. Eine blaue Blüte.

Henriette runzelte die Stirn. Was für ein kindischer Kram! Blumen mit Tinte einzufärben, geziemte sich nicht für eine junge Dame in Theresias Alter! Auch darüber würde sie mit ihrer Tochter reden müssen. Mit missmutig verzogenem Mund tat sie die Blüte wieder in das Buch und legte es zurück auf das Nachtkästchen.

Dann sah sie sich im gesamten Raum um.

Mehrere Truhen und Schränke waren im Laufe der vergangenen Monate hier heraufgeschafft worden. Ein Teil von Theresias Kleidern ebenso, und dazu auch der große Frisierspiegel, der früher in ihrem Gemach im Haupthaus gestanden hatte. Henriette ließ die Fingerspitzen über die Haarbürste gleiten. Eine Reihe Schleifen und Bänder lag daneben und schien nur darauf zu warten, dass ihre Besitzerin zurückkehrte.

Mit einem entschlossenen Ruck wandte sich Henriette der ersten Truhe zu und klappte sie auf. Sie enthielt Wäsche in allen nur erdenklichen Formen und Stoffen. Ein Anflug von Sorge überkam Henriette, als sie daran dachte, dass ihrem Gatten das Geld zunehmend knapp wurde. Wer wusste schon, wie lange sie sich teure Kleider und Stoffe noch würden leisten können?

Energisch schob sie diesen Gedanken von sich. Die Männer würden sich dieses Problems annehmen, darauf vertraute sie. Ihre Aufgabe war es, sich um die häuslichen Dinge zu kümmern, und dazu gehörte auch Theresias Erziehung, die ihr in den letzten Wochen zunehmend aus den Händen geglitten war. Das würde jetzt ein Ende haben!

Henriette begann, Stück um Stück von Theresias Wäsche aus der Truhe zu nehmen.

„Kannst du mir sagen, was das zu bedeuten hat?“ Mit herrischer Miene hielt Henriette Theresia den Anhänger mit der blauen Blume unter die Nase.

Theresia erbleichte. Sie war mit ihrem Vater auf einem Ausritt durch die umliegenden Ländereien gewesen, um das herrliche Herbstwetter zu genießen, und als sie zurück in ihre Turmkammer gekommen war, hatte ihre Stiefmutter sie bereits erwartet.

„Ich ...“ Fieberhaft überlegte sie, was sie sagen sollte.

Der Saphiranhänger baumelte zwischen Henriettes Fingern und schwang langsam hin und her. „Ich höre!“, donnerte Henriette. Ihr Fuß tippte ungeduldig auf den Boden, und ihr Gesicht war so bleich, dass es maskenhaft gewirkt hätte, wäre da nicht das zornige Funkeln der grauen Augen gewesen.

Endlich fasste Theresia sich. Sie musste jetzt listig vorgehen! Auf keinen Fall durfte Henriette etwas von Sebastians Besuchen hier oben im Turmzimmer erfahren!

„Es war ein Geschenk, Maman!", sagte sie vorsichtig.

„Ein Geschenk von wem?", herrschte Henriette.

„Von dem jungen Herrn Langenthal. Du erinnerst dich vielleicht: Wir haben ihn an Karfreitag in der Kirche getroffen, und auf dem Maiball war er auch kurz. Nicht dieser Ludwig, der mich so unziemlich behandelt hat, sein Bruder ..." Sie biss sich auf die Unterlippe und tat, als müsse sie über den Namen intensiv nachsinnen.

„Sebastian?", fragte Henriette.

Theresia nickte eifrig. „Sebastian. Genau! So hieß er!" Oh je, sie spürte, wie ihr die Hitze ins Gesicht stieg bei ihrem falschen Spiel, und sie hoffte, Henriette würde es nicht bemerken. Wie gut, dass sie durch den Ausritt ohnehin gerötete Wangen hatte!

„Wann hast du ihn getroffen?" Gänzlich flach und tonlos klang Henriettes Stimme.

„Nicht getroffen, Maman!", log Theresia. „Er passte mich ab bei einem meiner Spaziergänge mit Marie. Und er drängte mir das Schmuckstück geradezu auf, sodass ich es als unhöflich empfand, es nicht anzunehmen. Aber als ich zurück hier in der Kammer war, war es mir unangenehm. Ich schämte mich, darum habe ich es vor Ihnen verbogen."

„Macht er dir den Hof?", fragte Henriette. Auf den blassen Wangen ihrer Stiefmutter waren jetzt tiefrote Flecken erschienen, und Theresia fürchtete, sie könne vor lauter Empörung ohnmächtig werden.

Ja!, schrie ihr Körper. *Er macht mir den Hof, auf köstlichste Art und Weise!* Aber natürlich schwieg sie, schüttelte nur den Kopf. „Wir trafen uns nur dieses eine Mal."

„Nun!“ Henriette umschloss den baumelnden Anhänger mit der Faust. „Ich werde zu deinem Vater gehen und ihm davon berichten. Zwar sind wir sicherlich abhängig von Herrn Langenthal und seinem Geld, aber das rechtfertigt nicht, wie sich seine beiden Söhne verhalten!“ Mit einer wütenden Geste stopfte sie die Kette in eine Tasche ihres Kleides. Sie überlegte, dann griff sie sich auch den „Werther“ und ließ ihn der Kette folgen. „Wir beide sprechen uns noch!“

Und mit diesen Worten rauschte sie hinaus.

Erleichtert und von zittrigem Entsetzen darüber erfüllt, wie knapp sie einer Katastrophe entronnen war, ließ sich Theresia auf ihre Chaiselongue sinken. Dabei fiel ihr Blick aus dem Fenster. Es dämmerte bereits. Sie musste Sebastian Bescheid geben, dass etwas geschehen war. Er musste gewarnt werden, damit er die gleiche Geschichte über den Anhänger auftischen konnte, wie sie es getan hatte.

Eilends erhob sie sich wieder, eilte zu dem Brett in der Wandverschalung, das Clemens für sie gelöst hatte. Sie bückte sich, zog es zur Seite und holte die Signallaterne hervor, die er ihr geschenkt hatte. Eilends stellte sie sie auf das Tischchen, dann öffnete sie das Fenster.

Gleich darauf griff sie nach den Chlorhölzchen, um die Laterne anzuzünden.

Das Blut klopfte hinter Henriettes Schläfen, so empört war sie. Wie konnte es sein, dass Menschen, die Geld hatten, sich jedes ungebührliche Verhalten herausnehmen zu können glaubten? Sie würde mit Konrad reden, und sie würde ihn bitten, Sebastian Langenthal zur Rede zu stellen! Wo kämen sie denn da hin, wenn jeder junge Mann – jeder Bürgerliche! – es sich erlauben durfte, einer Dame von Stand einfach so Avancen zu machen!

In Zukunft, das schwor sie sich, würde sie dafür sorgen,

dass sich dieser Nichtsnutz von ihrer geliebten Theresia fernhielt!

Sie war gerade dabei, quer über den Hof und auf das Hauptgebäude zuzueilen, als sie innehielt. Ein heller Schimmer auf der gegenüberliegenden Seite des Tales hatte ihre Aufmerksamkeit erregt.

Neugierig blieb sie stehen und sah genauer hin.

Es sah aus, als gäbe jemand vom anderen Ende des Tales aus Zeichen mit einer Kerze oder Ähnlichem.

Was hatte das nun wieder zu bedeuten?

Grübelnd blieb sie stehen, doch dann kam ihr ein Gedanke. Hier im Haus gab es eigentlich nur einen einzigen Menschen, der etwas mit diesen Lichtzeichen zu tun haben konnte. Sie würde ihn suchen und ihn fragen, was es damit auf sich hatte.

Wenn doch nur alle ihre Probleme so leicht zu lösen wären!, dachte sie. Dann rief sie nach Clemens.

Wehmütig schaute Theresia aus dem Fenster ihres Turmzimmers. Seit mehr als zwei Wochen musste sie jetzt schon darauf verzichten, Sebastian Signale zu senden – und was noch viel schlimmer war: Seit eben dieser Zeit hatte sie ihn auch nicht mehr treffen, ihn im Arm halten, seine Liebkosungen spüren können.

Sie mussten mehr als vorsichtig sein, wenn sie nicht riskieren wollten, dass Henriette doch noch auf ihre Verbindung aufmerksam werden würde.

Nachdem ihre Stiefmutter vor zwei Wochen mit dem Saphiranhänger aus der Kammer gerauscht war, war nur kurze Zeit später Clemens völlig aufgelöst zu Theresia gekommen.

„Sie hat mich zur Rede gestellt", hatte er atemlos und etwas weinerlich gesagt. „Sie hat die Lichtsignale gesehen, die Sebastian dir gesendet hat!"

Eisiges Entsetzen war durch Theresias Adern geronnen. „Was nun?“, fragte sie.

„Du darfst in der nächsten Zeit auf keinen Fall die Laterne benutzen!“, verlangte er. „Ich habe behauptet, dass es sich bei den Signalen um wissenschaftliche Studien von mir handelt. Zu unserem Glück hält deine Mutter meine Arbeit für völligen Unsinn und fragte nicht weiter nach.“ Er verzog das Gesicht, als habe er Zahnschmerzen. „Wenn sie das getan hätte, hätte ich die Wahrheit sagen müssen: dass Sebastian die Signale sendet. Und dann wäre sie dir mit Sicherheit auf die Schliche gekommen. So aber hat sie keinen Verdacht geschöpft.“

Danach hatten sie entschieden, dass es in der nächsten Zukunft keinerlei Lichtsignale zwischen den beiden Häusern mehr geben durfte. Clemens war unter einem Vorwand auf die andere Seite des Tales geritten und hatte Sebastian von dieser neuen Regelung in Kenntnis gesetzt. Sebastian war aufgebracht gewesen, das hatte der junge Mann Theresia hinterher erzählt. Er war dicht davor gewesen, zu Theresias Vater zu reiten und um ihre Hand anzuhalten. Nur mit Mühe hatte Clemens ihn davon abhalten können.

Sie mussten mit Bedacht vorgehen, mussten auf eine günstige Gelegenheit warten. Auch wenn das bedeutete, dass Theresia sich nun schon seit zwei Wochen nach ihrem Liebsten verzehrte.

Seufzend starrte sie zu dem Anwesen der Langenthals hinüber.

„Was ist Euch, Mademoiselle?“

Maries Stimme ließ Theresia sich umwenden. Sie hatte gar nicht gehört, dass ihre Zofe die Kammer betreten hatte. Mit einer schwermütigen Bewegung legte sie eine Hand in den Nacken. „Nichts, Marie“, murmelte sie.

Es stimmte nicht ganz. In den letzten Tagen hatte sie sich

überhaupt nicht wohlgefühlt, und sie sah ihrer Zofe an, dass diese das sehr wohl wusste.

Also seufzte sie ein weiteres Mal. „Ich bin in den letzten Tagen so abgespannt, Marie“, gab sie zu. „Jede Bewegung ist mir zu viel. Auf jedes Wort von Maman reagiere ich ungehalten. Morgens möchte ich kaum aufstehen, ich könnte immerzu nur schlafen. Und gerade jetzt ruft Maman mich ständig zu sich. Sie hat die Handarbeitsstunden wieder eingeführt und unsere Mußestunde hält sie mit einem Male so oft ab, dass es mir schier lästig wird. Ich möchte ja gehorsam sein, Marie, aber ...“

Die Zofe trat ein wenig näher und betrachtete Theresia aufmerksam von der Seite her. „Ist Euch morgens nach dem Aufstehen übel, Mademoiselle?“ Mit sorgenvoller Miene erwartete sie Theresias Antwort.

Theresias Herz schlug eine Volte, aber sofort rief sie sich zur Ruhe. Sie war nicht krank! „Nein, Marie, es ist nicht, was du denkst.“

„Was denke ich denn?“ Marie zog neugierig die Augenbrauen hoch.

„Dass ich mich bei dir angesteckt habe. Aber ich leide nicht an dieser Übelkeit, wie du sie hattest, Marie. Es ist nicht dieselbe Krankheit.“

Die Zofe wirkte nachdenklich. „Na, wenn Ihr Euch da mal nicht irrt, Mademoiselle“, flüsterte sie kaum hörbar.

Es war, als hätte das Gespräch mit Marie Dinge heraufbeschworen, die Theresia bisher immer verdrängt hatte. Bereits am nächsten Tag verspürte sie beim Aufstehen nicht nur einen Schwindelanfall, sondern auch die morgendliche Übelkeit, von der sie wusste, dass auch ihre Zofe sie bis vor einiger Zeit noch gehabt hatte. Beunruhigt grübelte sie, was das zu bedeuten haben mochte, und sie war froh, als Marie kurze Zeit später kam, um ihr beim

Ankleiden zu helfen. Auf diese Weise konnte sie die Sorgen um ihre Gesundheit hinter belanglosen Gesprächen über das Wetter und bevorstehende Aktivitäten wie einen weiteren Herbstausritt mit ihrem Vater und die Mußestunde mit ihrer Stiefmutter verbergen.

Doch dann, als Marie ihr gerade das Mieder schnüren wollte, begannen Theresias Knie plötzlich so sehr zu zittern, dass sie taumelte.

„Setzt Euch, Mademoiselle!“ Schnell holte Marie einen Stuhl herbei und half Theresia, sich darauf niederzulassen. Aus dem gefüllten Krug, der auf dem Tischchen stand, schüttete sie ihrer Herrin ein Glas Wasser ein und reichte es ihr. Mit einem Seufzen schloss Theresia die Augen, dann trank sie in kleinen Schlucken. Zum Gottesdienst in der Hauskapelle würde sie es wohl heute nicht schaffen. Marie würde sie später entschuldigen müssen.

„Das ist nicht das erste Mal, dass Euch so schwindelt, nicht wahr, Mademoiselle?“, fragte Marie und schaute Theresia mit durchdringendem Blick an.

Theresia zögerte. Es zuzugeben, hieße, sich selbst mit dieser Angelegenheit befassen zu müssen, und das war eigentlich das Letzte, was sie wollte. Dennoch würde sie es Marie gegenüber sowieso nicht leugnen können. Also nickte sie langsam. „Nein. Tatsächlich kommt es in letzter Zeit immer häufiger vor, dass mir ganz unversehens schwindelig wird. Was, meinst du, hat das zu bedeuten?“

Marie druckste herum. „Nun ... Ich kann mich sicher auch irren, Mademoiselle, aber ...“

Theresia wollte aufstehen und Marie packen, um sie zum Reden zu bringen, aber der Schwindelanfall war noch nicht vorüber, also sank sie auf halbem Wege wieder zurück auf den Stuhl. „Sag mir, was du denkst, Marie“, bat sie. „Bin ich krank?“ Sie suchte Maries Blick, doch die wich ihr aus und betrachtete eingehend das Muster des Holzfußbodens. Erst nachdem Theresia ihre Hand ergriffen hatte, begann sie zögernd zu sprechen.

„Ich weiß nicht recht, wie ich's anfangen soll, Mademoiselle. Es ist, nun ja, ein wenig delikat, fürchte ich."

Theresia schaute ihre Zofe mit großen Augen an, öffnete den Mund und schloss ihn sogleich wieder. Sie wollte Maries Rede lieber nicht durch eine Frage unterbrechen, denn die Zofe wirkte auch so schon ganz aufgelöst. Es dauerte eine Weile, bis Marie sich fasste. Tief atmete sie ein, dann murmelte sie: „Ich denke, ich gehe recht in der Annahme, dass Ihr, Mademoiselle, und Euer *Prinz*, nun ja, dass man sich sehr nahesteht, nicht wahr?"

„Wir lieben uns, Marie! Das weißt du doch! Was sollte das mit meinen Schwindelanfällen zu tun haben?" Ungeduldig ließ Theresia die Hand ihrer Zofe los.

Marie knetete ihre Schürze mit beiden Händen. „Ich meine, dass der Herr Langenthal und Ihr, nun ja ..." Noch immer blickte sie unverwandt auf den Boden.

„Jetzt sag schon, was du meinst, Marie!", verlangte Theresia.

„Nun, ich muss wissen, Mademoiselle, wie sehr man sich körperlich nahegekommen ist." Marie atmete geräuschvoll aus.

Theresia war so verblüfft, dass sie aufsprang und ihre Zofe nur mit weit offenem Mund anstarrte. Vergessen waren das Schwindelgefühl und auch die Übelkeit. Einen Wimpernschlag später brannte Schamesröte in ihrem Gesicht. Erst nach einer Weile war sie wieder imstande zu reden. „Ich wüsste nicht, was dich das anginge!", brach es aus ihr hervor. Dann drehte sie sich auf dem Absatz um und wollte gehen, doch Marie hielt sie am Ärmel fest.

„Mademoiselle, bitte entschuldigt, ich wollte Euch gewiss nicht zu nahe treten! Doch Ihr müsst wissen, dass das körperliche Zusammensein mit einem Manne ..." Sie hielt inne, stieß einen leisen, verzweifelt klingenden Laut aus. „Nun, dass es gewisse Folgen nach sich ziehen kann", stieß sie schließlich hervor.

Langsam drehte sich Theresia wieder um. Sie hatte keine Ahnung, was Marie ihr sagen wollte. Verwirrung erfasste sie, als sie die verzweifelte und fast ein bisschen schuldbewusste Miene ihrer Zofe sah. Nun war auch Maries Gesicht von flammender Röte überzogen. Unbehaglich wand sie sich, aber dann begann sie, ihrer jungen Herrin zu erläutern, was es mit der körperlichen Liebe und deren Folgen auf sich hatte.

„Du meinst also tatsächlich, dass es sein kann, dass ich ein Kind in mir trage?" Mit weit aufgerissenen Augen starrte Theresia Marie an. Ein Kind von ihrem *Sebastian*?

Wie wundervoll!

Wie erschreckend!

Theresia wusste nicht, ob sie lachen oder weinen sollte. „Was soll ich denn jetzt machen, Marie? Maman darf es unter keinen Umständen erfahren!" Bei dem Gedanken an ihre Stiefmutter wurde es Theresia heiß und kalt. „Ich muss unbedingt mit Sebastian reden!"

Doch Marie riet ihr davon ab. „Solange wir nicht ganz sicher sein können, Mademoiselle, würde ich Euch raten, zu keinem ein Wort darüber zu sprechen. Wenn man Glück hat, löst sich das Problem manchmal von allein." Sie schaute zu Boden und murmelte kaum hörbar: „Leider hatte ich dieses Glück bisher nicht."

Theresia verstand nicht, was Marie damit meinte, aber sie hörte ihr auch kaum mehr zu. Zu sehr war sie mit dem Gedanken beschäftigt, dass sie Sebastians Fleisch und Blut in sich trug.

Marie presste die Lippen zusammen. „Vorerst kein

Wort zu niemandem!“, sagte sie. „Hört Ihr? Auch nicht zu Sebastian!“

Die Vorstellung, ihm diese köstliche, beängstigende, wunderbare Neuigkeit zu verschweigen, erschien Theresia kaum durchführbar, aber dennoch nickte sie. „Ich werde schweigen, auch, wenn es mir schwerfällt. Ich verspreche es, Marie!“ Sie hatte keine Ahnung, ob sie dieses Versprechen würde einhalten können, wenn sie Sebastian das nächste Mal sah.

Weil sie ihre Lichtsignale nicht nutzen durften, musste Sebastian auf gut Glück zur Burg der Rotenburgs reiten und nachprüfen, ob die Gelegenheit günstig war, sich mit Theresia zu treffen. Mehrmals tat er es vergeblich, weil entweder zu viele Menschen in dem überschaubaren Burghof unterwegs waren oder aber weil man ihm eröffnete, dass weder der Baron noch die Baronin und ihre Tochter im Hause weilten.

Doch endlich, gegen Ende Oktober, ging er in einem unbeobachteten Moment zu Theresias Turm und die Treppe hinauf zu ihrer Kammer. Er wollte schon das vereinbarte Klopfsignal geben, als ihm auffiel, dass die Tür nur angelehnt war. Offenbar weilte Theresia gerade nicht hier.

Sebastian überlegte. Sein Vater befand sich wieder einmal zu irgendwelchen Verhandlungen bei dem Baron, und so, wie die Gespräche sich in der letzten Zeit entwickelten, würde es dauern, bis sie aus dem Salon, in den sie sich zurückgezogen hatten, wieder zum Vorschein kommen würden.

Da fasste Sebastian einen Entschluss. Er würde auf Theresia warten. Er war ein wenig unsicher, wie sie ihm nach all der Zeit, in der sie sich nicht gesehen hatten, begegnen würde. Doch schließlich verbarg er sich voller

Vorfreude in der Ecke, in die sich auch Marie stets zurückgezogen hatte, wenn sie ihre Anstandsdame spielen musste.

Zu seinem Glück musste er nicht lange warten. Keine Viertelstunde später wurde die Tür zum unteren Bereich des Turmes geöffnet, und Theresias leichter Schritt ertönte auf den hölzernen Stufen. Jetzt war sich Sebastian sicher, dass es wirklich sie war, die dort unten die Treppe betrat. Ohne zu zögern verließ er sein Versteck und trat auf den Absatz hinaus.

„Sebastian!" Erschrocken blieb Theresia stehen, doch sie brauchte nur einen Wimpernschlag, um ihr Erstaunen zu überwinden. Im nächsten Moment flog sie in seine Arme. „Du bist da!"

Erfüllt von Erleichterung über ihr überschwängliches Verhalten umfing Sebastian sie mit den Armen. „Wie ich dich vermisst habe!", entfuhr es ihm, dann nahm er ihr Gesicht in beide Hände und küsste sie sanft auf die Lippen.

„Komm!" Sie griff nach seiner Hand und zog ihn hinter sich her in ihre Turmkammer. Dort angekommen, wandte sie sich zu ihm um. „Ich muss dir etwas ..." Sie unterbrach sich, biss sich auf die Unterlippe.

Er wartete, bis sie weitersprach, doch sie tat es nicht. Er konnte ihr ansehen, dass sie mit sich rang. Sie wirkte blass, und waren nicht auch ihre Wangen eingefallen? Dunkle Schatten lagen unter ihren Augen, so, als schlafe sie schlecht. War sie etwa krank? „Was hast du, Liebste?", fragte er besorgt.

Doch sie schüttelte nur den Kopf. „Nichts!", versicherte sie. Aus irgendeinem Grund hatte er das Gefühl, dass sie ihn anlog. Er trat einen Schritt auf sie zu, wollte sie an den Schultern berühren. Aber sie entzog sich ihm.

„Nicht!", bat sie und wandte sich von ihm ab.

„Theresia?" Nun völlig verunsichert trat er neben sie,

versuchte, einen Blick in ihr Gesicht zu erhaschen. Doch sie wich ihm aus. Da fasste er sich ein Herz. Er packte sie am Arm und zog sie zu sich herum. Sie wollte sich wehren, aber dann ließ sie es doch geschehen. Ihre Augen waren groß und weit, als sie zu ihm aufschaute.

„Was hast du?", fragte er leise. Sie antwortete nicht. Ihr Busen hob und senkte sich schwer, als ringe sie mit sich selbst, doch blieb sie ihm eine Antwort schuldig und er sah ein, dass es nichts nützte, sie noch länger zu drängen. Schließlich fasste er allen Mut, den er aufbringen konnte. „Ich bin gekommen, weil ich dich etwas fragen wollte."

Sie rührte sich nicht. Ihm wurde bewusst, dass er noch immer ihren Arm umklammert hielt. Wie ungeschickt er sich anstellte! Er biss die Zähne zusammen. „Darf ich dir eine wichtige Frage stellen, Liebste?"

Sie zögerte. Warum zögerte sie? Ihm wurde unbehaglich zumute.

„Natürlich!", sagte sie dann. Ahnte sie denn nicht, was jetzt kommen würde? Oder – und dies war eine noch furchtbarere Vorstellung: Ahnte sie es und fürchtete es?

Er beschloss, dass er nicht mehr zurückkonnte. Langsam sank er auf ein Knie nieder. „Theresia", stieß er etwas zu hastig hervor. „Willst du meine Frau werden?"

Warum reagierte sie noch immer nicht? Sie stand, als habe er ihr einen Hieb verpasst, und wenn es überhaupt möglich war, so wurde sie noch ein wenig bleicher. Er rappelte sich auf die Füße. „Wenn du nicht ..."

Bevor er zu Ende sprechen konnte, flog sie in seine Arme. „Ja!", stieß sie hervor. Ihre Stimme klang ebenso flach und atemlos wie seine. „Ja! Ja! Ja!"

Und dann lachte sie. Es war ein Lachen, das einen schmerzhaften Dorn in sein Herz trieb, so verzweifelt, so voller Angst. Er schob sie ein Stück von sich, obwohl er sie am liebsten einfach nur an sich gedrückt und festgehalten hätte. „Du wirkst nicht vollständig glücklich ...", murmelte er.

Sie sah ihm in die Augen, und plötzlich schimmerten Tränen hinter ihren Lidern. „Sebastian!", flüsterte sie. „Ich würde nichts lieber tun, als mit dir von hier fortzugehen. Aber meine Mutter ..." Sie hielt inne, schüttelte sich wie unter einem schmerzhaften Krampf. „Sie wird mich niemals fortlassen."

Erleichterung durchflutete Sebastian. Das war also ihre Befürchtung! Mit der alten Baronin würde er schon fertig werden! Er spürte, wie sich ein Lachen in seiner Kehle nach oben drängte. „Das lass meine Sorge sein, Liebste!", rief er aus. „Deine Mutter werde ich schon zu überzeugen wissen."

Sie schien ihm nicht zu glauben, senkte den Kopf in einer Geste, die sehr traurig wirkte.

Er hob ihr Kinn und zwang sie, ihn anzusehen. „Erinnerst du dich an den allerersten Auftrag, den du mir gabst?"

„Mir die blaue Blume zu beschaffen", flüsterte sie.

Zögernd nickte er. „Und den Drachen zu besiegen. Und genau das werde ich jetzt tun!"

Er musterte sie, hoffte auf ein Lächeln, ein winziges Zeichen, dass sie ihm vertraute, ihm zutraute, sie aus ihrem nur halbwegs selbstgewählten Gefängnis hier oben zu befreien. Und sein Herz machte einen Hüpfer, als nun endlich ein schwaches Lächeln auf ihren Lippen erschien.

Sie trat näher, legte den Kopf an seine Brust. „Ja", wisperte sie so leise, dass er es kaum verstehen konnte. „Hol mich hier heraus!"

Kapitel VI

„Ach du gottloses Kind", rief die Zauberin,
„was muss ich von dir hören,
ich dachte, ich hätte dich von aller Welt geschieden,
und du hast mich doch betrogen!"

Theresia fühlte sich unbesiegbar. Seit mehr als einer Woche wartete sie nun darauf, dass Sebastian mit einer guten Nachricht zu ihr kam. Und seit mehr als einer Woche hatte sie es nunmehr geschafft, ihr süßes Geheimnis für sich zu behalten. Nur, wenn sie sich ganz sicher war, dass niemand in der Nähe war, strich sie sich manchmal über ihren Bauch. Natürlich war in diesem frühen Stadium der Schwangerschaft weder etwas zu sehen noch zu spüren. Dennoch hielt Theresia oft stumme Zwiesprache mit diesem kleinen Wesen, das da in ihr heranwuchs. So war sie auch während der nächsten gemeinsamen Mußestunde mit ihrer Stiefmutter wieder tief in Gedanken versunken.

Henriette bürstete wie üblich Theresias Haare, und diese Prozedur entspannte Theresia derartig, dass sie gar nicht richtig bemerkte, wie sie immer wieder über ihren Bauch streichelte. Doch plötzlich hielt Henriette in ihrem Tun inne und sprach ihre Tochter an.

„Wie bitte?" Theresia erwachte aus ihrem Tagtraum. Sie hatte die Frage ihrer Stiefmutter zwar gehört, sie aber nicht verstanden.

„Ich fragte dich, ob du Bauchgrimmen hast."

Erschrocken ließ Theresia die Hand sinken. „Nein, Maman. Wie kommen Sie darauf?" Ein ungutes Gefühl beschlich sie, und sie hätte sich ohrfeigen mögen. Hatte sie sich jetzt verraten?

Henriette hielt die Bürste wie einen gezogenen Dolch vor sich. „Nun, es sah für mich so aus. Warum sonst streichst du immerzu über deinen Bauch?“

Theresia spürte, wie ihre Wangen sich röteten. „Das habe ich doch gar nicht, Maman! Sie müssen sich getäuscht haben!“, widersprach sie. Besser, sie brachte das Gespräch möglichst rasch auf ein anderes Thema. „Wie weit sind Sie denn mit Ihrer Handarbeit?“

Henriette spitzte die Lippen. Einen Moment lang schien sie zu überlegen, was sie sagen sollte, dann räusperte sie sich. „Ich habe den Eindruck, du verschweigst mir irgendetwas, Kind. Du kannst mir nichts vormachen, ich kenne dich zu gut!“ Sie legte die Bürste beiseite, drehte Theresia auf ihrem Schemel zu sich herum und blickte ihr ernst in die Augen.

Voller Schrecken stellte Theresia fest, dass Tränen in ihren Augen aufzusteigen begannen. Sie kämpfte dagegen an. In letzter Zeit war sie immer nah am Wasser gebaut und weinte aus den nichtigsten Anlässen. Jetzt senkte sie den Kopf und kniff die Augen fest zusammen.

Henriette stieß ein leises, kaum hörbares Schnauben aus. Sie fasste Theresia an den Armen, zog sie empor und stellte sie vor sich hin. Dann legte sie eine Hand unter Theresias Kinn, hob ihr Gesicht an und blickte sie durchdringend an.

Und in diesem Augenblick begriff Theresia, dass sie durchschaut werden würde. Ein Sturzbach aus Tränen drängte aus ihren Augen, ein Schluchzen folgte und bald erschütterte ein Beben ihren gesamten Körper.

Henriette stand ihr wie erstarrt gegenüber. Wie sehr hätte sich Theresia gewünscht, in die Arme genommen zu werden, doch es blieb ein Wunschtraum. Durch die Tränen hindurch sah sie, dass ihre Stiefmutter bleich geworden war.

„Was verschweigst du mir?“, fragte Henriette barsch.

Theresia wurde es eiskalt.

„Du kannst mir nichts vormachen. Sag die Wahrheit!" Da Theresia keine Anstalten machte, zu antworten, schüttelte Henriette ihre Tochter heftig.

Doch Theresia kämpfte dagegen an. Mit einem Ruck machte sie sich los. „Lassen Sie mich!"

Auch wenn es kaum noch möglich schien, so erbleichte Henriette nun noch ein wenig mehr. „Wie kannst du es wagen ...!" Ihre Stimme war flach und tonlos und doch hörte Theresia den unbändigen Zorn, der dahinter lauerte.

Den Zorn, der sogleich über sie hereinbrechen würde.

Trotz überkam sie, füllte sie so vollständig aus, dass sie sich fühlte wie innerlich versteinert. „Es ist möglich, dass ich ein Kind erwarte!", stieß sie hervor. Klang ihre Stimme wirklich so leise und ängstlich?

Henriette wich einen Schritt zurück. Noch bleicher konnte sie nicht werden, doch stattdessen hob sie beide Hände zum Mund, presste sie darauf. Ihre Augen waren so groß und voller Entsetzen, dass Theresia glaubte, sich in ihnen spiegeln zu können.

„Das ist nicht möglich!", flüsterte Henriette. Sie wich noch einen Schritt zurück, und Theresia kam es vor, als flüchte sie vor ihr.

Plötzlich war ihr so unendlich elend, dass ihre Knie weich wurden. Sie riss sich zusammen, hob das Kinn und schaute ihre Stiefmutter an. „Es ist wahr!", wisperte sie. Ihre Augen waren plötzlich völlig trocken, ihre Lider brannten. „Und Sebastian ist der Vater!"

Henriette schüttelte den Kopf. Unendlich langsam ließ sie die Hände sinken, ballte sie zu Fäusten. „Das kann nicht sein. Das darf nicht sein!" Weiß waren ihre Fingerknöchel, die Sehnen an ihren Unterarmen gespannt wie Drahtseile.

Theresia wurde angst und bange beim Anblick ihrer Stiefmutter.

„Sebastian und ich, wir lieben uns, Maman! Bitte, es wird alles wieder gut werden!" Sie machte einen Schritt vor, doch Henriette hob abwehrend die Hände. Ihre Augen blickten ins Leere. Es war, als wäre sie der Welt ganz und gar entrückt.

Angstvoll betrachtete Theresia sie. Die Minuten verrannen.

Und dann, mit einem Male, ging ein Ruck durch Henriettes Körper. Sie straffte die Schultern, warf den Kopf in den Nacken und atmete scharf ein. Ohne Theresia weiter zu beachten, schritt sie zur Frisierkommode und fingerte die große Schere aus einer der Schubladen. „Setz dich!", befahl sie kalt.

Eisige Angst krallte sich in Theresias Herz. „Was haben Sie vor, Maman?"

Henriette hielt die Schere wie eine Waffe. „Setz dich!", wiederholte sie in einem Ton, der keinen Widerspruch duldete.

Theresia zögerte noch immer, doch dann tat sie, wie ihr geheißen. Zitternd sank sie auf ihren Schemel.

Henriette trat hinter sie. Kurz begegneten sich ihre Blicke im Spiegel, und Theresia musste ein Schluchzen unterdrücken, als sie die ausdruckslose Miene ihrer Stiefmutter sah. Mit einem harten Griff packte Henriette in ihre dichten Haare.

Und schnitt sie ab.

Strang für Strang. Die Schere fuhr durch die blonden Strähnen, und eine nach der anderen fiel zu Boden, bis keine einzige mehr davon übrig war. Da erst hielt Henriette inne. Mit einem Laut, der wie ein qualvolles Seufzen klang, holte sie Luft. Dann trat sie zurück und besah sich die Bescherung.

Entsetzt betrachtete Theresia sich selbst im Spiegel. Sie sah fürchterlich aus! Ihre ehemals blonde Haarpracht glich nun eher einem gerupften Huhn als einer Frisur.

Theresia wollte etwas sagen, aber die Stimme versagte ihr. Im Spiegel suchte sie den Blick ihrer Mutter, und als sich ihre Augen schließlich trafen, spürte sie einen eisigen Schauer über ihren Rücken rinnen.

Die Miene ihrer Stiefmutter war kalt und leer.

„Das soll dir eine Lehre sein!“, zischte Henriette. Und verließ ohne ein weiteres Wort die Kammer.

Die Tür fiel hinter ihr zu, und gleich darauf hörte Theresia, wie von draußen der Schlüssel im Schloss gedreht wurde.

Sie verbarg das Gesicht in den Händen. Henriette hatte sie tatsächlich eingesperrt!

Clemens musste in eine Nische zurückweichen, als Henriette im Haupthaus an ihm vorbeigerauscht kam. So sehr war sie in Eile, dass sie ihn nicht bemerkte, doch er konnte einen Blick in ihr verkniffenes, totenbleiches Gesicht werfen, und er ahnte, dass etwas Schlimmes geschehen war.

Als Henriette in der Bibliothek verschwand, trat er nachdenklich vor. Seitdem die Baronin ihn wegen der Lichtsignale verhört hatte, hatte er sich so gut es ging unsichtbar gemacht, und er war froh darüber gewesen, dass man ihn offenbar vergessen hatte. So konnte er seine Studien fortsetzen, konnte vom Kaplan lernen, was es zu lernen gab, und, was das Allerwichtigste war: Er konnte ungestört über seine Erfindung nachdenken und vor allem darüber, wie sie sich noch verbessern ließ.

Doch jetzt, als hinter der Bibliothekstür Stimmen laut wurden, schob er alles andere von sich. Leise schlich er näher. Es war nicht nötig, das Ohr an die Tür zu legen, um mitzuhören, was drinnen gesprochen wurde, denn die Baronin und ihr Gatte hatten beide die Stimmen so sehr erhoben, dass Clemens jedes ihrer Worte gut verstehen konnte.

„Das ist mir egal!", brüllte der Baron gerade. „Es ist mir egal, was die Leute denken! Sie wird eben schnellstmöglich den Kerl ehelichen, der ihr das ..." Ein Moment der Stille. Dann fuhr Konrad fort: „... der ihr seine Liebe schenkte."

Clemens blinzelte nachdenklich. Wovon war hier die Rede? In seiner Brust meldete sich eine düstere Ahnung, und die nächsten Worte Henriettes bestätigten seinen Verdacht.

„Liebe!", hörte er die Baronin höhnen. „Wenn ich das schon höre!" Und dann fügte sie hinzu: „Verzeihen Sie, mein lieber Konrad, aber Sie scheinen mir in diesen Dingen genauso romantisch veranlagt wie Ihre werte Tochter! Sie verklären die Tatsache ihrer Schwangerschaft!"

Clemens riss die Augen auf.

Theresia?

Schwanger?

Er musste sich an der Wand abstützen. Das also war das Geheimnis, das Marie und Theresia in den letzten Tagen geteilt hatten! Clemens hatte die beiden einmal dabei erwischt, wie sie sich tuschelnd und überaus verschwörerisch miteinander unterhalten hatten. Theresia hatte glühend rote Wangen gehabt, als sie bemerkte, dass er sie belauscht hatte. Aber als er verlangt hatte, zu erfahren, worüber sie konspirierten, da hatte sie ihn nur ausgelacht und einen dummen Jungen genannt.

Im Inneren der Bibliothek war es eine Weile sehr still. Dann wurde ein Stuhl gerückt. Das Geräusch klang laut, sogar durch die geschlossene Tür. „Wollen Sie mir etwa sagen, dass ...", setzte der Baron an, verstummte jedoch wieder. „Ich meine, glauben Sie, dass Theresia gewaltsam ...? Gegen ihren Willen ...?"

Clemens presste die flachen Hände gegen die Wand. *Gegen ihren Willen* ... Er schüttelte den Kopf. Er wusste noch nicht besonders viel über diese Dinge, aber eines wusste er sicher: Sebastian hatte Theresia niemals gegen ihren eigenen Willen besucht. Und sicher war nichts von dem, was hinter den verschlossenen Türen des Turmes geschehen war, ohne Theresias Zustimmung geschehen!

Und offenbar wusste Henriette dies ebenso sicher wie er. Clemens konnte sie lachen hören. Es war ein klirrendes, bitteres Geräusch. „Oh nein! Gewiss nicht gegen ihren Willen! Aber dennoch voller Heimtücke und mit durchtriebener Hinterhältigkeit!“

Wieder wurde ein Stuhl gerückt, und Clemens fragte sich, wer von beiden sich daran festklammern musste, um an sich zu halten. Er vermutete, es müsse der Baron sein. Vor seinem geistigen Auge sah er ihn dastehen, bemüht, sich mit seinem gebeugten Rücken möglichst gerade aufzurichten, blass womöglich durch die Eröffnung, die seine Gattin ihm soeben hatte zuteilwerden lassen. Die Hände um die samtbezogene Lehne geklammert ...

„Ich hatte Sie ja gewarnt, Konrad“, sprach Henriette weiter. „Erinnern Sie sich? Mit dem Kirchgang am Karfreitag fing alles an. Aber Sie wollten ja nicht auf mich hö...“

„Sie wollen mir doch jetzt wohl nicht einreden, dass ich an dieser Malaise Schuld sei?“

„Ich ...“, setzte Henriette an, doch der Baron fiel ihr ins Wort.

„Mir reicht es jetzt!“, brüllte er. „Theresia wird diesen Sebastian Langenthal eben heiraten und damit Schluss!“

„Das kommt Ihnen wohl sehr gelegen, Kon...“

„Ich sagte: Schluss, Henriette!“

Schritte erklangen im Inneren der Bibliothek.

Eilig zog Clemens sich zur Treppe zurück. Er hatte sie kaum halb überwunden, als sich die Tür öffnete und Henriette herausgestürmt kam. Ihre Lippen waren ein schmaler, blasser Strich. Ihre Augen funkelten voller Zorn und Verzweiflung.

„Aus dem Weg!“, herrschte sie Clemens an. Ihre Röcke schlugen um seine Fußknöchel, als sie an ihm vorbeilief.

„Aber das ist doch wunderbar!“ murmelte Theresia. Selbst durch die verschlossene Tür hindurch konnte Clemens hören, dass sie eben noch geweint hatte. Nachdem Henriette ihn auf der Treppe beinahe umgerannt hätte, war er auf der Stelle in den Turm zu der jungen Baronesse gelaufen, um ihr die Neuigkeiten zu verkünden. „Sebastian hat mir versprochen, dass er einen Weg finden wird, wie wir beide heiraten können.“ Sie hielt einen Moment inne, vermutlich stellte sie sich vor, wie ihr Leben an der Seite ihres geliebten *Prinzen* aussehen würde.

Clemens glaubte, ihr sehnsuchtsvolles Lächeln vor Augen zu haben, auch wenn sie sich nur durch die verschlossene Tür unterhalten konnten, weil Henriette Theresia eingesperrt hatte.

„Wie es aussieht, wendet sich jetzt alles ganz von allein zum Guten!“ Leise lachte sie, und die Tränen klangen in ihrer Stimme nach. „Ach, Clemens! Ich danke dir für diese guten Neuigkeiten!“

„Was hast du jetzt vor?“

„Da wir ohnehin entdeckt wurden, kann ich die Laterne wieder hervorholen. Ich werde Sebastian signalisieren, dass etwas Wunderbares passiert ist und dass er so schnell wie möglich herkommen soll.“ Es hörte sich an, als sei sie bereits auf dem Weg zu dem Versteck der Laterne, doch dann drehte sie noch einmal um. „Lauf zu Marie!“, bat sie ihn. „Berichte auch ihr von der wunderbaren Nachricht!“

Clemens nickte, obwohl er wusste, dass sie das nicht sehen konnte. Er freute sich über ihre Begeisterung, aber ihm ging Henriettes Gesicht nicht aus dem Kopf. So grimmig hatte sie ausgesehen, als sie auf der Treppe an ihm vorbeigerauscht war, und er konnte sich des Eindrucks nicht erwehren, dass sie sich noch längst nicht geschlagen geben würde.

Sie würde alle Hebel in Bewegung setzen, dachte er unbehaglich. Wenn sie es vermochte, würde sie diese Liaison noch zu verhindern wissen.

Und die arme Theresia in ihrem Gefängnis hatte keine Vorstellung davon, welche Gewitterwolken sich bereits an ihrem sonnigen Himmel zusammenzogen.

Henriette konnte sich kaum beruhigen. Selbst der Spaziergang durch den Park brachte ihr keine Entspannung, obwohl sie mit raumgreifenden Schritten unterwegs war. Was nur sollte sie tun? Sie würde Theresia verlieren, wenn sie erst verheiratet wäre, das wusste sie nur zu genau. Und was ihrem geliebten Kinde nach der Hochzeit blühen mochte, daran wollte sie lieber erst gar nicht denken! Sie blieb stehen, rupfte einen Zweig von einem der Büsche und drehte ihn zwischen den Fingern. Andererseits: Theresia hatte auf sie nicht unglücklich gewirkt, ganz im Gegenteil! Sie schien diesen Sebastian aus tiefstem Herzen gernzuhaben.

Sie hatte ja keine Ahnung! War nicht auch ihr früherer Gatte, Graf von Vellmar, zunächst galant gewesen – nur um dann in der Hochzeitsnacht umso brutaler über sie herzufallen?

War nicht ein jeder Mann in seinem tiefsten Inneren ein Wüstling?

Henriette brauchte Ruhe, um ihre Gedanken zu sortieren. Bei einer kleinen Bank am Fuße des Burghügels machte sie Halt und setzte sich. Das Gezwitscher der Vögel hoch oben in den Bäumen hörte sie kaum, so tief war sie in ihren Überlegungen verstrickt.

Du bist nichts als ein vaterloser Bastard, ein Findelkind, das seine Mutter auf den Stufen der Dorfkirche ausgesetzt hat ...

Die Stimme Ludwigs hallte in ihrem Hinterkopf wider. Henriette setzte sich aufrechter hin. Und dann rief sie sich jedes Detail des Gespräches zwischen Sebastian und Ludwig ins Gedächtnis, das sie am Abend des Maiballes belauscht hatte.

Sebastian war nicht Heinrich Langenthals Sohn, er war adoptiert worden, nachdem man ihn als Säugling auf den Stufen einer Kirche gefunden hatte.

Henriette spitzte die Lippen. Was, wenn sie das Theresia erzählte? Würde sie sich von Sebastian lossagen? Langsam schüttelte sie den Kopf. So, wie sie Theresia einschätzte, war das eher unwahrscheinlich. Und es barg darüber hinaus auch noch eine ganz andere, viel größere Gefahr, diese Trumpfkarte auszuspielen.

Eine Gefahr, die von ihrem eigenen Gatten, von Konrad, ausging. Wenn er von Sebastians unbekannter Herkunft erfuhr, würde er möglicherweise seine Entscheidung, Theresia mit Sebastian zu verheiraten, widerrufen. Dann bestand die große Gefahr, dass er aus der reinen Geldnot heraus auf die Idee kam, Theresia stattdessen mit Ludwig zu verheiraten.

Mit Ludwig, der der armen Marie Gewalt angetan hatte und der keinen Deut besser war als der alte von Vellmar!

Völlig undenkbar!

Nein, Sebastians dunkle Herkunft ins Spiel zu bringen, war doch nicht die Lösung, nach der sie gesucht hatte. *Oder?*

Henriettes Gedanken drehten sich weiter im Kreis, und plötzlich kam ihr etwas in den Sinn, das sie zuerst gar nicht recht zu greifen vermochte. Eine Erinnerung flammte auf. Eine Erinnerung, die zurückreichte bis in die Zeit vor Theresias Geburt.

Gundelinde. Theresias Mutter und Henriettes engste Vertraute damals. Während Henriette unter den Erniedrigungen und der Gewalt gelitten hatte, die Graf von Vellmar ihr antat, war Gundelinde regelrecht erblüht neben ihrem Konrad. Und auch als Graf von Vellmar schließlich vor seiner Zeit vor Gott berufen worden war, neidete Henriette ihrer ehemals besten Freundin weiterhin ihr großes Glück, das natürlich auch noch mit einer Schwangerschaft gesegnet wurde.

Immerhin die Tatsache, dass Gundelinde sie gebeten hatte, die Marraine ihres Kindes zu werden, hatte sie ein wenig mit ihrem eigenen Schicksal versöhnt. Bald hatte sich herausgestellt, dass Gundelinde Zwillinge erwartete. Und durch eine Fügung Gottes – oder des launischen Schicksals, das hatte Henriette nie zu entscheiden vermocht – starb Gundelinde kurz nach der Geburt. Ebenso wie Thomas, Theresias Zwillingsbruder.

Konrad war am Boden zerstört gewesen, und Henriette, als treusorgende Marraine, war zur Stelle. Sie, die junge Witwe und Patin Theresias, behielt in dieser schweren Zeit einen klaren Kopf. Fand eine Amme, sorgte für den Haushalt, gab Konrads Leben Struktur. Gab ihm den Halt, den er so dringend benötigte. Jeden Tag verbrachte sie von da an im Hause Rotenburg, machte sich unentbehrlich. Und endlich hatte sie ihr Ziel erreicht: Konrad hielt um ihre Hand an! Natürlich dachte er dabei vor allem an seine kleine Tochter, aber nach einiger Zeit, so hatte es Henriette sich zumindest erhofft, würde er sie lieben lernen. Doch da hatte sie sich geirrt. Konrad hielt an seiner Liebe zu der toten Gundelinde fest. Betrachtete er ihr Bildnis, so tat er es voller Zärtlichkeit und Hingabe. Sah er aber Henriette an, so vermeinte sie, nur Abscheu in seinen Augen zu sehen. Auch das Abhängen jeglicher Bildnisse, die es im ganzen Haus von Gundelinde gab, hatte da nichts genützt.

Nach dem einmaligen Vollzug ihrer Ehe waren sie deshalb übereingekommen, von jeglicher weiteren körperlichen Zusammenkunft abzusehen. In genau diesen Worten hatte es Konrad damals formuliert. Es hatte Henriette gekränkt und beschämt gleichermaßen.

Wie sehr hatte sie gehofft, dass Konrad von Rotenburg sie den Alptraum ihrer ersten Ehe vergessen lassen würde, dass sie mit ihm, in den sie immer schon verliebt gewesen war, die wahre Liebe erleben würde! Doch schon wieder war sie von einem Manne enttäuscht worden ...

Vom lauten Gurren eines Taubenpärchens aufgeschreckt, erwachte Henriette aus ihren Erinnerungen wie aus einem Alptraum. Aufgewühlt wischte sie sich über die tränennassen Wangen. Sie musste sich zusammenreißen. Warum hatte sie sich ausgerechnet jetzt an all diese Dinge erinnert?

Gundelinde. Der tote Zwillingsjunge.

Sebastian, das Findelkind auf der Kirchentreppe.

In Henriettes Kopf begann sich eine Idee zu formen, vage noch, aber langsam immer deutlicher werdend. Es gab vermutlich keinen Weg, Theresia dazu zu bringen, sich von Sebastian abzuwenden, aber sie konnte es möglicherweise schaffen, dass Sebastian sich von Theresia lossagte.

Henriette spürte, wie sich ihre Mundwinkel zu einem düsteren Lächeln hoben. Sie gab sich einen Ruck und sprang auf die Füße. Mit langen Schritten eilte sie den Burgberg hinauf und in den Hof. Hier rief sie nach dem Kutscher, auf dass er die Pferde anschirrte.

Sie hatte einen Plan. Eile war geboten!

Ludwig war überrascht, als sein Diener ihm den Besuch der Baronin von Rotenburg ankündigte. Er war gerade dabei, ein paar Verträge mit Pächtern aufzusetzen, wozu ihn sein Vater verdonnert hatte. Und obwohl er eigentlich sehr unlustig an diese Aufgabe gegangen war, bereitete es ihm nun eine diebische Freude, sich den Papieren noch ein wenig länger zu widmen und Henriette warten zu lassen.

Als sein Diener die Baronin dann in den Salon führte, musste Ludwig ein Grinsen unterdrücken. Durch den makellos aufgetragenen Puder auf ihrem Gesicht waren rötliche Flecken zu erahnen. Mit gespitzten Lippen und einer gewaltigen Unmutsfalte auf der Stirn stand sie vor ihm und wand sich in Höflichkeitsfloskeln. Ludwig kostete es noch ein wenig aus, sie zappeln zu lassen, und bat sie dann, zum wirklichen Anlass ihres Besuches zu kommen.

Augenblicklich fand Henriette zu ihrer gewohnt eisigen Haltung zurück. „Nun, also schön, lassen wir die Höflichkeiten beiseite", sagte sie kühl. Sie räusperte sich kurz. „Sie müssen mir in einer dringenden Familienangelegenheit behilflich sein, Herr Langenthal. Ich weiß mir keinen anderen Ausweg mehr."

Mit einer galanten Geste bot Ludwig ihr einen Platz auf dem Fauteuil an und ließ sich selbst ihr gegenüber auf einem der samtbezogenen Stühle nieder.

Henriette saß sehr aufrecht, ihre Hände verschränkte sie im Schoß, und obwohl sie sich nun wieder alle Mühe gab, beherrscht und überlegen zu wirken, konnte Ludwig ihr die Anspannung an der Nasenspitze ablesen.

Das musste ja eine wahrhaftig delikate Angelegenheit sein, in der sie hier zu ihm kam!

Ludwigs Interesse war geweckt. „Ich bin ganz der Ihre, Baronin", sagte er lächelnd.

„Nun. Es ist wirklich etwas delikat. Ihr Bruder ..."

Ludwigs Magen zog sich zusammen bei der Bezeichnung, die Henriette für Sebastian wählte. Wie schon so oft zuvor, wenn jemand Sebastian als seinen *Bruder* bezeichnete, musste Ludwig an sich halten, um nicht herauszubrüllen: *Er ist nicht mein Bruder! Er ist ein namenloser Findling, den man auf den Stufen einer Kirche gefunden hat!*

Aber er schwieg auch jetzt wieder. „Sebastian", sagte er nur.

Henriette nickte. Ihre Lippen waren noch immer gespitzt, doch die Falte auf ihrer Stirn hatte sich ein wenig geglättet. Die Flecken unter ihrer Schminke verblassten zusehends. „Er hat eine ... nun, sagen wir, unangemessene Liaison mit meiner Tochter ..."

„Theresia!" Der Name entfuhr Ludwig, ohne dass er etwas dagegen tun konnte.

Henriette runzelte die Augenbrauen. „Ja. Theresia." Ihr Verhalten wurde noch um eine Spur kühler, als sie ihm nun in die Augen sah.

Wusste sie etwa um die Gefühle, die er für ihre Stieftochter hegte?

Ludwig straffte die Schultern. „Eine unangemessene Liaison? Was wollen Sie damit andeuten, werte Baronin?" Aber tief in seinem Innersten wusste er es längst. Der Druck in seinem Magen wuchs.

„Ihr ehrenwerter Herr Bruder, er hat ... sich, nun, er hat sich Theresia auf überaus unziemliche Weise genähert."

Er hatte es kommen sehen! Die ganze Zeit schon hatte er Sebastian im Verdacht gehabt, Theresia Avancen zu machen – und das, obwohl er es ihm ausdrücklich verboten hatte! Der Druck in Ludwigs Magen verwandelte sich in einen dumpfen Schmerz. Was wollte dieser Eindringling ihm eigentlich noch alles wegnehmen? Vaters Zuneigung. Mutters Liebe. Seinen Anteil am väterlichen Erbe. Und jetzt auch noch Theresia?

Ludwig hüstelte, um seinen Ärger zu überspielen. „Auf unziemliche Weise", wiederholte er.

Da warf die Baronin die Hände in die Luft. „Himmel! Seien Sie doch nicht so begriffsstutzig! Er hat Theresia ... geschwängert." Übergangslos waren die roten Flecken in ihrem Gesicht wieder da, und diesmal waren sie so dunkel, dass sie deutlich sichtbar durch die Schminke schimmerten.

Ludwig knirschte mit den Zähnen. Seine Theresia?

Geschwängert von diesem Mistkerl? Der Schmerz in seinem Magen wurde grell und unangenehm. „Nun, das ist wahrlich eine vertrackte Situation, das muss ich zugeben“, sagte er. „Nur, inwiefern ich Ihnen da helfen soll, das weiß ich beim besten Willen nicht, Madame.“

Seinen Degen würde er nehmen und ihm dem Bastard in den Leib rammen!

Henriette senkte den Blick auf ihre Hände, die nun wieder in ihrem Schoß ruhten. Irgendwoher hatte sie ein spitzenbesetztes Taschentuch gezaubert, und das drückte und knetete sie jetzt, während sie sprach. „Ich habe da an etwas gedacht, das ...“ Sie sah sich in alle Richtungen um, bis ihr Blick auf den Diener fiel, der sich in eine Ecke des kleinen Salons zurückgezogen hatte. Schweigend sah sie Ludwig an.

Der winkte den Mann fort. „Johann, du kannst gehen, wir brauchen dich hier vorerst nicht!“

Als der Diener leise die Salontür hinter sich geschlossen hatte, wandte sich Ludwig wieder Henriette zu, und sie begann nun, ihm ihren Plan in aller Ausführlichkeit zu erklären.

Als sie geendet hatte, nickte Ludwig anerkennend. Der Schmerz in seinem Magen hatte sich in grimmige Zufriedenheit verwandelt. Das, was die Baronin plante, war weitaus eleganter, und vor allem auch weitaus besser geeignet, sich Sebastian vom Hals zu schaffen, als es ein plumpes Duell sein konnte.

„Wie perfide, Madame“, sagte er. Und er sprach nicht aus, was er sonst noch dachte. Wenn dieser Plan aufginge, wäre sein eigener Weg zu Theresias Hand endlich frei! Er unterdrückte einen erregenden Schauder.

Henriette straffte die Schultern. „Kann ich mit Ihrer Unterstützung rechnen?“

Da erhob er sich halb und deutete eine kleine Verbeugung an. „Ich bin mit Freuden Ihr Diener, Madame!“

Kapitel VII

„Aha“, rief sie höhnisch,
„du willst die Frau Liebste holen,
aber der schöne Vogel sitzt nicht mehr im Nest
und singt nicht mehr, [...].
Für dich ist Rapunzel verloren,
du wirst sie nie wieder erblicken.“

„Nein, Madame, bitte zwingt mich nicht dazu, das zu tun!“

Clemens hatte die Hände vor dem Leib gefaltet und in die Höhe erhoben, als flehe er den Allmächtigen persönlich an. Doch es war nicht der Herrgott, der vor ihm stand, auch wenn er sich fühlte, als solle er durch das Jüngste Gericht im nächsten Moment in die Tiefen der Hölle gestoßen werden. Es war Henriette, die ihn mit zornigen Augen anstarrte und so voller Grimm wirkte, dass Clemens' Herz sich vor lauter Angst zusammenzog.

„Ich zwinge dich nicht“, sagte sie kalt. „Du wirst mir diesen Gefallen mit der allergrößten Freude und freiwillig tun, wenn du nicht heute noch von diesem Ort verstoßen werden willst!“

Clemens schossen Tränen in die Augen. Es war undenkbar, die Burg jetzt zu verlassen, wo er mit seinen Studien zu Newton und seinen Spiegeln gerade so weit vorangeschritten war – und wo der Hauskaplan endlich begonnen hatte, ihn für seine Arbeiten zu loben! Dennoch schüttelte er abwehrend den Kopf. Das, was die Baronin von ihm verlangte, konnte er Theresia einfach nicht antun!

„Einmal habe ich dich davonkommen lassen!“, zischte Henriette ihn an. „Als du mich frech angelogen hast und behauptetest, du seiest derjenige, der die Lichtsignale mit diesem Langenthal austauscht. Stattdessen war es die ganze Zeit Theresia. Unziemliche Treffen haben die beiden verabredet, und das mit deinem Wissen und deiner tatkräftigen Unterstützung! Was, glaubst du, wird der Baron sagen, wenn er all das erfährt?"

Der Baron hasste Lügen und Intrigen. Clemens' Herz sank. Wenn Konrad von Rotenburg ihm sein Wohlwollen entzog, würde er verstoßen werden. Er schluckte gegen die Tränen an, die ihm die Kehle verstopfen wollten. „Aber Theresia ...", wagte er einzuwenden.

„Theresia ist ein dummes Ding!", schnappte Henriette böse. „Sie hat keine Ahnung von den Raubvögeln, die dort draußen kreisen und nur darauf warten, sie in ihre furchtbaren Klauen zu bekommen!"

In Clemens' Kopf überschlugen sich die Gedanken. Er erinnerte sich daran zurück, wie er vor einiger Zeit von Theresias Schwangerschaft erfahren hatte. Er spürte, wie der Boden unter ihm zu schwanken begann. Erst jetzt blitzte ein schrecklicher Gedanke in ihm auf: Ein uneheliches Kind war doch mit Sicherheit eine große Sünde vor dem Herrn, oder?

„Was wollt Ihr Sebastian sagen, wenn er wirklich kommt?", fragte er kläglich. Henriette hatte von ihm verlangt, die Signallaterne zu verwenden, die sie Theresia fortgenommen hatte, um Sebastian zu signalisieren, er müsse sofort herkommen.

„Ich werde dafür sorgen, dass er ein für alle Mal die Finger von meinem Kind lässt!"

Clemens schüttelte den Kopf. „Das wird Euch nicht so einfach gelingen. Theresia liebt Sebastian. Sie werden einen Weg finden ..."

„Was glaubst du", fauchte Henriette, „warum ich das Täubchen in ihrem Turm einsperre? Weil ich mir dieser

Gefahr sehr bewusst bin!“ Sie packte Clemens am Arm und zerrte ihn hinter sich her. Es war bereits Abend, die Dämmerung hatte längst eingesetzt. Theresia und der Baron befanden sich auf einem Ausritt und würden innerhalb der nächsten Stunde nicht zurückkehren. Die Gelegenheit war günstig für Henriette, das wusste Clemens. Sebastian hatte bereits mehrfach versucht, Theresia aufzusuchen, aber auf Geheiß von Henriette hatte man ihn ein jedes Mal abgewiesen. Und seit Henriette die Laterne an sich genommen hatte, hatten sie gar keinen Kontakt mehr miteinander gehabt.

Wenn er jetzt ein Signal erhalten würde, das er für eines von Theresia halten würde, wäre er innerhalb kürzester Zeit hier.

„Los jetzt!“ Grob stieß Henriette Clemens zu der Burgmauer hin, die zur Linken bis an den Turm reichte. Von hier aus konnte man das Anwesen der Langenthals genauso gut sehen wie von der Turmkammer selbst aus. Die Signallaterne stand längst bereit.

Doch in diesem Moment verspürte Clemens einen Anflug von Standhaftigkeit. Er verschränkte die Arme vor der Brust. „Nein, Madame!“, sagte er. „Ihr könnt tun, was Ihr wollt, aber ich werde Theresia nicht auf diese Weise hintergehen!“

Im nächsten Augenblick landete eine Ohrfeige in seinem Gesicht, die seinen Kopf herumriss. „Du kleiner Bastard!“ Ganz eisig klang Henriettes Stimme.

Clemens blinzelte die Tränen fort. „Es nützt nichts, mich zu misshandeln, Madame!“

Henriette stemmte die Hände in die Hüften. Nachdenklich und mit gespitzten Lippen sah sie Clemens an. „Nein“, sagte sie endlich. „Wahrscheinlich hast du recht! – Marie!“, schrie sie dann quer über den Burghof.

Clemens zuckte zusammen.

Marie kam herbeigeeilt. „Ja, Madame?“ Sie knickste eilig.

„Bringe sie mir das Buch!“, befahl Henriette.

Maries Augen weiteten sich. Traurig sah sie Clemens an, und ihm wurde ganz und gar unbehaglich. Von was für einem Buch sprachen sie?

„Geh schon!“ Ungeduldig wedelte Henriette Marie davon, die Zofe knickste erneut und entfernte sich dann rasch.

Während sie fort war, zündete Henriette eigenhändig das Licht in der Laterne an. Es brannte gerade, als Marie zurückkehrte. Vor den Leib gepresst hielt sie ein kleines, in braunes Leder gebundenes Buch, bei dessen Anblick Clemens einen spitzen Schrei ausstieß.

Es waren seine eigenen Aufzeichnungen! Ein Notizbuch, das der Kaplan ihm geschenkt hatte und das er fleißig nutzte.

Mit einem bedauernden Ausdruck in den Augen gab Marie Henriette das Buch. Die schlug es auf. Und riss die erste Seite heraus.

Clemens wimmerte, als sie das Papier an die offene Flamme hielt und es in Rauch aufging.

„Wirst du jetzt gehorchen?“, fragte die Baronin und griff nach der zweiten Seite.

Clemens wand sich. In diesem Buch befanden sich all seine Überlegungen zu dem Bau von Spiegeln, seine Versuche, ein Signalalphabet zu erstellen, mit dessen Hilfe es möglich war, sich über große Entfernungen richtig zu unterhalten. Seine gesamten Studien und Arbeiten der letzten Monate.

Verzweifelt sah er zu, wie auch die zweite Seite aus dem Buch gerissen wurde und in Flammen aufging.

„Ich ...“ Er senkte den Kopf, schickte eine stumme Entschuldigung an Theresia und Sebastian. „Was soll ich tun?“, fragte er leise.

Über Henriettes Gesicht glitt ein zufriedenes Grinsen. Mit einem Knall legte sie das Buch auf die Burgmauer. „Sag mir das vereinbarte Zeichen, das Sebastian auf der Stelle herkommen lässt!“, befahl sie.

Erfüllt von Freude und gleichzeitig auch großer Besorgnis erreichte Sebastian die Burg der von Rotenburgs. Tagelang hatte er auf diese Nachricht von Theresia gewartet, nachdem sie ihm neulich signalisiert hatte, dass etwas geschehen war und sich danach nicht mehr gemeldet hatte. Doch jedes Mal, wenn er seitdem versucht hatte, zu ihr vorzudringen, war er aufgehalten worden – mal von den Pferdeknechten des Barons, mal von der Baronin selbst. Er hatte weder eine Antwort auf seine Fragen nach Theresias Wohlergehen erhalten noch den geringsten Hinweis darauf, was geschehen sein mochte. Und es waren auch keine weiteren Signale gesendet worden. Er hatte keine Ahnung, was das wohl bedeuten mochte. Kämpfte Theresia vielleicht immer noch damit, dass er ihr neulich einen Antrag gemacht hatte? Hatte er sie damit womöglich so sehr verschreckt, dass sie ihn jetzt nicht mehr sehen wollte?

Es fiel ihm schwer, das zu glauben, und so band er nun Helena, seine Stute, vor der Burgmauer an und schlich sich im Schutz der Dunkelheit unter das Fenster der Turmkammer.

„Theresia!“ So leise wie möglich rief er zu ihr hinauf.

Oben hinter dem offenen Fenster regte sich etwas. Er erwartete, ihre Stimme zu hören, doch das geschah nicht. Stattdessen wurde rechter Hand die kleine Pforte im Burgtor geöffnet.

„Kommt!“ Maries Stimme klang gedrückt, und das ließ die Sorge in Sebastian ins Unermessliche wachsen.

Eilig schlüpfte er unter dem niedrigen Tor durch. „Ist etwas mit Theresia?“, fragte er atemlos.

Doch Marie wich ihm aus. Sie hatte den Blick fest auf den Boden gerichtet, und im Licht der im Burghof brennenden Fackeln vermochte Sebastian nicht zu sagen, was sie dachte.

„Geht nach oben!“, meinte sie nur und schloss die Pforte hinter ihm.

Behutsam drückte er die Klinke der unteren Türe zum Türmchen hinunter. Sie war nicht verschlossen. Ein gutes Zeichen! Theresia erwartete ihn also. Die Stufen knarrten an den gewohnten Stellen, als Sebastian sie nun erklomm. Leise klopfte er an Theresias Kammertür. Das vereinbarte Klopfzeichen. Doch von drinnen kam keine Antwort. Sebastian klopfte noch einmal, energischer nun. Wieder hörte er von der anderen Seite der Tür keinen Laut. Vorsichtig legte Sebastian seine Hand auf die Eisenklinke und drückte sie herunter. Auch diese Tür war nicht abgeschlossen. Sebastian öffnete sie zunächst nur einen Spaltbreit. Ein seltsames Gefühl beschlich ihn. Er schaute durch den Spalt – und da sah er sie. Theresia saß auf ihrem Schemel vor dem großen Schminkspiegel, der an der Stirnseite der Kammer angebracht war. Erleichtert öffnete Sebastian die Tür vollständig.

Wider Erwarten drehte sie sich nicht zu ihm um. Üblicherweise flog sie ihm immer sofort in die Arme, wenn sie seiner gewahr wurde. Doch heute – nichts! Zudem trug sie einen schwarzen Schleier, der sowohl ihr Gesicht als auch ihre Haare bedeckte. Das war ungewöhnlich! Ihre goldene Haarpracht war Theresias ganzer Stolz, und immer, wenn es ihr möglich war, trug sie sie offen. Wollte sie ihm heute etwa als Braut gegenübertreten? Hatte sie sich endlich dazu durchgerungen, ihren Eltern von der Verlobung mit ihm zu erzählen?

Aber warum war der Schleier dann schwarz und nicht weiß, wie es hätte sein müssen?

Sebastian hielt inne. Irgendetwas stimmte hier ganz und gar nicht!

Unvermittelt drehte sich die verschleierte Gestalt zu ihm um.

„Mich haben Sie hier sicher nicht erwartet, nicht wahr?"

Eine kalte Stimme.

Das war nicht Theresia!

„Ich wünsche Ihnen einen Guten Abend!" Die Gestalt lüftete den Schleier und Sebastian erschrak.

Vor ihm saß Henriette. Sie lächelte kühl. So, wie sie ihn ansah, hatte sie ihn erwartet, dessen war er gewiss. Er stand da wie vom Donner gerührt.

„Ich denke, Sie sollten sich besser setzen, Monsieur. Sie sehen gar nicht gut aus!" Henriette stand von ihrem Schemel auf und ging zu der kleinen Sitzgruppe am Fenster. Höflich bot sie Sebastian einen Stuhl an, während sie selbst stehen blieb. Wie mechanisch durchquerte Sebastian die Kammer und nahm Platz. Was geschah hier?

„Sie fragen sich sicherlich, was ich an Theresias Stelle hier tue", lächelte Henriette.

Sebastian wurde kalt bei dem Anblick.

„Nun, ich habe ich Ihnen etwas Wichtiges Ihre Abstammung betreffend mitzuteilen."

„Ich verstehe nicht recht", stieß Sebastian hervor.

Henriettes Lächeln wurde spöttisch. „Das glaube ich gern! Sie haben wohl auch eher meine Tochter hier erwartet, nicht wahr?" Als Sebastian nicht antwortete, fuhr sie fort: „Nun, die werte Baronesse werden Sie gewiss nicht wiedersehen wollen, wenn ich Ihnen erst erzählt habe, was ich weiß!"

Sebastian erhob sich halb. „Nichts könnte uns beide trennen!", erwiderte er hitzig. „Wir lieben uns und werden heiraten! Mit oder ohne Ihr Einverständnis!" Sein Blick fiel auf Henriettes erhobene Hand, mit der sie ihm gebot, sich wieder hinzusetzen. Schwer ließ er sich zurückfallen. „Und nichts, was Sie mir zu sagen haben, wird mich davon abbringen!“, endete er.

„Wenn Sie sich da mal nicht irren, *edler Prinz*!“, zischte Henriette. Ihre Stimme hatte etwas Bedrohliches. Sie setzte sich nun ihrerseits. Und dann begann sie zu reden.

Sie holte weit aus in die Vergangenheit. Sprach von Theresias leiblicher Mutter Gundelinde und deren Tod im Kindbett. Sebastian hörte gar nicht richtig hin. Nichts, was Henriette von Rotenburg sagen konnte, würde für seine Liebe zu Theresia von Bedeutung sein!

Doch dann fiel ein Satz, der ihn aufhorchen ließ.

„Theresia, müssen Sie wissen, kam nicht allein auf die Welt. Sie hatte einen Zwillingsbruder.“

Er sah Henriette an. „Und?“ Ihm schwirrte der Kopf.

„Thomas, das war sein Name.“ Henriette hielt inne, beugte sich vor, und Sebastian hatte das Gefühl, dass sie sich jetzt auf den tödlichen Streich vorbereitete. Doch statt ihn auszuführen, fragte sie nur: „Wie alt sind Sie?“

„Neunzehn“, antwortete er.

„Sind Sie sich da ganz sicher?“

„Natürlich!“, empörte sich Sebastian. Langsam fragte er sich, ob die Baronin vielleicht den Verstand verloren hatte. Was sollte dieses ganze Theater? „Meine Eltern haben es mir gesagt. Als man mich auffand, war ich bereits etwa ein Jahr alt. Der Tag nach Silvester zählt seitdem als mein Geburtstag. Da seither achtzehn Jahre vergangen sind, bin ich also ...“

„Nun, da haben Ihnen Ihre Eltern wohl etwas verschwiegen, würde ich sagen“, unterbrach ihn Henriette schroff und schaute Sebastian aus kalten Augen an. „Den Tag Ihrer Auffindung zählte man wohl als Ihren ersten Geburtstag. Aber ich sage Ihnen, dass Sie damals erst wenige Tage alt waren. Ein Neugeborenes!“

„Woher wollen Sie das so genau wissen?“ Sebastian erhob sich. Er hatte genug von Henriettes merkwürdigen Andeutungen und funkelte sie jetzt herausfordernd an. „Was wissen Sie über meine Herkunft? Reden Sie nicht weiter in Rätseln, Madame, sondern sagen Sie mir ohne weitere Umschweife, was Sie wissen!““

„Nun, ganz wie Sie wünschen, Monsieur“, antwortete Henriette und lächelte dabei süffisant. „Ich weiß so einiges. Zum Beispiel, dass Theresia und ihr Zwillingsbruder Thomas am Weihnachtstage vor achtzehn Jahren geboren wurden.“

Sebastian nickte. Davon hatte er ein paarmal munkeln hören. Thomas war nur wenige Tage nach seiner Geburt gestorben – zusammen mit Gundelinde, seiner Mutter.

Doch das, was Henriette jetzt sagte, stimmte überhaupt nicht mit dieser Version der Geschichte überein.

„Unglücklicherweise wurde der kleine Thomas nur wenige Tage nach seiner Geburt von seiner eigenen Amme entführt“, behauptete Henriette. „Man hat ihn und auch die Amme niemals wieder auffinden können. Und wenn Sie nun in Betracht ziehen ...“ Sie unterbrach sich, fuhr sich mit den Fingerspitzen über die Lippen. „... dass ein männlicher Säugling einen Tag nach Neujahr ausgesetzt und schließlich von der Magd der Familie Langenthal gefunden wurde.“ Henriette erhob sich nun ebenfalls. Aug in Auge standen sie sich jetzt gegenüber.

„Ich verstehe noch immer nicht, was das mit mir ...“ Sebastian hielt abrupt inne. In seinem Kopf herrschte ein heilloses Durcheinander.

„Ein verbrecherischer Handel zwischen der Amme und Ihrer Familie, wenn Sie mich fragen“, setzte Henriette fort. „Denn, wie jeder weiß, konnte Ihre Mutter nach der Geburt Ihres Bruders Ludwig keine Kinder mehr bekommen.“

Wenn Henriette doch bloß aufhören wollte zu reden!

Sebastian musste all diese Details, mit denen sie ihn fütterte, erst einmal ordnen: Theresia hatte einen Zwillingsbruder. Sein Name war Thomas. Thomas war ausgesetzt worden, genau wie Sebastian. Die Magd seiner Mutter hatte Thomas gefunden und ...

Nein! Das konnte nicht sein!

„Thomas starb als Säugling!", rief er aus.

Doch Henriette schüttelte sanft den Kopf. „Das erzählen die Leute sich, weil der Baron es so verfügt hat. Er ist ein gebrochener Mann, seitdem Thomas ihm fortgenommen wurde, und niemand wagte es, ihm zu widersprechen, als er begann, zu behaupten, Thomas sei tot." Henriettes Blick wurde jetzt ganz und gar weich. „Haben Sie Ihr Medaillon dabei?"

Sebastian nickte. Ihm schwindelte leicht, als er das Medaillon unter seinem Hemd hervorzog und aufklappte. Seit dem Maiball hatte er es niemandem mehr gezeigt. Henriette trat dichter an ihn heran und besah sich die brüchige blonde Locke darin lange Zeit schweigend.

„Golden, wie die von Theresia", sagte sie schließlich bestimmt. „Theresias Mutter Gundelinde hatte auch goldenes Haar."

Gundelinde von Rotenburg war Theresias leibliche Mutter! Und, wenn es stimmte, was die Baronin eben gesagt hatte, dann war sie auch die seine! Dann war Theresia seine ...

Er konnte es nicht zu Ende denken. Er ballte eine Faust und schlug sich damit vor den Kopf. In Henriettes Gesicht suchte er nach Anzeichen dafür, dass sie log, aber er fand keines. Kurz zögerte er und stürzte dann, ohne sich noch einmal umzusehen, an Henriette vorbei aus der Kammer. Blind stolperte er die Treppe hinunter und rannte durch das Burgtor, hin zu dem Friedhof, der zur Burg gehörte.

Geraume Weile irrte er zwischen den Gräbern umher,

bis er jene fand, die der Familie Rotenburg gehörten. Die Inschriften auf den Steinen verschwammen vor seinen Augen, mit Mühe nur konnte er sie entziffern. Eine ganze Reihe von Ahnen, die schon seit vielen Jahrzehnten tot waren. Und dann, ganz unten:

Gundelinde. Geliebtes Weib und geliebte Mutter.

Nichts weiter. Kein Thomas. Kein Wort von einem toten Kinde.

Sebastian stand wie erstarrt.

„Geht es Ihnen gut, junger Herr?“ Eine ältliche Stimme riss ihn aus seiner Verzweiflung. Er wandte den Kopf.

Neben ihm stand eine gebeugte Frau in staubigen schwarzen Kleidern. Fragend schaute sie zwischen ihm und den Inschriften auf der Gruft hin und her.

„Das Kind.“ Sebastian räusperte sich. „Thomas ...“

Da machte die Alte ein bekümmertes Gesicht. „Der Sohn des Barons? Oh ja. Das war eine schlimme Sache.“

Ihre Worte senkten sich wie Dolchstöße in Sebastians Herz. Er warf sich herum und rannte.

In seinen Ohren rauschte es. Den Weg den Burghügel hinunter bis zu den Büschen, hinter denen seine Stute auf ihn wartete, nahm er kaum wahr. Helena begrüßte ihn mit einem leisen Schnauben. Sebastian wollte aufsteigen, aber in diesem Moment verließen ihn die Kräfte. Neben seinem Pferd sank er in sich zusammen, und er wäre in die Knie gebrochen, wenn er sich nicht an dem Sattel festgehalten hätte. Verzweifelt legte er die Stirn gegen das glatte Leder.

Kein Grab ...

Bis eben noch hätte er schwören können, dass nichts und niemand ihn von seiner Geliebten würde trennen können. Doch nun?

Theresia? Seine Schwester!

Mit letzter Kraft band er Helena los und zog sich auf ihren Rücken.

Den Weg nach Hause würde sie heute allein finden müssen. Tränenblind, wie er war, konnte er ihn nicht mehr erkennen.

Mit glühenden Wangen und erfüllt von unbändiger Freude kehrte Theresia zusammen mit ihrem Vater von dem Ausritt zurück. Den ganzen Nachmittag war sie mit dem Baron zu Pferd draußen in den Wäldern gewesen, und zuerst hatte sie sich eine fürchterliche Gardinenpredigt anhören dürfen über ihren Leichtsinn und die Verschwörung, die sie heimlich mit Sebastian angezettelt hatte. Doch im Laufe der Stunden war es ihr gelungen, ihren Vater davon zu überzeugen, dass sie wirklich und wahrhaftig in Sebastian verliebt war, und dass es nichts auf der Welt gab, was sie mehr wollte, als mit ihm zusammen zu sein.

Und endlich hatte ihr Vater eingelenkt. Ein warmes Lächeln war in seinen Augen erschienen, das ihr nur allzu gut zeigte, dass aller Zorn und alle Empörung, die er zuvor an den Tag gelegt hatte, nichts weiter gewesen waren als Theater. „Dieser Sebastian", hatte er gemurmelt. „Im Grunde ist er ein feiner Kerl. Und wenn ich ehrlich bin, kommt mir eine Vermählung von euch beiden mehr als gelegen."

Theresia hatte ihren Ohren nicht getraut, als sie das gehört hatte, und dann, als sie es endlich glaubte, hatte sie ihre Stute angehalten, war aus dem Sattel gesprungen und hatte ihren Vater so stürmisch zu umarmen versucht, dass dieser beinahe selbst vom Pferd gestürzt wäre.

„Langsam!", hatte der alte Baron gelacht. „Du bringst mich ja um! Und jetzt lass uns zurückreiten. Deine Maman hat mir gesagt, dass sie für heute Abend ein kleines Diner mit Sebastian und seiner Familie arrangiert hat, bei dem wir alles Weitere besprechen können."

Aus diesem Grund glühte Theresia vor Ungeduld. Sie sprang aus dem Sattel, kaum dass sie das Tor durchquert hatte, und warf die Zügel einfach dem erstbesten Knecht in die Hand. Gleich darauf war sie auch schon auf dem Weg in ihre Turmkammer.

„Marie!", rief sie. „Komm rasch! Du musst mich für ein Abendessen besonders hübsch machen!"

Während sie vor dem Spiegel darauf wartete, dass ihre Zofe erschien, betrachtete sie sich selbst. Nachdem ihr Henriette die Haare im Zorn einfach abgeschnitten hatte, hatte Marie mit der Schere wahre Wunder vollbracht. Die Frisur, die Theresia nun trug, war kurz, aber sie wirkte trotzdem weiblich. Aber selbst, wenn es nicht so gewesen wäre: Die guten Nachrichten, die ihr Vater ihr soeben überbracht hatte, hätten Theresia sogar über den völligen Verlust ihrer schönen Haare hinweggetröstet.

Marie erschien, und mit aufgeregten Worten erzählte Theresia ihr, was geschehen war.

„Er kommt, um offiziell um meine Hand anzuhalten, Marie!", rief sie aus.

Und wunderte sich ein wenig, warum Marie bei diesen Worten so traurig aussah.

„Noch immer kein Zeichen von ihm, Marie?", fragte Theresia und blieb stehen. Bis eben war sie in ihrer Turmkammer auf und ab gegangen, hatte wieder und wieder aus dem Fenster gespäht, um zu sehen, ob Sebastian endlich käme. Doch vergebens. Am Ende hatte sie es nicht mehr ausgehalten und Marie gebeten, an ihrer Stelle Ausschau zu halten.

„Nein, Mademoiselle", murmelte Marie. Sie wirkte still und in sich gekehrt, und Theresia musterte sie fragend.

„Du hast doch irgendetwas!", sagte sie ihr auf den Kopf zu. „Geht es dir schlecht heute? Geht es dem Kind in deinem Leib gut?" Seitdem Marie Theresia anvertraut hatte, dass sie ebenfalls schwanger war, tauschten sie sich ab und an über ihre Erfahrungen aus – ohne dass Henriette davon erfuhr, selbstverständlich. Die Baronin hätte es niemals geduldet, dass Theresia sich mit derartig delikaten Themen einer einfachen Dienstmagd anvertraute.

Doch Marie schüttelte eilig den Kopf. „Mir geht es gut, Mademoiselle, und dem Kind auch."

„Aber irgendetwas bedrückt dich, das sehe ich doch!" Theresia wollte schon auf ihre Zofe zugehen und sie packen, als das Klopfzeichen ihrer Stiefmutter sie davon abhielt. Wie üblich trat Henriette ein, ohne eine Antwort abzuwarten. „Was tut sie hier?", fragte sie spitz und sah Marie abschätzig an.

„Ich wollte gerade gehen, Madame." Maries Antwort war nicht mehr als ein Flüstern. Vorsichtig drückte sie sich an Henriette vorbei und schlüpfte durch die Tür, nicht ohne Theresia vorher noch einmal einen langen, mitleidigen Blick zugeworfen zu haben.

Theresia wurde unbehaglich. Was ging hier vor?

„Ist etwas mit Sebastian, Maman?", fragte sie leise. „Er müsste doch schon längst hier sein, nicht wahr?" Ihre Vorfreude auf das von ihrem Vater angekündigte Abendessen hatte sich inzwischen in dumpfe Angst verwandelt.

Warum kam Sebastian nicht?

War ihm am Ende etwas zugestoßen?

Henriette schritt auf sie zu und strich ihr über die nur noch kinnlangen Haare. Bei der Berührung zuckte Theresia zurück. Dessen ungeachtet fuhr Henriette weiter nachdenklich mit ihren Fingern durch Theresias Haar und schüttelte betrübt den Kopf. „Ich fürchte, ich muss dir eine schlimme Nachricht überbringen." Bei diesen Worten sank Theresias Herz. Sie musste sich setzen. Sebastian war offenbar tatsächlich etwas passiert. „Dein Galan", fuhr Henriette fort. „Wie es aussieht, wird er nicht kommen!"

Theresia schob die Bilder von sich, die ihr augenblicklich durch den Kopf schossen. Sebastian, schwer verletzt nach einem Reitunfall. Sebastian, tot. Ihr Herz setzte einen Schlag aus. „Wie können Sie das wissen, Maman?“, rief sie. „Ist ihm etwas Schlimmes zugestoßen?“

„Oh ja, mein Kind. Ich kann dir sagen, was ihm Schlimmes zugestoßen ist.“ Henriette zog sich in aller Ruhe einen Stuhl heran und setzte sich süßlich lächelnd neben ihre Stieftochter. „Dein Vater und ich mussten ihm von deinem kleinen Geheimnis erzählen und ...“

Theresia war verwirrt. „Wovon reden Sie?“

Henriette räusperte sich. „Nun, sagen wir, es war notwendig, um ihm und seinem Vater klar zu machen, dass eine Heirat mit dir notwen...“

„Aber, das ...“ Theresia war wie erstarrt. Doch plötzlich brach es aus ihr heraus. „Aber das durften Sie nicht tun, Maman! Von mir sollte er erfahren, dass ich ein Kind von ihm erwarte und ...“

Henriette erhob sich und gebot ihrer Tochter zu schweigen. Das Lächeln war aus ihrem Gesicht verschwunden. „Er wird nicht kommen!“, stellte sie klar und blickte kühl von oben auf Theresia hinab.

„Was soll das heißen, Maman? Was ist mit Sebastian? Wo ist er? Was haben Sie mit ihm gemacht?“ Theresia stand auf und streckte die Hände nach ihrer Stiefmutter aus, aber die wich zurück.

„Lasse deine Wut nicht an mir aus, Kind!“, erwiderte sie ruhig. „Ich habe nichts Unrechtes getan. Aber der feine Herr *Prinz* ...“ Sie betonte das Wort auf spöttische Weise. „... der hat sich aus dem Staube gemacht, kaum dass er von dem Kind erfuhr! Ich habe es soeben erfahren. Er hat das Land verlassen und ist im Augenblick gerade auf dem Weg nach Italien.“

„Niemals!“, flüsterte Theresia. „Das ist gelogen!“ Ihr

schwindelte. Sie trat einen Schritt vor, griff jetzt nach Henriettes Händen und blickte ihrer Stiefmutter flehentlich in die Augen. „Bitte, Maman, sagen Sie mir, dass das nicht wahr ist!“

Doch wieder entzog sich Henriette ihr. „Willst du mich der Lüge bezichtigen?“, fragte sie scharf. „Es ist die Wahrheit, so wahr ich hier vor dir stehe! Glaube es oder nicht. Er wird nicht wiederkommen. Du wirst es ja sehen!“ Sie verließ das Zimmer, ohne Theresia noch weiter zu beachten.

„Niemals! Sebastian würde mich nie, nie verlassen!“, wisperte Theresia, und dann brach es aus ihr heraus. „Sebastian!“, rief sie voller Verzweiflung.

Es schmerzte Henriette, Theresia so verzweifelt zu sehen, aber sie verschloss dieses Gefühl tief im Innersten ihres Herzens. Sie tat schließlich nur das Beste für ihre Tochter. Sie schützte sie vor einem Leben in der Hölle der Ehe, wie sie selbst es erlebt hatte. Früher oder später würde Theresia das einsehen und ihr dankbar dafür sein.

Mit einer energischen Bewegung drehte sie den Schlüssel im Schloss von Theresias Kammertür. Dann eilte sie die Stufen der Treppe nach unten und überquerte den Burghof.

„Herr Langenthal?“ Ihre Stimme war nur ein Flüstern.

„Ich bin hier!“ Aus den Schatten des kleinen Pavillons trat Ludwig ihr entgegen. Schwaches Mondlicht fiel auf seine dunkle Gestalt und ließ seine Zähne leuchten, als er lächelte. „Haben Sie es ihr gesagt?“

Henriette schauderte beim Anblick seines zufriedenen Gesichtsausdrucks. Während sie aus Liebe für Theresia handelte, schien es blanker Hass zu sein, der Ludwig antrieb. Hass auf Sebastian, den Nebenbuhler um die Zuneigung seines Vaters, den er ebenso loszuwerden hoffte, wie Henriette es tat. „Sie glaubt es mir nicht, aber das ist unwichtig. Jetzt müssen Sie dafür sorgen, dass Sebastian das Land wirklich verlässt. Er muss so weit wie möglich fort, damit er niemals erfährt, dass unsere kleine Geschichte seiner Herkunft nicht der Wahrheit entspricht."

Ludwigs Lächeln verbreiterte sich. „Er wird verschwinden", versprach er, und Henriette rann ein eisiger Schauer den Rücken hinunter.

„Was haben Sie vor?", murmelte sie. Hatte sie hier Pforten geöffnet, die besser verschlossen geblieben wären? „Sie werden ihm nichts ..."

„... antun?" Ludwig lachte leise. Es war ein kaltes, grausames Geräusch. „Warum auf einmal so voller Skrupel, liebe Baronin? Hatten wir nicht vereinbart, dass wir gemeinsam all unsere Kräfte einsetzen, um diese Liaison zu verhindern?"

„Das beinhaltete jedoch keinen ..." Henriette verstummte, als Ludwigs Hand drohend hochzuckte.

In seinen Augen lag ein düsteres Funkeln. „Sie müssen es nicht aussprechen, Madame. Und Sie müssen sich auch nicht sorgen. *Ich* werde Sebastian kein Haar krümmen, das verspreche ich Ihnen."

Henriette war nur mäßig beruhigt. „Gut", meinte sie leise. Sie versuchte zu ergründen, was Ludwig vorhatte, aber es gelang ihr nicht. Er hatte sich in die Schatten unter dem Pavillon zurückgezogen, und auf diese Weise war seine Miene nun vor ihren Blicken verborgen.

Kapitel VIII

Da irrte der Prinz blind im Walde umher,
aß nichts als Wurzeln und Beeren,
und tat nichts als jammern und weinen
über den Verlust seiner liebsten Frau.

„Noch einen!" Sebastian bestellte sich ein weiteres Mal von dem billigen Brombeerschnaps, den sie im Gasthaus „Zum Eber" unter die Leute brachten. Seit mehr als einer Stunde schon war er nunmehr der einzige Gast. Nachdem die Baronin vor ein paar Tagen seine gesamte Welt in Scherben zerschlagen hatte, war der Schankraum des „Ebers" seine einzige Zuflucht. Der Wirt hob die Hand zum Zeichen, dass er die Bestellung verstanden hatte. Mit einer Bewegung des Kinns schickte er die Schankmagd zu Sebastian. Das Mädchen war ein schmales und blasses Ding, das Sebastian aus traurigen Augen ansah, während sie ihm das Glas bis zum Rand vollschenkte.

Er fragte sich, was sie in ihm sah. Den wohlhabenden, vom Glück gesegneten Sohn eines zu Wohlstand gekommenen Bürgerlichen, der er früher gewesen war oder doch eher den lasterhaften Emporkömmling, der so furchtbare Sünde auf sich geladen hatte.

Ein bitteres Lachen stieg in seiner Kehle nach oben. „Mädchen, glaubst du an die Liebe?", fragte er. Klang seine Stimme wirklich so lallend?

Die Schankmagd wich einen Schritt zurück, und kurz konnte Sebastian Angst in ihren Augen aufblitzen sehen. Wie oft sie wohl auf anzügliche Weise angesprochen wurde? Er hob die Hand. „Ich tue dir nichts!", versicherte er.

Da kam sie tatsächlich wieder näher. Ihr Blick lag schwer auf seinem Gesicht, und er konnte Mitleid in ihren Augen lesen.

Mitleid!

„Starr mich nicht so an!“, knurrte er, weil er es nicht ertrug, wie sie ihn ansah. Er hatte alles verdient, aber bestimmt kein Mitleid.

Eilig senkte sie den Blick. „Mach ich nicht.“

Da langte er nach ihrem Handgelenk, umklammerte es. „Sag, was hältst du von der Liebe? Ist sie nicht wie ein bösartiges Tier, das sich freundlich gibt und dann, gerade wenn man sich ihm bedenkenlos nähert, gnadenlos zuschlägt?“

„Wie Ihr meint, gnädiger Herr“, murmelte die Magd und versuchte, sich aus seinem harten Griff zu befreien.

Hinter seinem Tresen wurde der Wirt auf sie aufmerksam. Finster starrte er Sebastian an, doch der ließ das Mädchen nicht los.

„Entschuldige!“, sagte er nur. Seine Zunge fühlte sich in seinem Mund an wie ein lebendiges Tier, wollte ihm einfach nicht mehr richtig gehorchen. Mit der freien Hand nahm er einen tiefen Schluck aus seinem Becher. Brennend rann ihm die Flüssigkeit durch die Kehle. Er richtete den Blick wieder auf das Gesicht der Magd.

Inzwischen war jeder Anflug von Mitleid aus ihren Augen verschwunden.

Gut so!

„Jawohl!“, flüsterte Sebastian. „Dieses Tier ist so bösartig, dass es einen ganz und gar vernichten kann und ...“ Weiter kam er nicht, denn jetzt verließ der Wirt seinen Platz hinter der Theke, kam zu ihm und baute sich vor seinem Tisch auf.

„Besser, du lässt sie jetzt los!“, sagte er in einem Ton, der keinen Widerspruch duldete. Sebastian sah erst dem Mädchen, dann dem Wirt ins Gesicht und ließ dann den Kopf sinken. „Loslassen habe ich gesagt!“

„Schon gut!“ Sebastian ließ los.

Eilig zog sich die Magd zurück.

Der Wirt wies auf Sebastians Becher. „Trink aus und dann geh!“, befahl er. Doch Sebastian machte keine Anstalten zu gehorchen, sondern bettete seinen Kopf stattdessen auf seine auf dem Tisch verschränkten Arme.

Im nächsten Moment wurde er am Kragen gepackt und zur Tür hinausbugsiert. „Du brauchst dringend ein bisschen frische Luft!“, knurrte der Wirt. Er stieß ihn von sich. Sebastian stolperte in die Gosse und schaffte es nur mit Mühe, auf den Beinen zu bleiben.

Schwankend drehte er sich um.

„Die Zeche!“, forderte der Wirt und streckte ihm die Hand entgegen.

Sebastian wühlte in seinen Taschen, fingerte ein paar Münzen hervor, die er dem Wirt ungezählt in die Hand legte. Der Mann brummelte noch etwas und verschwand dann wieder in seiner schäbigen Wirtschaft. Sebastian hörte, wie er die Tür von drinnen abschloss.

Mit einem Seufzen legte er den Kopf in den Nacken. Die frische Luft tat ihm wohl, sie klärte den Nebel ein wenig, der sich in seinem Kopf breitgemacht hatte. Doch dann kam die Übelkeit. Sebastian stürzte hinter die nächste Hausecke und übergab sich.

Als sein Magen nichts mehr hergeben wollte, richtete er sich auf, und mit einiger Anstrengung schaffte er es dann bis zu einem verlassenen Schafstall, der ihm schon während der letzten Nächte gute Dienste als Schlafplatz geleistet hatte. Mit letzter Kraft stemmte er sich gegen die niedrige Tür, und als sie nachgab, fiel er bäuchlings auf das Lager aus altem, stinkendem Stroh, dass er sich Tage zuvor gemacht hatte. Kraftlos blieb er darauf liegen und schlief sofort ein.

Mit einer Mischung aus Wut und Verzweiflung hielt Ludwig auf das Gasthaus „Zum Eber“ zu. Hoffentlich fand er Sebastian hier! Seit Tagen war er jetzt schon auf der Suche nach seinem Bruder. Der Idiot hatte das väterliche Anwesen verlassen, kaum dass Henriette ihm ihre hübsche, kleine Geschichte aufgetischt hatte. Und seitdem hatte es keine Spur von ihm gegeben. Sebastians Stute war allein zu ihrem Anwesen zurückgekehrt und Ludwig führte sie nun mit sich.

Ihr Vater hatte gleich mehrere seiner Männer ausgeschickt, um nach ihm suchen zu lassen, und Ludwig hatte ihm angeboten, sich an dieser Suche zu beteiligen. „Bring ihn mir lebend zurück!“, hatte Heinrich gebeten, und das hatte Ludwig ihm versprochen.

Allerdings hatte er nicht vor, dieses Versprechen zu halten.

Er musste Sebastian finden, bevor es jemand anderes tat. Denn wenn die anderen Männer seinen ungeliebten Ziehbruder fanden, würden sie ihn zurück auf das väterliche Anwesen bringen, und dort würde Sebastian erfahren, dass die Geschichte, die Henriette ihm aufgetischt hatte, von vorne bis hinten erlogen war. Thomas, der Zwillingsbruder Theresias, war damals nicht entführt worden. Er war gestorben, und zwar kurz nach der Geburt, der auch seine Mutter Gundelinde erlegen war. Die Haare in Sebastians Medaillon waren nicht von Gundelinde, aber Sebastian hatte es ohne zu zögern geglaubt, als Henriette genau das behauptet hatte.

Ludwig grinste in sich hinein. Wie dumm und leichtgläubig sein Bruder war! Er hätte nur Theresia und sich selbst im Spiegel vergleichen müssen, um zu begreifen, dass zwischen ihnen nicht die geringste Ähnlichkeit bestand.

Dazu allerdings hätte er Theresia noch einmal wiedersehen müssen.

Einen Umstand, den Ludwig mit allen Mitteln zu vereiteln gedachte.

Mit grimmiger Miene stieg er vor dem Gasthaus aus dem Sattel und übergab die beiden Pferde einem rasch herbeigelaufenen Burschen.

Ludwig duckte seinen Kopf und betrat durch die niedrige Tür das Wirtshaus. Er sah sich kurz um, doch zu dieser frühen Stunde waren, wie er schon vermutet hatte, noch keine Gäste in dem kleinen, düsteren Schankraum auszumachen. Der Geruch von schalem Bier und kaltem Rauch stieg ihm in die Nase.

„He da!", rief er in den Raum hinein. Kurz danach hörte er ein Klappern von Töpfen, dann ein Brummen, das aus dem hinteren Teil des Wirtshauses zu kommen schien. „Herr Wirt?" Ludwig schlug den Weg zur Küche ein, die durch einen speckigen Vorhang vom Schankraum abgetrennt war.

„Komme schon!" Der Vorhang wurde zur Seite gezogen, und ein hünenhafter Mann tauchte vor Ludwig auf. „Womit kann ich dienen?", fragte er. Seine Blicke huschten über Ludwigs Erscheinung hinweg, taxierten seine teure Kleidung. Dann machte er eine leichte Verbeugung. „Mein Herr", fügte er hinzu.

Ludwig ließ seinen Blick an dem Wirt vorbeischweifen. Eine Magd stand in der Küche, ein blasses, hässliches Ding, das nicht einen Moment lang seine Phantasie reizte. Also wandte er sich an den Wirt und sagte: „Ich bin auf der Suche nach meinem Bruder. Es könnte sein, dass er seit einigen Tagen hier bei euch einkehrt und sich besäuft."

Der Wirt kratzte sich am Hinterkopf. „Ist Euer Bruder so ein Hübscher, der die ganze Zeit von der Liebe faselt?"

Ludwig verspürte einen Anflug von Anspannung. Das hörte sich tatsächlich ganz nach Sebastian an! „Könnte sein."

„Der Kerl hatte ganz ähnlich teure Klamotten an wie Ihr, als er herkam. Inzwischen allerdings sind die recht ramponiert. Fünf Nächte hintereinander hat er sich volllaufen lassen! Und jeden Abend erzählt er meiner Magd etwas von einem Weibsbild. Wartet! Theresia oder so ist ihr Name."

Die Anspannung in Ludwig wandelte sich in Triumph. Er hatte Sebastian endlich gefunden! „Gott sei Dank!", stieß er hervor, und er musste die Erleichterung nicht heucheln.

„Diese Theresia muss Eurem Bruder ja ganz schön den Kopf verdreht haben", grinste der Wirt.

Ludwig winkte ab. „Weiber eben! Wenn sie einen Mann erst einmal in ihren Klauen haben, kann er sich seines Verstandes nicht mehr sicher sein." Er lachte, und der Wirt stimmte ein. „Wann taucht mein Bruder denn für gewöhnlich hier auf?"

„Weiß nicht genau. Mal so, mal so. Wer weiß, ob er heute überhaupt kommt." Der Wirt zuckte die Achseln. „Mir scheint, ihm geht das Geld aus!" Er wies auf einen der schmierigen Tische an der Wand. „Ihr könnt ja warten, wenn Ihr wollt."

Ludwig warf einen Blick auf den grob gezimmerten Tisch. Dann zog er den Hut vom Kopf, warf ihn auf einen Stuhl und zog sich einen anderen heran. „Gut. Ich warte. Bring mir so lange ein Bier." Er linste durch den halboffenen Vorhang. Ob er sich die Schankmagd nicht doch einmal näher ansehen sollte? Vielleicht hatte sie ja Qualitäten, die sie bis jetzt vor ihm verborgen gehalten hatte.

„Sebastian?"

Die Stimme seines Bruders fuhr Sebastian wie ein Messer in die Brust. Er war im Begriff gewesen, sich an seinen gewohnten Tisch zu setzen und den ersten Becher Schnaps zu bestellen. Wie gewöhnlich hatte er dabei die anderen Gäste nur flüchtig beachtet, und aus diesem Grund hatte er dem Mann, der ihm bis eben den Rücken zugewendet hatte, nicht mehr als einen kurzen Blick geschenkt.

Als dieser Mann sich nun jedoch umdrehte, erkannte Sebastian seinen Bruder Ludwig. „Was machst du denn hier?“, entfuhr es ihm.

Ludwig sprang auf. Er wirkte unendlich erleichtert. „Na, ich habe überall nach dir gesucht!“, rief er aus. „Vater ist außer sich vor Sorge deinetwegen.“ Er bedeutete Sebastian, sich zu ihm zu setzen. Sebastian zögerte, aber dann tat er doch wie geheißen.

Vorsichtig ließ er sich auf der vorderen Kante des Stuhles nieder, den Ludwig ihm angeboten hatte, und musterte seinen Bruder eindringlich.

„Himmel! Was bin ich froh, dass ich dich endlich gefunden habe!“ Ludwig warf mit einem Auflachen den Kopf in den Nacken. „Übrigens habe ich dir deine geliebte Helena mitgebracht.“

Sebastian legte die Hände auf der Tischplatte ab und rührte sich nicht. „Willst du gar nicht wissen, was los ist?“

„Warum du abgehauen bist, meinst du?“ Ludwig winkte dem Wirt, ihnen zwei Bier zu bringen. Dann beugte er sich neugierig vor. „Natürlich will ich das wissen!“

Kurz verspürte Sebastian ein ungutes Gefühl, aber dann schlugen die Ausweglosigkeit seiner Situation und seine eigene Verzweiflung mit solcher Wucht über ihm zusammen, dass er plötzlich nicht mehr anders konnte. Er musste sich einfach jemandem anvertrauten, wenn er nicht an dem Wissen, das wie ein Stein auf seiner Seele lastete, zugrunde gehen wollte. Und so beugte auch er sich vor.

Und er erzählte Ludwig alles.

Er erzählte ihm von den Lichtsignalen, die er und Theresia ausgetauscht hatten, von ihren heimlichen Treffen.

Er erzählte ihm von den Nächten, die er mit ihr verbracht hatte. An dieser Stelle hielt er inne, um zu ergründen, was Ludwig sich dabei dachte, aber die Miene seines Bruders war völlig undurchdringlich.

„Erzähl weiter", sagte er mit sanfter Stimme.

Sebastian schluckte. Und dann berichtete er Ludwig auch noch den Rest der ganzen Geschichte. Wie er Henriette an Theresias Stelle vorgefunden hatte. Und was sie ihm eröffnet hatte.

Bei seinen letzten Sätzen wurden Ludwigs Augen erst ganz weit, dann kniff er sie zu schmalen Schlitzen zusammen. „Du willst damit sagen, dass du und Theresia ..."

Sebastian senkte den Blick auf seine Hände. Seine Knöchel waren schneeweiß. „... Geschwister sind, ja." Es kostete ihn beinahe zu viel, es auszusprechen.

„Verdammt!" Ganz leise kam der Fluch über Ludwigs Lippen.

Sebastian hob den Blick und sah seinen Bruder an. Noch immer wirkte dessen Miene undurchdringlich, aber er war jetzt sehr blass geworden. Seine Lippen waren zu einem schmalen Strich zusammengepresst.

„Was?", flüsterte Sebastian. Aus irgendeinem Grund hatte er das Gefühl, dass ihm gleich noch ein weiterer Schlag versetzt werden würde.

Ludwigs Lippen teilten sich, doch dann presste er sie wieder aufeinander. Er schien mit sich zu ringen. Plötzlich stand Mitleid in seinen Augen. Es war noch schwerer zu ertragen als das der Schankmagd.

„Was?", wiederholte Sebastian heiser.

„Ich ..." Ludwig senkte den Kopf. „Oh Gott, Sebastian!"

Es kostete Ludwig fast unmenschliche Selbstbeherrschung, diesem Trottel Mitleid und Verständnis vorzuheucheln, doch er war stolz auf sich. Offenbar gelang es ihm recht gut. Der Ausdruck in Sebastians Augen ähnelte dem eines geprügelten Hundes.

Es war alles fast zu einfach, dachte er. Wie blauäugig doch sein werter Herr *Bruder* war!

„Theresia ..." Ludwig brach ab, als koste es ihn Überwindung, das Folgende zu sagen. Mit der Zungenspitze fuhr er sich über die Unterlippe. „Theresia ist schwanger", stieß er dann hervor.

Sebastian zuckte wie von einem Fausthieb getroffen zusammen. „Wie bitte?" Er erbleichte so vollständig, dass es beinahe beängstigend war.

Ludwig genoss den Anblick. All die Jahre, in denen Sebastian ihm vorgezogen worden war, in denen es immer und immer wieder geheißen hatte: Nimm dir ein Beispiel an ihm! Für all diese Jahre bekam er jetzt die so lange ersehnte Genugtuung.

„Ist ..." Sebastian musste neu ansetzen. „Ist das wahr?", hauchte er.

Ludwig nickte nur und sah zu, wie jedes bisschen Kraft und Energie aus seinem Bruder rannen wie Wasser aus einem aufgeschlitzten Schlauch. „Es tut mir leid", sagte er und unterdrückte den Triumph, der sich in seine Stimme schleichen wollte. „Was soll nun geschehen?"

Sebastian regte sich nicht. Ludwig konnte die Gedanken hinter seiner Stirn rasen sehen. Der Schmerz in den verhassten Augen seines Bruders war köstlich. Als Sebastian aufsah, glänzten Tränen in seinen Augen. „Sag du es mir!", flüsterte er.

Narr!, dachte Ludwig verächtlich. *Du glaubst allen Ernstes, dass ich auf deiner Seite bin?*

„Inzest!", murmelte er, als könne er selbst es nicht fassen. „Wenn sie dich fassen, werden sie dich standrechtlich ..." Er unterbrach sich und sah mit an, wie Sebastian in sich zusammenfiel. Jetzt konnte er zu seinem letzten Schlag ausholen. „Es gibt einen Weg ...“, sagte er dann gedehnt. Durch den Schmerz in Sebastians Augen glomm ein Fünkchen Hoffnung. Ludwig ließ ihn eine Weile zappeln, tat, als müsse er intensiv nachdenken. Dann griff er demonstrativ zu dem Degen, den er mit voller Absicht an seiner Hüfte trug. Langsam schnallte er ihn ab und legte ihn quer zwischen ihnen auf den Tisch. „Wenn du ein Mann bist, dann hörst du auf, dich hier wie ein Waschlappen zu besaufen. Wenn du ein Mann bist, weißt du, was du zu tun hast.“

Sebastian schluckte. Er musste nichts weiter sagen, Ludwig wusste auch so, dass er verstanden hatte. Mit Mühe nur unterdrückte er ein Grinsen. Es war so einfach, diesen Schafskopf zu manipulieren!

„Was wird mit Theresia geschehen?“, flüsterte Sebastian.

„Sie scheint gewillt, das Kind auszutragen. Die einzige Möglichkeit, uns allen und vor allem dem Kind – *deinem* Kind – die Schande einer unehelichen Geburt zu ersparen, wäre eine Hochzeit.“ Ludwig sah Sebastian an.

In diesem Moment kam der Wirt und stellte ihnen das bestellte Bier hin. Keiner von beiden beachtete es.

„Eine Hochzeit?“ Sebastian sprach wie durch taube Lippen.

„Ja, Sebastian, das würde ich für dich tun!“ Ludwig wartete, bis er in Sebastians Blick erkennen konnte, dass es seinem jüngeren Bruder dämmerte, wovon er sprach. Dann nickte er ernst. „Ich nehme mich Theresias an und verspreche, deinem Kind ein guter Vater zu sein.“ Er machte eine bedeutungsschwere Pause, blickte wieder auf den Degen auf dem Tisch. „Natürlich nur, wenn du es wünschst!“

„Theresia?“ Clemens legte den Mund so dicht es ging an die verschlossene Tür der Turmkammer. „Kannst du mich hören?“

Seit Tagen hielt Henriette Theresia nun schon in der Turmkammer eingesperrt. Er hatte die Baronin angefleht, sie herauszulassen, aber alles, was er damit erreicht hatte, war eine schallende Ohrfeige gewesen, verbunden mit einer gezischten Drohung: „Wenn er nicht weiß, wo sein Platz ist, dann werde ich es ihm zeigen!“

Jetzt rief er ein weiteres Mal nach Theresia, aber sie antwortete ihm nicht. Er war schon drauf und dran, wieder zu gehen, als ihre Stimme doch noch hinter der Tür ertönte. „Clemens? Bist du das?“

„Ja. Ich bin heimlich hier. Deine Mutter passt auf wie ein Schießhund, dass niemand außer ihr den Turm betritt!“

„Hast du etwas von Sebastian gehört?“

Clemens zögerte. Er wusste, dass der junge Herr Langenthal seit dem Tag verschwunden war, an dem Henriette ihm in dem Turmzimmer begegnet war. Es hingen wilde Gerüchte in der Luft, was sie ihm erzählt haben mochte, aber niemand wusste etwas Genaues. Und, was noch schlimmer war: Niemand hatte auch nur die geringste Ahnung, wo Sebastian sich aufhielt.

„Nein“, sagte er schließlich leise. Theresia hatte keine Ahnung von dem Treffen ihrer Mutter und ihres Geliebten, und seit Tagen schon quälte er sich mit der Frage, ob er es ihr erzählen sollte. Henriette hatte es ihm unter Androhung der furchtbarsten Strafen verboten. „Theresia ...“

„Was?“

Er schloss die Augen und stellte sich vor, wie sie auf der anderen Seite des Türblattes stand und gleichfalls Hand und Wange an das Holz legte. „Ich muss dir etwas erzählen.“ Er musste all seinen Mut zusammennehmen, aber dann erzählte er ihr in aller Ausführlichkeit, was an dem Tag geschehen war, als sie mit ihrem Vater ausgeritten war.

„Er war hier?“, hörte er Theresia flüstern, als er geendet

hatte. „Und er hat mit Maman geredet? Aber worüber bloß?“

Clemens zuckte die Achseln. „Niemand weiß es.“

„Sie hat mir gesagt, dass sie ihm von meiner Schwangerschaft erzählen musste. Und dass er danach über alle Berge ... aber das glaube ich nicht!“

Clemens schwieg, weil er nicht wusste, was er sagen sollte.

„Er hat mich nicht ohne Grund verlassen“, behauptete Theresia. „Etwas muss geschehen sein. Kannst du nicht herausfinden, was?“

„Ich weiß nicht, Theresia.“

„Bitte, Clemens! Sebastian liebt mich, und er würde mich nie verlassen. Du musst mir helfen!“

Clemens schluckte. Schritte ertönten unten auf dem Burghof und näherten sich. Offenbar war Henriette auf dem Weg hierher, und dem Geräusch nach zu urteilen, war jemand bei ihr. „Ich muss gehen“, wisperte er. „Deine Mutter kommt!“

Und so schnell er konnte, huschte er die Treppe hinunter und aus dem Turm hinaus. Er schaffte es gerade noch, sich in ein Gebüsch zu schlagen, ohne dass Henriette seiner ansichtig wurde.

Mit raumgreifenden Schritten eilte Henriette über den Burghof. Marie stolperte hinter ihr her. Ihr blieb auch nichts anderes übrig, denn Henriette hatte mit eisernem Griff ihr Handgelenk umklammert und zerrte sie grob mit sich.

„Bitte, Madame!“, flehte die Zofe. „Ich kann der jungen Herrin nicht antun, was Ihr von mir verlangt!“

Doch Henriette reagierte nicht auf die bettelnde Stimme des Mädchens. Seit Tagen schon weigerte sich Theresia, zu essen oder mit ihr zu reden. Alles, was sie wieder und wieder von sich gab, war: Sebastian! Sebastian hat mich nicht ohne Grund verlassen. Sebastian liebt mich. Ich liebe ihn.

Sebastian!

Henriette schnaubte. Dass es so schwierig werden würde, Theresia dazu zu bringen, sich diesen Kerl aus dem Kopf zu schlagen, hätte sie nie im Leben gedacht. Bisher hatte sie ihre Tochter stets für ein leichtherziges, flatterhaftes Ding gehalten. Vielleicht war sie aber doch zu tieferen Gefühlen fähig.

Gefühlen für einen Mann!

Dieser Gedanke beunruhigte Henriette. Es war dringend notwendig, etwas zu unternehmen, damit das starrsinnige Kind sich endlich besann und vernünftig wurde.

Männer waren Ungeheuer! Und ihr Sebastian machte da keinerlei Ausnahme. Sie würde Theresia mit allen ihr zur Verfügung stehenden Mitteln zeigen, dass es so war. Und dann, wenn die Zeit der Trauer endlich vorbei war, würden sie zu ihren Mußestunden zurückkehren. Sie würden einander vertrauen, wie es früher der Fall gewesen war. Sie würden wieder Mutter und Tochter sein, nicht die Feindinnen, die sie im Moment waren.

Wie sehr sich Henriette danach sehnte!

„Nein, Madame, bitte!“, flüsterte Marie erneut.

Henriette öffnete die untere Turmtür und stieß sie auf. Mit energischen Schritten eilte sie die Treppe nach oben und scheuchte Marie vor sich her. Dann öffnete sie auch die obere Tür und schob Marie in Theresias Kammer.

Theresia stand am offenen Fenster und starrte in die Ferne. In der Kammer war es eisig kalt. Als ihre Tochter sich umwandte, erschrak Henriette. Das Kind war blass und sah völlig erschöpft aus. Kein Wunder, hatte sie doch seit Tagen kaum noch etwas gegessen!

Das würde hier und jetzt vorbei sein.

„Sprich!“, befahl Henriette der Zofe und gab ihr einen Schubs, sodass sie einige Schritte in Theresias Kammer hineinstolperte. Sie selbst blieb im Türrahmen stehen.

Marie zögerte, doch als Henriette ein leises Zischen ausstieß, räusperte sie sich. „Mademoiselle, es tut mir leid, aber ich ... ich ...“ Sie war kreidebleich.

„Nun heraus mit der Sprache!“, befahl Henriette streng und als Marie noch immer nicht anfing zu sprechen, fuhr sie fort: „Theresia, da gibt es etwas, das du unbedingt wissen solltest.“ Sie machte von hinten einen Schritt auf Marie zu.

Wieder setzte Marie zu sprechen an, doch noch immer wollten ihr die Worte nicht recht von den Lippen kommen. „Das Kind unter meinem Herzen ...“ Sie schaute noch einmal hinter sich, in Henriettes Richtung. „Da ist etwas, was ich Euch sagen muss, Mademoiselle. Mein Kind, es ist ...“ Ein Schluchzen bemächtigte sich Maries, bevor sie den Satz beenden konnte.

„Marie!“ Theresia griff nach dem Arm der Zofe und bugsierte sie zu einem der Stühle in der Sitzecke. Weinend sank Marie darauf nieder.

„Herrje, du nichtsnutziges Ding!“ Nun trat Henriette einen weiteren Schritt in den kleinen Raum hinein. „Das Kind, das deine Zofe in sich trägt, ist von deinem *Prinzen*.“ Sie spuckte das zärtliche Kosewort, das Theresia für Sebastian ausgesucht hatte, aus, als sei es ein übel schmeckender Brocken. „Das ist es, was dieses törichte Weibsbild dir zu gestehen versucht!“

Ungläubig schüttelte Theresia den Kopf. „Das ist nicht wahr!“, flüsterte sie. Langsam drehte sie sich zu ihrer Stiefmutter um. „Sagen Sie mir, dass das nicht wahr ist!“, flehte sie in Henriettes Richtung. Sie konnte, sie würde das niemals glauben!

„Frag sie!“, erwiderte Henriette kühl und deutete auf Marie.

„Marie, bitte, sag du mir doch, dass es nicht stimmt!“ Theresia sank vor Marie in die Hocke. All jene Momente fielen ihr ein, da Marie sich ihr gegenüber merkwürdig verhalten hatte. All die Male, da es der Zofe anscheinend schwergefallen war, das Glück Theresias mit ihrem geliebten Sebastian mit ansehen zu müssen. Flehentlich blickte Theresia Marie ins Gesicht. „Bitte!“, wiederholte sie noch einmal.

„Es ist aber wahr, Mademoiselle“, brachte Marie unter Tränen hervor. Dann sprang sie auf die Füße, stürzte an der fassungslosen Theresia vorbei und drängte sich durch die Tür in den Flur hinaus. Theresia hörte, wie sie die Treppe hinunterstolperte und über den Hof davoneilte.

Schwer atmend erhob sie sich aus ihrer knienden Position, drehte sich langsam um und blickte ihrer Stiefmutter lange in die Augen.

Es war nicht wahr!

Sebastian war anders als Ludwig. Nie im Leben hatte er sich Marie in unziemlicher Weise genähert!

Kalt sagte Theresia: „Sie versuchen mit allen Mitteln, Sebastian und mich auseinanderzubringen, oder?“ Sie wusste selbst nicht, woher sie den Mut nahm, ihrer Mutter auf diese Weise zu begegnen, aber plötzlich war da etwas in ihr, eine Kraft, die sie noch nie zuvor gespürt hatte. Es war die Kraft, in den Abgrund zu blicken, der sich vor ihr auftat. „Nun, da es Ihr Wille ist ...“ Sie machte einen Schritt vor.

Henriette wich zurück. Ihre Lippen wollten sich spitzen, ließen es aber dann doch bleiben. Der Ausdruck auf ihrem Gesicht zeugte von Verwirrung und Angst.

„Da es Ihr Wille ist, werde ich eine gehorsame Tochter sein“, sagte Theresia ruhig. „Bitte richten Sie meinem Vater aus, dass ich morgen in das Katharinenstift aufbrechen werde. Wenn mein Platz nicht an Sebastians Seite ist, dann ist das der einzige Weg, der mir bleibt!"

Henriette schüttelte den Kopf. „Niemals!", rief sie aus. „Ich werde nicht zulassen, dass du dich in einem Kloster vergräbst!"

Theresia stand sehr aufrecht. „Ich bin nicht Ihr Eigentum, Maman! Ich werde ..."

„Nichts wirst du!", zischte Henriette. Und mit einem Ruck wandte sie sich um und verließ die Kammer.

Sebastian sah zu, wie Ludwig das Gasthaus verließ, und in seiner Brust tobten die unterschiedlichsten Gefühle. Er wusste, dass das Angebot seines Bruders, sich um Theresia zu kümmern, nicht aus reiner Bruderliebe geboren worden war, dazu kannte er Ludwig viel zu gut. Hatte der nicht von Anfang an seinen Anspruch auf Theresia bekundet?

Und doch: War es nicht das Beste, was jetzt noch geschehen konnte? Wenn er nicht mehr wäre, würde Theresia trotzdem versorgt sein, ihr gemeinsames Kind würde frei von Schande aufwachsen, mit einem Vater, der reich und angesehen war ... Schwerfällig wandte Sebastian den Kopf und betrachtete den Griff des Degens.

Der Wirt trat an den Tisch und schaute verwundert auf den Bierbecher vor Sebastian. In diesem Moment erst wurde ihm bewusst, dass er das Gebräu überhaupt nicht angerührt hatte. Er starrte auf die trübe Oberfläche der gelblichen Flüssigkeit, und auf einmal ekelte er sich vor sich selbst.

War er wirklich fast eine Woche lang betrunken gewesen?

Wo hatte er nur seinen Verstand gelassen?

Er beantwortete die unausgesprochene Frage des Wirtes nach Nachschub mit einem Kopfschütteln, und als der

Mann sich wieder hinter seine Theke zurückgezogen hatte, kehrten seine Gedanken zu Theresia zurück.

Und zu Ludwig.

Sicher, sein Bruder hatte Rang und Namen. Aber er war auch ein brutaler, lüsterner Mistkerl! Das Gesicht von Komtesse Ingrid erschien vor Sebastians geistigem Auge, die Ludwig an Karfreitag beinahe geschändet hätte. Er konnte sich noch genau an die Angst und die Scham in den Augen des jungen Mädchens erinnern. Und dann fiel ihm etwas anderes ein.

Du bist nicht wie er!

Das hatte Theresia gesagt, als sie zum ersten Mal das Lager miteinander geteilt hatten.

Du bist nicht wie Ludwig.

Die Bedeutung dieser Worte wurde ihm in diesem Augenblick erst wirklich klar. Zorn und Erschrecken rannen wie Eiswasser durch seine Adern. Hatte Ludwig sich Theresia etwa genauso unsittlich genähert, wie er es bei der jungen Komtesse getan hatte?

Sebastian schloss die Augen und rief sich das blasse Gesicht von Ingrid ins Gedächtnis.

Langsam, und ohne die Augen wieder zu öffnen, stemmte er sich in die Höhe. Seine Hand griff nach dem Degen, hielt inne. Die Schande des begangenen Inzests brannte wie Säure in seinem Herzen. Und dann fasste er einen tödlichen Entschluss. Er war ohnehin verdammt, also konnte er genauso gut zu der Todsünde, die er bereits begangen hatte, noch eine weitere hinzufügen. Langsam zog er den Degen aus der Scheide und fuhr mit dem Daumen über die scharf geschliffene Klinge. Der Schmerz fuhr ihm ins Fleisch, und er musste ein Zittern unterdrücken, als er sich vorstellte, wie es sich anfühlen musste, die Klinge in sein Herz zu senken. Später. Später wäre noch genügend Zeit, das Notwendige zu tun.

Er nahm den Waffengurt und schnallte ihn sich um. Zunächst galt es, Theresia vor Ludwig zu bewahren.

Konrad von Rotenburg hatte die Hände hinter seinem Rücken verschränkt und sah lange aus dem Fenster der Bibliothek, bevor er sich an Ludwig wandte. „Sind Sie sich wirklich sicher, was Sebastian angeht?"

Ludwig, der noch eben leise in sich hineingelächelt hatte, wischte sich über das Gesicht und hoffte, der Baron würde es als Zeichen seiner Betroffenheit und Trauer deuten. Nachdem er Sebastian mit seinen düsteren Gedanken allein im „Eber" zurückgelassen hatte, war er sofort zur Burg geritten und hatte um eine Unterredung mit Konrad gebeten. „Mein Bruder ist ein ehrenhafter Mann, Baron", sagte er nun mit gedämpfter Stimme. „Glauben Sie mir, die Tatsache, dass die Männer meines Vaters bisher nicht in der Lage waren, ihn zu finden, lässt in meinen Augen nur einen einzigen Schluss zu."

„Selbstmord?" Konrad schüttelte den Kopf. „Mir will das nicht besonders ehrenhaft erscheinen."

Ludwig schwieg nur. In stummem Einvernehmen blickte er Henriette an, die bisher still und auch etwas blass auf einem Sessel gesessen und den beiden Männern zugehört hatte. Der Baron hatte natürlich keine Ahnung von dem Inzestvorwurf, mit dem Henriette Sebastian konfrontiert hatte. Und Ludwig und die Baronin waren sich einig, dass dieses auch niemals herauskommen durfte, denn Konrad wäre sonst sofort in der Lage gewesen, die Lüge aufzuklären. Immerhin hatte er damals seinen toten Sohn Thomas selbst im Arm gehalten. Er wusste, dass Sebastian unmöglich Theresias Bruder sein konnte.

„So traurig der Anlass ist", sagte Ludwig schließlich, „würde ich Ihnen dennoch gern ein Angebot machen."

Konrad lehnte sich mit dem Rücken gegen die Fensterbank und verschränkte die Arme vor der Brust. „Ein Angebot?"

„Nun. Ich bin natürlich überaus entsetzt über die missliche Lage, in die mein hitzköpfiger Bruder Ihre Tochter gebracht hat. Ich meine, die Schande ..." Er machte eine kleine Pause, ließ das Wort einsickern und fuhr dann fort: „Aber ich bin bereit, den Fehltritt meines Bruders wettzumachen. Wenn Sie mir Theresias Hand geben, werde ich sie noch in dieser Woche heiraten. Niemand muss etwas von dem unehelichen Kind erfahren, und wenn es dann zur Welt kommt, können wir es ganz einfach als das meine ..."

Ein lautes Klirren ließ ihn zusammenzucken.

Henriette war von ihrem Sessel aufgesprungen, und sie hatte dabei ein Tischchen mit einer Vase angestoßen. Das kostbare Kristall lag in tausend Scherben zerborsten vor ihren Füßen. Fassungslos und sehr bleich starrte sie Ludwig an. „Das ist ..." Sie presste die Lippen zusammen.

Ludwig musste erneut an sich halten, um nicht zu grinsen.

Ja, du Hexe!, dachte er. *Damit hast du nicht gerechnet, nicht wahr? Jetzt ist es vorbei damit, Theresia in ihrem Turm eingesperrt zu halten. Jetzt muss das Täubchen endlich öffentlich Federn lassen!*

Er gab seiner Stimme einen besorgten Tonfall, als er laut fragte: „Ist Ihnen nicht wohl, Baronin?"

Sie starrte ihn an, öffnete den Mund, um etwas zu sagen. Doch dann schloss sie ihn wieder. Sie wusste, dass er sie in der Hand hatte. Sie konnte sein Tun nicht verhindern, wenn sie nicht Gefahr laufen wollte, dass er sie ihrem Gatten ans Messer lieferte. Sie war ihm völlig ausgeliefert.

Und Theresia mit ihr.

Ludwig spürte, wie ihm die Erregung durch die Adern prickelte.

„Nun, Herr Baron? Was sagen Sie zu meiner Offerte?

Sie bietet Ihnen – ganz nebenbei bemerkt – auch einen Ausweg aus Ihrer, nun, sagen wir, angespannten finanziellen Situation."

Konrad antwortete nicht sofort. „Es ist sehr nobel von Ihnen, Herr Langenthal, den Fehltritt Ihres Bruders wettmachen zu wollen." Konrad räusperte sich. „Allerdings weiß ich nicht, ob meine Tochter ..."

Ludwig meinte, sich verhört zu haben. Das war doch wohl zum aus der Haut fahren!

Henriette ließ sich langsam wieder auf ihren Platz zurücksinken. Die Scherben zu ihren Füßen wirkten auf Ludwig beinahe symbolhaft. Äußerlich gelassen wandte er sich an den Baron. „Sie wollen in dieser vertrackten Situation noch immer den Wünschen Ihrer Tochter entsprechen, Baron?" Obwohl er sehr ruhig sprach, kochte es in seinem Innersten. Die Arroganz dieser Familie war nicht mehr zu überbieten! Wie konnten sie es sich erlauben, sich noch immer über ihn zu erheben?

Er suchte Henriettes Blick, aber diesmal wich sie ihm aus. Er konnte förmlich sehen, wie sich die Gedanken hinter ihrer Stirn im Kreis drehten.

„Nun, wie dem auch sei!", sagte er, eine Spur kühler jetzt. „Mein Angebot steht. Aber nicht mehr sehr lange! Sollte die Schwangerschaft Ihrer Tochter erste sichtbare Zeichen erkennen lassen, ziehe ich meinen Antrag sofort zurück! Schande oder Ehrbarkeit, es ist Ihre Entscheidung!" Ludwig straffte seine Schultern. Dann nickte er Henriette in gespielter Freundlichkeit zu.

Und verließ den Salon ohne ein weiteres Wort.

„Herr Langenthal, auf ein Wort!"

Finsteres Vergnügen erfüllte Ludwig, als hinter ihm Henriettes Stimme ertönte. Er war kaum halb die Treppe hinunter, als sie ihn einholte.

Zögernd nur verlangsamte er seine Schritte und blieb schließlich stehen.

„Womit kann ich Ihnen dienen, Baronin?"

Sie starrte ihm ins Gesicht, ihre Augen wirkten unruhig, gehetzt. „Warum tun Sie das?", fauchte sie ihn an. Ihr Blick huschte zurück zu der Salontür, die sie in ihrer Eile hatte offen stehen lassen. Sie packte Ludwig am Ellenbogen und schob ihn weiter die Treppe hinab.

„Was glauben Sie?", antwortete er mit einer Gegenfrage.

Sie schluckte. „Sie ... Ihnen ging es die ganze Zeit nur um ..."

„Theresia." Er lächelte.

„Darum haben Sie mir so bereitwillig geholfen! Nicht, weil Sebastian Ihnen Ihr Erbe streitig macht, sondern, weil Sie meine Tochter für sich ..." Sie konnte nicht weitersprechen. Ihr Busen hob und senkte sich unter heftigem Atmen.

Es war nicht nötig, zu antworten. Sie erreichten die untere Halle. Im Kamin brannte ein munteres Feuer.

„Ich werde das zu verhindern ..."

„Werden Sie nicht!", fuhr er sie scharf an. „Weil der werte Herr Baron sonst alles erfahren würde. Bedenken Sie, dass er Sebastian als Theresias Ehemann bereits bestimmt hatte. Was glauben Sie, würde er mit Ihnen tun, wenn er erführe, dass Sie ihn mit Ihrer Intrige hintergangen haben? Meinen Sie, er würde Ihnen das Leid, das Sie Theresia zugefügt haben, so einfach verzeihen?"

Henriette war stehen geblieben. Die Flammen des Kaminfeuers zeichneten scharfe Schatten auf ihre verkniffenen Züge. Sie wusste nicht mehr weiter, das war ihr deutlich anzusehen. Ihre Miene zersprang in Scherben wie zuvor die Kristallvase. Schlagartig erlosch das Funkeln in ihren grauen Augen, und ihr Körper schien zu schrumpfen.

„Ich flehe Sie an, Herr Langenthal", flüsterte sie. „Lassen

Sie meine Tochter ..." Ihre Stimme brach. Aller Stolz und alle Überheblichkeit waren jetzt aus ihr gewichen.

„Wissen Sie was, Madame?", fragte er. „Den Teufel werde ich tun!" Und damit ließ er sie stehen.

Als er aus der Halle in den Burghof trat, hörte er das leise Wimmern, das Henriettes Mund entwich.

Jetzt endlich gestattete er sich das Grinsen, das er die ganze Zeit zurückgehalten hatte. Sein Triumph war vollkommen!

Wie vor den Kopf gestoßen blieb Henriette vor dem Kamin stehen. All die Jahre hatte sie alles versucht, um Theresia von den Männern fernzuhalten, sie vor einer Heirat zu bewahren. Und jetzt musste Theresia ausgerechnet diesen Wüstling zum Mann nehmen? Ihr wurde bewusst, dass sie an dieser Entwicklung der Dinge nicht gänzlich unschuldig war. Hätte sie nicht gegen Sebastian intrigiert, hätte Konrad ihm Theresia zur Frau gegeben. Doch Sebastian war – ihre Gedanken stolperten an dieser Stelle – er war tot, wenn man Ludwig Glauben schenken konnte. Hatte Ludwig sein Versprechen gebrochen, seinem Bruder kein Leid anzutun? War es wirklich ein Selbstmord oder nicht vielmehr ...?

Das Grauen griff mit kalten Fingern nach Henriettes Herz.

Die Gedanken in ihrem Kopf vollführten einen wilden Tanz. Was konnte, was sollte sie tun? Sie wusste es einfach nicht. Konrad konnte sie sich nicht anvertrauen, weil dann ihre Rolle in der ganzen Geschichte aufgedeckt werden würde. Und sie war sich sicher, dass der Baron sie ohne zu Zögern verstoßen würde, wenn er erfuhr, was sie getan und welches Leid sie seiner geliebten Tochter zugefügt hatte.

Dennoch!

Sie musste diese Heirat verhindern. Niemals im Leben durfte Theresia das gleiche Schicksal erdulden, wie sie es als junge Frau erlitten hatte! Und dass Ludwig Langenthal keinen Deut besser war als der alte von Vellmar, das hatte sie in seinen lüsternen Blicken lesen können.

Sie sank auf einen mit Samt bezogenen Lehnstuhl am Feuer. Tiefe Verzweiflung machte sich in ihr breit, und es fühlte sich an, als ob etwas in ihr zerspränge.

Ihr Blick fiel auf die beiden gekreuzten Degen, die über dem Kamin hingen. Sie hatte sich einmal geschworen, Theresia um jeden Preis vor einer Ehe zu bewahren.

Jetzt war der Zeitpunkt gekommen, diesen Schwur einzulösen.

Um jeden Preis.

Wirklich um jeden? Auch um den Preis von Theresias Leben? Undenkbar!

Schwerfällig stemmte Henriette sich in die Höhe und verließ die Halle. Draußen auf dem Hof rief sie nach Marie und zwei Knechten. Es gab eine Menge zu tun.

„Er hat was gesagt?“ Marie riss die Augen so weit auf, dass Clemens bei dem Anblick beinahe gelacht hätte, wäre die Lage nicht so verzweifelt gewesen.

„Der Baron hat befohlen, dass Theresia und Ludwig noch in dieser Woche heiraten sollen.“ Die Worte klangen sperrig in seinem Mund, und das lag auch an dem Entsetzen, das er jetzt in Maries Gesicht sehen konnte. Er hatte ein Gespräch zwischen Konrad und seiner Gattin belauscht. Henriette hatte mit allen Mitteln versucht, ihn von dieser Entscheidung abzubringen, aber es war ihr nicht gelungen. Am Ende hatte der Baron sogar gebrüllt, was er sonst überaus selten tat.

„Es bleibt dabei!“, hatte er gesagt. „Sie wird ihn heiraten und damit der Schande entgehen, die sie selbst über sich gebracht hat!“

„Ihnen geht es doch gar nicht um Theresia“, hatte

Henriette zurückgeschrien. „Ihnen geht es einzig und allein darum, Ihren Kopf aus der Schlinge zu ziehen, in die Sie Ihre Schulden gebracht haben! Und jetzt, da Ihr Wunschkandidat Sebastian sich selbst das Leben genommen hat, werfen Sie Ihr armes Kind diesem ... diesem Widerling zum Fraß vor! Sie sind ein ..." Sie hatte den Satz nicht zu Ende sprechen können, denn mit vor Wut verzerrtem Gesicht und zu Fäusten geballten Händen war Konrad von Rotenburg aus der Bibliothek gestürmt gekommen.

Fast hätte er Clemens über den Haufen gerannt dabei, doch er war zu sehr mit sich selbst beschäftigt, um zu bemerken, dass der Streit zwischen ihm und seiner Frau belauscht worden war.

Jetzt schüttelte Clemens fassungslos den Kopf. All die Dinge, die er soeben erfahren hatte, verstopften ihm das Gehirn so gründlich, dass er Mühe hatte, seine Gedanken zu sortieren. Theresia als Ludwigs Frau.

Aber was viel schlimmer war: Sebastian! Tot?

Er konnte es nicht glauben, und doch verspürte er einen tiefen Schmerz in seinem Herzen, als hätte seine Seele diese Tatsache längst akzeptiert.

Marie jedoch dachte nur an Theresia. „Sie darf diesen Menschen auf keinen Fall heiraten!", flüsterte sie, und Tränen schimmerten in ihren Augen.

„Warum nicht?" Mühsam konzentrierte sich Clemens auf diesen Teil ihrer Probleme. Himmel, warum waren Menschen nur so unendlich kompliziert! Er wusste schon, warum er viel lieber über seinen Büchern hockte. Ein mathematisches Problem war klar und einfach zu durchdringen. Menschen hingegen ... Selbst einen Spiegel zu schleifen und sich dabei die Haut und die Knöchel aufzureiben, war leichter, als die Menschen zu verstehen!

„Weil er ein widerliches, lüsternes Schwein ist", erklärte Marie ihm.

Er nickte, obwohl er nicht so genau wusste, was sie damit meinte. „Und was machen wir jetzt? Ich meine, wenn Sebastian wirklich tot ist ..."

Marie schüttelte heftig den Kopf. „Auf keinen Fall darf Theresia das erfahren! Hast du gehört? Wenn sie erfährt, dass er womöglich nicht mehr lebt, dann tut sie sich bestimmt etwas ganz Furchtbares an!"

Clemens stöhnte auf. Er wusste davon, dass Theresia in der letzten Zeit immer wieder von diesem unseligen Buch, diesem „Werther" gesprochen hatte. Und je trauriger sie geworden war, umso häufiger hatte sie ihm von dem Selbstmord Werthers erzählt. Maries Befürchtung, sie könne sich umbringen, war also nicht von der Hand zu weisen.

„Theresia ist heute Morgen in Richtung Katharinenstift aufgebrochen", sagte Marie. „Vielleicht solltest du versuchen, sie dort zu treffen und mit ihr zu reden." Sie wirkte nicht begeistert von ihrer eigenen Idee, aber sie beide wussten, dass sie nicht besonders viele Möglichkeiten hatten. Sie hatten niemandem, dem sie sich anvertrauen konnten. Der Baron war direkt nach seinem lauten Streit mit Henriette fortgeritten, und es schien unsicher, wann er zurückkehrte. Er war früher schon des Öfteren tagelang fortgeblieben, wenn er sich mit seiner Gattin gestritten hatte. Und mit dem Kaplan über Dinge wie arrangierte Eheschließung und uneheliche Schwangerschaft zu reden, kam ihnen beiden erst gar nicht in den Sinn.

Clemens rieb sich die Stirn, hinter der sich ein dumpfer Kopfschmerz zu bilden begann. *Wenn Sebastian wirklich tot war ...* Er untersagte sich diesen Gedanken. Sie hatten wirklich nur eine Möglichkeit.

„Ich mache mich auf den Weg ins Stift", sagte er.

„Verrat ihr nichts davon, dass Sebastian vielleicht nicht mehr lebt!", warnte Marie ihn noch einmal eindringlich.

Er nickte beklommen. Und ihm wurde angst und bange allein bei dem Gedanken, Theresia gegenüberzutreten.

Das Damenstift war der heiligen Katharina geweiht, die sich lieber selbst entleibt hatte, als verheiratet zu werden. Es lag ungefähr eine halbe Tagesreise von der Burg entfernt, eingebettet in die hügelige Landschaft und umgeben von einer hohen, weißen Mauer, die alle Nöte und Sorgen der Welt abwehren sollte. Die dreischiffige Kirche mit den schlichten Säulen und auch der gesamte Rest der Anlage strahlten Ruhe und Weltabgewandtheit aus, aber nichts davon konnte den Aufruhr in Theresias Innerstem besänftigen.

Zu ihrer eigenen Überraschung hatte ihre Stiefmutter an diesem Morgen doch noch eingewilligt, dass sie die Burg verließ und sich in die Abgeschiedenheit des Stiftes zurückzog. Ja, sie hatte sie sogar regelrecht zum Aufbruch gedrängt. Theresia hatte versucht zu ergründen, woher der Sinneswandel kam. Bis zu diesem Tage hatte Henriette stets darauf bestanden, sie in der Turmkammer gefangen zu halten. Was schließlich doch dazu geführt hatte, dass Henriette mit einem Umzug in das Stift mehr als einverstanden war, war Theresia ein Rätsel.

Und noch mehr, warum sie es mit dem Umzug dorthin mit einem Male sehr eilig zu haben schien.

Theresia traf gegen Abend in dem Stift ein, und man wies ihr eine der spartanisch eingerichteten Zellen zu. Den Rest des Tages verbrachte sie damit, in der Kirche zu beten und den Gesängen der anderen Stiftsdamen zuzuhören. Sie fand ein wenig Trost in der Musik, und aus diesem Grund bat sie am nächsten Morgen um eine Unterredung mit der Mutter Oberin, die das Stift leitete.

Mutter Laurenzia war eine rundliche Frau mit einem warmen Leuchten in den braunen Augen. Sie empfing

Theresia freundlich in dem kleinen Kontor, das ihr für ihre Arbeit diente.

„Setz dich, Kind. Mir wurde gesagt, dass du gestern erst spät hier eingetroffen bist."

Theresia ließ sich vorsichtig auf der Kante des Holzstuhles nieder. „Das stimmt, Mutter Oberin."

„Magst du mir erzählen, warum du hier bist?"

Theresia schluckte. Und dann, als habe die warme Stimme der Stiftsdame einen Damm in ihrem Innersten zum Einstürzen gebracht, sprudelte alles aus ihr heraus. Sie erzählte von Sebastian und ihrer Liebe zu ihm, von Henriettes seltsamem und schwer verständlichem Verhalten. Von ihrem eigenen gebrochenen Herzen.

„Ich werde ganz sicher nie, nie wieder glücklich werden, Mutter Laurenzia!", beendete sie ihre lange, atemlose Rede.

Die Mutter Oberin lächelte. „Du bist noch so jung, mein Kind, und *nie* ist eine lange Zeit! Du wirst ganz gewiss wieder Glück empfinden können. Aber du hast um diese Unterredung nicht gebeten, weil du mir deine Geschichte erzählen wolltest."

„Nein." Theresia krampfte die Hände in ihren Rock. Noch trug sie ihre eigene Kleidung, aber sie wusste, dass sie, wenn sie hierbleiben würde, bald in die strenge Tracht der Stiftsdamen eingekleidet werden würde. Ihr Herz fühlte sich an, als habe jemand es mit scharfen Klauen zerfetzt.

Sebastian!

Sein Name hallte in ihrem gesamten Körper wider.

Sie blinzelte, weil ihr Tränen in die Augen schießen wollten. „Ich kam, um zu fragen, ob es wohl möglich ist, dass ich mich dem Chor der Stiftsdamen anschließe. Ich habe schon immer Trost im Gesang gefunden, und ich ..." Sie verstummte, wartete darauf, was die Mutter Oberin entschied.

„Wenn dies dein Wunsch ist", sagte die ältere Frau. „Dann will ich ihm mit Freuden entsprechen. Mir ist zu Ohren gekommen, dass du eine sehr schöne, klare Stimme hast."

Obwohl nur knapp zwanzig Meilen zwischen dem Anwesen seines Vaters und dem Gasthaus „Zum Eber" lagen, brauchte Sebastian einige Tage, bis er das väterliche Anwesen erreicht hatte. Der Herbst schien sich mit einem tagelangen Dauerregen verabschieden zu wollen und hatte einen Fluss, den er überqueren musste, über die Ufer treten lassen, sodass einige Tage lang an ein Übersetzen nicht zu denken war. Als Sebastian endlich auf dem väterlichen Anwesen ankam, herrschte dort ein heilloses Durcheinander.

Er lenkte Helena, seine Stute, zu den Ställen, wo ein halbes Dutzend Knechte damit beschäftigt war, sich um die vielen fremden Pferde zu kümmern, die dort eingestellt waren.

„Felix!" Sebastian sprang aus dem Sattel.

Der Knecht blickte über den Rücken eines mächtigen Rappen, den er gerade striegelte, und riss überrascht die Augen auf. „Ihr ... lebt!", stieß er hervor und nickte dann zufrieden. „Ich wusste es! Ihr seid nicht die Sorte Mann, die Zuflucht im Selbstmord sucht!"

Wenn du dich da mal nicht irrst!, schoss es Sebastian durch den Kopf, aber natürlich sprach er es nicht aus. Leicht verwundert sah er Felix an, dann erst wurde ihm klar, dass Ludwig behauptet haben musste, dass er sich mit dem Degen ... Fassungslos über die Boshaftigkeit seines Bruders schüttelte er den Kopf. Und gleich darauf überkam ihn ein schlechtes Gewissen. Er fühlte sich schuldig, den Menschen hier durch sein überstürztes Verschwinden und sein Selbstmitleid, in dem er sich tagelang gesuhlt hatte, solches Leid zugefügt zu haben. Aber war das nicht eine lässliche Sünde gegenüber dem, was er bereits an Schuld auf sich geladen hatte – und vor allem gegen das, was er plante? Bevor er in düsteres Grübeln versinken konnte, glitt ein helles Strahlen über Felix' Miene, und Sebastian überwand all seine Scham.

Der Knecht schaute auf seine ramponierte, ungewaschene Kleidung. „Was ist geschehen?“, fragte er.

„Unwichtig!“ Sebastian sah sich um. „Was ist hier los? Woher kommen die vielen fremden Pferde? Feiert mein Vater ein Fest?“ Er ahnte die Antwort bereits, bevor Felix auch nur den Mund aufgemacht hatte.

„Es wird eine Hochzeit geben“, sagte der Knecht. Kurz schaute er Sebastian ins Gesicht dabei, dann senkte er betroffen den Kopf. Er war einer der wenigen Vertrauten Sebastians, und er wusste um dessen Liebe zu Theresia. „Zwischen Ludwig und ... der Baronesse von Rotenburg.“

„Darum bin ich hier!“ Sebastians Hand klammerte sich um den Griff des Degens. Ludwig hatte wahrhaftig keine Zeit verloren!

Felix nickte. Hinter seiner Stirn arbeitete es, das war ihm deutlich anzusehen, aber er stellte keine Fragen. „Die Braut ist verschwunden“, sagte er, und er grinste dabei mit einem Anflug von Schadenfreude. „Niemand weiß, wo sie sich aufhält, und der alte Baron ist außer sich vor Zorn. Manchmal kann man ihn fast über das ganze Tal hinweg brüllen hören.“

Sebastian runzelte die Stirn. „Theresia ist weg?“

Felix' Grinsen wurde breiter. „Es geht das Gerücht, dass ihre Mutter sie irgendwo versteckt hält, so, wie sie es all die Jahre getan hat. Sie weigert sich standhaft, den Aufenthaltsort der jungen Dame zu verraten.“

Sebastian nickte. Die Baronin war eine kluge Frau. Sie wusste um den Ruf, der Ludwig vorauseilte, und sie hatte gut daran getan, Theresia vor seinem Zugriff in Sicherheit zu bringen. Wohin sie sie wohl geschafft hatte?

„Weißt du, wo mein Bruder ist?“, fragte er Felix.

Der schüttelte den Kopf. „Er wollte einen Ausritt machen, wahrscheinlich, um sein Mütchen ein bisschen zu kühlen. Er rennt den ganzen Tag durch die Lande wie ein gehörnter Ehemann und lässt seine schlechte Laune an allen Dienstboten aus. Er ...“

„Heda Felix, bring er mir ...“ Die Stimme erstarb, kaum dass der Mann, der gesprochen hatte, um die Stallecke getreten war.

Sebastian drehte sich um. Vor ihm stand Ludwig. Er hatte ein schweißnasses Pferd am Zügel, offenbar hatte er einen ziemlich scharfen Ritt hinter sich. Als er Sebastian erblickte, wurde er blass. Es war offensichtlich, dass er ihn tot geglaubt hatte.

Tja, Bruderherz, dachte Sebastian grimmig. *Noch bin ich am Leben. So einfach werde ich dir den Weg zu Theresia nicht freimachen!*

„Ich bin hier, weil ich mit dir reden muss“, sagte er ruhig.

Ludwigs Blick huschte von dem Degen an Sebastians Gürtel hin zu Felix. „Nicht hier!“ Er wandte sein Pferd zurück in die Richtung, aus der er gekommen war. Ohne ein Wort der Erklärung übergab er Felix die Zügel und verschwand kurz im Inneren des Stalls, und als er wieder daraus hervorkam, hatte auch er eine Klinge umgeschnallt. „Lass uns einen kleinen Ausritt machen“, sagte er und stieg in den Sattel.

Der Reinhardswald rings um das Anwesen ihres Vaters war dicht und undurchdringlich. Der ideale Ort für Sebastian, um sein Vorhaben in die Tat umzusetzen.

Der ideale Ort für einen Hinterhalt. Nur, dass Ludwig

sich nicht in einen Hinterhalt locken lassen würde. Er hatte gesehen, dass Sebastian die Klinge mit sich führte. Und er wusste Bescheid.

Sebastian richtete seinen Blick auf die engstehenden Bäume. Nur einer von ihnen würde am Ende aus diesem Wald wieder ins Freie treten, das wussten sie beide.

Von der Seite her warf Ludwig seinem Bruder ein kühles Lächeln zu. Sebastian reagierte nicht darauf. Schweigend ritten sie tiefer und tiefer in den Wald hinein.

„Ich war so blind!", sagte Sebastian endlich, als sie eine fast kreisrunde Lichtung erreicht hatten.

Ludwig lachte auf. „Die Erkenntnis kommt früh", spottete er und sprang mit einer geschmeidigen Bewegung aus dem Sattel, indem er das Bein über den Hals seines Pferdes schwang. Gelassen blieb er stehen, eine Hand am Griff seines Degens, die andere locker an seiner Seite. Er trug schlichte Reitkleidung, die im Gegensatz zu Sebastians schmutzigem Hemd und seiner fleckigen Hose geradezu hochherrschaftlich aussah. Irgendwie, schoss es Sebastian durch den Kopf, waren sie beide angemessen gekleidet. Ludwig, der reiche Hoferbe, und er selbst, ein ruchloser Sünder, der nicht wusste, wohin er eigentlich gehörte.

Langsam ließ auch er sich aus dem Sattel gleiten. Seine Knie waren weich, denn ihm war wohl bewusst, dass er Ludwig im Kampf unterlegen war. Sein Bruder war stets der Bessere von ihnen beiden gewesen, wenn es darum ging, Kraft oder Geschicklichkeit zu beweisen. Während Sebastian es vorgezogen hatte, Cato und Vergil zu lesen, hatte Ludwig mit den Knechten das Kämpfen und das Reiten geübt. Als sie noch Kinder gewesen waren, hatte Sebastian Ludwigs körperliche Überlegenheit nur allzu oft zu spüren bekommen.

Jetzt jedoch schob er jeden Gedanken an die Prügel, die er von seinem Bruder bezogen hatte, von sich und lockerte den Degen in der Scheide.

Ludwig sah es und hob spöttisch die Augenbrauen. „Du machst tatsächlich ernst, *Brüderchen,* oder?“ Die Hand an seinem Waffengriff verkrampfte sich ein wenig. Sebastian entging nicht, dass seine Fingerknöchel weiß hervortraten.

„Ich werde nicht zulassen, dass du Theresia heiratest“, sagte er und wunderte sich darüber, wie ruhig er klang. Er hatte längst mit seinem Leben abgeschlossen. Das war sein großer Vorteil. Ludwig wollte weiterleben, aber er selbst hatte nur ein Ziel: seinen Bruder zu töten und dann von eigener Hand zu sterben.

Ludwig wusste das, und ganz hinten in den Augen seines Bruders konnte Sebastian bei dieser Erkenntnis einen Anflug von Angst erkennen.

Er unterdrückte jede Regung von Triumph.

„Du wirst nichts dagegen tun können, Bruderherz“, lächelte Ludwig kalt und zog seine Klinge blank. Das singende Geräusch, das der Degen machte, als er aus der Scheide fuhr, ließ in Sebastians Genick alle Haare zu Berge stehen. „Alles, was ich dir erlauben werde, ist, bei dem Versuch, mich davon abzuhalten, zu sterben.“

Sebastian zog seinen Degen ebenfalls. „Wir werden sehen“, meinte er. Er fühlte sich wie von seinem Körper getrennt. Etwas schien durch seine Adern zu rinnen, das kein Blut mehr war. Kalt fühlte es sich an, kalt und schmerzhaft.

Langsam begann er, Ludwig zu umkreisen.

„Diese kleine Zofe“, sagte sein Bruder und verzog die Mundwinkel dabei. „Theresias Zofe. Wie war noch ihr Name?“

„Marie!“ Sebastian biss sich auf die Zunge, weil ihm der Name entschlüpft war. Sein Blick konnte nicht von der Spitze von Ludwigs Klinge lassen, obwohl er wusste, dass das ein Fehler war.

Achte nicht auf die Klinge!, hallte die Stimme des alten Gunther in seinem Kopf wider, der früher für seine und Ludwigs Fechtausbildung zuständig gewesen war. *Achte auf die Augen des Gegners. In ihnen siehst du, ob ein Angriff bevorsteht!*

Er zwang sich, Ludwig ins Gesicht zu sehen. Doch der Hass und die Selbstsicherheit, die ihm aus den Augen seines Bruders entgegenschlugen, ließen ihn beinahe zurücktaumeln. Nur mit Mühe behielt er die Contenance.

Ludwigs Lächeln wurde breiter. „Marie! Richtig! Und stell dir vor, die Kleine war noch Jungfrau, als ich es ihr besorgt habe." Er lachte auf eine ekelhaft gierige Weise. „Hat sich ganz schön geziert, das dumme Ding!"

Obwohl Sebastian klar war, was sein Bruder mit diesen Worten bezweckte, konnte er es doch nicht verhindern, dass der Zorn begann, hinter seinen Augen zu pochen. *Reiß dich zusammen!*, mahnte er sich selbst. *Er will dich provozieren, um dich zu einem Angriff zu verleiten!*

„Hat ihr nicht das Geringste genutzt, der dummen Pute!", fuhr Ludwig fort.

Sie umkreisten sich inzwischen wie zwei Panther, die in einen zu engen Käfig gesperrt worden waren. Der Griff des Degens in Sebastians Hand fühlte sich glitschig an von kaltem Schweiß.

„Und es wird auch deiner Theresia nichts nutzen. In unserer Hochzeitsnacht werde ich sie zu meinem Weibe machen, ob sie es nun will oder nicht!" Ludwig warf den Kopf in den Nacken und lachte so laut, dass es von den umliegenden Bäumen widerhallte.

„Du Schwein!" Mit einem unbedachten, zornigen Satz sprang Sebastian vor. Seine Klinge zischte durch die Luft, traf auf die Ludwigs, und ein durchdringendes Klirren folgte dem Echo des Gelächters.

Im selben Moment sprangen beide Brüder rückwärts.

Sebastians Atem ging schwer. „Du wirst Theresia nicht anrühren, das schwöre ich dir!", keuchte er. „Und wenn es das Letzte ist, was ich tue!"

„Es wird das Letzte sein, was du tust, Brüderchen!" Diesmal war es Ludwig, der angriff. Er setzte eine Reihe von schnellen Stößen, die Sebastian nur mit Mühe parierte. Der Letzte durchbrach seine Deckung, die schlanke Klinge fuhr in seinen Oberarm und riss ihm eine spannenlange blutige Wunde.

Mit einem schmerzgepeinigten Schrei sprang Sebastian rückwärts.

Auch Ludwig wich zurück. Sein Atem hatte sich beschleunigt und Kampfeslust glitzerte in seinen Augen. „Schon genug, Brüderchen?", fragte er süffisant.

Da stürzte Sebastian vorwärts. Diesmal trieb er Ludwig mit ein paar schnellen Stößen vor sich her, doch sein Bruder parierte einen jeden mit Leichtigkeit. Dann jedoch verfing sich Ludwigs Fuß beim Versuch nach hinten auszuweichen in einer Baumwurzel. Er verlor das Gleichgewicht und taumelte rückwärts. Im nächsten Moment lag er auf dem Rücken.

Aus schreckgeweiteten Augen starrte er zu Sebastian auf, der sein Glück kaum fassen konnte. Zögernd setzte er Ludwig die Degenspitze an die Kehle.

In Ludwigs Augen flackerte es, und Sebastian konnte es nicht glauben, denn es waren immer noch Hass und Zorn, die ihm entgegenschlugen.

„Was nun, Bruder?", flüsterte Ludwig. Seine Stimme klang heiser.

Sebastians Hand zitterte. Noch kürzlich, im „Eber" war er entschlossen gewesen, Ludwig zu töten, um Theresia vor ihm zu bewahren. Er war willens gewesen, alles für sie hinzugeben, sein Leben, sein Seelenheil gar, doch jetzt, in diesem Augenblick, da der Blick seines Bruders schwer auf ihm ruhte und er in seinen Augen endlich nackte Todesangst aufflackern sah, zögerte er.

Er konnte es einfach nicht!

Mit einer schnellen Drehung der Klinge versetzte er Ludwig einen kleinen Schnitt quer über die Kehle. Ludwig schrie auf, bemerkte dann jedoch, dass er nicht schwer verletzt war, und als Sebastian die Klinge von seinem Hals nahm, weiteten sich seine Augen vor Verblüffung.

Sebastian senkte die Degenspitze gen Boden. „Steh auf!", befahl er, und seine Stimme schien ebenso rau wie die Ludwigs. Er streckte die Linke aus, um seinem Bruder aufzuhelfen.

Über Ludwigs Gesicht glitt ein Ausdruck von absolutem Unverständnis. Einen Augenblick lang starrte er auf die dargebotene Hand, dann ergriff er sie und ließ sich von Sebastian auf die Füße ziehen.

„Du bist schon immer ein Feigling gewesen", murmelte er, doch es klang nicht mehr ärgerlich, sondern nur müde.

„Möglich." Sebastian machte Anstalten, den Degen fortzustecken.

Und da geschah alles plötzlich ganz schnell.

Ein entsetzter Schrei gellte über die Lichtung, und Clemens brauchte einen Augenblick, bis er begriff, dass er selbst ihn ausgestoßen hatte.

Er wusste nicht genau, ob ein Engel seine Schritte gelenkt hatte, oder ein grausames Schicksal, aber auf jeden Fall hatte er auf seinem Weg zum Katharinenstift eine kurze Rast eingelegt und sich dafür unter eine Kastanie mit tief hängenden Ästen gesetzt. Die beiden Männer, die sich auf ihren Pferden genähert hatten, hatte er schon von Weitem gesehen, aber erst, als sie näherkamen und ohne ihn zu bemerken an ihm vorbeiritten, betrachtete er sie genauer. Und hätte vor Verwunderung fast laut aufgeschrien.

Es war Ludwig Langenthal.

Und sein Bruder Sebastian!

Sebastian lebte! Clemens' Herz machte einen Hüpfer bei dieser Erkenntnis, doch er hatte kaum Zeit, sich zu freuen, denn etwas war an den beiden jungen Männern, was ihn warnte. Wenn er kein Wissenschaftler gewesen wäre, sondern so abergläubisch wie die alten Weiber in der Waschküche der Burg von Baron Konrad, hätte er meinen können, eine düstere Ausstrahlung wahrzunehmen, die die beiden Brüder einhüllte. Den Geruch von etwas Finsterem, sehr Wütendem. Den Hauch von Unheil.

Kopfschüttelnd hatte er die beiden vorbeireiten lassen, sich dann selbst wieder in den Sattel geschwungen und war ihnen gefolgt. Bis hin zu dieser Lichtung, wo er in einem Gebüsch verborgen gestanden und voller Schrecken mit angesehen hatte, wie Sebastian und Ludwig sich zu einem Duell gegenüberstanden. Mit unendlicher Erleichterung hatte er erlebt, wie Sebastian seinem Bruder einen winzigen Schnitt an der Kehle verpasst hatte. Der Ehre war Genüge getan, sobald beide Kontrahenten bluteten, das wusste er aus Erzählungen des Kaplans.

Und so hatte er sich lächelnd selbst gescholten dafür, dass er tatsächlich geglaubt hatte, die beiden jungen Männer würden es zum Äußersten kommen lassen und hier ginge es um Leben und Tod. Als Sebastian Ludwig die Hand reichte und ihn auf die Füße zog, hätte Clemens beinahe applaudiert, doch dann war ihm das Blut in den Adern gefroren.

Er hatte das Unheil kommen sehen. Und voller Schrecken aufgeschrien …

Im nächsten Moment schien die Zeit stillzustehen.

Sebastian wollte die Spitze seines Degens gerade in die Scheide führen, als Ludwigs Klinge vorschnellte. So blitzartig stieß sie zu, dass Clemens' Schrei zwischen den

Bäumen noch nicht verhallt war, bevor sie ihr Ziel traf. Mit großer Wucht drang sie seitlich in Sebastians Brustkorb ein. Während sich Sebastians Augen vor Schreck und Schmerz weiteten, zischte seine eigene Klinge durch die Luft. Sie traf Ludwig seitlich am Hals. Blut sprudelte hervor, auf Ludwigs Miene erschien Verblüffung. Er zog seinen Degen aus Sebastians Wunde, dann griff er sich an den verletzten Hals. Er begann zu taumeln, brach zusammen.

Sebastians Degen landete im Gras. Einen Augenblick lang stand der jüngere der beiden Brüder noch da, starrte auf sein Opfer hinunter. Dann musste die Erkenntnis dessen, was er getan hatte, seinen Verstand erreicht haben. Er warf den Kopf in den Nacken, sandte einen verzweifelten Schrei gen Himmel. Und fiel auf die Knie.

Über den unebenen Waldboden flog Clemens auf Sebastian und Ludwig zu. Er erreichte sie in dem Augenblick, als Sebastian eine Hand auf seine blutende Wunde presste und sich krümmte. Er fasste zu, stützte den jüngeren der beiden Brüder, und er brauchte seine gesamte Kraft, um ihn vor dem endgültigen Zusammenbrechen zu bewahren.

Sebastian wirkte erstaunt über seine Hilfe. Er hob den Kopf, schaute ihm ins Gesicht. „Clemens", murmelte er mit schwerer Stimme. Sein Gesicht war bleich, der Blutfleck auf seinem Hemd wurde mit beängstigender Geschwindigkeit größer und größer. Doch Sebastian richtete den Blick auf Ludwig, dessen Körper lang hingestreckt dalag und um dessen Kopf sich das Blut gleichfalls ausbreitete.

„Hilf meinem Bruder", wisperte Sebastian. „Stopp die Blutung!"

Clemens zögerte, doch als Sebastian sich aus seinem Griff losmachte, gehorchte er. Neben Ludwig kniete er sich hin, seine Hände flatterten, als er sie der klaffenden Halswunde näherte, aus der das Blut jetzt in pulsierenden

Strömen schoss. Mit verzerrter Miene fasste er sich ein Herz und drückte seine flache Hand auf den tiefen Schnitt. Ludwigs Blut war warm. Clemens wurde schlecht, aber er verstärkte den Druck noch, und kurz hatte er das Gefühl, dass der Blutstrom etwas geringer wurde.

„Ich hole Hilfe!" Papierdünn war Sebastians Stimme. Er hatte sich inzwischen auf die Füße gestemmt. Vornübergebeugt und keuchend stand er da, die Hand nach wie vor auf die Wunde in seiner Seite gepresst. Schon machte er Anstalten, sich abzuwenden.

„Du bist ebenso schwer verletzt wie er!", rief Clemens aus. Tiefe Verzweiflung ergriff ihn. Er hatte sich nie gern mit den Schriften der Medizin befasst, aber sein spärliches Wissen reichte, um zu wissen, dass es für Ludwig keine Rettung mehr gab.

„Ich komme klar!" Sebastian wankte zu seinem Pferd und griff nach dem Sattel. Über die Schulter warf er Clemens einen flehenden Blick zu. „Rette ihn!", flüsterte er durch blasse Lippen. Dann zog er sich mit einer unendlich mühsam aussehenden Bewegung auf den Rücken seines Pferdes. Als er in den Sattel fiel, schrie er vor Schmerzen auf.

Er wendete das Tier und gab ihm die Sporen.

Keine zwei Herzschläge danach war Clemens mit dem sterbenden Ludwig allein auf der Lichtung.

Helena trug ihn heldenhaft. Ihre Hufe trommelten auf dem Waldboden, und das Geräusch wurde in Sebastians Geist zu einem dumpfen Dröhnen, das sich mit dem verzweifelten Donnern seines Herzens mischte.

Warum hörte die Welt nicht auf, sich zu drehen? Warum schien die Sonne, glitten die Wolken über den Himmel, als wäre nichts geschehen?

Er hatte seinem Bruder eine Wunde zugefügt, die mit

Sicherheit tödlich war. Doch vielleicht gab es noch Hoffnung ... Daran klammerte er sich verzweifelt.

Helena setzte über einen umgefallenen Baumstamm, und brutal fuhr der Schmerz durch Sebastians Leib. Er fiel vornüber, biss die Zähne zusammen. Die Schmerzen waren eine willkommene Strafe für das, was er getan hatte. Nur unter größten Anstrengungen schaffte er es, im Sattel zu bleiben.

Er war nun endgültig verdammt. Die schreckliche Sünde, die er mit Theresia – seiner eigenen Schwester – begangen hatte, hätte Gott ihm vielleicht noch vergeben können, da sie ahnungslos geschehen war. Aber den heimtückischen Mord an Ludwig?

Es nützte nichts, dass er versuchte, sich einzureden, dass es ein Unglück gewesen war, dass er Ludwig hatte verschonen wollen und sich nur verteidigt hatte. Er war mit seinem Bruder in den Wald geritten, und er hatte den Vorsatz gehabt, ihn zu töten ...

Die Erkenntnis seiner unendlichen Schuld drückte ihn tiefer in den Sattel nieder.

Der Weg flog an ihm vorbei. Gleich voraus musste eine Weggabelung kommen, an der es linker Hand zum Anwesen seines Vaters ging. Der Pfad rechts führte zu einem kleinen Stift, das verborgen im Wald lag und der Heiligen Katharina geweiht war. Er würde sich für den linken Weg entscheiden. Auf dem Hof seines Vaters gab es heilkundige Menschen, und wenn er Glück hatte, dann war auch Dr. Trauner, der Leibarzt seines Vaters, gerade anwesend. Trauner hatte im Krieg Erfahrung als Wundarzt gesammelt. Er würde Ludwig helfen, er würde Sebastians Bruder vor dem Sterben bewahren ...

Die Hoffnung gab Sebastian Kraft, Helena noch ein wenig mehr anzutreiben. Der Schmerz wühlte inzwischen so heftig in seiner Seite, dass er kaum noch Luft bekam.

Jedes Mal, wenn die Hufe seiner Stute auf der Erde auftrafen, war es ihm, als würde ein Messer in der Wunde umgedreht.

Die Gabelung kam in Sicht. Endlich! Von hier aus war es nur noch ein kurzes Stück bis zum väterlichen Anwesen. Sebastian hieb der Stute die Absätze in die Seite, sie streckte sich noch ein wenig mehr.

Und bei ihrem nächsten Sprung zerriss etwas in Sebastians Seite. Es war, als zerspränge sein Herz. Im nächsten Moment bekam er keine Luft mehr. Verzweifelt versuchte er einzuatmen, aber es fühlte sich an, als wolle seine Lunge keinen seiner Atemzüge mehr aufnehmen.

Dunkelheit kroch von den Rändern seines Gesichtsfeldes heran. Helena spürte, dass etwas nicht stimmte, und verlangsamte ihren Schritt.

Nein!, wollte Sebastian schreien. *Du darfst nicht nachlassen!* Aber kein Laut kam über seine Lippen. Im Sattel sank er nach vorn, der warme, glatte Hals seiner Stute schmiegte sich gegen seine Wange, während Sebastian Atemzug um Atemzug um Luft rang.

Etwas Dickflüssiges stieg in seinem Hals hoch, füllte seinen Mund. Er hustete und Blut benetzte Helenas braunes Fell. Die Stute blieb nun endgültig stehen.

Sebastian versuchte, sich hochzustemmen. Die Weggabelung war zum Greifen nahe. Doch zu fern! Er spürte, wie ihm die Sinne schwanden. Die Dunkelheit hüllte ihn ein. Er merkte noch, wie er ins Rutschen kam.

Dass er auf dem Waldboden aufprallte, merkte er nicht mehr.

Kapitel IX

So wanderte er einige Jahre im Elend umher
und geriet endlich in die Wüstenei [...].
Dort vernahm er eine Stimme,
und sie deuchte ihn so bekannt:
Da ging er darauf zu.

Clemens' Hände schmerzten von der Kraft, die er brauchte, um die Blutung an Ludwigs Hals zu stillen. Tränen der Verzweiflung rannen ihm über das Gesicht, und er haderte mit dem Schicksal. Es würde zu lange dauern, bis Sebastian mit Hilfe käme! Er konnte spüren, wie das Leben mit jedem Herzschlag ein wenig mehr aus Ludwigs Körper wich.

Wenn er doch jetzt nur eine Möglichkeit hätte, eine Nachricht zu übersenden! Er könnte um Hilfe ersuchen, und sie würden nicht so unendlich viel Zeit verlieren!

Ein Schluchzen stieg in seiner Kehle auf.

„Helft uns!", wisperte er und wusste doch, dass sein Flehen ungehört verhallen würde.

Ein leises Stöhnen ließ ihn aufmerken. Clemens riss sich zusammen, schaute auf den schwer Verletzten nieder.

Ludwigs Augen waren offen!

Vor Schreck hätte Clemens beinahe die Hände von der Wunde genommen, gerade noch rechtzeitig besann er sich, dass das kein guter Gedanke war.

„Clem..." Nur ein Hauch war Ludwigs Stimme.

„Du darfst nicht sprechen!" Irgendwo in Clemens' Hinterkopf wisperte eine kleine Stimme, dass er einen Herrn wie Ludwig nicht duzen durfte, aber er achtete nicht darauf. Wen kümmerte es, wie er diesen Mann anredete?

Egal, ob Bürger, Baron oder armer Schlucker – im Sterben waren sie alle gleich.

„Ich muss ..." Ludwigs Hand fuhr ziellos durch die Luft. „Komm ... dichter ..." Er versuchte, Clemens zu sich herabzuziehen, aber er war bereits zu schwach dazu.

Clemens beugte sich über sein Gesicht. Fahl waren Ludwigs Lippen, das Weiß der Augen von roten Adern durchzogen, der Blick längst verschleiert.

„Ich muss ... dir etwas ... sagen ..."

Bei jedem Wort, das Ludwig hervorbrachte, fühlte es sich an, als rinne noch mehr Blut aus seiner Halswunde.

Nicht sprechen!, dachte Clemens, aber diesmal brachte er es nicht über die Lippen. Es war ohnehin egal. Ludwig war dem Tode geweiht, und er schien etwas auf dem Herzen zu haben, dessen er sich entledigen musste. Was waren ein paar kostbare Sekunden Leben gegen die Gewissheit, sich die Schuld von der Seele geredet zu haben?

„There...sia", hauchte Ludwig.

Clemens schluckte. Dann brachte er sein Gesicht so dicht wie möglich an Ludwigs Mund. Seine Augen weiteten sich, als er hörte, was der junge Mann ihm zu sagen hatte, und nur einige Minuten später, als Ludwigs Kopf nach hinten fiel und sein Blick endgültig brach, wusste Clemens endlich, was es mit Theresia und Sebastian auf sich hatte. Das also war der Grund, warum Sebastian sie verlassen hatte! Er war nicht fortgegangen, weil er sich der Verantwortung entziehen wollte, sondern weil er erfahren hatte, dass er ...

... Theresias Bruder war!

Traurig schaute Clemens auf den toten Mann in seinem Schoß hinunter, doch dann hob er den Blick und richtete ihn in die Ferne.

„Oh, Theresia!", murmelte er.

„Brr! Halt mal an, Tobias!“

Der knappe Befehl des alten Mannes auf dem Karren schallte durch den Wald. Der Junge, der neben dem Kopf eines der beiden mächtigen Zugpferde ging, blickte fragend zu seinem Vater zurück.

Der hatte sich auf dem Karren hingestellt und schaute den Weg entlang, der vor ihnen eine sanfte Biegung machte. „Ich glaube, da vorne liegt einer!“

Mit der Weidenrute, die ihm als Peitsche diente, wies der Alte voraus, und Tobias reckte den Kopf.

Tatsächlich entdeckte er jetzt ebenfalls die in schmutzigen Hosen und teuren Stiefeln steckenden Beine, die aus dem Unterholz ragten. „Du hast recht, Vater“, sagte er. „Aber wir sollten vorsichtig sein!“

Das Gesindel, das sich in diesen Wäldern herumtrieb, stellte Händlern wie ihnen gern einmal eine Falle, und dafür einen Mann auf den Weg zu legen und so zu tun, als bräuchte er Hilfe, war ein gern genutztes Mittel.

„Trotzdem!“ Der alte Mann wies mit dem Kinn auf den regungslos Daliegenden. „Ich will mir nicht nachsagen lassen, dass wir einem armen Kerl die Hilfe verweigert haben! Geh nachschauen, aber nimm das Messer mit!“

Er langte nach einer fast unterarmlangen Klinge, die er in einer Scheide griffbereit neben sich auf dem Bock liegen hatte, und warf sie Tobias zu. Der fing sie geschickt auf, zog sie heraus. Dann ging er vorsichtig auf den Mann im Unterholz zu.

Mit der Fußspitze stieß er ihn an. „Der rührt sich nicht!“

Nachdem er sich vorsichtig nach allen Seiten umgesehen hatte, beugte er sich zu dem Mann hinunter. „Sieht reich aus“, kommentierte er. „Aber ziemlich runtergekommen.“ Er umfasste den Mann an der Schulter und drehte ihn auf den Rücken. „Verdammt!“, entfuhr es ihm.

Der Alte sprang jetzt von seinem Karren und kam näher.

Er betrachtete den jungen Mann mit der blassen Haut und den hellbraunen Locken einen Augenblick, bevor sein Blick an dem großen Blutfleck an seiner Brust hängenblieb. „Sieht aus, als sei er überfallen worden. Armer Teufel! Ist er tot?"

Tobias beugte sich über den Regungslosen. „Nein. Er atmet. Aber er scheint nicht weit von der Pforte zur Hölle entfernt."

Der alte Mann schaute nachdenklich den Weg entlang. Vor ihnen befand sich eine Gabelung. Rechter Hand, das wusste er, ging es zum Anwesen dieses neureichen Kerls. Wie war nochmal sein Name? Langenthal, oder so.

Der Alte mochte Langenthal nicht. Auf keinen Fall würde er einen Fuß auf dessen Land setzen. Mit den neuartigen Maschinen in seinem Sägewerk vermieste dieser Emporkömmling sämtliche Preise in der Gegend.

Der Alte schaute den linken Pfad entlang. „In dieser Richtung kommt irgendwann ein kleines Kloster oder sowas in der Art", sagte er. „Wir bringen ihn dorthin. Sollen sich die Nonnen mit ihm rumschlagen, schließlich sind sie dafür da."

„Theresia!" Die Stimme von Mutter Laurenzia drang in Theresias Grübeleien und zerriss für einige Herzschläge lang den Schleier aus Melancholie, der sich um sie gelegt hatte. Erst jetzt bemerkte sie, dass schon zweimal an die Türe zu ihrer Zelle geklopft worden war. „Theresia, bist du da, Kind?"

Seufzend erhob sie sich von dem Betschemel, auf dem sie kniete. „Ja, Mutter Oberin. Kommen Sie herein!"

Die ältere Nonne öffnete die Tür und streckte den Kopf ins Innere der kargen Kammer. „Habe ich dich beim Beten gestört?"

Theresia stützte sich auf das unbequeme Möbel. „Nein",

antwortete sie, und es war nur zur Hälfte gelogen. Sie hatte versucht zu beten, aber ihre Gedanken waren wieder und wieder abgeschweift.

Zu Sebastian.

Und zu der Frage, warum er sie einfach zurückgelassen hatte. Unwillkürlich legten sich beide Hände auf ihren Bauch.

Mutter Laurenzia entging die Bewegung nicht. Einen Moment lang schaute sie schweigend auf Theresias Leib, aber sie sagte nichts dazu. „Eben wurde ein Verletzter gebracht", erklärte sie stattdessen. „Er scheint im Wald überfallen worden zu sein und braucht unsere Hilfe. Ich dachte mir, du könntest dich ein wenig um ihn kümmern, dann kommst du möglicherweise auf andere Gedanken."

Theresia war versucht, den Kopf zu schütteln. Ruhig und freundlich lag der Blick der Oberin auf ihr, und plötzlich wollten ihr Tränen in die Augen schießen. Energisch blinzelte sie dagegen an.

Mutter Laurenzia hatte ja recht! Es war nicht gut, sich zu verkriechen und Trübsal zu blasen. Sie war hier im Stift mit offenen Armen aufgenommen worden, da konnte sie sich ruhig ein wenig nützlich machen. Sie unterdrückte ein Seufzen. „Ich komme", sagte sie.

Die Krankenstation von St. Katharina lag in einem zweistöckigen Gebäude direkt neben der Kirche. Mehrere kleine Kammern dienten dazu, Kranke aufzunehmen, und in einer von ihnen herrschte rege Geschäftigkeit, als Theresia hinter der Mutter Oberin hereinkam.

Zwei Nonnen waren dabei, einen Mann zu waschen, der regungslos auf dem Bett lag. Die eine von ihnen, Schwester Magdalena, verdeckte mit ihrer Tracht sein Gesicht und seinen Oberkörper, sodass Theresia im ersten Augenblick nur eine schmutzige Hose und Lederstiefel erkennen konnte. Ein zerschlissenes, blutiges Hemd lag achtlos auf dem Boden und zeigte, dass der Mann schwer verletzt war.

Theresias Herz begann zu klopfen, und sie konnte sich nicht so recht erklären, woran das liegen mochte. Obwohl sie als Tochter eines Barons eher selten mit Verletzungen und Wunden konfrontiert wurde, wusste sie, wie Blut aussah und auch, wie es roch. Einmal war sie zufällig dazugekommen, wie einer von Vaters Stallknechten die Hand unter einen herabfallenden Amboss bekommen hatte, den man gerade von einem Karren hatte abladen wollen. Sie hatte bei dem Mann ausgeharrt und ihn versorgt, bis ein Arzt dagewesen war. Ihr war nicht ein bisschen schlecht geworden dabei. Nein, der Anblick des Blutes konnte es kaum sein, der ihr plötzlich Beklemmung verursachte.

„Die Wunde ist sehr tief", sagte die eine der beiden Nonnen zu der Mutter Oberin. Theresia kannte sie als Schwester Josephina. „Ich weiß nicht, ob er das überleben wird." Sie hatte ein Tuch in der Hand, das sie jetzt in einer Wasserschüssel ausdrückte.

Theresias Blick fiel nun auf die Wunde. Sie sah nicht besonders groß aus, ein schmaler Schnitt nur, dicht unter seinem linken Rippenbogen. Doch das Blut quoll in einem stetigen Strom daraus hervor und rann bereits über die bleiche Haut des Mannes, bevor Schwester Josephina es erneut wegwischen konnte.

„Du kannst jetzt gehen, Magdalena", sagte Mutter Laurenzia zu der Nonne, die Theresia noch immer die Sicht versperrte. „Theresia wird sich weiter um den Mann kümmern."

Schwester Magdalena drehte sich um und nickte dankbar. Sie war ganz grün, und die Erleichterung, diesen kleinen, nach Blut riechenden Raum verlassen zu dürfen, stand ihr ins Gesicht geschrieben. Eilig stolperte sie davon.

Und Theresias Blick fiel auf den Verletzten.

In diesem Moment gaben die Beine unter ihr nach.

Mit Mühe nur schaffte sie es, auf den Füßen zu bleiben. Sie taumelte gegen die Wand, stützte sich daran ab.

„Um Himmels Willen!", hörte sie die Stimme der Mutter Oberin. „Kannst du etwa auch kein Blut sehen?"

Sie war unfähig zu antworten. Ihr Blick lag auf dem vertrauten Gesicht, auf diesen bleichen, so bleichen Zügen, die sie jede Nacht in ihren Träumen sah. Sie sah die braunen Locken, die langen Wimpern, die Nase, das Kinn, die Lippen, an denen noch Spuren von Blut klebten. Ein verzweifelter Schrei wollte ihr die Kehle hinauffahren.

Sebastian!

Der Verletzte war ihr Sebastian.

Jemand griff nach ihr, stützte sie, doch sie machte sich los, trat an das Bett heran. Wie betäubt sah sie zu, wie Schwester Josephina, die sofort wieder an ihren Platz zurückgekehrt war, nachdem Theresia der Sache nicht gewachsen zu sein schien, mit dem Tuch die Wunde an seinem Körper betupfte. Ihr Blick huschte zu dem Hemd auf dem Boden. So viel Blut. Sebastian. *So bleich ...*

„Kennst du diesen Mann?", fragte Mutter Laurenzia.

Mechanisch schüttelte Theresia den Kopf. Das konnte, das durfte nicht sein! Ihr Sebastian! Sie streckte die Hand aus, wollte ihn berühren, doch plötzlich schien er in unendliche Ferne zu rücken.

Jemand wimmerte, und sie begriff, dass sie selbst es war.

„Komm!" Mutter Laurenzia packte sie an den Schultern und wollte sie aus dem Raum bugsieren, doch sie wehrte sich.

„Nein", sagte sie mit rauer Stimme. „Ich bleibe bei ihm!" Sie straffte die Schultern, nahm Schwester Josephina das Tuch aus der Hand und begann nun ihrerseits, Sebastian das Blut abzutupfen. Behutsam beugte sie sich über ihn, brachte ihren Mund ganz dicht an sein Ohr.

„Ich bin bei dir", flüsterte sie ihm zu.

Als sie sich wieder aufrichtete, glaubte sie seine Lider flattern zu sehen. Für einen kurzen Moment öffnete er die Augen, doch sein Blick war unstet, erfasste sie nicht. Sie nahm seine Hand, drückte sie. „Ich lasse dich nicht wieder fort!"

Er befand sich in einer kalten, endlosen Einöde. In alle Richtungen streckte sich die Ebene um ihn aus, kahl, baumlos, ohne Kontur. Der Himmel hing wie Blei über ihm, und es gab nichts, das seinem Blick Halt gegeben hätte. Genauso gut hätte er blind sein können. Er wusste, er musste vorangehen, musste nach ihr suchen.

Theresia!

Der Name hallte in seinem Innersten wider, und er spürte die Leere in ihn eindringen, ihn vollständig ausfüllen, bis er nichts mehr empfinden konnte außer Kälte und Einsamkeit.

Mühsam machte er den ersten Schritt, dann den nächsten.

Er ging und ging, tage-, wochenlang, ohne dass sich etwas änderte. Zuerst dachte er noch häufig an den Namen. Theresia. Doch mit der Zeit verblassten die Erinnerungen, der Name war nichts weiter mehr als das, ein Name. Und irgendwann vergaß er ihn. Schließlich, als die Verzweiflung ihn niederdrücken wollte und jeder Schritt doppelt so schwer wurde wie der vorangegangene, erschien am Horizont ein Tor.

Riesig war es und so finster, dass er stehen bleiben musste. Eine düstere Aura strahlte von diesem Tor aus, und er ahnte, dass es die Pforte jener Hölle war, die auf ihn wartete.

Zögernd nur machte er den nächsten Schritt.

Er war dazu bestimmt, durch dieses Tor zu schreiten, das wusste er, und doch war noch etwas in ihm, das sich gegen den Sog wehrte, den das Tor auf ihn ausübte. Sein Herz begann zu schmerzen, mehr, als es jemals zuvor geschmerzt hatte.

Ein Name klang in seiner Erinnerung auf, ganz fern nur. Er wollte sich daran klammern, wollte sich daran festhalten, doch es gelang ihm nicht. Die Erinnerung verflüchtigte sich.

Er machte den nächsten Schritt, und mit ihm war das Tor jetzt plötzlich sehr nahe. Er meinte es berühren zu können, streckte schon die Hand danach aus, als er plötzlich Gesang hörte.

Wieder war da eine Erinnerung in ihm, diesmal bekam er den Namen zu fassen.

Theresia.

Sie sang für ihn! Und er konnte die Worte jetzt hören.

„Könnt ich dein Gunst erwerben,
käm ich aus großer Not.
Viel lieber wollt ich sterben
und wünscht mir selbst den Tod."

Seine Hand sank herunter, sein Kopf ebenso. Er hatte keine Ahnung, wie lange er der Stimme gelauscht hatte, aber schließlich drehte er sich um.

Und ließ das schwarze Tor hinter sich zurück.

Obwohl die Lage schier hoffnungslos schien, tröstete es Theresia etwas, dass sie an Sebastians Krankenlager sitzen und für ihn singen konnte. Sie bildete sich ein, dass ihre Stimme ihn mit dem Leben verband, dass sie in der Lage war, ihn von der Schwelle des Todes zurückzureißen, wenn sie nur ausdauernd und inbrünstig genug sang.

Seit anderthalb Tagen saß sie jetzt neben seinem Bett,

hielt seine Hand, streichelte sein Gesicht, und sie wehrte jeden Versuch ab, sie abzulösen und in ihre Kammer zu schicken. Sie war nicht müde, behauptete sie, auch wenn das gelogen war. In Wirklichkeit fühlte sie sich wie mit Blei ausgegossen, konnte sich kaum noch überwinden, die Hand zu heben oder die Lider, wenn ihr der Kopf doch einmal auf die Brust gesunken war.

„Kind!“ Jemand legte ihr zwei schwere Hände auf die Schultern, und sie schreckte aus einem Dämmerschlaf auf. „Es nützt ihm gar nichts, wenn du vor Entkräftung umfällst.“

Es war Mutter Laurenzia, die streng und gleichzeitig milde auf sie herabblickte.

Theresias Blick huschte zu Sebastian. Seine Züge waren noch immer bleich, aber ein feiner Schweißfilm stand jetzt auf seiner Stirn. Grenzenlose Verzweiflung griff nach Theresia.

„Er hat Fieber bekommen“, flüsterte sie.

Mutter Laurenzia nickte ernst. „Das hat er. Und es hat nichts genützt, dass du bei ihm gesessen hast. Du wirst jetzt ein wenig essen und dich dann hinlegen, hast du mich gehört?“

Theresia schüttelte den Kopf. Sie wusste, dass es ungehörig war, der Oberin zu widersprechen, aber sie konnte einfach nicht anders. Auf seinem Lager regte sich Sebastian. Er warf seinen Kopf von rechts nach links und seine Lippen teilten sich.

Ein leises Stöhnen entrang sich seiner Kehle. „Theres...“ Der Rest ihres Namens verklang in einem tonlosen Hauch.

Tränen schossen Theresia in die Augen.

„Du kennst ihn“, sagte Mutter Laurenzia ihr auf den Kopf zu. „Warum willst du mir nicht verraten, wer er ist?“ In den letzten Tagen hatte sie immer wieder diese Frage gestellt, und Theresia hatte ihr keine Antwort darauf gegeben. Warum sagte sie nicht, wer Sebastian war? Weil eine innere Stimme sie davor warnte. Sie glaubte, dass sie ihn verlieren würde, wenn sie seinen Namen preisgab. Er würde zu seiner Familie zurückgebracht werden, und sie würde ihn nie wiedersehen ...

„Ich kann nicht", murmelte sie.

Mutter Laurenzia schüttelte sanft den Kopf. „Heute Morgen waren zwei Männer hier. Von dem Anwesen der Langenthals. Sie waren auf der Suche nach dem jüngsten Sohn, und sie fragten, ob wir etwas wüssten."

Erfüllt von Panik schaute Theresia auf. „Haben Sie ihnen gesagt, dass er hier ist?" Ihre Stimme schrillte.

„Nein." Die Oberin klang, als könne sie selbst nicht so ganz glauben, was sie getan hatte. Sie blickte auf Sebastian hinunter. „Ich habe ihnen nichts von ihm erzählt, aber ich weiß nicht so recht, warum. Dieser junge Mann: Es ist Sebastian Langenthal, oder?"

Theresia rieb sich die Stirn. „Sie dürfen niemandem verraten, dass er hier ist!"

„Dann musst du mir sagen, warum!", verlangte die Oberin.

Theresia zögerte. „Seine Verletzung", begann sie nachdenklich. „Ich glaube, sie stammt von seinem Bruder. Ludwig. Er hat versucht, Sebastian zu töten. Sie dürfen ihn nicht zu seiner Familie zurück ... Er wäre in Gefahr ..." Die Stimme versagte ihr und die Tränen rannen jetzt doch über ihre Wangen. „Nehmen Sie ihn mir nicht wieder weg! Bitte!"

Bedächtig atmete Mutter Laurenzia einmal ein und aus. „Schön. Ich habe keinerlei Vorstellung davon, was euch zweien geschehen ist, aber ich denke, wir können ihn sowieso nicht transportieren. Also kann er auch genauso gut hierbleiben." Sie nahm Theresias Hände in die ihren. „Ich werde ihn nicht verraten, das verspreche ich dir!"

Mit einem unterdrückten Fluch auf den Lippen knallte Clemens das Buch zu. Es war einfach unmöglich, sich zu konzentrieren, nach all dem, was in den vergangenen Tagen geschehen war!

Er hatte sich in die Bibliothek zurückgezogen, weil er hoffte, hier zwischen den Büchern ein wenig zur Ruhe zu kommen, doch das war eine trügerische Hoffnung gewesen. Alles hier drinnen erinnerte ihn an Theresia – an die Gespräche, die sie geführt hatten, an die klugen Fragen, die sie ihm gestellt hatte, an ihr Lachen ...

Wie er all das vermisste!

Seine Gedanken wanderten zu den Ereignissen auf der Waldlichtung zurück, und der Magen drehte sich ihm um dabei. Nachdem er sicher gewesen war, dass Ludwig tot war und er ihm nicht mehr helfen konnte, war er zum Langenthalschen Anwesen geritten und hatte die Männer dort benachrichtigt.

Man hatte sich sofort auf den Weg gemacht und die Leiche geborgen, und natürlich war im Herrenhaus ein großes Wehklagen ausgebrochen. Im ersten Moment hatte Heinrich Sebastian verflucht, weil er ihn für den Mörder seines Sohnes hielt, aber Clemens hatte sich beeilt, ihm zu berichten, was tatsächlich geschehen war.

Es war furchtbar gewesen, mit anzusehen, wie das Gesicht des Sägewerkbesitzers in sich zusammenfiel. „Ludwig wollte Sebastian hinterrücks ...?" Er sprach es nicht zu Ende.

Clemens nickte beklommen. „Sebastian hat sich verteidigt. Er wollte Ludwig nicht ... Es war ein Unfall!" Die letzten Worte schrie er fast, und er sah, dass Heinrich ihm glaubte.

Doch das linderte dessen Verzweiflung nicht. „Wo ist Sebastian?", flüsterte er.

Clemens wusste es nicht. Er berichtete, dass Sebastian

sich aufgemacht hatte, um Hilfe zu holen, obwohl er selbst schwer verletzt gewesen war. Sofort wurden Suchtrupps losgeschickt, um nach Sebastian zu fahnden, doch vergeblich. Irgendwann später am Tag war Helena allein und reiterlos in den Stall zurückgekehrt. Man hatte ihre Spur zurückverfolgt, doch alles, was man gefunden hatte, war eine große Blutlache und ein zerknicktes Gebüsch, in das Sebastian offenbar gefallen war. Von ihm jedoch keine Spur. Auch die Befragungen in allen umliegenden Dörfern und dem nahen Katharinenstift brachte keinerlei Ergebnis. Sebastian war und blieb verschollen.

Irgendwann begann man die Tatsache zu akzeptieren, dass auch er tot war und dass Wölfe seine Leiche in den Wald gezerrt haben mussten.

Ludwig wurde beerdigt. An seinem Grab brach Heinrich Langenthal zusammen.

„Warum, Herr?", rief er anklagend gen Himmel. „Warum hast du mir gleich beide Söhne genommen?"

Dies war der Moment gewesen, an dem Clemens sich entschlossen hatte, zu schweigen. Er hatte tagelang gegrübelt, wie er Heinrich das beibringen sollte, was Ludwig ihm mit seinen letzten Atemzügen zugeflüstert hatte.

Sebastian war des Inzests schuldig ...

Clemens hatte sich gewünscht, mit Marie über all diese Dinge reden zu können, aber die war so mit ihrer Schwangerschaft beschäftigt und mit der Sorge darüber, nach Theresias Fortgang entlassen zu werden. Sie hatte wahrlich anderes im Kopf. Er konnte sie nicht auch noch mit seinen trübseligen Grübeleien belasten.

Sebastian. Ein Todsünder.

Es gab keinen Weg, es schonend auszudrücken, und so beschloss Clemens schließlich, sein Wissen für sich zu behalten. Sebastian war tot, ebenso wie Ludwig. Sie konnten nichts dagegen tun.

Theresia befand sich noch immer im Kloster. Nachdem Henriette von Ludwigs und Sebastians Tod erfahren hatte, war sie zu ihr gereist und hatte versucht, sie dazu zu bringen, wieder mit nach Hause zu kommen. Aber zum zweiten Mal in ihrem Leben hatte Theresia sich ihrer Stiefmutter erfolgreich widersetzt. Sie war entschlossen, in dem Stift zu bleiben, und obwohl Clemens nicht genau wusste, was sie dazu trieb, hielt er es für eine gute Idee. Ihr Kind würde geboren werden, und vielleicht gelänge es ihr danach, zu einem brüchigen Frieden mit sich selbst zu kommen. Die Wunden würden heilen.

Irgendwann.

Clemens starrte auf das zugeklappte Buch hinab. Es war eine Schrift über Wundmedizin. Bitter lachte er auf. Dann nahm er das Buch, stellte es ins Regal zurück und holte sich Newtons „Optick“ hervor.

Der Weg aus der Einöde war lang und beschwerlich, aber endlich – Sebastian hatte keine Ahnung, wie viel Zeit vergangen war – tauchte am Horizont ein schwaches Licht auf. Er hielt darauf zu.

Lieblicher Gesang leitete ihn, und er hätte glauben können, er höre Engel singen, wenn er nicht gewusst hätte, dass er noch immer verdammt war. Dennoch setzte er Schritt vor Schritt, und endlich tauchte er in das Licht ein.

Langsam öffneten sich seine Augen.

Ein unbekanntes Gesicht schwebte vor ihm, eine Frau, die den Schleier einer Nonne trug. Herbe, dunkelbraune Augen blickten freundlich auf ihn herab.

„Sie sind wach!“, sagte sie, und sie klang zufrieden. „Das ist gut. Die Krise scheint überwunden.“

Er öffnete den Mund, wollte etwas sagen, aber seine Stimme gehorchte ihm nicht. Wie lange war er bewusstlos gewesen? Er wusste es nicht. Er fühlte sich schwach, das Blut rauschte durch seine Adern und dröhnte in seinen Ohren.

Die Nonne wandte sich um, und jetzt erst sah Sebastian, dass sich noch jemand in dem kleinen Raum befand, in den man ihn gebracht hatte. Eine weitere Frau. Sie trug keine Nonnentracht, sondern ein schlichtes, graues Kleid. Ihre blonden Haare waren kurzgeschnitten. Und trotzdem kam sie Sebastian merkwürdig vertraut vor.

„Haben Sie gehört, Kindchen", sagte die Nonne zu dieser Frau. „Er ist erwacht!"

Die Frau rührte sich nicht. Sebastian konnte sehen, wie sich ihre Schultern hoben und senkten, als kämpfe sie mit sich. Dann, nach einer ganzen Weile, drehte sie sich endlich um.

„Sebastian!", sagte sie leise. In ihren Augen glitzerten Tränen.

Sein Herz schlug einen Salto.

„Theresia", krächzte er.

In den nächsten Augenblicken drängten sich die Gefühle und Gedanken in Sebastians Kopf zu einem einzigen Knäuel zusammen. Als Erstes wurde ihm bewusst, dass er hier vor ihr lag – mit nacktem Oberkörper, der nur notdürftig von einem Verband um seine Rippen verdeckt wurde. Er sah, wie Theresia einen Schritt vorwärts machte, wie sie innehielt. Unsicher schaute sie ihn an, schien nicht zu wissen, wie sie ihm begegnen sollte.

Natürlich!

Sie wusste um ihre Blutsverwandtschaft. Man musste es ihr gesagt haben. Sein Blick wanderte an ihrem Leib hinunter zu dem Kind, das sie trug. *Seinem Kind ...*

Sein Herz fühlte sich an, als habe er nun doch die Degenklinge hineingesenkt.

„Oh, Gott!", wisperte Theresia, und dann schien sie

etwas in seinen Augen zu sehen, das ihr Hoffnung gab. Im nächsten Moment lag sie an seiner Brust, klammerte sich an ihn. „Ich dachte, ich hätte dich für immer verloren!"

Er spürte, wie ihn das Verlangen nach ihr überkam, und er vermochte nichts dagegen zu tun. Was für ein verdammter Mistkerl er doch war! Er konnte nicht anders, er hob den Arm und legte ihn um ihre Schultern. Wie dünn sie geworden war! Er musste tage-, wenn nicht gar wochenlang hier gelegen haben.

Sie zitterte. „Jetzt wird alles gut, Sebastian!" Sie hob den Kopf, sah ihm in die Augen. So vertrauensvoll schaute sie ihn an, so voller Liebe, dass das Grauen mit kalten Fingern nach ihm griff.

Sie wusste es nicht!

Ein gequältes Stöhnen machte seine Brust unerträglich eng. Sie hatte keine Ahnung davon, dass sie seine Schwester war!

Er brauchte all seine Kraft, um den Arm sinken zu lassen und sich von ihr abzuwenden. Er spürte, wie sie sich versteifte, ein Stück von ihm abrückte.

„Was hast du, Sebastian?", fragte sie sehr leise. Ihre Stimme klang brüchig, und sein Blick wanderte zu ihrem Gesicht zurück.

Wie sehr er sie liebte!

Aber es durfte nicht sein. Er verschloss jedes Gefühl in den tiefsten Tiefen seiner Seele. Kühl musste er wirken, beherrscht. Er musste ihr begreiflich machen, dass er sie nicht wollte ...

Himmel! Er musste sie von sich stoßen, obwohl er sie eigentlich nur festhalten und liebkosen wollte.

„Lass mich in Ruhe!", gelang es ihm zu sagen. Seine Stimme klang fremd in seinen eigenen Ohren.

Sie wich zurück. Ihre Augen waren sehr groß, und die Tränen darin, die noch nicht versiegt waren, glänzten.

„Sebastian?“ Ihre Stimme war nur ein Hauch.

Er wappnete sich gegen den Schmerz in seiner Brust. „Ich will nichts mehr mit dir zu tun haben, Theresia“, sagte er. „Lass mich einfach in Ruhe!“

Ihre Stiefmutter hatte also doch recht gehabt!

Sebastian hatte sich von ihr abgewendet, nachdem er erfahren hatte, dass sie ein Kind bekam. Sie hatte genau gesehen, wie er erst auf ihren Leib gestarrt hatte. „Lass mich in Ruhe!“, hatte er dann gesagt, und seine Stimme hatte dabei so unendlich kalt geklungen, dass sie ihn kaum wiederzuerkennen vermochte.

Sie versuchte verzweifelt, die Tränen zurückzuhalten, die ihr aus den Augen stürzen wollten, doch es ging nicht. Ein Schluchzen nach dem anderen schüttelte sie und brach sich an den unzähligen Säulen der Stiftskirche, in die sie sich zurückgezogen hatte. Ein paar Kerzen flackerten unruhig auf dem Altar. Sie erinnerten Theresia an die Kerzen auf dem Maiball. Das goldene Leuchten schien aus einer entfernten Vergangenheit zu ihr herüberzuscheinen. Einer Vergangenheit, in der noch alles gut und leicht gewesen war.

Ein Schluchzen schüttelte sie so sehr, dass sie von der Bank auf die Knie rutschte. Sie faltete die Hände, senkte den Kopf darauf, um zu beten, aber sie konnte es nicht. Alles, was sie wollte, war sterben.

Wie nur sollte sie ohne Sebastian sein? Wie sollte sie mit dem Wissen leben, dass er sie weggestoßen hatte? Sie rief sich sein Gesicht in Erinnerung, seine Augen, die sie angeschaut hatten, als er verlangte, sie solle ihn in Ruhe lassen.

Groß und dunkel hatten sie gewirkt, wie tiefe Seen, auf deren Grund Dinge lauerten, von denen sie nicht die geringste Vorstellung hatte. Sie hob den Kopf. War da nicht auch Schmerz gewesen? Sie war sich ganz sicher. Schmerzerfüllt hatte er sie angesehen, kurz bevor der Schleier aus Unnahbarkeit über ihn gefallen war. Was hatte das zu bedeuten?

Theresia richtete sich auf. Blicklos starrte sie in das flackernde Kerzenlicht. Dann fasste sie einen Entschluss.

Sie würde ihn zur Rede stellen. Er sollte ihr ins Gesicht sagen, dass er das Kind unter ihrem Herzen verleugnete, dass er sie für eine Hure hielt, die sich ihm vor der Heirat hingegeben hatte und die es nicht wert war, dass man ihr auch nur einen freundlichen Blick schenkte. Wenn er ihr das sagte, dann würde sie es glauben können, dass er sich von ihr abgewandt hatte. Vorher nicht.

Mit neugewonnener Kraft stand sie auf und wandte sich zum Gehen.

Vor der Tür zu seinem Krankenzimmer jedoch verließ sie der Mut. Minutenlang stand sie da, eine Hand auf der Klinke, die andere an ihr Herz gelegt, das vor lauter Angst galoppierte. Dann, nach einer halben Ewigkeit, gab sie sich einen Ruck und drückte die Klinke hinunter.

Die Tür schwang völlig lautlos auf.

Sebastian lag auf dem Rücken. Seine Augen waren geschlossen, sein Gesicht noch immer so unendlich bleich. Und seine Brust hob und senkte sich in gleichmäßigem Rhythmus.

Offenbar schlief er.

Langsam trat Theresia an sein Bett. Jemand hatte ihm die Decke bis unter die Achseln hochgezogen, sodass seine nackte Brust und sein Verband jetzt nicht mehr zu sehen waren, aber auch der Anblick seiner Schultern und Oberarme und der sehnigen Handgelenke ließ Theresias Herz stolpern.

Wie gern sie ihn berühren wollte!

Sie streckte die Hand nach ihm aus, strich ihm mit den Fingerspitzen über die Stirn, die Wangen, die Lippen. Diese

Lippen, die sie früher so begierig liebkost hatten. Sie spürte, wie ihr schon bei der geringen Berührung warm wurde. Sie trug hier im Kloster kein Mieder, und dennoch fühlte es sich an, als ziehe sich eines um sie zusammen. Sanft zeichnete sie mit den Fingern die Kontur von Sebastians Kiefer und seiner Kehle nach.

Und dann, ohne zu überlegen, was sie tat, beugte sie sich über ihn und küsste ihn sachte auf den Mund.

Er rührte sich nicht, obwohl sein Atem kurz zu stocken schien.

Theresia kostete den Augenblick aus, zögerte den Moment noch ein wenig hinaus, in dem sich ihre Lippen wieder lösten. Dann richtete sie sich auf und schaute auf Sebastian hinab.

Einige Herzschläge lang war sie unfähig, sich zu bewegen. Doch schließlich fand sie die Kraft, sich abzuwenden.

Lautlos verließ sie die Kammer und zog behutsam die Tür hinter sich ins Schloss.

Das leise Klicken, mit dem die Tür geschlossen wurde, war kaum verhallt, da schlug Sebastian die Augen auf. Sein gesamter Körper war in Aufruhr, und die Anstrengung, die es ihn gekostet hatte, unter Theresias Kuss regungslos und unbeteiligt zu bleiben, hatte ihn gänzlich ermattet.

Er setzte sich auf.

Der Schmerz wühlte in seiner Wunde, und im Sitzen fühlte sich jeder Atemzug noch qualvoller an, als er es im Liegen tat. Dennoch schwang Sebastian die Beine aus dem Bett. Vorsichtig stemmte er sich auf die Füße. Ihm war schwindelig und schlecht, und er wusste, dass das an dem großen Blutverlust lag, den er erlitten hatte.

Die Nonnen hatten sein Hemd gewaschen und geflickt, und als er es nun überstreifte, protestierte die Wunde an seiner Seite mit einem wütenden Schmerz. An einem

Haken in der Ecke hing nicht nur sein Gürtel mit dem Degen, sondern auch ein alter Umhang, der vermutlich einem früheren Patienten dieser Krankenstation gehört hatte. Mit unsicheren Schritten taumelte Sebastian darauf zu und nahm beides an sich.

Er schlang den Gürtel um seine Hüften. Er musste ihn zwei Löcher enger schnallen als sonst. Den Umhang legte er sich um die Schultern. Die Kapuze war weit und so groß, dass sie sein Gesicht verbergen würde. Gut so!

Er holte Luft, so tief es ging. Dann wankte er zur Tür.

Niemand hielt ihn auf, als er die Krankenstation verließ, aber an dem großen Eisentor, das das Kloster vom Rest der Welt abschirmte, trat ihm die Nonne entgegen, die ihn gesundgepflegt hatte. Ihr Name war Schwester Josephina, das wusste er inzwischen.

„Sie wollen uns verlassen?" Ganz ruhig und sachlich sprach sie ihn an.

Das Land verlassen! So viel Raum wie nur irgend möglich zwischen sich und Theresia bringen. Er nickte. „Ich muss fort."

„Fort. Ich vermute, Sie reden davon, nicht mehr zurückzukommen."

Er nickte. „Es gibt Dinge, die ich zu erledigen habe."

Sie musterte ihn von Kopf bis Fuß. „Sie sind noch lange nicht genesen!"

„Ich weiß. Dennoch muss ich gehen."

„Sind Sie sicher, dass Sie nicht vor Theresia auf der Flucht sind?", fragte sie.

Er hatte keine Ahnung, wie viel sie wusste, aber er spürte ihren Blick wie eine Anklage auf sich. Er wappnete sich gegen das Schuldgefühl. Seine Hand suchte Halt am Griff des Degens, und ihm wurde bewusst, dass es noch einen anderen Weg gab, als das Land zu verlassen. Einmal war er schon bereit gewesen, diesen Weg zu gehen ... „Erst muss ich zu meinem Vater, ihn um Verzeihung bitten", murmelte er.

„Und dann?"

Ja, was dann? Mühevoll löste er seine Hand vom Griff der Waffe.

„Ich weiß es nicht!", gestand er.

Da gab Schwester Josephina ihm den Weg frei. „Gehen Sie mit Gott", wünschte sie ihm. „Und finden Sie Frieden!"

„Ich danke Ihnen!" Er lenkte seine Schritte auf den Weg. Einmal noch sah er sich um, obwohl er wusste, dass es gefährlich war. Wenn er Theresia hätte dastehen sehen, wäre er schwach geworden und umgekehrt. Doch sie stand nicht da. Der Klosterhof lag völlig verlassen, auch Schwester Josephina war nirgends mehr zu sehen.

Sebastian biss die Zähne zusammen. Theresias Gegenwart eben in seiner Kammer hatte ihn beinahe schwachgemacht. Ihre Lippen auf den seinen waren mehr, als er zu ertragen fähig war, und er wusste, sollte er sie noch ein einziges Mal zu Gesicht bekommen, würde er alle Gedanken an Todsünde und Verdammnis von sich weisen. Er würde sie an sich ziehen und sie küssen und dann ...

Im Gehen schloss er die Augen.

Es durfte nicht sein!

Er durfte sie niemals wiedersehen.

Schritt um Schritt entfernte er sich von ihr. Und es kam ihm vor, als würde er erneut auf die Pforten der Hölle zuhalten.

Kapitel X

Da erkannte ihn Rapunzel und
fiel ihm um den Hals und weinte.
Zwei von ihren Tränen aber benetzten seine Augen,
da wurden sie wieder klar,
und er konnte damit sehen wie sonst.

„Er ist was?"

Erschrocken schaute Theresia Schwester Josephina an. Die Nonne war eben zu ihr in ihre Kammer gekommen und hatte ihr gesagt, dass Sebastian das Stift verlassen hatte.

„Er ist fortgegangen", wiederholte Josephina leise. Sie sah Theresia traurig an. „Es tut mir leid!"

Theresia warf die Arme in die Luft. „Warum hast du ihn nicht aufgehalten?" Beinahe schrie sie.

„Wie hätte ich das tun sollen?"

Natürlich hatte die Nonne recht. „Entschuldige", murmelte Theresia.

Schwester Josephina nickte. „Er sah nicht gut aus, Theresia. Ich mache mir wirklich Sorgen um ihn!"

Sebastian hatte viel Blut verloren, und das Fieber, das ihn überwältigt und tagelang in seinem Griff gehalten hatte, war auch noch nicht vollständig wieder abgeklungen. Was, wenn ihn mitten im Wald die Kräfte verließen? Was, wenn er ...

„Sorgen", murmelte Theresia.

Josephina nickte ernst. „Ich habe keine Ahnung, was für eine Geschichte euch zwei verbindet, aber ich glaube, er wird ... Theresia, er hat seinen Degen mitgenommen!"

Der Degen ...!

Plötzlich kam Theresia Goethes „Werther“ in den Sinn, diese Geschichte über jenen jungen Mann, der sich aus unerfüllter Liebe umgebracht hatte. Aber Sebastian liebte sie nicht, das hatte er ihr unmissverständlich klar gemacht. Warum sollte er sich ...? Der gequälte Ausdruck in seinen Augen fiel ihr ein, für den sie noch immer keine Erklärung hatte.

Josephina schwieg nachdenklich. „Er ist dein Liebster, oder?“

Die Worte fühlten sich an wie Hiebe. Theresia war versucht, zu verneinen, doch sie konnte es nicht. Wieder dachte sie an den Schmerz in Sebastians Augen.

Josephina nickte. „Das ist er! Er liebt dich. Warum nur kannst du das nicht sehen?“

Er liebt dich ... Wie gern hätte Theresia das geglaubt, doch sie vermochte jetzt nichts anderes mehr, als an den Degen zu denken, den Sebastian mitgenommen hatte.

Was, wenn er ...

Sie konnte den Gedanken nicht zu Ende denken. Sie musste etwas unternehmen! „Hast du gesehen, wohin er gegangen ist?“

Josephina zuckte die Achseln. „Nein, aber er hat etwas gesagt. Er meinte, er müsse seinen Vater um Verzeihung bitten. Ehrlich, Theresia, ich glaube, er ...“

Theresia hob eine Hand und brachte die Nonne damit zum Schweigen.

„Ich laufe ihm nach!“

„Du darfst das Stift nicht einfach ohne Erlaubnis ...“

Den Rest von Josephinas Worten hörte Theresia schon nicht mehr, denn sie hatte ihre Röcke gerafft und rannte auf das schmiedeeiserne Tor zu. Erst, als das Stift längst hinter ihr zwischen den Bäumen verschwunden war, wurde ihr bewusst, dass sie noch nie zuvor allein durch die Wälder gelaufen war. Angst griff mit kalter Hand nach ihrem Herzen, plötzlich sah sie überall Räuber und finstere Gestalten. Sie blieb stehen. Ihr Atem jagte. Irgendwo hinter ihr knackte ein Zweig, und erschrocken fuhr sie herum. Doch da war nichts. Nur ein paar Spatzen hüpften über den Weg. Theresia bezwang ihre Angst und richtete den Blick nach vorn.

Es ging um Sebastian. Ihren Sebastian. Den Teufel würde sie tun und ausgerechnet jetzt Schwäche zeigen!

Eilig rannte sie weiter, bis sie jemanden sah, der ihr entgegenkam. Sie konnte nicht anders, sie schlug sich seitlich in die Büsche und wartete, bis der Mann, der ihr vage bekannt vorkam, auf seinem Pferd vorbeigeritten war.

Erst dann setzte sie ihren Weg fort.

„Bei allen Heiligen, Clemens!“, donnerte Kaplan Häusler. „Wo hat er zurzeit nur seinen Kopf?“

Erschrocken fuhr Clemens aus seinen Gedanken auf. Er hatte eigentlich Deklinationen üben sollen, aber sein Gehirn hatte heute seine eigene Meinung von den Dingen, mit denen er sich beschäftigte. Ein Blick auf die mechanische Uhr auf dem Kaminsims der Bibliothek verriet ihm, dass er mindestens eine Stunde träumend vor sich hingestarrt hatte. Das Blatt mit den Aufgaben, die der Kaplan ihm gestellt hatte, lag leer und unberührt vor ihm. Kein einziges Wort hatte er geschrieben.

Mit einem resignierten Seufzen zog Häusler sich einen Stuhl heran und setzte sich neben Clemens. „Was bedrückt ihn?“, fragte er.

Clemens ließ seinen Bleistift sinken, Dann seufzte er schwer. „Ich ...“

In einer ganz und gar ungewohnt herzlichen Art legte Häusler ihm eine Hand auf den Unterarm. „Du kannst dich mir ruhig anvertrauen“, sagte er und wechselte unvermittelt in eine vertrauliche Anrede. „Ich bin auf deiner Seite, glaub mir!"

Noch immer zögerte Clemens.

Da lehnte der Kaplan sich zurück und verschränkte die Arme vor der Brust. „Ich habe Zeit. Ich stehe hier nicht eher wieder auf, bis du mir verraten hast, was dich seit Tagen so quält." Schräg schaute er Clemens an. „Und du auch nicht, Junge, glaub mir!"

Clemens richtete den Blick auf seine Hände. Die Finger waren ein wenig schmutzig. Die Nägel hatte er abgekaut, als er neulich über ein besonders schwieriges optisches Phänomen nachgedacht hatte.

„Es hängt mit den beiden Brüdern Langenthal zusammen, oder?" Der Kaplan wusste, dass Clemens das Duell zwischen Sebastian und Ludwig mit angesehen hatte. Und er wusste auch, dass Ludwig in Clemens' Armen gestorben war. „Es ist auch für einen erwachsenen Mann nicht leicht, jemanden in seinen Armen sterben zu sehen, Junge! Du musst darüber reden, sonst wirst du mir noch krank."

Langsam schüttelte Clemens den Kopf. „Das ist es nicht."

Geduldig schweigend wartete Häusler.

„Ludwig ..." Clemens schluckte. Dann fasste er sich ein Herz. Mit irgendwem musste er reden, wenn er nicht vor lauter Anspannung zerspringen wollte. „Bevor er starb, hat er mir noch etwas gesagt."

Wieder schwieg der Kaplan.

Clemens räusperte sich. Dann stieß er hervor: „Er hat mir verraten, dass Sebastian Theresias Bruder ist."

Die Augen des Kaplans weiteten sich ein wenig, dann verengten sie sich schlagartig zu schmalen Schlitzen. „Woher stammt dieser Unsinn?"

„Ich weiß es nicht. Aber er sagte es. Er bat mich, Sebastian davon abzuhalten, Theresia ..." Clemens unterbrach sich, weil er es nicht über die Lippen brachte, was Ludwig genau zu ihm gesagt hatte.

Sorg dafür, dass er seine dreckigen Finger von ihr lässt! Der Hurensohn ... „Es kann nicht sein!“, murmelte Häusler.

„Doch. Ludwig hat mir erzählt, dass Theresia einen Zwillingsbruder hatte, der kurz nach der Geburt entführt wurde. Genau zu der Zeit, in der Sebastian auf den Stufen der Kirche gefunden wurde ... Sie und er ...“

„Halt!“ Häuslers Hand schnellte hoch und schnitt Clemens so das Wort ab.

Clemens presste die Lippen aufeinander. Die Worte wollten jetzt alle auf einmal aus ihm heraussprudeln, aber er beherrschte sich. Fragend sah er den Kaplan an.

„Es stimmt“, sagte der. „Es stimmt, dass Theresia einen Zwillingsbruder hatte. Thomas war sein Name. Aber er starb kurz nach der Geburt, zusammen mit Gundelinde, seiner Mutter. Der ersten Baronin.“ Lange blickte er in die Ferne, als könne er dort die Bilder aus der Vergangenheit wiedersehen. „Ich bin mir ganz sicher, dass das stimmt, denn ich selbst habe Thomas und Gundelinde beerdigt.“

„Es gibt kein Grab“, flüsterte Clemens. Er war auf dem Friedhof gewesen und hatte vor Gundelindes Grabstein gestanden. Nirgends hatte er auch nur einen Hinweis auf einen Thomas finden können.

„Doch“, widersprach Häusler. „Das gibt es. Aber es hat keinen Stein. Der Baron konnte es nicht ertragen, dass sein einziger Sohn in der kalten Erde liegt. Er gab Befehl, niemals wieder über Thomas zu reden, und das Grab des Jungen durfte keinen Stein erhalten. All die Jahre über hat er so getan, als habe er nur ein einziges Kind. Theresia. Nur sehr selten hat er einmal über Thomas geredet.“

Schweigen füllte die Bibliothek, und das Knistern des Feuers war für eine Weile das einzige Geräusch, das zu vernehmen war.

„Aber warum glaubte Ludwig dann, dass Sebastian Thomas ist?“, wunderte Clemens sich schließlich.

Der Kaplan zuckte die Achseln. „Das weiß ich nicht. Möglicherweise ... glaubte er es ja gar nicht.“

Clemens nahm seinen Bleistift und drehte ihn in den Händen. „Das verstehe ich nicht.“ Er verspürte Erleichterung darüber, dass das Kind, das Theresia bekommen würde, nicht von ihrem Bruder stammte, und gleichzeitig war er traurig. Wenn Sebastian noch leben würde, dann könnten die beiden jetzt doch noch heiraten ... Aber er war ... Clemens holte zitternd Luft. Er schob die Bilder des schrecklichen Blutflecks auf Sebastians Hemd von sich und auch die Erinnerung daran, wie der junge Langenthal aufgeschrien hatte, als er schwer verletzt in den Sattel gestiegen war, um seinen Bruder zu retten. Wenn er ihn doch nur aufgehalten hätte ...

Wieder legte Häusler ihm eine Hand auf den Arm. „Du kannst für all diese Dinge nichts!“

Er nickte. „Ich weiß. Aber trotzdem.“ Er besann sich. „Was meinten Sie eben damit, als Sie sagten, dass Ludwig Sebastian möglicherweise nicht für Thomas gehalten hat? Warum sollte er es dann sagen, wenn es gar nicht wahr ist?“

Darauf antwortete Häusler lange Zeit nicht. Gemeinsam lauschten sie dem Knistern des Feuers, bis draußen auf dem Gang die schnellen, ruckartigen Schritte von Baronin Henriette ertönten.

Häusler horchte auf und irgendwie kam es Clemens vor, als würde der alte Kaplan plötzlich etwas begreifen, was er selbst nicht verstand. Die Hand auf Clemens' Arm zitterte ein wenig, dann zog sie sich mit einem Ruck zurück und mit einem weiteren Ruck stand Häusler auf. „Ich muss dringend etwas mit dem Baron besprechen“, sagte er. Er wies auf das leere Blatt vor Clemens. „Geh er zurück an seine Studien, und konzentriere er sich jetzt ein bisschen mehr."

„Ich verstehe das alles nicht!", rief Clemens mit einer Mischung aus Verzweiflung und Ärger aus. „Warum erklärt mir nie jemand etwas?"

Da wurde die Miene des Kaplans weich. „Du bist noch so jung, Clemens."

„Warum hat Ludwig Sebastian angelogen?" Clemens legte alles Flehen in seine Stimme, das er finden konnte.

Der Kaplan seufzte. Er war schon halb bei der Tür, als er noch einmal stehen blieb. Ohne sich umzuwenden sagte er: „Manchmal tun Menschen schreckliche Dinge, wenn sie etwas besitzen wollen, das ihnen eigentlich nicht gehört, Clemens. Das wirst du in deinem Leben auch noch erfahren, fürchte ich."

Henriette war auf dem Weg in ihre eigenen Gemächer, weil sie nachdenken musste. Soeben hatte sie eine überaus beunruhigende Nachricht erhalten. Einer der Knechte, den sie mit einem Brief für Theresia zum Katharinenstift geschickt hatte, war unverrichteter Dinge wiedergekommen.

„Theresia hat das Kloster verlassen", hatte er berichtet. „Ich war dort, und die Nonnen haben es mir gesagt. Sie hat das Kloster Hals über Kopf verlassen. Ohne Begleitung." Er wirkte reuevoll, gerade so, als sei das allein seine Schuld.

Henriette legte beide Hände an den Busen. „Wo ist sie hin?", fragte sie erschrocken. Der Gedanke, Theresia ganz allein in den Wäldern dort draußen zu wissen, war so beängstigend, dass ihr die Knie weich wurden.

„Sie scheint auf dem Weg zu den Langenthals zu sein", sagte der Knecht. Ihm lag noch etwas auf der Seele, das war ihm deutlich anzusehen.

„Was noch?", herrschte Henriette ihn an.

Er zuckte zusammen. „Sebastian ...“, murmelte er und brach ab.

„Was ist mit ihm! So lasse er sich doch nicht jedes Wort einzeln aus der Nase ziehen, Herrgott!“

„Ich bin zur Mutter Oberin, wie Ihr es mir aufgetragen habt“, sagte er. „Und sie schien beunruhigt darüber, dass Theresia fort ist.“

„Was Wunder!“, knurrte Henriette. „Rede er weiter!“

„Sie hat mir verraten, dass Sebastian im Kloster gesund gepflegt worden ist.“

Die Neuigkeit traf Henriette vollkommen unerwartet. „Sebastian lebt?“

Der Knecht nickte. „Offenbar. Zwei Krämer haben ihn im Wald gefunden und im Kloster abgeliefert.“

„Das kann nicht sein! Warum hat Mutter Laurenzia dann behauptet, nichts über Sebastians Verbleib zu wissen?“

Der Knecht zuckte die Achseln. „Das habe ich sie nicht gefragt.“

Henriette hatte sich gefühlt, wie vom Donner gerührt.

Sebastian!

Er lebte.

Mit einer knappen Handbewegung hatte sie den Knecht entlassen, dann war sie einige Minuten lang unruhig in der Halle hin- und hergelaufen, bevor sie sich entschieden hatte, sich in ihre Gemächer zurückzuziehen und in Ruhe über diese neue Entwicklung der Dinge nachzudenken.

Doch bevor sie jetzt ihre Kammertür erreichte, ließ die Stimme des Hauskaplans sie innehalten.

„Baronin!“, sagte er, und er klang kühl dabei. „Es ist unbedingt notwendig, dass Sie mit mir kommen.“

Sie wandte sich zu ihm um und zwang sich zur Selbstbeherrschung.

„Was will er von mir?“, fragte sie.

„Es gibt einige Dinge zu besprechen“, bekam sie als

Antwort. Die Augen des Kaplans glühten so düster, wie sie es noch nie zuvor an ihm gesehen hatte. „Sie können mit mir kommen und auf diese Weise Haltung bewahren, oder aber, Sie werden erleben, dass ich den Baron in Ihre Gemächer bitte und Sie dort konfrontiere."

„Was erdreistet er ..." Henriette verstummte mitten im Satz, weil ihr bewusst wurde, dass sie Häusler auf diese Weise nicht einschüchtern konnte. Unruhe erfasste sie. Was hatte der alte Kaplan vor?

Anders als der Knecht der Rotenburgs erfuhr Felix, der Knecht von Heinrich Langenthal, nicht aus Erzählungen anderer, dass Sebastian noch lebte.

Es war längst dunkel geworden, und Felix war gerade dabei, Helena zu striegeln, als eine Stimme ertönte, die ihm eine Gänsehaut den Rücken hinunterjagte.

„Kümmerst du dich auch gut um sie?"

Sein Kopf ruckte hoch, und er glaubte, einen Geist vor sich stehen zu sehen. „Sebastian!" Unwillkürlich nutzte er den Vornamen, den er nicht mehr auszusprechen gewagt hatte, seit sie beide erwachsen waren. „Du ... lebst?"

Er fühlte sich, als habe ihn jemand gepackt, einmal durch die Luft gewirbelt und dann unvermittelt in einen Kübel eiskaltes Wasser getaucht. Ihm wurde bewusst, dass der Eindruck, einen Geist vor sich zu haben, nicht ganz weit hergeholt war. „Himmel, du bist totenblass!", rief er aus und umrundete Helena, weil Sebastian zu taumeln begann.

Rasch griff er seinem jungen Herrn und ehemaligem Jugendfreund unter den Arm und stützte ihn, bis dieser sich auf einem Strohballen niedergelassen hatte.

„Wie kommt es, dass du am Leben bist?" Unbändige Freude ergriff ihn. Als Ludwig neulich behauptet hatte, Sebastian habe sich selbst entleibt, da war Felix sich ganz sicher gewesen, dass es eine boshafte Lüge war. Als er jedoch den riesigen Blutfleck im Wald gesehen hatte – und all das Blut in Helenas Fell, da hatte er begriffen, dass Sebastian eine solch schwerwiegende Verletzung nicht überlebt haben konnte.

Jetzt lachte er befreit auf, doch der Anblick seines völlig erschöpften und offenbar große Schmerzen leidenden jungen Herrn, machte jede Freude schal.

Sebastian winkte ab. „Eine lange Geschichte!“ Er klang matt. „Weißt du, was mit Ludwig ist?“

Ein Schatten fiel über Felix' Gemüt. Sein junger Herr wusste offenbar noch nichts davon, dass sein Bruder tot und begraben war. „Er ...“ Er brachte es nicht übers Herz, es ihm zu sagen.

Sebastian hob den Kopf. Ein Funkeln lag in seinen Augen, das Felix Angst machte. „Er ist tot.“ Die Art, wie er die Worte aussprach, zeigte Felix, dass er genau das gefürchtet hatte, sich dessen bisher aber nicht sicher gewesen war.

Betrübt nickte der Pferdeknecht. „Ich fürchte, ja.“

Sebastian ließ den Kopf hängen. Für einen Moment sah es so aus, als wolle er ohnmächtig werden, und Felix machte sich bereit, zuzugreifen. Doch dann fasste Sebastian sich wieder.

„Ich wusste es im Grunde schon“, murmelte er. „Herr im Himmel!“ Er wollte sich erheben, aber er war zu schwach, es alleine zu tun. Felix half ihm, und als er sicher stand, ließ er ihn zögernd los.

„Ich muss mit meinem Vater sprechen“, murmelte Sebastian. „Ich muss ihn um Verzeihung bitten.“

Felix' Kehle wurde eng. Er dachte daran, wie er Ludwig und Sebastian das letzte Mal gesehen hatte. Die Art, wie die beiden Brüder sich angesehen hatten. Die Degen an ihrer Seite. Die Schilderungen dieses Jünglings von der Burg, der das Duell mit eigenen Augen angesehen hatte ...

Erfüllt von Trauer um seinen einstigen Freund sah Felix zu, wie Sebastian den Stall verließ und sich in Richtung Herrenhaus wandte.

Er hatte Helena gerade zurück in ihren Unterstand gebracht, als draußen auf dem Hof eilige Schritte laut wurden. Neugierig, wer da so hastig angerannt kam, trat er ins Freie und sah eine junge Frau, gekleidet in dunkles Grau, die kurzen, blonden Haare wie ein wirrer Federbusch um ihren Kopf fliegend. Sie hielt an, und als sie so weit zu Atem gekommen war, dass sie sprechen konnte, rief sie: „Ich muss zu Sebastian Langenthal! Sofort!"

Felix' Blick huschte in die Richtung, in der Sebastian vor wenigen Minuten erst verschwunden war. „Ich bringe Euch hin", sagte er.

„Sebastian!"

Felix' Ruf holte ihn ein, als Sebastian gerade die große Eingangshalle seines Elternhauses durchquerte. Er hatte das Haus durch einen Seiteneingang betreten und war auf dem Weg in Richtung Treppe, um seinen Vater aufzusuchen, der sich um diese Zeit gewöhnlich in seinen eigenen Gemächern aufhielt und Briefe schrieb. Jetzt jedoch blieb er stehen und wandte sich um.

Felix kam auf ihn zu, und in seinem Schlepptau befand sich jemand, bei dessen Anblick Sebastians Knie weich wurden.

„Theresia!" Er konnte ihren Namen nur flüstern. Eine innere Stimme sagte ihm, dass er fort musste, fort von ihr, sogleich, so weit wie nur irgend möglich. Aber er stand wie festgewurzelt.

„Ich danke dir", sagte Theresia zu Felix. Der schaute unsicher von ihr zu Sebastian und wieder zu ihr.

„Ich gehe dann", murmelte er und zog sich zurück.

Über die Entfernung der halben Halle standen Sebastian

und Theresia sich gegenüber. Panik spülte über Sebastian hinweg, plötzlich fühlte er sich wieder wie in der Weite der Ödnis gefangen, die er auf dem Weg zu seiner Genesung durchquert hatte. Er wusste nur nicht genau, ob dort, wo sich Theresia befand, das düstere Tor der Hölle oder das Licht der Errettung lag.

„Ich muss mit dir reden", sagte sie. „Nur dieses eine Mal. Wenn du mich dann immer noch nicht willst, dann gehe ich, und du siehst mich nie wieder."

Er? Sie nicht wollen ...

Fast hätte er aufgelacht, so bitter waren ihm ihre Worte. Er wollte nichts anderes, als auf sie zufliegen, sie an sich ziehen, ihren Duft einatmen, ihre Wärme auf seiner Haut spüren ...

Nichts davon würde geschehen.

Er durfte sie nicht einmal ansehen, weil die Gefahr, seiner unseligen Leidenschaft zu erliegen, durch jeden Blick ins Unermessliche wuchs.

Ruckartig wandte er sich um. „Komm mit!", sagte er rau. Es kostete ihn viel Kraft. Beinahe mehr, als er aufbringen konnte.

Die Art, wie Sebastian sie behandelte, war schroff und kühl. Wegen der Schmerzen, die er litt, bewegte er sich vorsichtig, und doch konnte sie in jeder seiner Gesten die Abscheu sehen, die er empfand, wenn er sie ansah. Tränen wollten ihr in die Augen steigen, doch diesmal schaffte sie es, sie zurückzudrängen. Sie würde nicht vor ihm weinen. Alles, was sie wollte, war eine Erklärung dafür, warum er sie abwies. Wenn sie die hatte, würde sie gehen und ihn niemals wieder belästigen.

Plötzlich war Ludwigs Stimme in ihrem Kopf, und sie erinnerte sich daran, wie er ihr prophezeit hatte, sie würde jeden Mann enttäuschen.

Womöglich hatte er recht behalten, sogar über seinen Tod hinaus.

Sie versuchte, des Zitterns Herr zu werden, das sich ihrer Hände bemächtigte.

Sebastian führte sie einige Treppen hinauf bis ganz unter das Dach des Herrenhauses. Vor einer breiten Doppeltür blieb er schließlich stehen, zögerte kurz und öffnete sie dann.

Er trat einen Schritt beiseite und ließ Theresia vorangehen.

Sie staunte. Sie befanden sich auf einer weitläufigen, von einem niedrigen steinernen Geländer umgebenen Dachterrasse, von der aus man einen wunderbaren Blick über das ganze Tal bis hin zur Burg hatte. Ein kalter Wind wehte hier oben, aber er war nicht der Grund dafür, dass Theresia jetzt fröstelte. Weit und unendlich spannte sich der Sternenhimmel über ihnen, und ein fast voller Mond tauchte alles in silbriges Licht.

Sebastian hielt sorgsam Abstand von Theresia. „Hier oben habe ich immer gestanden, wenn wir uns Lichtsignale gesendet haben." Wie um seine Worte zu bekräftigen – oder auch, um ihrem Gespräch noch eine Weile auszuweichen – holte er die Laterne hervor, die Clemens ihm gegeben hatte. Sie sah ein wenig anders aus als jene, die der junge Mann für Theresia gemacht hatte, aber die Einzelteile waren die gleichen. Ein halb auseinandergebauter Windschirm, eine Kerzenhalterung, eine Blende und ein Spiegel.

Sebastian stellte die Laterne auf die steinerne Brüstung. Ohne Theresia anzusehen, sagte er: „Was wolltest du mit mir besprechen?"

Die Kälte in seiner Stimme tat ihr weh, dennoch fasste sie sich ein Herz. Sie trat hinter ihn, zu dicht offenbar, denn er wich zur Seite aus.

Sie schluckte. Ihre Augen waren jetzt ganz trocken. Sie brannten. „Verabscheust du mich?“, fragte sie sehr leise.

Theresia sah, wie er erstarrte. Lange Zeit rührte er sich nicht, blickte wie gebannt über das Tal hinweg.

Drüben auf der Burg flammte ein einzelner Lichtblitz auf. Offenbar war Clemens wieder bei seinen Experimenten. Doch Theresia wandte sich davon ab. Sie hatte jetzt keine Muße dafür. Ängstlich wartete sie auf Sebastians Antwort.

Dann, nach einer halben Ewigkeit, drehte er sich endlich zu ihr um. Seine Blicke wanderten über ihr Gesicht, seine Lippen zitterten, bevor er den Mund aufmachte.

„Ja“, presste er hervor.

Unter Theresia tat sich der Boden auf. Sie wankte, und sie wäre zusammengebrochen, wenn Sebastian sie nicht aufgefangen hätte. Plötzlich fand sie sich in seinen Armen wieder, spürte, wie er sie hielt, roch den Duft seiner Haut, und der Schmerz in ihr war so überwältigend, dass sie einen gequälten Schrei ausstieß.

Er umfing ihre Schultern, zog sie an sich, so fest, dass sie kaum noch Luft bekam. Seine Hände waren in ihren Haaren, sein Gesicht an ihrem Hals, sie konnte ihn atmen spüren. Zittern.

Verwirrung griff nach ihr. Warum strafte sein Verhalten ihn Lügen?

„Nein!“, wisperte er. „Nein! Nein! Ich verabscheue dich nicht, ich liebe dich! Mit jeder Faser meines Herzens liebe ich dich, und der Herrgott wird mich dafür in die tiefsten Tiefen der Hölle stoßen.“

Gierig sog sie jedes einzelne seiner Worte auf, auch wenn ihre Verwirrung sich mit jedem einzelnen davon noch steigerte. Ihre Augen brannten jetzt so sehr, dass sie sie schließen musste. Sie klammerte sich an Sebastian, nahm jede einzelne Sekunde dieses köstlichen Augenblicks in sich auf, weil sie wusste, dass er endlich war.

Schließlich – ihr Herz schrie auf vor Kummer – schob Sebastian sie von sich fort. So viel Schmerz stand in seinen grünen Augen, dass sie kaum hinsehen konnte.

„Ich darf dich nicht lieben", flüsterte er. „Und du auch mich nicht."

„Aber wieso?", rief sie aus. „Was ..."

Da ließ er sie los, wich einen Schritt rückwärts. Sie streckte die Hand nach ihm aus. „Sebastian!"

„Nein!" Fast schrie er. Er sank auf das Geländer der Terrasse. Der Abgrund gähnte hinter ihm, aber er schien es nicht zu bemerken. „Es gibt etwas, das du nicht weißt, Theresia", sagte er mit völlig tonloser Stimme. Und dann begann er zu erzählen.

Clemens flog förmlich durch die untere Tür von Theresias Türmchen. Nach Theresias Abreise in das Katharinenstift hatte Henriette die Signallaterne, die sie ihrer Tochter fortgenommen hatte, zu den Gartengeräten in der unteren Etage des Gartenhäuschens schaffen lassen, und dort fand Clemens sie jetzt zu seiner grenzenlosen Erleichterung. Er packte sie und eilte mit ihr die Treppe zu Theresias verlassener Kammer hinauf.

Nachdem Kaplan Häusler mit der Baronin in den Gemächern des Barons verschwunden war, hatte Clemens an der Tür gelauscht. Da dahinter alle drei wütend durcheinandergesprochen hatten, hatte er nur Bruchstücke des lauten Streits verstanden. Von Goethes „Werther" war die Rede gewesen, und im ersten Moment hatte Clemens nicht so recht begriffen, was dieses Buch mit der ganzen Angelegenheit zu tun haben sollte. Im Gegensatz zu ihm schienen es die Menschen hinter der Tür sofort zu wissen.

„Herr im Himmel!", hatte Konrad von Rotenburg gerufen. Und im nächsten Augenblick war in der Burg die Hölle losgebrochen. Wie ein Berserker war der Baron auf den Flur gestürzt gekommen, wo Clemens Posten bezogen hatte, um so viel wie möglich von dem Drama mitzuerleben.

„Wir werden darüber zu sprechen haben, Madame!“, polterte er. „Sie werden sich für Ihre Taten zu verantworten haben!“ Dann war er die Treppe hinuntergestürzt und hatte noch in der Halle nach einem Pferd gebrüllt, das man ihm eilends vor das Portal geführt hatte. Durch eines der Fenster hatte Clemens gesehen, wie er durch das Burgtor davongaloppierte. Kurz darauf war Henriette aus seinem Gemach gekommen.

Sie wirkte bleich und geschlagen. Mit zitternden Knien ließ sie sich auf die oberste Treppenstufe sinken und vergrub das Gesicht in den Händen. Der Anblick war so ungewöhnlich für Clemens, dass er sich ein Herz fasste und hinter sie trat.

„Was ist geschehen?“, fragte er behutsam.

„Theresia“, ächzte sie. „Sie ist bei Sebastian.“ Sie schaute auf. So viel Grauen stand in ihren hageren Zügen, dass sie Clemens leidtat. „Der Baron und der Kaplan“, hauchte sie. „Sie glauben, dass sie sich töten wird, wenn Sebastian ihr erzählt, was Ludwig und ich ihm weisgemacht haben.“ Und dann war es aus ihr hervorgesprudelt, was sie getan hatte.

Es hatte einen Moment gedauert, bis der Sinn ihrer Worte in Clemens' Bewusstsein eingesickert war, aber dann hatte er die Baronin einfach sitzen gelassen und war zu Theresias Turmkammer geeilt.

Theresia. Selbstmord? Undenkbar!

Fieberhaft waren die Gedanken durch Clemens' Kopf gerast. Der Baron würde mindestens eine halbe Stunde brauchen, um das Tal zu durchqueren und bei den Langenthals anzugelangen. Viel zu viel Zeit für Theresia und Sebastian, einen schwerwiegenden, nicht wieder gutzumachenden Fehler zu begehen, weil sie einer bösartigen Intrige einer alten Hexe Glauben schenkten.

Jetzt eilte er in der Kammer zur Fensterbank und stellte die Laterne darauf ab. Dann machte er sich daran, die Kerze in Brand zu setzen.

„Geh an!", beschwor er den Docht, der sich seinen Bemühungen widersetzte, ihn zu entzünden. Endlich! Die Flamme sprang flackernd auf und duckte sich dann, als wolle sie wieder erlöschen.

„Komm schon!", bettelte Clemens. Endlich brannte die Kerze ruhig und kräftig vor sich hin. Clemens stieß das Fenster auf. Er hatte keine Ahnung, ob jemand dort drüben seine Signale sehen – und noch weniger, ob man sie auch verstehen würde. Aber er konnte hier nicht einfach still herumsitzen, während Baron von Rotenburg durch die Finsternis jagte und vielleicht doch zu spät kam.

Irgendwas musste er tun, auch wenn es albern sein mochte.

„A-c-h-t-u-n-g", signalisierte er. Ein Mal, dann noch einmal. „A-c-h-t-u-n-g!"

Und im Stillen sandte er ein Stoßgebet nach dem anderen gen Himmel.

Theresia hörte die Worte, die aus Sebastians Mund drangen, aber sie vermochte nicht, sie zu verstehen. *Was redete er da von einem Kind namens Thomas und von ...*

... Bruderliebe?

Langsam nur begann sie zu begreifen, was Sebastian ihr sagen wollte, und die Ungeheuerlichkeit dessen, was sie beide getan hatten, zog ihr auch noch den letzten festen Grund unter den Füßen weg. Die einzige Gewissheit, an die sie sich die ganze Zeit gehalten hatte, war nun auch noch in tausend Scherben zersprungen. Die ganze Zeit hatte sie sich an die Hoffnung geklammert, dass ihre Liebe von Gott voller Wohlwollen betrachtet wurde. Aber das war ein schrecklicher Irrtum gewesen. Es war nicht gut und richtig gewesen, bei Sebastian zu liegen, sondern falsch, sündig und unendlich böse.

Das Kind in ihr ... Es war ... Sie legte die Hand auf ihren Bauch.

Sebastian sah es und stöhnte gequält auf. „Es tut mir so leid, Theresia!", hauchte er.

Über seine Schulter hinweg bemerkte sie, dass Lichtblitze von der Burg in schneller Folge zu ihnen herüberschienen, doch deren Sinn drang nicht bis zu ihrem Bewusstsein vor. Sie richtete den Blick wieder auf Sebastian, versank in seinen grünen, schmerzerfüllten Augen.

„Was können wir tun?", fragte sie leise.

Da schaute er auf die Brüstung der Dachterrasse.

Theresia trat als Erste an das niedrige Geländer heran und blickte in die Tiefe hinab. Sie schien das Unvermeidliche schneller zu akzeptieren als er. Das buckelige Pflaster der Auffahrt war in der herrschenden Finsternis nicht zu sehen, aber Sebastian wusste, dass es weit unten lag.

Weit genug.

Entschlossen trat er neben Theresia.

Von der Seite her sah sie ihn an. Ihre Augen waren sehr weit und voller Angst, doch gleichzeitig fand er jetzt endlich auch etwas darin, das er selbst nicht zu empfinden vermochte. Ruhe. Und Zutrauen.

Tränen liefen ihr über die Wangen, und bei ihrem Anblick kam es ihm so vor, als falle endlich ein Schleier von seinen eigenen Augen. Er liebte sie, egal, was geschah, egal, wer oder was auch immer sie waren. Wie blind er gewesen war, dass er versucht hatte, diese schlichte Tatsache zu leugnen!

Er streckte die Hand aus, und sie legte die ihre hinein.

Dann traten sie gemeinsam an das Geländer.

Epilog

Er führte sie in sein Reich,
wo er mit Freude empfangen ward,
und sie lebten noch lange glücklich
und vergnügt.

Es war der Tag der Abschiede.

Der Winter war ins Land gekommen und wieder gegangen und auch der Frühling. Im Park hingen die ersten Kirschen an den Bäumen, und man konnte das Geschrei zweier Säuglinge hören, die von Marie dort hinuntergetragen worden waren, damit sie im Schatten ihren Mittagsschlaf halten konnten.

Seite an Seite stand Theresia mit Sebastian im Innenhof der Burg und sah zu, wie Knechte die Kutsche vorfuhren, die Clemens Gerke von hier fortbringen würde. Kaplan Häusler hatte gesagt, dass er dem jungen Mann nichts mehr beibringen könne, und so hatte Clemens sich entschlossen, die Burg zu verlassen. Er hatte in Hamburg eine Anstellung als Diener bei einem Privatgelehrten gefunden, von dem er sich weiteren Unterricht erhoffte, und er war entschlossen, jede Möglichkeit dazuzulernen zu ergreifen.

Alle hatten sich versammelt, der Baron, Kaplan Häusler, das Gesinde. Alle waren sie gekommen, um Clemens Lebewohl zu sagen. Alle, bis auf Marie, die sich um die beiden Kinder kümmerte, und bis auf Baronin von Rotenburg, die es vorgezogen hatte, in ihren Gemächern zu bleiben.

„Willst du uns wirklich verlassen?“, fragte Theresia wohl zum hundertsten Mal betrübt.

Clemens nickte ernsthaft. „Meine Signale haben euch

beiden das Leben gerettet", sagte er. „Ich will daran mitarbeiten, dass diese Technik bekannt wird und irgendwann auch anderen Menschen hilft."

Es war Theresia gewesen, die den Sinn in den Lichtblitzen schließlich doch noch erkannt hatte, kurz bevor sie und Sebastian sich von der Dachterrasse in die Tiefe hatten stürzen wollen.

Achtung!

Das war das erste, was sie verstanden hatte, und es hatte sie innehalten lassen. Mit klopfendem Herzen und wachsender Freude hatte sie dann den Rest der Botschaft entschlüsselt.

Theresia. Sebastian. Keine Geschwister. Alles gut.

Im ersten Moment war es ihr schwergefallen, zu glauben, was sie da las, aber auch Sebastian hatte die Worte entziffert und an dem hoffnungsvollen Leuchten in seinen Augen hatte sie gesehen, dass er das Gleiche gelesen hatte wie sie.

Sie waren kaum von der Kante des Abgrunds zurückgetreten, als auf der Treppe eilige Schritte von ungezählten Menschen laut geworden waren. Konrad von Rotenburg war als Erster auf die Terrasse gestürmt, und er hatte Theresia mit solcher Kraft an sich gerissen, dass ihr hinterher alle Knochen im Leib schmerzten.

„Es ist eine Lüge!", rief er. „Eine Lüge! Thomas ist tot!" Und bei diesen Worten, die er wieder und wieder hervorgestoßen hatte, waren Tränen der Erleichterung und der Trauer über seine Wangen geströmt.

Thomas ist tot!

Das bedeutete: Sebastian war nicht Theresias Bruder. Es war alles eine böse Falle gewesen, die Henriette und Ludwig ihnen gestellt hatten, um sie auseinanderzubringen!

Während Konrad seine Tochter herzte und durch die

Luft schwenkte, trat Sebastian seinem eigenen Vater gegenüber. Es fiel ihm schwer, Heinrich in die Augen zu blicken.

„Ich habe ... Ludwig ...“, schaffte er zu sagen, bevor seine Stimme brach.

Da zog Heinrich ihn in seine Arme, wie Konrad es mit Theresia getan hatte. „Ich weiß“, sagte er rau. „Und ich weiß auch, was genau geschehen ist.“

Sebastian machte sich von ihm los. „Ich kann mir das niemals verzeihen ...“ Er wollte sich zurückziehen, aber Heinrich ließ ihn nicht.

„Ich habe einen Sohn verloren“, sagte er und griff nach Sebastians Händen. „Ich werde nicht zulassen, dass ich auch noch den zweiten verliere.“

Sebastian blickte auf seine Brust hinab. Er hatte im Kloster das Hemd nur lose übergeworfen, sodass das Medaillon seiner Mutter zu sehen war, das über dem Verband baumelte. Zögernd nahm er es in die Hand, klappte es auf. Die brüchige Haarlocke fiel ihm in die geöffnete Handfläche.

„Mutter“, murmelte er.

Heinrich nahm ihm die Haare aus den Fingern und steckte sie wieder in das Medaillon. „Wir werden vielleicht nie erfahren, wer sie war. Aber eines ist ganz sicher: Gundelinde von Rotenburg war es nicht!“

Und bei diesen Worten hatte sich Sebastian zu Theresia umgedreht. Einen Moment lang hatten sie sich gegenübergestanden und gezögert, doch dann war Theresia in seine Arme geflogen, und er hatte sie festgehalten, als würde er sie im Leben nicht wieder loslassen ...

Jetzt nickte Sebastian Clemens zu, der einen Fuß schon auf dem Trittbrett der Kutsche hatte. „Ja“, sagte er. „Das ist ein guter Plan. Bring den Menschen deine Ideen und Werke!“

Etwas schmerzlich verzog der Jüngling das Gesicht.

„Ich habe erfahren, dass ich nicht der Einzige bin, der an solchen Signalalphabeten arbeitet, aber was macht das schon?“ Trotz erschien auf seinem Gesicht. „Dann werde ich das der Anderen eben verbessern!“

Theresia lachte auf. „Wie recht du hast!“ Sie trat vor und umarmte Clemens herzlich. „Ich danke dir für alles!“ Dann gab sie ihm einen sanften Kuss auf die Wange.

Er errötete. „Küss lieber deinen Galan!“, brummelte er verlegen.

Und da fiel auch Sebastian in das allgemeine Gelächter ein.

Clemens bestieg die Kutsche. Durch das Fenster winkte er allen noch einmal zu, dann ließ der Kutscher die Peitsche knallen, und das Gefährt rollte mit lautem Rattern durch das Burgtor davon.

Es war kaum außer Sicht, als eine zweite Kutsche vorfuhr, und als habe Henriette nur auf dieses Signal gewartet, trat sie nun auch ins Freie. Die Mienen der Menschen, die noch eben betrübt hinter Clemens hergeblickt hatten, hellten sich auf. Über die Abreise des Jünglings waren hier alle traurig, die der Baronin hingegen war mit Freude zur Kenntnis genommen worden.

Henriette trug ein schlichtes graues Reisekleid und einen schmucklosen Hut, der bereits ahnen ließ, wohin sie gehen würde. Wie Clemens zuvor blieb auch sie vor dem Kutschschlag stehen und wandte sich an die Zurückbleibenden.

„Dann ist es also soweit, Madame?“ Konrad von Rotenburgs Stimme war belegt, und Theresia wurde mit einem Schlag bewusst, dass er sehr wohl traurig war.

Henriette nickte. Ihre Lippen waren schmal, aber keine Falte stand zwischen ihren Augenbrauen. „Es ist soweit.“

Nachdem ihre Intrige aufgedeckt und der Selbstmord von Theresia und Sebastian im allerletzten Moment verhindert worden war, hatte sie sich kaum noch aus ihren

Gemächern begeben. Die Dienstboten behandelten sie eisig, und die Kluft, die schon immer zwischen ihr und ihrem Gatten gelegen hatte, war schier unermesslich geworden. Irgendwann hatte Henriette schließlich darum gebeten, in das Damenstift eintreten zu dürfen, in das sich Theresia für eine Weile zurückgezogen hatte.

Konrad hatte ihr die Erlaubnis nur allzu gern gegeben, und heute war nun der Tag des Abschieds gekommen.

Gemessen neigte Henriette den Kopf vor ihrem Gemahl. „Ich danke Ihnen für alles."

Konrad antwortete nicht. Theresia konnte sehen, wie sehr er um Worte rang. Er beschränkte sich jedoch auf ein stummes Nicken.

Henriette hingegen wandte sich Theresia zu. „Nun", sagte sie und war ihrerseits um Worte verlegen.

Unten im Park krähte eines der Kinder. Theresia legte den Kopf schief und lauschte lächelnd. Sie und Marie hatten das Land für einige Wochen verlassen, bis beider Kinder geboren worden waren. Sie hatten die Zeit des Wartens auf die Niederkunft genutzt, um sich miteinander auszusprechen, und Marie hatte Theresia um Verzeihung gebeten, weil sie ihr die Lüge über ihr Kind und Sebastian aufgetischt hatte. Theresia hatte einige Tage gebraucht, um über den Verrat hinwegzukommen, den ihre Zofe an ihr begangen hatte, aber der Gedanke daran, was Marie durch den unsäglichen Ludwig hatte erleiden müssen, hatte sie milde gestimmt. Und dann brach beinahe auch noch ein Unheil über sie herein. Marie übertrug ihr Kind um mehr als eine Woche und es kam schwer krank zur Welt. Einige Tage lang hatte es ausgesehen, als würde es nicht überleben. Der Schmerz und die Angst, die Marie um ihr Kind ausstehen musste, hatte Theresia vollends zum Einlenken gebracht und schließlich hatte sie ihrer Zofe verziehen.

Und als habe er allein darauf gewartet, hatte Maries

kleiner Junge, der mit dichten schwarzen Haaren geboren worden war, sich entschlossen zu leben. Er hatte der Welt klargemacht, dass er ein zäher kleiner Bursche war, und am Ende hatte sich der beinahe tragische Umstand seiner Geburt als Glücksfall erwiesen. Auf diese Weise war es möglich geworden, die beiden Kinder als Maries Zwillinge auszugeben. Zwar hatte es ein wenig Gerede gegeben, warum die Kinder nicht nur recht unterschiedlich groß, sondern darüber hinaus auch noch vom Aussehen her völlig verschieden waren. Aber das Gemunkel hatte sich bald gelegt, und Theresia war auf diese Weise der Makel eines unehelich empfangenen Kindes, der zu ihrer gesellschaftlichen Ächtung geführt hätte, erspart geblieben. Jetzt dachte sie mit einem warmen Gefühl von Zuneigung an ihre kleine, blondgelockte Tochter. Sobald Sebastian und sie geheiratet und einen eigenen Hausstand gegründet hatten, würden sie Marie und die beiden Kinder zu sich nehmen.

Sie konnte es kaum erwarten, doch bis es soweit war, würde sie sich noch einige Monate gedulden müssen. Konrad hatte auf einer angemessenen Verlobungszeit bestanden, darum würde die Hochzeit erst im Herbst stattfinden.

„Leben Sie wohl, Maman“, sagte Theresia nun zu ihrer Stiefmutter. „Und vergessen Sie nicht: Zu unserer Vermählung sind Sie selbstverständlich eingeladen.“

Ganz kurz zeigte sich eine Andeutung der Falte auf Henriettes Stirn, aber sie glättete sich sofort wieder. Ein völlig ungewöhnliches Lächeln zog ihre Mundwinkel nach oben, und Theresia begriff, dass sie endlich ihren Frieden gemacht hatte.

Im Kloster würde sie, wenn schon nicht Glück, so doch wenigstens ein bisschen Zufriedenheit finden.

„Wir werden sehen, Kind“, sagte Henriette. Dann neigte sie den Kopf und küsste Theresia auf die Stirn. „Leb wohl!“

Sebastian schenkte sie keinerlei Beachtung, aber allen anderen nickte sie huldvoll zu, bevor sie in ihre Kutsche stieg und – ohne zu winken – davonfuhr.

Als sie fort war, konnte Theresia nicht anders. Sie atmete auf, und es fühlte sich so an, als tue sie es zum allerersten Mal in ihrem Leben.

„Alles gut?" Sebastians Stimme war ganz dicht an ihrem Ohr, und sie konnte seinen Atem an ihrer Haut kitzeln spüren. Ein warmes Kribbeln rann ihr vom Scheitel bis hinab zu den Füßen.

Sie wandte ihm den Kopf zu und sah ihm in die grünen Augen.

„Alles gut", lächelte sie.

Übersetzungen der französischen Ausdrücke im Roman

Conspiration –Verschwörung
Contenance – Selbstbeherrschung
Et fin! – Und Schluss!
Fauteuil – Sessel, Stuhl
Mais non! – Aber nein!
Malaise – Unannehmlichkeit
Marraine – Patin
Quel malheur! – Welches Unglück!

Nachwort der Autorinnen

Märchen haben weder Zeit noch Ort. Aus diesem Grund bewegt sich dieser Roman im Spannungsfeld zwischen Historie und Phantasie, und ihn zu schreiben, war für uns eine Herausforderung. Als Autorinnen historischer Romane fühlen wir uns zu möglichst großer historischer Korrektheit verpflichtet – ein Umstand, der sich mit dem Schreiben einer Märchenadaption nur bedingt verträgt und beständig zu der Frage führte, welcher Seite der Medaille wir den Vorrang lassen. Die Tatsache, dass wir den Roman in einer Zeit verortet haben, „die es so nie gegeben hat", trägt diesem Umstand Rechnung.

Dennoch möchten wir an dieser Stelle aufdecken, wo genau wir historisch waren, wo nicht – und aus welchen Gründen.

Im Roman spielt Rapunzels Geschichte auf der Trendelburg in Nordhessen, die landläufig auch als die Rapunzelburg bezeichnet wird. Das Grimm'sche Märchen nennt nirgendwo ihren Namen, und die Verortung der Geschichte in Nordhessen kam durch mehrere Umstände zustande. Zum einen nährten die Brüder Grimm durchaus gern die Vorstellung, sie hätten die Märchen den einfachen Leuten ihrer Heimat „vom Munde abgeschaut". Zum anderen war eine der ersten Ausgaben der Kinder- und Hausmärchen, die sich mit größerem Erfolg verkaufte, die, die von Otto Ubbelohde (1867–1922) mit Motiven aus Hessen gestaltet wurde. Die Bilder dieser Ausgabe verstärkten noch die Vorstellung der Leser, dass Hessen, die Heimat der Grimms, das Land aus den Märchen sein müsse, mithin ihre Geschichten in dieser Gegend spielen mussten.

Der heute sogenannte „Rapunzelturm" der Trendelburg war zu Anfang des 19. Jahrhunderts ein Torturm des Haupttores. Vermutlich ist er durch seine Ähnlichkeit mit dem Rapunzelmotiv Ubbelohdes zu seinem Namen gekommen, obwohl der große Burgturm von der Beschreibung her besser dafür geeignet gewesen wäre: „... er hatte weder Fenster noch Türen, nur oben ein kleines Fenster." Die wahre Vorlage Ubbelohdes für den Rapunzelturm war übrigens kein Teil der Trendelburg, sondern ein Renaissance-Erker des Schlosses Amönau bei Wetter.

Den Namen Rotenburg für Theresias Familie haben wir uns ausgedacht. Es gab niemals eine Familie Rotenburg auf der Trendelburg, die von der Familie von Stockhausen im 14. Jahrhundert gegründet wurde. Zu Beginn des 19. Jahrhunderts diente die Burg nicht als Familiensitz, sondern sie beherbergte einen Amtssitz und das Justizamt, die beide 1821 nach Karlshafen verlegt wurden.

Zur Zeit, in der der Roman spielt, war Kurhessen französisch besetzt; dementsprechend ist auch der Park, in dem Ludwig Theresia und Marie auflauert, ein Konstrukt unserer Phantasie, denn natürlich wäre in derart unsicheren Zeiten der Burgberg niemals bewachsen gewesen. Ein Stich von 1646 zum Beispiel zeigt ihn völlig frei von Bäumen. Die Nordseite ist durch die Schattenlage von der Vegetation benachteiligt, doch ein großer Garten, der zur Burg gehörte, befand sich am Hang Richtung Nordost.

Bei der Beschaffung all dieser Informationen war uns Herr Harald Schmidt von der Stadt Trendelburg eine wertvolle Hilfe. Ihm gebührt unser Dank.

Friedrich Clemens Gerke ist die einzige wirklich historische Persönlichkeit des Romans, die natürlich im Märchen nicht vorkommt. Er war Schriftsteller, Journalist, Musiker und gilt als ein Pionier der Telegrafie. Wir haben uns erlaubt, einen Teil seines Lebens, über den die Historiker nur wenig wissen – die Jahre vor seinem 16. Lebensjahr, in dem er erstmalig greifbar auftaucht – mit der Geschichte unseres Romans zu verbinden. Dementsprechend sind Clemens' Beschäftigung mit Newtons „Optick" ebenso unserer Phantasie entsprungen, wie sein Bau der beiden Signallaternen, mit denen Theresia und Sebastian sich verständigen. Den Tatsachen entspricht es jedoch, dass Friedrich Clemens Gerke sich intensiv mit der sogenannten optischen Telegrafie beschäftigte. Er hat in späteren Jahren das von Samuel Morse erfundene „Morse-Alphabet" wesentlich verbessert, und seine Version ist mit wenigen Änderungen noch bis heute in Gebrauch.

Stefanie Heindorf
Kathrin Lange

Januar 2013

Zur Buchreihe „Die Grüne Fee“:

Wann begann die Moderne?
Welche Entwicklungen waren nötig,
um von der Dampfmaschine zum Computer zu kommen?
Welche moralischen und gesellschaftlichen Änderungen
hat das Voranschreiten der Technik nach sich gezogen?

Aus diesen Fragen heraus ist die Idee zur Roman-Reihe „Die Grüne Fee“ entstanden. Als „Grüne Fee“ bezeichnet man Absinth, den Wermut-Schnaps, der im 19. Jahrhundert „modern“ war. Höhenflüge nach seinem Genuss ließen Kunstwerke entstehen oder zerstörten Existenzen, wie man am Beispiel leidenschaftlicher Absinth-Trinker wie Van Gogh, Baudelaire, Hemingway oder Wilde sehen kann. Diese Doppeldeutigkeit soll auch in den Romanen der Reihe eingefangen werden. Spannende Geschichten zeigen Fluch und Segen der Technik und folgen einem Weg, der Ende des 18. Jahrhunderts mit der Französischen Revolution beginnt und mit dem Ersten Weltkrieg endet, also das lange 19. Jahrhundert durchzieht.

Zu den Herausgeberinnen der Reihe:

Marlene Klaus: ist ausgebildete Buchhändlerin. Bevor sie sich als Autorin selbstständig machte, jobbte sie als Taxifahrerin, Kellnerin, Postbotin und Bibliothekarin. Ihr erster Roman, „Beschützerin des Hauses“, ist im Dryas Verlag erschienen.

Kathrin Lange: Arbeitete als Verlagskauffrau, Herausgeberin der Federwelt und ist freie Autorin seit 2005, mit den Schwerpunkten historischer Roman, Jugendbuch und Thriller. Mehr zu Kathrin Lange und ihren Büchern: www.kathrin-lange.de